大鱼

有爱的青春陪伴者

马小如

著 —

货初卜

天津出版传媒集团

天津人民出版社

图书在版编目（CIP）数据

华灯初下 / 马小如著. -- 天津 ： 天津人民出版社，
2024. 11. -- ISBN 978-7-201-20864-0

Ⅰ. Ⅰ247.5

中国国家版本馆 CIP 数据核字第 2024BW3765 号

华灯初下

HUA DENG CHU XIA

马小如　著

出　　　版	天津人民出版社
出 版 人	刘锦泉
地　　　址	天津市和平区西康路35号康岳大厦
邮政编码	300051
邮购电话	（022）23332451
电子信箱	reader@tjrmcbs.com

责任编辑	玮丽斯
特约编辑	廖　妍　啊　鲁
装帧设计	刘　艳　唐卉婷
责任校对	言　一

制版印刷	天津睿和印艺科技有限公司
经　　　销	新华书店
开　　　本	880毫米×1230毫米 1/32
印　　　张	10.5
字　　　数	355千字
版次印次	2024年11月第1版 2024年11月第1次印刷
定　　　价	45.80元

目
录

CONTENTS

目

录

C O N T E N T S

/ 第一章 /
尘暴、邂逅、春天

01

敦煌的五月天，晌午时，在太阳底下穿短袖也会冒汗。往年这个时候，这里早就进入了旅游旺季，今年却反常，夜市还没热闹起来过，游客稀少。特产街窄长的巷子里，好多固定摊位也没开张，瞧着有些萧条。

老马家胡杨焖饼店里，还没客人来。店主马老六五十岁的年纪，手里夹一根卷烟，他溜达到范老太的干果摊前，伸手捏了几颗葡萄干，扔进嘴里。

一颗小脑袋从摊位里伸出来，朝他喊："抓小偷。"

马老六吃了颗葡萄干，笑呵呵说："你来，我赔你一根大萝卜。"

关森森正对着题发愁：男生人数是女生人数的四分之三，女生人数是男生人数的几分之几？

关森森的爸爸在兰州打工，他爷爷这星期去兰州看病，他暂住在邻居范奶奶家。原以为可以不写作业，没想到范奶奶比爷爷还严格，写不完作业不让玩。

关森森早坐不住了，扔了笔跑出来："真的吗？什么萝卜？"

马老六把烟叼嘴里，伸手捧住关森森的小脸，稍用力，便把他提溜起来："拔萝卜。"

关森森气得连踢带打，他从马老六手里挣脱出来，哭丧着脸对范明素说："奶奶，他骗人。"

范明素正坐在马扎上，低头夹核桃。五月的天气，她身上穿件褪色的棉马甲，一头花白短发。闻言，她从摊子里面站了起来，朝关森森招招手：

"过来我看看。"

关森森跑到范明素身边，扬起气鼓鼓的小脸给她看。范明素黑着脸看向马老六："脖子都掐红了，老六，你赔盒烟吧。"

马老六吓得摆手："姨啊，您今年七十六了吧？咱俩也是老邻居了，您可不带这么坑我的。"

范明素："我坑你什么了？"

马老六："让您抽根烟，就跟要了您孙女陈汐的命一样。上回有个青岛游客递了根烟给您，被陈汐逮了个正着，那人后来……"

马老六摇了摇头，一脸惨不忍睹："您说，这市场上谁有胆子给您烟抽，给您烟卖？"

正说着，有游客逛了过来，马老六顾不得再跟范老太闲扯，忙迎了过去。

这时候，原本硬朗的晴天里，刮起了狂风，一排摊子上挂着的文化衫和丝巾，随风摆起。范明素抽了抽鼻子，抬头看了眼天色："收拾收拾，回家喽。"

关森森不用写作业了，高兴地抓起练习册往书包里塞，问："要刮沙尘了吗？"

范老太点点头："大沙尘。麻溜的。"

关森森麻利地收拾起书包，开始收拾货架上的葡萄干。范明素把文化衫从架子上摘下来，一卷卷塞进蛇皮袋子里，再去收拾丝巾。正忙着收摊，三个游客从长街一头逛过来，停在摊位前。

"葡萄干怎么卖啊？"

范明素忙着收摊，头也不抬地说："不卖了，快走吧，要刮沙尘了。"

周宁撇撇嘴，大晴天哪儿来的沙尘？她牵起男朋友王丹阳的手，朝下一个摊位走去。两个人走出去几步，回过头，却看到同伴还站在摊位前。

"秦烈，走啦。"

秦烈朝他们摆摆手，示意稍等。

他低头问道："您这个帆布包是从哪儿买的？"

范明素听到秦烈的声音，这才注意到摊位前还站着个人。这人身材高大颀长，体格健硕，五官线条硬朗，最醒目的是浓眉下一双黑沉沉的眼睛。那双眼睛，跟他的轮廓一样，像被西北风沙打磨出来的，有种西北男人特有的野性，但整个人的气场，又明显和他们敦煌当地人不一样。

范明素有点茫然："问我呢？"

秦烈点头。

范明素："问这个干吗？"

秦烈吐出口烟，指了指货架子上的旧帆布兜子："这包上的图，挺有意思。"

范明素看向帆布兜，上面画着卡通仙女，光着脚丫骑在一只胖狮子背上。她看不出有什么意思，心想，不就是莫高窟壁画上，随处可见的神仙吗？她抬头一笑，眼睛里满是精明："给根烟抽，我就告诉你。"

秦烈怔一怔，然后无所谓地笑笑。他从裤兜里掏出烟，递给老太太。

范明素瞬间觉得全身舒坦。关森森伸手抢老太太手里的烟，着急喊："奶奶，你不许抽烟。"

范明素一只手高高举起，一只手按住森森的小脑袋瓜："别跟陈汐说，晚点我给你买雪糕。"

关森森不抢烟了，陷入良心的斗争。

周宁和王丹阳走回来，问秦烈怎么了。秦烈对他们说："等我跟老太太说几句话。"

他问："可以说了吗？"

范明素看秦烈的目光亲切了很多："要不这样吧，你帮我去买盒烟，我就告诉你。"

秦烈无语。范明素从袋子里掏出一件 T 恤，递给秦烈："不让你白跑，钱我出，买回来，再送你一件。"

秦烈目光落在 T 恤图案上，觉得这图案也挺有意思，跟帆布包上的图案是一个人画的。他问范明素："去哪儿买？"

范明素笑逐颜开，忙给他指路，说："顺着这条街走到头，往右拐有个小超市，硬如意十三块一包。"

秦烈提眉问她："您真知道，这包从哪儿买的吗？"

范明素点头："我不光知道包从哪儿买的，还知道上面的画是谁画的，快去吧。"

"那您等着。"秦烈迈开长腿，朝范老太指的方向走去。

周宁跟上他，纳闷地问："老秦，你跟那老太太玩什么呢？"

王丹阳手里拎着在夜市上买的土特产和纪念品，一路小跑，他不解地说："是啊，怎么还给她当跑腿儿的了，我都没享受过这待遇。"

秦烈单肩背着包，里面搁着王丹阳的无人机，手上也拎着一大兜特产。这几天，他陪着王丹阳和周宁到处逛，还要忍受两个人的聒噪，早不耐烦了。

秦烈答非所问："你俩什么时候走？"

王丹阳一副老油条的样子，笑说："看你啊，你同意回京，咱马上订今晚的机票。"

周宁一脸无辜："别冲我来啊，我就单纯来旅游的，早想来敦煌玩了。"

秦烈往前走两步，索然无味地说："别等了，我不考虑回去。"

王丹阳和周宁闻言，沉默下来。三个人走到街尽头，又起一阵风，风里有股淡淡的沙土味，北京的风再大，也没有这风里彪悍的味道。周宁把刚从夜市上买的纱巾裹在脸上，挡住扑面而来的沙子。

秦烈找到范老太说的小超市，买了一整条她要的硬如意。王丹阳又问了遍："你做什么？"

秦烈回答："帮你们找人。"

王丹阳："找什么人？"

秦烈："角色设计师。"

王丹阳无语："你为什么就不肯回北京？你只要回，咱们就能和从前一样啊！"

周宁附和："是啊，你在这儿能干什么？你甘心就这么一直混日子吗？"

秦烈没说话，黑沉沉的眼睛让人看不透，他径直朝外走，王丹阳和周宁连忙跟上。

三个人走出小超市，周宁一抬头，尖叫了一声，声音里满是惊恐，秦烈也抬头。西边天空不知什么时候，拔地而起一道遮天蔽日的沙墙，朝着他们汹涌过来。周宁吓得呆住了，秦烈说声"快跑"，周宁和王丹阳跟着秦烈往街里跑。

狂风把地上的纸片、塑料袋卷得满天飞，黄沙在他们身后咆哮着追了上来，霎时间把一切都吞没了，大风和沙尘颗粒让能见度变得很低。秦烈翻起衣领挡住口鼻，两只眼睛瞬间迷了沙子，生疼。

范明素来不及收走摊上的葡萄干，用大塑料布把货罩上，再用几块砖压结实。她在沙尘暴扑过来之前，把关森森赶进马老六的店里，她自己站在马老六的店门口等人，心里不太踏实，不知道小伙子是不是真给她买烟去了？沙砾打在脸上，她没什么感觉，年轻时，防风固沙，比这凶猛的沙尘暴见多了。她等在风沙里，直到看见一个高高的身影从沙尘里冲出来，跑到她身边。

"给你。"秦烈把一条硬如意递给范明素。

范明素在大风里笑逐颜开，吃了一嘴沙子。这傻小子给了她一条，简直喜从天降。她说："帆布包是我孙女画的，我卖的 T 恤上印的都是她的画，一会儿多拿几件。"

秦烈正要开口说话，就听到摩托车引擎的轰鸣声，被狂风搅得稀碎。他循声望去，见一辆摩托车，从风沙里冲了出来。一个高挑的女人骑在摩托上，身上穿件藕色汉服长裙，裙子外面罩了件墨绿色的夹克，她鼻梁上架着一副飞行员墨镜，红蓝两色的飘带和披散的长发，在大风里上下翻飞，画面太有冲击力，秦烈跟两个朋友都看呆了。

范明素却突然把烟塞给秦烈，像考试作弊被老师抓到一样。

摩托车朝他们飙了过来，没有减速，擦着秦烈的宽肩飞了过去。几个人的视线，不由自主地追上摩托车。女人骑出去十几米远，突然来了个急转弯，橡胶轮胎在地面上，发出刺啦的摩擦声。

"陈汐。"

范明素讪笑着朝孙女招招手，一脸做贼心虚的样子。陈汐没理她，嗡嗡踩了两下油门，骤然朝那边加速冲了过去。秦烈还没反应过来，摩托车已经飙到他身侧。车上的女人伸手抢过他肩上的包，在呼啸的风沙里扬长而去。秦烈愣了一秒，旋即追了出去。

范老太拔高嗓门喊："臭丫头发什么疯，快给我回来。"

而回应范老太的，只有女人身上迎风翻远的飘带。

秦烈和王丹阳飞奔着追出夜市，一眼望出去，只看到远处的沙尘里一抹翻飞的红色，旋即被黄沙吞没。王丹阳骂了一声，脑子还是蒙的，他吐出口沙子，喘着气，一脸不可思议。

"这女的神经病吗？"

02

秦烈转身往夜市里走，语调平常："找她奶奶去。"

马老六的饭店难得热闹，里面一半是避风的人。秦烈抄着兜靠在玻璃门上，听范明素给她孙女打电话。

"到哪儿了？怎么还没回来？人家在这儿等着呢，快回来。"

半个小时过去，秦烈还是没等到人，周宁和王丹阳开始埋怨起老太太。范明素觉得理亏，又把电话拨过去，那边陈汐没说两句，就要挂电话，范明素气得朝她喊："你挂一个试试？"

秦烈见状拿过范老太的手机，他对着电话那边的女人，不紧不慢地说：

"包里有个无人机，大疆经纬M300，售价二十八万，还有一部手机，华为折叠屏，售价三万。你该知道，抢劫数额巨大判处十年以上有期徒刑，你抢走的东西价值三十万，够上数额巨大的量刑标准了。"

他低头看了眼腕表，淡淡说："给你十分钟，不来我就打110报警。"

电话那边沉默几秒，传来轻轻一声嗤笑："威胁我？"

秦烈："警告你。"

他话音还没落，对方已经干脆利落地挂了手机。秦烈沉默两秒，拨了110报警电话。范明素急了，连忙从秦烈手里抢走手机挂断，又给陈汐打了过去。秦烈默不作声地看着老太太横眉竖眼，跳着脚把电话那头的孙女骂了一通，最后老太太朝他秒变笑脸，把手机递了过来。

秦烈接过手机放耳边，没吭声，等对方说话。电话那边，女人简短地说："来沙洲派出所。"

秦烈挑眉："自首去了？"

女人没理他，又直接挂了电话。

秦烈低头，看着黑下来的手机屏幕，没多久，眼前忽然一闪，一个东西被塞进他怀里。他回过神来，看到老太太皱巴巴的面孔上满是歉意："你喜欢这个包是吧，送给你。"

秦烈目光落在老太太塞给他的帆布包上。范明素赔着好话："不好意思啊，我孙女见不得我抽烟，看见有人给我递烟就冒邪火，犯浑。"

秦烈："您刚才说，这包上的画是她画的？"

范明素连忙点头，想起什么，忙弯腰拉开蛇皮袋子拉链，她从里面翻出一卷T恤，起身塞进秦烈怀里："这些衣服上都是她的画，你要是喜欢就随便拿。"

秦烈把T恤放在一旁的餐桌上，随手拿起一件抖开看。范明素继续赔不是："这事儿怨我，不该让你去给我买烟，小伙子一看就是个好心肠的人，别跟那臭丫头一般见识。"

老太太絮叨的工夫，秦烈挑了几件不同图案的T恤。他把T恤叠起来，放进帆布包里，对老太太说声："谢了。"

他让王丹阳和周宁在店里等，自己拉开饭店玻璃门往外走。范明素连忙叫他："小伙子，再等等，她就来了。"

秦烈朝背后摆摆手："我去找她。"

市内巴掌大点地方，不到几分钟，秦烈的越野车就停在了派出所门口。风沙依然很大，天地间一片苍茫的黄，秦烈快走两步，隔着灰扑扑的玻璃窗，看到女人高挑的侧影。她上身还是那件墨绿色的夹克，藕色长裙换成了牛仔裤，没戴墨镜，侧脸线条利落、锋锐。她抱着肩站在两个蔫头耷脑的小伙子身旁，听民警给他们训话。

外面，秦烈的目光从其中一个染着红发的小伙子身上扫过，又猛然看了回去，这头发和背影，怎么瞧都有点眼熟。愣神的工夫，里面的三个人已经从派出所走了出来。

陈汐一眼就看到了站在派出所门口的男人，她走上前两步，摘下右肩上的包扔给他："喏，要检查一下吗？"

她声音冷冷的，眼神里气还没消。秦烈接过包，目光却看向陈汐身后染了一头红发的少年，那是他堂弟秦展。

"你怎么在这儿？"秦烈看到秦展眼角和嘴角的瘀青，眉头皱了皱。这小子上周刚跟他借了十万，说要买辆八成新的吉普，租给游客玩沙漠越野，车没见着，人却进了派出所。

秦展一脸惊讶："哥，你怎么来了？"

看到陈汐递给秦烈的包，秦展恍然大悟："汐姐，你说的人是我哥啊。"

陈汐："……"

她掏出墨镜戴在脸上，当没听见。

秦烈懒得跟这女人计较，继续问秦展："出什么事了？"

秦展郁闷地说："别提了，卖我车那人说车是八成新，我跟他挺熟，就没仔细检查，回来才发现是辆事故车，发动机都快报废了。"

秦烈："合同上怎么写的？"

秦展："这不是熟人嘛，没合同，找那人退钱，他不肯，就打起来了。"

秦烈："对方人呢？"

秦展："刚被捞走。"

他拍拍身旁鼻青脸肿的小伙子，介绍说："我哥们儿，刘伯洋。"

秦烈朝对方点点头。这名字他有印象，秦展技校毕业后跟人学修车，应该就是刘伯洋了。

刘伯洋笑笑说："哥，听秦展说你在北京做大生意。"

秦烈没接话，反而问他："秦展是想跟你合伙开修理厂吗？"

刘伯洋点点头，抬手一指陈汐："还有我姐。"

秦烈看了陈汐一眼，对方的冷眉冷眼被大墨镜遮住，看不到表情了。

"你姐？"

这倒有些意外，却也不太意外，小地方就这样，七拐八绕都是熟人。

刘伯洋忙点头："她妈是我大姨。"

眼看刘伯洋就要跟秦烈热络起来，陈汐懒得听他们说话，抬腿走向停在树下的摩托车。她跨上车，听到身后男人沉磁的嗓音，带着粗糙的颗粒感，像此刻刮过脸颊的沙："就这么走了？"

陈汐一条长腿支在地上，回头看他："不然呢？听你跟我道歉吗？"

秦烈简直要被她气笑："你抢我的包，我跟你道歉？"

陈汐："你给做过肺叶切除手术的人递烟，我还要谢你，是吧？你看我奶奶像个健康人吗？"

秦烈闻言微怔，老太太那张皱巴巴的脸，乍然闯进他脑海里。经她这么一提，他才察觉到，老太太脸上似乎是笼着一层病气的。

陈汐："没事多洗洗眼睛，西北风沙大，却还不至于把人眼睛刮坏。"她说完戴上头盔，一脚油门飞了出去。

秦烈默默看着摩托车消失在漫天黄沙里。回头时，他看到秦展和刘伯洋已经走到他车前。

"哥，捎我们一段呗。"秦展咧嘴一笑，牵动嘴角的伤，笑容变成了龇牙咧嘴。

刘伯洋的修车店开在三号桥，左边是个小超市，右边是个烧烤小店。秦烈之前开车从这条路上经过时，从没注意过，藏在老柳树后面的这些不起眼的临街小店。

刘伯洋下了车，秦展也要蹿下副驾驶，被秦烈一把拎了回来，秦展只好匆匆跟刘伯洋说声拜拜。秦烈踩脚油门，将车开了出去，这小子好几天没着家，他爸妈正着急呢。

车窗外昏昏矇矇，夜幕提前笼罩下来，平时九点来钟天才能黑下来，今天不到八点就黑了，宽阔的街上没几辆车，路旁也是行人寥寥。秦烈忽然想起在北京，这个点正是晚高峰的时候，从他办公室的落地窗朝下望去，会看到三环上堵得水泄不通。北京那么大，却仍是拥挤的；敦煌这么小，却很空旷。

秦烈打了把方向盘，拐进昆仑中路，余光瞥到秦展正对着副驾遮阳板上的小镜子，查看眼角的伤。他开口说："买车被人坑，跟人合伙开修车厂也小心被骗。"

他没指名道姓，话里的火药味冲着谁，却很明白。秦展啪地合上遮阳板，惊讶地看向秦烈："哥你说什么呢？人汐姐是独资开修理厂，我跟刘伯洋死皮赖脸能混个技术入股就不错了，人家肯不肯带我们玩还不一定呢。"

秦烈打了把方向盘，随口问："她修车？"

秦展："你这什么表情，不信是吧？"

秦烈没吭声，微挑着眉梢，一脸不信。

秦展不高兴了："哥，你别瞧不起西北姑娘，你去找人打听一下陈汐。"

秦烈的表情仍带着一丝不屑。

秦展忍不住嚷嚷："人在敦煌博物馆上班，工作可好了，来了外宾都是她给当导游，讲英文。"

秦烈："工作这么好，那还开什么修车厂？"

秦展："人家觉得没意思呗，不想干这种铁饭碗的工作了，想修车。"

秦烈轻嗤一声："嗯。"

秦展："你别看人是个女的，长得还那么漂亮。"

秦展说这话时恍了一下神："人家修车的手艺不比老爷们儿差，我买的那辆破吉普，好几个店看了都说修不好，刘伯洋也不敢修。汐姐说，她能修好。"

秦烈若有所思，秦展觉得他还是不信："你要不服，明天到刘伯洋的修车店来看，我就不信你不服。"

秦烈把车开进新一区，停在秦展家单元楼下。秦展打开车门，风沙裹着曲子戏，铿锵有力的腔调刮进车里。秦烈看了眼不远处的小花园，平时每到傍晚，有几个退休的油田职工，会在花园里唱曲子戏，今天风大，唱戏的人不知转战进了哪家屋里。

秦展："哥，上去吃个饭再走吧。"

秦烈摆摆手："晚上有事。"

秦展："那我走了。"

秦烈点点头，在他关车门前忽然问道："明天几点？"

秦展："啊？"

秦烈："她明天几点帮你修车？"

03

陈汐从派出所出来后，直接开车去了单位。下午在鸣沙山录的视频，今晚就得剪辑出来，赶在五一期间发出去。

鸣山北路上，静静矗立着市博物馆。风没那么大了，博物馆土黄色方方正正的建筑和昏黄的天色，几乎融在了一起。陈汐在博物馆大门外减速，缓缓驶进院里，她很喜欢市博物馆的建筑，方正的展馆没有一丝多余的造型和修饰，像长城和烽燧，是历史粗粝的味道。陈汐一直觉得，这座沙漠小城里的博物馆，就该是这个样子。

她把摩托车停在办公楼前，摘下头盔，噔噔噔迈上台阶。这个时间已经是下班点，同事们都走得差不多了，办公楼里很安静，空荡荡的走廊里回响着她的脚步声，空气里有种熟悉的味道，挺好闻的。一个人在某处地方待久了，就会对那个地方的味道不再敏感。今天或许是因为外面起风的缘故，陈汐又闻到了走廊里那种类似旧书报的味道，这种味道，和她入职那天，走进这栋楼时闻到的一样。陈汐忽然就想，她要这样过到老吗？

她推开办公室的门，看到科长还在。

"您还没走啊？"陈汐把包扔在办公桌上，打开电脑。

马科长点点头："有个老同学，明天带她的学生来参观，我准备个发言稿。"

陈汐怔了怔，科长的发言稿，平时都是她或胡菲菲准备，内容大差不差，没见他这么郑重过。她好奇地问了一句："什么同学让您这么上心啊？"

马科长摇摇头，叹了口气说："一个硬骨头。"说着忽然想起什么，问她，"你吃了没？我刚点了面条，给你加一份？"

陈汐："陈记的？"

马科长看她眼睛放光，就知道她还饿着，他点点头，掏出手机加单。

陈汐："大宽，特辣，加卤蛋。"

说完她加上一句："谢谢领导。"

马科长加完单，随口问陈汐："视频拍完了吗？"

陈汐点点头："还挺幸运，把沙尘暴起来的画面也录下来了。"

马科长："咱们科今年的重点工作，就是把视频号做起来，拍完这个飞天舞，你跟小胡再琢磨琢磨其他吸引流量的题材，最好你每期都能出镜。"

陈汐笑说："万一我成网红，辞职怎么办？"

马科长："你又不傻，这么好的工作，你舍得丢？"

陈汐没答，坐下来输入开机密码。胡菲菲已经把下午录的视频上传到了网盘，陈汐负责剪辑，她下载视频看了一遍，比预期要好些。多亏了闺密韩素素是个舞蹈老师，教了她几个简单的飞天舞动作，还借了他们一台小鼓风机。视频里的她仙衣飘飘，背后是大漠黄沙，看起来还真像那么回事。

陈汐剪辑视频的工夫，马科长把发言稿又修改了一遍，终于满意了。

外卖不一会儿送来，陈汐打开餐盒，房间里立刻窜起扑鼻的香。陈汐弯腰打开办公桌最下面的抽屉，拿出一壶醋。

"要吗？"她问马科长。

马科长点的牛肉炸酱面，他摇摇头，哭笑不得地说："你可真行，把醋搁办公室。"

陈汐往漂了厚厚一层红辣椒油的面里，倒了一气儿醋。

"我奶奶自制的米醋，离了这个什么面都没味儿。"她坐下来，挑起一筷子裹着辣油的宽面吹一吹，吃一大口，"陈记的辣子不错。"

马科长点点头："香的。"

吃完饭，陈汐继续干活。马科长起身倒了杯水，走过来对陈汐说："有个事，你得走点心了。"

陈汐边干活边问："哦，什么事？"

马科长："老宋明年就要退了。"

陈汐："嗯？"

马科长："还用我说得更明白点吗？"

陈汐正在选音乐，脑子慢了半拍，一脸茫然地看向他。

马科长："你说你，聪明劲儿都没用在正经地方。咱们科就你和小胡两个学历够资格竞聘副科长，据我所知，她已经在活动了。"

陈汐"哦"了一声，依然无动于衷。

马科长："你专业能力比她强，可没人家会来事啊。提干的事，我会尽力帮你，可有些人情，还得你自己走动。"

他拍拍陈汐的桌子："上点心吧，姑娘。"

陈汐"哦"了一声，一抬眼，对上马科长恨铁不成钢的目光。

"谢谢马叔。"她干巴巴地补了一句。

马科长摇摇头："我走了啊，你也别太晚回家。"

陈汐点点头，视线回到电脑屏幕上。马科长是陈汐爸爸的徒弟，年轻的时候，他跟着陈汐爸爸常年在野外修复壁画，结婚后，为了稳定就换了工作，而陈汐爸爸却为了这份工作抛家舍业。他和陈汐爸爸师徒情深，对师父也很愧疚。

马科长收拾东西回家，走到办公室门口突然想起什么，他回头对陈汐说："明天下午两点钟，你来给那些孩子讲解吧。"

陈汐回头问他："什么孩子？"

马科长："山里来的孩子。"

陈汐剪辑完视频已经快十点，中间范明素给她发了段语音，说姑姑带了辣卤羊蹄，叫她早点回家吃。陈汐还在生奶奶的气，没理她。

今晚姑姑过来住，陈汐不用去沙洲夜市接奶奶回家。从单位出来时风已经停了，空气里还残留着沙尘的味道，夜空却澄澈如洗。

陈汐骑上摩托，在空旷的街上飞驰，从鸣山路拐进文博路，一直向西，不一会儿就到了七里镇上一处空旷的场地。这是她中意的地方，交通方便，是自驾来敦煌的游客必经的路段，不愁客源。

陈汐把车停在生锈的铁栅栏外，看了看里面黑魆魆的平房，院子里杂草长到半人高。心想这场地的租金，还能不能再降点？她卡上有将近二十万，一部分是工作五年来的工资，一部分是帮人修车赚的钱，还有一部分是爸妈给的。刨去租金和设备就不剩什么钱了。

陈汐正琢磨事，手机突然响了，是白宇宁打来的。这周他在医院值夜班，每天十点前都会给陈汐打电话说晚安，陈汐接起电话。

"喂，睡下没？"白宇宁问她。

"还没。"陈汐朝夜色里轻轻吐出口烟。

白宇宁："干吗呢？"

陈汐："在外面呢。"

白宇宁："哪儿啊？"

陈汐："七里镇这边，我刚加完班，过来转一圈。"

白宇宁："大晚上的，别在外面晃了，早点回去睡觉。"

陈汐点点头，问他："你今天值班忙吗？"

白宇宁："刚从病房出来，一个病人术后出了点问题。"

陈汐随口问道："什么问题？"

白宇宁："刀口愈合不好，还有点胸腔积液，不是什么大问题。"

陈汐有点心不在焉，低低"嗯"了一声。

白宇宁："今晚刘大夫不在，屋里就我一人，不然，你来？"

陈汐明知故问："来干吗？"

白宇宁低低笑了："送温暖。"

陈汐轻轻磕掉烟灰，声音索然："不来。"

白宇宁："怎么了？听你声音好像不高兴。"

陈汐默然片刻，忽然说："我想辞职了。"

白宇宁沉默几秒，像是惊讶得忘了说什么："真的想啊？"

陈汐听出他声音认真起来了："嗯，真的。"

白宇宁："辞职干吗？"

陈汐："开修理厂，地方我都看好了。"

她听到电话那边白宇宁深深吸了口气："这事你之前也提过几次，我一直当你是随便说说，没想到你还当真了。"

陈汐："为什么不能当真？"

白宇宁："你现在的工作多好啊，多少人想进你们单位都进不去，你还是正式编制，工作稳定，收入也不低，还有什么不满意的？"

陈汐不说话。

白宇宁："而且你在单位很受器重，来了领导和外宾都是你接待，多少人羡慕你的工作。马科长说你们副科长要退了，你有机会往上走一走，这么好的机会你不要，非要去修车。我觉得你冷静冷静，别想一出是一出。"

陈汐："可我觉得挺没劲的。"

白宇宁："普通人的一生不都是这样的吗？你是身在福中不知福，工作这么好，男朋友也好。"

说到这儿，他笑了笑："有房有车，还是市医院最年轻的主治医师，请问你还有什么不满意的？"

陈汐想想，确实没什么不满意的，可也说不上有多满足。

白宇宁："咱们成家后，生个男孩，再生个女孩，我名字都想了，男孩叫张掖，女孩叫张汐。"

他声音变得轻快，像是已经开始畅想起他们美满的小日子。陈汐打断他："生儿育女，然后呢？"

白宇宁："把孩子好好养大啊，让他们考上好的大学，跟咱俩一样优秀。"

陈汐："然后呢？"

白宇宁怔然片刻："然后，然后你就享福啊！"

陈汐不知道该说什么好，之前提到开修车厂的事，两个人也总是鸡同鸭讲。

"算了，改天再说。"陈汐挂了电话，抬头看向夜空。星星很亮，突然撞进眼里，让她心头的烦躁缓解了些。夜深人静，远处大漠戈壁起伏的轮廓，像熟睡之人绵长的呼吸。她默默待了一会儿，然后跨上摩托，往杨家桥奶奶家的方向驶去。

秦烈陪王丹阳和周宁在街边吃烧烤，一阵风摇动街边的白杨树，一辆摩托飞快地驶过。

"看什么呢？"周宁顺着秦烈的目光，望向洒满路灯的街上，只看到一辆驶远的摩托，车上的人，长发在风中飞扬。

"没什么。"秦烈收回目光，喝了口啤酒。

04

周宁很喜欢喝这边的杏皮茶，酸甜的杏子味，还有一丝陈皮淡淡的药材味，一杯喝完，她又问老板娘要了第二杯。今晚的客人，只有秦烈他们这一桌，掌柜在后厨忙完，出来时看到秦烈，笑着跟他打招呼："我说是谁要吃白饼加油泼青辣子，够不够？再给你夹两个？"

秦烈摇摇头，说够了。他从前读高中时就爱吃这家小店自己烤的白饼，面香味很足。饼原是夹肉卖的，他却喜欢夹油泼青辣子，在北京偶尔馋这一口，却找不到地方吃。

王丹阳是个人来疯，邀掌柜来喝杯啤酒。掌柜摆摆手："啤酒跟水一样，有啥喝头。"

王丹阳拿起一串裹满辣子的红柳烤串，咬下一大块羊肉，登时被干辣椒呛得脸都红了。

周宁忙把手里的杏皮茶，递给王丹阳。王丹阳灌了一气杏皮茶，还是猛咳了一阵，咳得眼圈都红了。等他止住咳嗽，忽然两眼红红地看向秦烈："老秦，你还恨我吧？"

秦烈："你想多了。"

他抬眼迎上王丹阳的目光，乌沉沉的眸子里看不出任何情绪。

秦烈和王丹阳读计算机专业研究生时一起成立了游戏工作室，名叫"破晓"。在工作室成立的第五年，他们终于拿到一笔天使投资，两年后他们的"隧道"横空出世。那是一款玩家可以在古代世界和未来世界自由穿越的开放游戏，一经问世，就引爆了网游圈。随着一轮轮融资，"破晓"成功上市，秦烈和王丹阳跻身富豪榜，"破晓"也从一叶小舟仓促膨胀成了一艘航船。

可惜好景不长，两个创始人，对这艘航船的方向产生了分歧。秦烈主张投资科技研创，搞AR（Augmented Reality，增强现实。是一种将虚拟信息与真实世界叠加融合起来的技术）和VR（Virtual Reality，虚拟现实技术）研发，抢占虚拟领域的技术地位。而王丹阳却觉得这样的投资简直就是做公益，投出去的钱就是打水漂。秦烈说一不二，王丹阳觉得他疯了。那时"破晓"已经上市，秦烈的主张也引起了其他几个大股东的强烈反对，董事会改选王丹阳担任董事长。

秦烈索性不再参与破晓的运营，转让了部分股份，当起了年底分红的股东。他离开短短两年时间，"隧道"就因为运营作死，流失了一大批玩家。而新上线的"苍穹之剑"也因为圈钱的意图太过明显，被很多玩家抵制。不久后，公司还跟风炒元宇宙概念，赔了个一塌糊涂。

王丹阳借着酒劲恳求："老秦，管了两年公司我才知道，我就是个技术宅，根本扛不起来公司运营的事，你不回来，'破晓'怕是迟早要毁在我手里。"

见秦烈不说话，王丹阳继续说："3.0的新增地图是古丝路，这个游戏是你一手开发的。你又在敦煌这个丝路古城，待了快两年，没有人比你更懂这个游戏该怎么做。"

周宁也说："现在最关键的就是'隧道3.0'上线的效果，虽然之前流失一大批玩家，但'隧道'还是有一批忠实玩家的，只要3.0上线能把口碑赚回来，'破晓'就还有希望。"

两个人说完，眼巴巴看着秦烈。

秦烈静静坐着，路灯昏黄的光落在他硬朗的鼻梁上，投下一小片阴影。良久，他起身去结账。

周宁急了。这趟来敦煌，他待他们两个和从前一样，可只要一提到回北京的事，他就油盐不进。

她猛地站起来追上秦烈，红着眼睛说："秦烈，丹阳这次是来求你的，条件任你开。"

秦烈停下脚步，回头看向两人："丝路这个版本，我来找人帮你们做。"

事关"破晓"，他做不到袖手旁观，但志向不同，他们再也回不到同一条路上。

王丹阳紧张地问："谁？"

秦烈："今天下午骑摩托的那人。"

王丹阳表情从激动秒变失望："就那女疯子？"

秦烈点点头。

王丹阳一脸不屑："不就会画几笔画吗？我们公司哪个设计师不比她

专业？"

秦烈："3.0的新增地图是古丝路，我看了十个角色的初步设计，和故事背景不对味。"

周宁在角色设计组工作，闻言郁闷地问："哪里不对味？"

秦烈："过于偏日漫风，和大漠黄沙不配，根本撑不起故事。"

周宁撇撇嘴："她的就能撑起来？"

秦烈望向空旷的街道，淡淡说："不知道。"

……陈汐半睡半醒间翻了个身，听到院子里三黄叫了几下，声音带着丝亲昵。老狗成精，陈汐从三黄的叫声里听出白宇宁来了。她起床去院子里的水龙头跟前洗脸刷牙，白宇宁已经坐在葡萄架下吃上了。

陈汐的姑姑陈梅在厨房做拉条子，现扯现吃，新泼的油辣子满院子窜香。见陈汐出来，白宇宁朝她用口型无声叫："宝儿。"

陈汐斜他一眼："肉麻。"

陈梅端出热好的辣卤羊蹄放在木桌上："陈汐，一会儿吃完饭，你去把奶干晾到房上。"

她昨晚拿了骆驼奶乳酪，还有点潮，口袋扎着忘晾了，今早闻着有点要变味儿。

白宇宁忙说："我来就行。"

陈梅搓着手上的面嘎巴，笑得有点拘谨，她不好意思使唤白宇宁。尽管陈汐已经跟他谈了一年多，可在陈梅心里，白宇宁是范明素的主刀医生，是他们家的救命恩人。

陈汐洗漱完，去厨房自己端了碗扯条子过来坐下。大早上的，她只穿了件松松垮垮的格子衬衫，指尖被凉水冻得发红。

白宇宁提醒她："早上冷，进去穿件外套。"

陈汐嫌麻烦，说句"不冷"，忽然坏笑着把手伸进白宇宁T恤下摆里。白宇宁被冰得差点从凳子上跳起来，他索性一把抓住陈汐的手，往下带。两个人正无声拉扯，三黄忽然蹿到院门口，嗓子眼儿里发出撒娇的哼唧声，尾巴摇成了风扇，白宇宁忙松开手。

范明素骑着小三轮从外面回来，车斗里装着两个硬纸箱和几个饮料瓶子。

"奶奶回来了。"白宇宁站起身来。

范明素平时一见白宇宁就眉开眼笑，今天却有点心虚，她干笑着说："宇宁来了，快坐下，吃你的。"说完觑了眼陈汐的脸色。

陈汐果然一点情面也不讲，张口就捅出来范明素昨天干的好事："我奶奶昨天又抽烟了。"

白宇宁坐下刚拿起筷子，一听这话，筷子又搁下了："奶奶，这怎么能行？绝对不能有下次了。"

范明素讪讪地点点头，为防白宇宁长篇大论，连忙指指屋子问："森森还没起？"

陈梅在厨房里说："没呢，小娃娃贪睡，让他睡吧。妈，你吃面还是吃馍？"

范明素："吃西北风。"

她脾气大着嘞，只是这回不占理。

吃完早饭，陈汐和白宇宁拿了两个大簸箕爬梯子上房顶。他们把陈梅带来的奶酪干，一块块晾在簸箕上。阳光夺目，把一半天空染成了金色，白宇宁探身在陈汐额头上亲了一下，再亲她凉凉的鼻尖，最后亲她略显干燥的嘴唇。

一个漫长又温暖的吻。

"结婚吧。"分开时，白宇宁笑着说。

陈汐却沉默了，她觉得还有另一个话题需要谈。

"我想先解决工作的事。"

白宇宁眼神里的动情还在，声音却冷静下来："我觉得你太冲动了，辞职的事还是应该考虑成熟了，再决定。"

他亲亲陈汐的额头，起身爬下梯子，单方面结束了这场几次三番都没有结果的对话。

陈汐到了单位，把昨天的视频检查一遍后发布了出去，就没什么事了。下午马科长来上班，换了西装。陈汐发现他眼镜片都是仔细擦过的，锃亮。她暗自好奇究竟是什么老同学，能让马叔想起来把眼镜擦擦。

两点钟参观团来了，总共十个高中生，都是女孩，穿着蓝白两色的校服。她们站在博物馆空旷的序厅，一双双小鹿似的眼睛难掩好奇和兴奋。

领队的是位头发花白的女老师，她瘦得只剩一把骨头，穿一件洗得有些褪色的灰外套，干巴巴的脸上有两道深深的法令纹。

马科长大步朝他们走去，陈汐看到他的手指轻轻在抖，可当他们走到那位老师面前时，陈汐却听到马科长只哑声说了句："来了。"

陈汐带孩子们参观博物馆。她讲得很认真，因为孩子们听得太认真了。

她不记得自己像她们这个年纪时，是否也像她们这样，看到什么都会是闪闪发亮的眼睛。她带她们看敦煌县志里的丝绸之路，告诉她们敦煌是丝路上的明珠，来自世界各地的艺术和文化在这里热闹地交融。她给她们讲汉武帝时期颁布的《太初历》，从此以后一年有了三百六十五天，有了二十四节气。她带她们看莫高窟第45号复制窟，给她们讲盛唐的雕塑艺术有多辉煌。

有个女孩个子矮矮的，皮肤黝黑，脸颊上有两块高原红。陈汐的目光落在她粗糙的手上，觉得这双手像姑姑那双干农活的手。还有一个女孩的校服袖口和胳膊肘两处地方，用细密的针脚缝了相同颜色的布料，不仔细看，几乎看不出来。陈汐大概知道了，这些孩子来自什么样的地方，她讲得更卖力了。

马科长和老师跟在不远处，低声聊着天。参观结束后，是马科长给自己安排的讲话时间。他从兜里掏出打印好的稿子，照着念了两句，忽然停下来，最后，他低着头慢慢把稿子叠好，放回了西装口袋里。知识陈汐已经讲得够多，他现在想讲点别的。

05

"我和你们王老师是同乡，她是我见过的骨头最硬的人。"他抬起头，看向站在学生们身后的王老师。马科长朝她苦涩地笑了笑，又把目光转向学生们，"我们上小学要从鸡叫走到天亮，她在路上瞌睡得滚下过山沟，家里人不让她上高中，婆家人烧她借来的书。她当老师，劝人把女娃送去学校读书，被人轰出来，她第二天还去。三十年，她走了十万里山路，把几百个女娃带进了学堂。"

他深吸一口气，轻轻说道："希望你们知道自己有多幸运，能遇到这样一个人，也希望你们在以后的人生里，成为别人的幸运。"

这是马科长最短的一次演讲，陈汐却听得有些缓不过神来。等她恍然回神，王老师已经在跟十个女同学说话了。

"这次带你们出来，主要是想让你们看看外面的世界。我们小山沟外面有敦煌，敦煌外面有更大的城市。我并不是要告诉你们大城市有多好，而是想说外面的世界很广阔。人生来就活在各种束缚里，这个社会对女孩子的束缚尤其多，可世界明明很大，人生明明可以很精彩，如果你有追求，那就奋力为自己搏一把。如果你不甘于平庸，那你就去折腾，怕什么呢？还有什么比浑浑噩噩过一生更恐怖的事呢？"

陈汐忽然觉得，心头像是被什么狠狠撞了一下。是啊，怕什么呢？浑浑噩噩过一生，才是最恐怖的事啊。

后来马科长和王老师又说了些什么，她几乎都没听到。她跟着马科长将王老师和学生们送出博物馆大门。

马科长对王老师说："先回宾馆休息会儿，晚上请你们吃饭。"

目送小巴车驶远，马科长对陈汐说："你晚上也去吧。"

陈汐点点头，忽然想起什么，又摇了摇头："我晚上有别的事，去不了。"

马科长："那算了，有个事你帮我问问宇宁。"

陈汐："什么事？"

马科长："问问宇宁能不能帮忙在市医院找个肝脏方面的专家。她说已经确诊了，没必要再折腾，可我还是想带她再查查。"

陈汐愣了两秒，才反应过来，马科长说的是谁。

"大病吗？"她吸了口凉气。

马科长点点头，抬手扶了下眼镜，遮住了脸上一瞬间的表情。

陈汐没说话，掏出手机给白宇宁拨了过去。风吹过路边的树梢，叶子哗啦啦响。敦煌五月的天，还是冷。回办公室的路上，陈汐一直沉默。走到办公楼下时，陈汐忽然叫住了马科长。

"马叔，我要辞职。"

夕阳坠入沙漠，在党河波光粼粼的水面洒下一层碎金。党河边上，三三两两散步的人，渐渐多了起来。

秦烈打了把方向盘，驶进昨天那条树荫小街。敞开的车窗，飘进街边乐器行里拉二胡的声音，有人伴着二胡的曲子唱戏，像铿锵的秦腔。烧烤摊上的炭火炉子支起来了，青烟袅袅，几个穿围裙的女人坐在路边说着话。

秦烈把车停在路边，走进刘伯洋的修车店。

这间店门脸看着挺小，里面空间还算可以，停着三辆旧车。刘伯洋和秦展都不在店里，秦烈正要去门口看看，一旁红色吉普底盘下伸出一只手。他顺着那只手，看到蹭满油污的手套和挽起的衬衣袖子之间，露出一截冷白的手臂。

"递个扳手。"

秦烈停下脚步，这声音他认得，是那个叫陈汐的女人。他目光在她手腕上停留片刻，又看向地上的工具箱。他弯腰，从里面拾起一把扳手，递到她手里。

车下传来金属乒乒乓乓的碰撞声，过了一会儿，手又伸出来，手臂蹭上的油污被冷白皮衬得更醒目。

"起子。"

秦烈蹲下来，拾起一把起子，递过去。又是一阵乒乒乓乓，一把手电筒递了出来。

"帮我打着。"

秦烈刚接过手电筒，手腕就被抓住，冰凉的触感刺了下皮肤。紧接着，他整个人被轻轻一拽，带进了车下。

"就这儿，别动。"

秦烈冷不丁被一扯，人跟着往前跌了一下，半跪在了车侧。他浓眉微微一挑，却保持住了半跪的姿势，上身被陈汐拽着压向地面。他转过脸，看向车下面狭窄的空间，手电光照出细小的浮尘。陈汐仰躺在修车板上，碎发缠在颈上，鼻尖一层薄汗，正拧着眉头专注拧螺丝。

几分钟后，秦展拎着一箱啤酒从外面进来，他一边往院子里走，一边大刺刺喊："歇会儿吧，汐姐，我叫烤羊排了。"

秦展才进院子，乍然看到一个身材魁梧的男人，半跪在红色吉普车旁。秦展吓了一跳，等他看清是秦烈，乐得肩膀直颤："哥，哈哈，你给汐姐打下手啊！"

陈汐闻言猝然转头，撞上车外一双深冷的眸子。这短暂的一瞬间，让她忽然联想到，伺猎的孤狼。她别过脸，继续手上的活。

秦烈问："能修好吗？"

陈汐没说话，上完最后一颗螺丝。最后，她脚一蹬，躺在修车板上，从另一侧滑了出来。秦展忙跑过来，牵住她的手往起一拽，陈汐借力站了起来，她头发在脑后随意地扎成个丸子，汗湿的碎发贴在脖子上。

陈汐从牛仔裤口袋里掏出车钥匙，扔给了秦展："试试车。"

秦展接过钥匙，兴高采烈拉开车门蹿了上去。发动机轰鸣声强劲有力，毫不拖泥带水，像被陈汐驯服了一般。秦展笑得合不拢嘴，一脚油门把车开了出去。尾气散尽，陈汐摘下手套扔进工具箱，走到后面小院的水龙头跟前洗手。

秦烈把手电筒搁进工具箱，到后门，看陈汐掬起一捧凉水，洗一把脸和脖子。陈汐余光瞥到戳在后门的男人，抹了把脖子上滴答的水珠，问他："有事？"

秦烈："嗯，找你有事。"

陈汐长眉不禁皱了皱："无人机坏了？"

秦烈："我还没看。"

他说着拿出手机，打开帆布包的照片给她看："这图案是你画的？"

陈汐点点头："怎么了？"

秦烈："有兴趣做游戏角色设计吗？"

"没有。"陈汐干脆利落地回绝，和他擦身而过，走到前面店里。

不一会儿，街上响起发动机嚣张的轰鸣声，最后，秦展把车开了回来。他降下车窗，朝陈汐笑得一脸灿烂："谢了，汐姐。"

陈汐伸手拍了拍车头，垂下来的目光含笑。她问秦展："伯洋呢？"

秦展："他瞧车去了。今天看的这辆不错，七成新，收拾好了，应该能卖个好价钱。"

正说着，刘伯洋走进店里，他一手端着个四方的不锈钢盘，里面盛着热气腾腾的烤羊排，另一只手拎着打包好的凉菜："在门口碰上卖的，我就买回来了。"

刘伯洋问秦展："啤酒买了吗？"

看到秦烈，刘伯洋笑着招呼他："哥，一块喝一杯。"

夜色渐浓，秦烈忍不住看了眼陈汐搁在脚边的几个空酒瓶。西北女人的酒量，他从小见怪不怪，陈汐的酒量，还是让他稍稍侧目了一下。路灯昏黄，洒下一地的光，小桌上羊排有点凉了，秦展三句话不离他那车，说完车又说修车厂，他问陈汐："汐姐，要是开了修车厂，你那工作怎么办啊？"

陈汐夹了块拌黄瓜，语气平淡地说："我辞职了。"

秦展和刘伯洋同时间："什么时候？"

陈汐："今天下午。"

秦展朝陈汐竖了个大拇指："牛。"

刘伯洋有点担心地问："你跟家里说了吗？"

陈汐摇摇头："还没有。"

刘伯洋："宇宁哥呢？"

陈汐表情稍稍凝重一瞬："今晚说。"

秦展一听白宇宁的名字心里就不是滋味，煽风点火地说："这是汐姐自己的事，他管得着吗？"

刘伯洋无语地瞥了秦展一眼。这时，一辆白色的凯美瑞停在了路边。陈汐看到那车，伸长胳膊朝车里的人摆了摆。车门打开，白宇宁下车走了过来，他这个月夜班值完了，来接陈汐回家。

刘伯洋起身跟白宇宁打招呼："宇宁哥，过来吃点吧。"

白宇宁笑着朝他摆摆手："在单位吃过了。"

他看了眼陈汐脚边的空酒瓶子，轻声埋怨一句："怎么喝这么多。"

秦展别过头，朝天上翻了个大白眼。白宇宁目光转向秦烈，忽然怔了怔，继而一脸惊讶："秦烈，你什么时候回来的？"

秦烈再次感慨，小地方的人际关系，就是一张谁也逃不掉的网。他俩高中一个班，但关系算不上熟。秦烈随口回了句："前阵子。"

白宇宁："听说你在北京当大老板，是开发游戏对吗？"

刘伯洋连忙插嘴："是啊，'隧道'就是秦哥做的。宇宁哥，你玩'隧道'吗？"

白宇宁一心都扑在工作和小日子上，对网游圈一点也不了解，不过他还是捧场地点点头："'隧道'啊，我知道这个游戏，很火的。"

陈汐无声地朝白宇宁翻了个白眼。他除了消消乐，哪还知道别的什么游戏。白宇宁对上陈汐要笑不笑的目光，这才想起介绍一下："我来接女朋友，她叫陈汐，也是三中的，比咱们小六届。"

秦烈点点头："认识了。"

06

陈汐坐到白宇宁车上时，已经有些喝高了，她闭着眼睛，靠在副驾驶座位上。路灯透过挡风玻璃照进车里，在她脸上忽明忽暗地掠过。白宇宁车里和他家里一样，有种干净过头的味道，又或许是因为他衣服上常年有一丝医院里淡淡的消毒水味，陈汐闻着闻着就困了，她忽然想起什么，睁开眼睛看向白宇宁："下午让你帮忙找的医生找到了吗？"

白宇宁点点头："我找了魏大夫，是我们医院肝脏方面的专家。"

陈汐有点不放心："是最好的吗？"

白宇宁笑着看她一眼："什么人让你这么上心？"

陈汐："一个老师。"

她转头看向窗外，夜晚的党河两岸被灯光勾勒了一圈，是小城里最美的风景线。看了一会儿，她不知不觉说："一个了不起的人。"

白宇宁工作后，父母用全款给他在明珠嘉苑小区买了套三室两厅的房子。小区离他工作的单位近，旁边还有个购物广场，是市中心数一数二的楼盘。两人刚进家门，陈汐就蹿到白宇宁身上，不管不顾疯狂地吻他。

陈汐今晚确实想狂欢一场，她今天辞职了，压在心头的一块大石头终于没了，同时，她有一种空洞的失落，喝酒填不满，还想要点更烈的东西来填满。

完事之后，两个人一起冲了个热水澡，陈汐裹着被子趴在床上，吃白宇宁在大超市里给她买的进口草莓，白宇宁穿着翻领真丝睡衣，坐在床边给她吹头发。

白宇宁家整体色调是温暖的米白和原木色，主卧大床对面墙上挂着一长卷敦煌壁画的临摹，是白宇宁从陈汐妈妈那里讨来的。飘窗上一大盆植物，开着茂盛的紫花，乍一看有点像薰衣草，其实是一种长在大西北荒野里，名叫黄芪的花，有坚韧的生命力，给点阳光就能疯长。陈汐把花从戈壁滩移到奶奶家院子里，又分了些养在了白宇宁家阳台上。

吹风机嗡嗡响着，才吹半干陈汐便不耐烦，想要起身，被白宇宁按住了。

"不行，还没干。"白宇宁见陈汐要动手，嘴里哄着，"马上好，马上好。"

陈汐挣扎，白宇宁俯下身来威胁："是不是想再被拾掇一次？"

陈汐一手撑着头，转过脸眼神高冷地挑逗："来啊。"

"几点了还来，明天不上班？"白宇宁说着重新打开吹风机。

陈汐沉默吃着草莓，等头发吹干。白宇宁关上吹风机，耳边嗡嗡的噪音终于停止了。

陈汐："我辞职了。"

房间里突然间安静得要命，陈汐继续说："我今天辞职了，跟马叔说的，他说让我先回家休息几天再决定，我说不用了，明天就到单位办手续。"

她说完沉默下来，等着白宇宁的回答。床"嘎吱"一声，白宇宁卷好吹风机电源线，踢踏踢踏走进卫生间搁下。白宇宁回来时，拿着瓶面霜递给陈汐："你怎么总忘搽。"

陈汐接过面霜，抬眼看向白宇宁："你没什么要说的吗？"

白宇宁看她涂好面霜，几不可察地叹了口气："这事你也提过几次了，我一直以为你是随便说说，既然你已经想好了，那就辞吧，我不干涉你的决定。”

陈汐有点惊讶，怔了一瞬之后，眼睛忽然亮了，她笑着扑向白宇宁，在他脸上嘬了一口："你怎么这么好啊！"

白宇宁把人搂怀里，笑着说："你爱干吗干吗吧，咱们两个的日子也不指望你挣钱，而且你不上班的话，还能在家专心带孩子。"

他怀里的人僵了僵。

"我没说不上班，只是想换个工作。"陈汐挣开他，眉头轻轻皱起。

白宇宁哄孩子似的点头："好好，你说什么就是什么。"

反正他是家里的经济支柱，女人嘛，还能折腾到哪儿去。

陈汐忽然就觉得有点没劲，不想再继续这个话题。白宇宁察觉到她情绪的变化，小心翼翼地问："那你想做什么？"

陈汐："开修理厂啊，之前跟你说过。"

白宇宁"哦"了一声，过了一会儿，又问："钱够吗？不够从我这儿拿。"

陈汐扬扬眉毛问他："能拿多少？"

白宇宁迟疑一瞬，下定决心一般对她说："咱们结婚不需要买房买车，没什么经济负担，有多少你就拿多少吧。"

陈汐拾起一颗草莓塞进他嘴里，眉头舒展开，无视了刚才心头那丝说不清的别扭。

她笑笑说："我才不用你的钱。"

秦烈开车把秦展送到单元楼下，正好碰到秦展爸妈从党河边遛弯回来。秦烈下了车，朝老两口喊："叔，婶子。"

秦展妈新烫了一头小卷，半白的头发染得乌黑发亮。她哎呀拍一下大腿："你爸妈刚跟我们一块河边溜达呢，我叫他们来家拿几个羊肉包子，他们不来，来了就不碰见你了嘛。"

秦烈笑笑说："前两天刚去过他们那儿。"

秦展妈摇摇头："烈啊，你妈说你整天就知道闷家里，跟几台大电脑过日子，一天到晚连话都说不了两句，这电脑能有对象好？"

秦展眼看他妈要叨叨起来，连忙拽着她往楼上走。他边走边转身，朝秦烈摆手："哥，你回去吧，路上慢点啊！"

秦展又想起什么，连忙问秦烈："明天去沙地试我那辆车，你去吗？"

他就这么随口一问，不指望请得动他哥这尊大佛，没想到秦烈开口问道："几点？"

秦展结巴了一瞬："上上……上午吧，十点行吗？"

秦烈点点头，看着他叔一家进了楼道。秦烈坐回车里，掏出手机看了一眼。王丹阳发来信息：老秦，我们到北京了，还是那句话，希望你能回来。

他盯着手机屏幕看了一会儿，最后只回了一个"嗯"字。

两年前的事他已经释然了，现在只是觉得挺没劲的。沉默地回了家，一夜无梦，早上他照例沿着党河跑上五公里，回家后练器械，最后大汗淋漓地走进卫生间，冲完澡之后打开电脑看邮件。

早饭是一成不变的全麦面包、水煮蛋、黑咖啡。刚煮好咖啡，门铃响了，开门一看是秦展，秦烈靠在门框上垂眼睨他："你早了一个小时。"

秦展挤进门里，一边换鞋一边四下打量。他每次来，都会忍不住问一句："哥，你一个人住这么大的房子，不难受吗？"

他踢踢踏踏走进客厅，把从家里带来的羊肉包子搁餐桌上。头顶垂下一盏工业风吊灯，冷白光照得热气腾腾的包子都不香了。他掀开两碗在小区门口买的胡辣汤，嘴里念念叨叨："哥我跟你说，喝胡辣汤就得现搁葱花，早一秒都不是那个味儿，哎——我的葱花呢？我记得拿了呀。"

秦烈喝了口咖啡，看秦展一个人折腾出一家子人的聒噪来。

"哥，你家有葱花吗？"他回头看到秦烈的表情，念叨一句，"当我没问。"说完跑到门厅换了鞋，一阵风似的找葱花去了。

两个人吃完早饭，驱车往鸣沙山方向开去。下了215国道，向南穿过党河冲刷出的大峡谷，就是一片平坦的戈壁滩，再往前走两公里就到了鸣沙山脚下。

天空晴朗高远，沙丘在阳光下延绵起伏，望不到边。秦展挂上空挡，轰了两脚油门："哥，坐好了啊，试试这车的推背感。"

秦烈鼻子里哼了一声，心想发动机差点报废的破车，能开出什么推背感。下一秒，车在发动机强劲有力的轰隆声里冲了出去，秦烈被重重拍在了座位靠背上。车窗外黄沙陡然扬起，金色沙粒在阳光下洋洋洒洒，漫天飞舞。

"嗷呜！"秦展扯着嗓子叫唤一声，切换挡位，再次提速。秦烈刚坐直身子，又被重重拍回到椅背上。车在沙漠里纵横驰骋，像一匹脱缰的野马。

秦展大呼过瘾："这车可真烈啊！"

秦烈看着车窗外飞舞张扬的狂沙，脑海里忽然闪过手电筒那束光照亮的面孔，专注、热烈。他清了清嗓子，忽然开口问："你们那修车厂怎么样了？"

秦展过瘾似的不断切换挡位，冲到远处沙丘脚下，打了个漂亮的漂移。他注意力全在车上："啊？什么？"

秦烈："你不是要跟刘伯洋他姐一起开修车厂吗？"

秦展："哦，地方找好了，正跟房东讲价钱呢。汐姐想让对方再便宜点，她开修车厂的钱用的都是自己的积蓄，省一点是一点嘛。"

秦烈："没钱开什么修车厂。"

秦展："你这话就不对了，凭汐姐这手艺，还怕赚不了钱吗？"

秦烈不说话了，过了一会儿又问："她看上哪处地方了？"

07

秦展："去莫高窟那条国道上有个 VR 体验馆，自驾到莫高窟的车都要经过那儿，位置特好，汐姐最开始看上的是那个地方，后来一打听，人家根本不转租。我就纳闷，那么好的地段开个破体验馆，一分不赚，每天还扔租金，那老板的是傻的吗？"

秦烈沉默不语，秦展一唱三叹："汐姐只好在七里镇找了个地方，就老区加油站往西走一段路，那个荒了小半年的厂房，那地段也还行吧，周围有几个修车厂，扎堆。"

回去的路上，秦烈把话题稍微一引，秦展就又滔滔不绝聊起了陈汐："你说汐姐怎么学的画画啊？她还用学吗？她从小跟着她妈在莫高窟待着，她妈临摹壁画的时候她也跟着临摹。她爸是搞壁画修复的，整天也是围着壁画转，反正他们一家都是围着壁画转，她觉得临摹没啥意思，要不然肯定也得干这一行。"

秦展滔滔不绝地讲了一路，秦烈下车时，忽然说了句："最近挺忙，没事别找我。"

秦展吃了一惊，他哥回来两年了，什么事也没有，能有什么事忙啊。眼看秦烈下了车，秦展连忙降下车窗问："你忙什么啊？"

秦烈回头看向秦展，漆黑的眸子深不见底："找人。"

秦展："找什么人啊？"

秦烈："做设计的，你又不懂。"

秦展："我人脉广啊，帮你找找。"

秦烈："也行，你找吧，设计费不低。"

秦展："多少钱啊？"

秦烈："一共十个角色，每个两万吧。"

秦展眼珠子差点掉出来："多少钱？"

秦烈："二十万。"

秦展："哥，你看我行吗？"

秦烈垂睨他，唇角笑容讥诮。

"你行。"

秦展咧开嘴正要笑，就听到后两个字姗姗来迟。

"——个啥。"

　　陈汐早上是被爸爸陈鹤声的电话叫醒的。

　　陈鹤声这几个月，一直在威武天梯山洞窟修壁画，没什么事也不会给陈汐打电话。陈汐睡眼惺忪看到来电显示，知道是马科长把她辞职的事告诉了他。两个人简单聊了几句就挂了电话，不一会儿妈妈刘晴的电话也来了，她在北京当特约讲师，要月底才能回来。刘晴问了问陈汐辞职的事，了解情况后也就没再说什么。

　　两口子从年轻就把全部身心扑在事业上，孩子丢给范明素管。陈汐早早养成了独立性格，高考志愿都是自己填的，工作后大小事情也都自己拿主意。

　　白宇宁上班去了，厨房蒸锅里温着鸡蛋、紫薯和南瓜，餐桌上摆着一盘凉菜、一盘切好的什锦水果、一盒牛奶，还有一包每日坚果。每次在白宇宁这里吃早餐，陈汐都有种过上夕阳红生活的感觉。

　　离职手续和工作交接用了一整天。马科长一直不在，应该是陪着王老师在医院检查。同事三三两两来找陈汐问情况，表面关心，实际上都是想探听点八卦。陈汐懒得解释，只说准备做生意。她辞职太突然，理由听上去也很让人费解，一个女孩子，放着稳定又体面的正式工作不要，自己做生意，谁听了都觉得事情没这么简单。不出半天，单位里已经是流言四起，各种猜测都有。陈汐在暗潮汹涌的流言蜚语里，交接完工作。

　　她收拾干净办公桌，抱着一纸箱私人物品，走出了办公楼，顺着土城墙般长长的展馆，走到单位大门口。陈汐看到白宇宁的车停在路边，她停下脚步，回头望向自己工作五年多的地方。

　　天空晴朗，博物馆主楼像烽燧一样立在晴空之下，和她入职那天看到的一样，一丝淡淡的怅然爬上心头。她其实是喜欢这个地方的，可人生还很长，她想要的生活不止这些。

陈汐辞职后，一天也没闲着，一边跟房东谈价钱，一边找了个施工队。她要盘下来的场地是个倒闭的酒厂，有个三百平方米左右的小厂房，清理出来就可以当修车间用，院子平整一下，铺上水泥就可以当停车场。

这天上午，她约了包工头来看场地，秦展也跟着来了。陈汐推开生锈的铁栅栏，三个人走进杂草丛生的院子。前几天那场沙尘暴的痕迹还在，院子里的草都灰扑扑的，厂房脏兮兮的窗户下，搁着几个东倒西歪的酒坛子，上面积着一层厚厚的灰。

陈汐对包工头说："这院子浇上水泥，厂房里面刷白墙，窗户刷一层防锈漆，您给算算需要多少钱。"

包工头到厂房里转了一圈，问陈汐："刮腻子不？"

陈汐："不刮。"

她预算有限，能省则省。

包工头走到外面，目测一下院子的面积，给了个粗略的报价："这院子少说也得三车水泥，屋里少说也得二十桶漆，算上人工费，三万差不多。"

秦展一听就炸毛了："三万？就刷个墙铺个破院子？"他转向陈汐，"汐姐，墙我刷，院子咱们先不铺了，把草拔了照样能停车。"

陈汐看向包工头："您给便宜点。"

包工头笑着说："你姑父介绍来的人，我给的都是实价，少不了了。"

陈汐低头，踢了踢脚边一棵蔫头耷脑的蓬蓬草。她在心里算了笔账，她手里的钱刚够房租和设备，如果房租能降些，省下来的钱，才能用在装修上。正琢磨着，手机突然响了，一看是房东打来的，陈汐走远几步接电话。

"喂，赵哥，涨价？"

陈汐蹙起眉头，听对方解释。房东说附近有个搞养殖的要扩大厂房，看上这块地方了，出价比她要高。陈汐听完他解释，问道："涨多少？"

对方开口，直接就把租金提了百分之十。陈汐沉吟片刻，说道："我回去想想，您先别租。"

秦展正继续跟包工头掰扯价钱，就见陈汐皱着眉头回来了。秦展见她表情不对，连忙问："怎么了？"

陈汐："房东涨价了，说有人也看上这块地方，出价比我出来挺多。"

秦展一听，恨不得破口大骂："有个先来后到吗？"

陈汐说："我也没交定金。"

她叹了口气："算了，先回吧。"

回了刘伯洋店里，陈汐就闷声不吭地修车，秦展坐在一摞旧车胎上叹气："真是一分钱难倒英雄汉。"

他叹了几口气，忽然一拍大腿，连忙蹿到陈汐跟前："汐姐，有个财路我差点忘了。"

陈汐只当他胡扯，懒得搭腔，继续检查发动机。秦展转到陈汐另一侧，兴致勃勃地说："我怎么才想起你来啊，这钱你肯定能赚，真的真的。"

陈汐被他聒噪得头疼，掀起眼皮问："什么财路？"

秦展："做设计，一个角色两万块，设计十个，二十万不就到手了吗？"

陈汐嗤笑一声："哪有这么好的事？"

秦展急切地说："真的，没骗你，我哥正找人呢，他亲口跟我说的，一共十个角色，每个两万。"

陈汐忽然停下手里的活："你哥？"

秦展点点头："他不是有个游戏公司吗？应该就是给游戏设计角色。"

陈汐若有所思，她想起昨天，秦烈问过她有没有兴趣给游戏设计角色，她没当回事，直接拒绝了。她心不在焉地溜达到店门口，一屁股坐在了台阶上。快到下班时间，街上骑自行车和电动车的人多了起来。

头戴白色清真帽的胡子张，骑着三轮车从店门口经过，他身后的车斗，拿个厚墩墩的花被子盖着。胡子张看到陈汐，把三轮停在了路边，他等了会儿，见这姑娘没动静，于是便朝她喊："酸奶甜醅子，凉冰冰儿的。"

陈汐回过神来，朝胡子张挥挥手："唉，等等，要五个。"

胡子张骑三轮卖酸奶甜醅子，想吃的时候不一定能买得着，陈汐每次见了，都要买几个。买完给秦展一个，自己拿一个吃，剩下的搁刘伯洋淘来的破冰箱里。

陈汐重新坐到店门口的台阶上，打开塑料盖子，酸奶稠得像乳酪，上面铺着一层甜醅子。秦展也屁颠颠坐了过来，陈汐用塑料小勺把甜醅子搅进酸奶里，挖了一块吃，酸甜的味道，混着青稞发酵的酒香，冰冰凉凉的。陈汐沉默着吃完一盒酸奶甜醅子，转过头问秦展："你哥要的是什么角色？"

秦展："不知道，我给你问问。"

他说着就要掏手机，陈汐挡了他一把："算了，回头我自己问吧。"

她把酸奶盒子扔进门口的破纸箱，起身走到摩托车跟前。秦展在她身后忙问："你去哪儿啊？"

"找杨珊，给我奶奶抓点药。"陈汐跨上摩托，轰一脚油门，很快消失在秦展的视野里。

杨家桥是秦烈上高中那会儿常来的地方，他有两个好朋友都住这边。他把车停在路边，走进临街一家中医诊所。诊所靠左手边大半面墙，都是古香古色的中药柜，有个年轻女人，正从砂锅里舀出浓稠的深棕色药膏，装进玻璃罐里，靠窗的桌前坐着个满头银丝的老头，正戴着老花镜看书。

"爷爷，杨关在吗？"秦烈问道。

杨大夫老花镜挂在鼻尖，抬眼一看是秦烈："小秦来了。杨关在里面给人推拿呢。"

站在中药柜下面装药膏的女人，抬头看向秦烈，一脸惊喜："秦哥，你什么时候回来的？"

见秦烈表情有点茫然，女人有点郁闷地说："我是杨珊啊。"

秦烈这才反应过来，这女人是杨关的妹妹，很多年没见了，他印象里的杨珊还是个黄毛丫头，看人的时候喜欢把两只眼睛睁得圆圆的。秦烈朝杨珊点点头，随口说："在这儿上班？"

杨珊摇摇头："我在市医院护理科，没事过来帮帮忙。"

正说话间，右边那间屋门帘掀动，一个女人抱着小孩走出来，杨老笑着问女人："推完了？"

女人点点头，摸摸孩子的额头："烧是不烧了，就是还有点咳嗽。"

杨大夫朝他们招招手："过来我再看看。"

里屋传来一道低沉的男声："秦烈来了。"

"嗯。"秦烈掀开帘子走进里屋。

08

杨关背对他，坐在一张按摩床边，宽肩窄腰，袖子卷到手肘："来得正好，试试我新学的肩颈疏通。"

秦烈往后门走。

杨关起身，不急不慢跟了过来，出来关上门，两人各靠着一边门框。夕阳浓稠的余晖灌满小院，阳光刺目，秦烈微微眯起眼睛。杨关的眼睛却波澜不惊地睁着，帅气的面孔被阳光照得几乎透明。他对光没那么敏感。

秦烈一言不发，看夕阳的余晖一寸寸沉到房后面。他说了声："走了。"

杨关却靠在门框上没动，不给他让路。

秦烈重新靠回门框上。

"秦烈……"杨关开口打破了沉默，"你回来两年了吧，每次到我这儿来也不说事，我也没问过。"

秦烈依旧沉默，没什么好说的。

杨关忽然说："我想说，再大的坎儿都能过去。"

秦烈若无其事地说："我能有什么坎儿。"

杨关今天却没想让他再这么半死不活地晃悠出去，他把手抄进裤兜里。杨关对着房顶上那抹余晖眯了眯眼，好像他看得到似的，事实上他只要回忆起来，脑海里那一院子的落日余晖也能刺得他睁不开眼。

"有没有你自己心里知道。"

秦烈不吱声。这两年他什么都不干，什么都不想，舒舒服服混吃等死。王丹阳和周宁突然过来，把他平静的生活搅乱了，他这两天一直有点莫名的烦躁。

杨关忽然问秦烈："你去过北航吗？"

秦烈怔了怔，想起一些久远的记忆，他喉结滚动，低低"嗯"了一声。

杨关笑笑："北航大吗？"

秦烈看了杨关一眼，却只看到他平静的笑容。他点点头，有点艰难地开了口："挺大的。"

杨关："我还保存着北航的录取通知书呢。有时候想，要是我眼睛没事的话，会不会已经在酒泉卫星发射中心上班了，点火前的倒计时是我念的。"

秦烈不知道该说什么好。

杨关笑笑："造不了火箭造飞机也行。中国不是已经有了自主研发的大客机了吗？我有时候就想，如果我眼睛没事，大客机会不会就是我造的。"

秦烈喉头忽然一阵苦涩："别说了。"

杨关嗤笑："有什么不能说的，我还没怎样，你倒受不了了。"

那年高考结束后，秦烈和杨关走了一趟鸣沙山徒步路线。他到现在都记得，杨关在茫茫戈壁滩上撒花似的狂奔，眉飞色舞地告诉他："我发挥稳定，准能考上北航。"

秦烈也撒丫子狂奔，火热的沙子在他脚下飞溅，他不甘示弱地说："喊，我能考上清华。"

两个少年，在太阳下都被晒成了黑猴。回来后，杨关八百度的近视忽然加重。那个暑假，家里人带他辗转了很多家医院，最后，在北京确诊了，是脑中枢神经方面的罕见病，这辈子都看不见了。他果然考上了北航，却没来得及看到他的录取通知书。

秦烈考上了北京电子科技大学，他报到当天就坐公交车去了趟北航，一个人走在北航的操场上。有人在夕阳下打篮球，有人大汗淋漓从他身边跑过，有长发飘飘的女生说笑着和他擦肩而过。他一边走，一边泪流满面，平生就这么没出息地哭过一次。

杨关的声音却是轻快的："你信不信，拿到录取通知书后，我其实只难受了一晚上。"

秦烈用沉默表示，他才不信。

杨关："真的，那一晚上什么都没有，只有纯粹的难受，绞碎五脏六腑的难受，好像把我粉碎了，又重新拼凑起来了一个人。"

他停下来，想了想说："我好像重新活过来了，难受到极致，有件事忽然就想明白了。"

秦烈不禁问："什么？"

杨关："你只要不死，就得好好活着。"

陈汐锁上摩托，走进诊所，朝杨老打招呼："爷爷。"

杨老笑着问她："你奶奶身体好着吗？"

陈汐点点头："好着嘞，多亏您配的药，管用得很，一个春天都没咳嗽。"

杨珊趴在柜台上朝陈汐招手，一双狭长的单眼皮，都快睁圆了："快来快来，你猜我看到谁了？"

陈汐走过来，胳膊肘支在柜台上，好奇地问："谁啊？"

杨珊："我初恋。"

陈汐一脸蒙："你初恋不就是你孩儿她爹吗？"

杨珊："我暗恋的人。"

陈汐："哦，我好像记得，你六年级有段时间，每天放学都拉着我陪你去三中门口买炸糕，买完站在三中门口边吃边等，那人是不是你哥同学？"她扶着额头回忆，"你管那人叫什么来着？"

杨珊嗤嗤笑："狼叔。"

那阵子她正迷《X战警》里的金刚狼，觉得她哥这个同学有点金刚狼的阴郁气质。

陈汐笑她："傻不傻。"

杨珊笑着说："时间过得可真快啊，转眼，我都给我闺女买上炸糕了。"她把装好的药膏推到陈汐手边。

陈汐捧住玻璃罐子，还是温乎的。

杨珊问她："辞职后悔吗？"

陈汐："有什么好后悔的。"

杨珊："修理厂的事怎么样了？"

陈汐情绪有点低，淡淡说："场地都快谈好了，房东忽然要涨价。"

杨珊："缺多少，我给你凑点。"

陈汐朝杨珊笑笑："先不用。"

她就是这性子，不要白宇宁帮，也不要从小玩到大的好朋友帮。

两人正有一搭没一搭聊着天，杨珊身后，门帘响动，陈汐发现杨珊眼睛又睁圆了。

"秦哥，不坐会儿了？"

身后一个声音响起："不了。"

陈汐微微一僵，回过头，正好撞见秦烈的目光，捕捉到对方眼里一丝同样的诧异。

秦烈收回目光，没跟她说话，冲杨大夫打完招呼，大步走出了诊所。

他坐回车里愣神，想着杨关的话。

刺眼的夕阳铺了半条街，秦烈拾起挡风玻璃下的墨镜戴上。过了一会儿，车窗被人敲了两下，秦烈缓缓降下车窗。

"有事？"他隔着墨镜看陈汐，外面风有点大，她有几缕头发被吹到脸颊上，发梢牵着一丝丝阳光。

陈汐弯腰望向车里，问他："你昨天说的，游戏角色设计是怎么回事？"

秦烈没说话，表情冷淡。陈汐感觉到他墨镜后面打量的目光，手指尴尬地蜷了蜷，抄进外套口袋里。她清了清嗓子，硬着头皮又说："昨天没听清楚。"

她说完，对方依旧没什么反应，她只好等。

短短几秒，时间却好像停止不动了。陈汐耐心告罄，起身要走人，这才听到男人粗沉的声音："资料我发秦展那里，感兴趣的话可以问他要。"

陈汐抱起肩，直截了当问出自己最关心的事："酬劳怎么算？"

秦烈也直截了当："十个角色，每个两万。"

听秦烈亲口这么说，陈汐才相信秦展说的是真的，可即使听他亲口承认，陈汐还是觉得难以置信。

"二十万？"她一脸不可思议。

秦烈墨镜下线条硬朗的面孔，看不出一丝表情："嫌少？"

陈汐觉得车里的男人，可能真的是个大傻子。她再次俯身看向他，推心置腹地问："你的钱是大风刮来的吗？"

秦烈墨镜遮挡的脸上，似乎闪过一丝揶揄："你就这么确信，能赚到这笔钱？"

要说画画，陈汐的自信离自大就只差一步之遥了。她朝他嗤笑一声："不就是画十个人吗？"

秦烈朝她牵了牵冷硬的唇角，笑容却不怎么善良："有条件。"

陈汐："什么条件？"

秦烈："时间只给一个月，每个角色都要我满意。"

他扔下一句"你考虑清楚"，发动车子扬长而去。

陈汐把杨大夫配的药拿回家，范明素和森森在院子里吃晚饭。

"我姑呢？"陈汐走到水龙头跟前洗手。

"回阳关镇了。"范明素放下筷子，去灶房里给陈汐煮面条。

案板上放着醒好的一块面团，抹一层油之后拿笼布盖着，范明素三两下扯好几块面团扔锅里，沸水煮上两滚，一指宽的面条捞出来在凉水里过一遍，最后淋两勺酱油一勺醋，撒上蒜末葱花和辣椒面，泼上冒烟的热油，"刺啦"一声，香味窜起，一碗油泼面就做成了。

她把面端上桌，看到陈汐拿回来的润肺膏："都吃人家三大罐了，给钱了吗？"

陈汐把面条搅开，摇摇头说："人家不要。"

范明素瞪她："人家不要，你就不给啊！"

陈汐挑起一筷子面吃了一大口，边吃边说："你别管了，我跟杨珊什么关系。"

范明素："再好的关系，也不能心安理得只让人家对你好，杨珊闺女跟你学画画呢吧，你好好教，也不能收钱。"

陈汐点点头："那肯定啊。"

吃完饭，森森溜着墙根想要跑出去玩，被范明素眼疾手快地抓了回来。在她眼里，读书是天大的事，不好好学习跟犯了天条差不多。森森被赶回屋里写作业，三黄这只老狗简直成了精，尽职尽责蹲在茶几跟前盯梢，森森只要搁下笔，它就汪汪叫，这把陈汐给乐的，她以前也被范明素和三黄逼着读书。

范明素让陈汐在家看着森森，她雷打不动地骑着三轮车，去夜市摆摊。陈汐给森森洗了碗草莓，给三黄一块烤地瓜，自己仰在沙发上琢磨秦烈那几句话。她实在理解不了，那人怎么这么大方？不就画十个角色吗？哪值二十万？虽然还是不太信，可她脑子里已经全是这二十万了，有了这二十万，修理厂地址的选择范围可就大多了。

09

正琢磨着，微信里忽然冒出秦烈的好友邀请，陈汐点了接受，对方直接发来两个 PDF 文件，最后附上一句话：先看资料，感兴趣发个初稿给我。

陈汐太感兴趣了，可是不能表现得太急切，万一对方想压价呢，她只回了对方一个"好"的手势。

秦烈发来的第一个 PDF 文件，是"隧道"这款游戏的介绍。陈汐对这款游戏其实并不陌生，她跟秦展和刘伯洋还偶尔联机玩几把，只是她闲暇时间都耗在画画和修车上了，对什么游戏都没瘾。第二个 PDF 文件是"隧道 3.0"版本的介绍，大概是因为涉及商业机密，资料给得很粗略，不过也够陈汐打初稿了。

陈汐看完 3.0 版本的介绍，终于明白秦烈为什么会找到她。因为 3.0 版本的地图是古丝路，敦煌不就是现成的古丝路蓝本吗？十个角色要求和西域大漠、丝路古国的风格相符，这活不就是给她量身打造的吗？

陈汐的疑惑终于得到了一部分解答。她去房间拿了笔和素描本，拎个小马扎过来，坐到森森对面。

森森眼睛一亮："姐，你也要做作业吗？"

陈汐点点头，翻开素描本。森森幸灾乐祸，笑出两颗豁牙。

晚上，陈汐去夜市接了范明素回家后，她就回房间继续画画，不知不觉，熬了一整夜。窗外天色透出一抹白来，陈汐揉揉发酸的脖子，终于放下笔。

她不知道 3.0 版本每个角色的背景资料，只能凭感觉画一个出来。她明白这是秦烈对她的考验，满意了才会有合作，所以她使出浑身解数，说什么都要惊艳到他。

陈汐补会儿觉，起床后去了刘伯洋店里，正好秦展也在。

刘伯洋早上买的芽菜馅儿包子，还剩两个，陈汐拿了一个坐在旧轮胎上吃。秦展正在给一辆车换轮胎，陈汐的目光不知不觉落在他身上。秦展后脑勺上好像长了眼，回头朝陈汐腼腆笑了笑："汐姐，你看我干吗啊？"

陈汐咬口包子，问他："上回听你说，'隧道'是你哥做的？"

秦展有点失望，不过还是点点头说："他读研究生时，跟同学一块开了家游戏工作室，做出'隧道'之后，老赚钱了，公司还上市了呢。"

陈汐昨晚百度了秦烈一下，秦展说的这些她都知道了。她好奇的是，秦烈为什么会在事业风生水起的时候，突然卸任"破晓"的总裁，跑到敦煌这个小城里窝着来了。况且她要搞清楚，秦烈许诺的这二十万，是他本人出钱还是公司出钱？到底靠不靠谱？

她问秦展："你哥为什么回我们这小地方来了？"

秦展："好像是跟合伙人闹掰了吧，具体怎么回事我不知道。"

他脸上的表情忽然变得有点微妙："和女朋友也吹了。"

陈汐心里生出几分八卦来，可还是拣要紧的问道："你哥现在还管公司吗？"

秦展停下手里的活，不太确定地说："不管了吧。我看他回家这两年啥都没干，他每天就是跑跑步、健健身，对着屋里几台大电脑，一待就是一天，比我还混日子。"

陈汐沉默吃完剩下的包子，又问："那他为什么找人做设计？"

秦展耸耸肩："我也不知道。前阵子他公司的人来找他了，他们在敦煌待了好几天，我还带他们去玩了趟沙漠越野，听到他们劝我哥回北京。"

陈汐："回去干吗？"

秦展："大姐，当然是继续管公司啦。我哥走这两年公司经营不顺，股票跌得可厉害了。"

陈汐："他回去吗？"

秦展："我哥好像没这个意思，但我觉得他闲的时间也够长了，应该快回去了吧，不然，他干吗又开始管公司的事啊。"

陈汐慢慢点头，心里大概有了数。二十万对小地方拿死工资的人来说是笔钱，可对"破晓"那种上市公司来说的确不算什么，秦烈不怕花钱，要的是"隧道3.0"惊艳登场。

秦展忽然明白过来："汐姐，你是不是要接这个活？"

陈汐点点头。

秦展："我就说嘛，这活真挺适合你的。"

陈汐不跟秦展谦虚："我觉得也是。"

秦展："那你还有时间管修理厂的事吗？"

陈汐："你哥说只给一个月的设计时间，我觉得应该用不了这么久，等挣到这二十万，再忙修理厂的事吧。"

秦展笑嘻嘻："你就这么有信心能赚到这笔钱啊，万一我哥还找别人呢？他们公司也有角色设计师，人家专业得很嘞。"

陈汐自信满满："'隧道3.0'背景就是敦煌，你哥要是满意公司做的设计，干吗还要找我？咱们敦煌人靠山吃山，我爸靠的是莫高窟，我妈也靠莫高窟，莫高窟里的壁画就是咱敦煌人的底气，我跟你说，这活到我手里，就没有其他人的机会了。"

刘伯洋见两个人越说越来劲，从车底下探出头来："姐，你要拿了这二十万，租那个VR体验馆都够了，看来看去就那个地方最好，不然再去问问？"

陈汐："我也这么想，那么好的地段开什么体验馆啊。VR体验馆是个什么东西，你们去玩过吗？"

秦展："没事玩那干吗？"

陈汐："对嘛，谁没事去体验那个。"

陈汐没急着把初稿给秦烈，她想着压两天再给，免得对方觉得她画得太容易。她重新惦记上那个VR体验馆。在刘伯洋那儿待了一会儿，她就骑摩托去了体验馆那边。

陈汐把车停在路边，摘下头盔，坐在摩托车上对着体验馆出神。

蓝天下一条笔直的马路，两旁是茫茫戈壁滩，体验馆孤零零矗立在路边，静静看着南来北往的车辆，要是把修车厂开在这里，生意不知道得有多红火。陈汐倒要看看，VR体验馆开在这里到底是赔还是赚？如果不赚钱，她也好跟老板谈转租的事。

她跟秦展和刘伯洋，轮流去体验馆附近蹲点。第一天数下来才有七个人进去，第二天才有九个，第三天是周末情况还好点，一共来了十一个人，这么大的场馆，客流量少得可怜。陈汐能确定，这家老板稳赔不赚，转租的事，没准儿能谈。

晚上，陈汐去敦煌研究院她妈妈的宿舍拿了几本图稿，准备回去好好看看。她今天上午把初稿发给秦烈了，可一直没收到他的回复，等到现在，心里开始有点没底了。

回去的路上，头顶轰隆隆响起闷雷，不一会儿，大雨噼里啪啦砸了下来，势不可当。陈汐简直服了自己的运气，一年都见不到两场的大雨被她给赶上了，还是在前不着村后不着店的荒郊野外。

陈汐冒着雨加速，远远看到路边的 VR 体验馆，大晚上竟然亮着灯，冷雨夜，那灯光简直暖透心窝。

陈汐加速冲到体验馆门口，把车停在廊檐下。她摘掉头盔，甩了甩湿漉漉的发梢，转头时，看到体验馆门口停着辆越野车，还没来得及细看，场馆的感应门就自动打开了，陈汐走近去，不由得睁大眼睛环顾四周，感觉一步跨进了未来世界。

场馆内部面积很大，开个 4S 店也绰绰有余，馆内的空间被分成几个区域，随处可见超大的屏幕，还有陈汐在商场见过的 VR 太空座舱、VR 电玩。陈汐还看到两辆并排的摩托赛车，一黑一白，流线型的车身，看上去简直酷炸了，最醒目的是场馆正中央的巨型球幕，看上去特别烧钱，跟商场里的 VR 体验装备，压根不是一个概念的东西。

陈汐上次来的时候，这个巨型球幕还没建起来，她不得不面对现实，那就是这个体验馆的老板不差钱。光这个巨型球幕搁在这儿，转租是别想了，顶多跟对方谈谈，看能不能把这么宽敞的场地分给她一部分。

陈汐进来一会儿工夫了，没见一个人影，也不知道店员哪儿去了。她抱着头盔，在场馆里走了半圈，转到一辆太空战车跟前时，踢倒了什么东西。

随着一声清脆的撞击，一个空酒瓶子倒在漆黑的大理石地砖上，在陈汐眼皮底下骨碌碌滚远，陈汐这才注意到，太空战车里窝着个人，两条大长腿没地方搁，大刺刺伸在舱外，脚边搁着一堆空了的啤酒瓶。

陈汐忽地转眸，撞上一双黑沉的眸子。那眸子，半醉不醒，不知道悄无声息盯她多久了。

"你怎么在这儿？"她没好气地问。饶她胆子大，也被吓了一跳。

秦烈胳膊肘搭在真皮扶手上，一只手扶着额头，线条硬朗的面孔被挡住了一半，指缝里露出的目光有几分茫然。

"你怎么在这儿？"他反问。

陈汐发梢还滴着水："下雨了，进来躲会儿。"

秦烈透过茶色玻璃看向门外，夜色茫茫，什么都看不到。他颓然地垂下眼睛，又安静了下来。

陈汐看出他没少喝，可还是忍不住问了句："我发给你的初稿看了吗？"

秦烈点点头。

陈汐等不到下文，只好问道："怎么样？"

秦烈没说话，貌似睡着了，陈汐见没人理她了，就溜达着在馆里转了一圈，最后停在那两辆很酷的赛车前。她伸手摸摸流线型的车身，忍不住叹了口气："可惜了，这么好的位置开这么个店。"

"不好吗？"身后传来秦烈的声音。

陈汐回过头，看到秦烈的眼睛已经睁开了，意味不明地看着她。陈汐打量四周，淡淡说："这么冷清，可惜这地方了。"

秦烈醉沉沉地看着陈汐，看了一会儿，忽然问道："你体验过VR吗？"

陈汐："当然了，商场里有。"

秦烈："这里的，你体验吗？"

陈汐摇摇头："没兴趣。这里对我最大的吸引力就是位置，适合开修理厂。"

秦烈意兴阑珊，摇摇晃晃地站起来，朝门口走去。陈汐在身后提醒他："外面下着雨呢。"

秦烈好像没听到，摇晃着走到门口，感应门忽然打开，狂风裹着大雨瞬间涌了进来，冰冷潮湿的风雨拍了他一脸。秦烈的目光，落在廊檐下的摩托车上。

他忽然停下脚步，回头问她："你想体验这里的设备吗？"

10

陈汐不感兴趣，摇摇头说："不了，等雨停了我就回家。"

秦烈笑了笑："你陪我体验，体验完，我给你答案。"

陈汐茫然看着他。

秦烈："你给我的设计稿，不是想知道我觉得怎么样吗？"

陈汐笑了笑："好啊。"

秦烈转身走回来，问陈汐："想玩什么？"

陈汐拍拍身边的摩托赛车："就这个。"

秦烈摘下白车上的VR头盔，递给陈汐。两人跨上赛车，陈汐忽然想起什么，问秦烈："这里不收钱吗？"

"收什么钱？"秦烈嗤笑一声，戴上头盔。

他提醒陈汐："和真车操作一样，觉得太刺激，可以停下来适应一下。"

陈汐扬了扬唇角："你没见过我飙车吧？"

她两手攥住车把，俯下身，后背微微拱起，像只蓄势待发的小豹子。

秦烈笑了笑，没再说什么，俯身握住车把。

两个人VR头盔的液晶屏上，同时闪过一串幽蓝的光。

陈汐眼前出现一条盘山赛道，碧空如洗，一束束阳光透过山林落在蜿蜒的赛道上，交织出清晨错落明媚的光影。陈汐怔了一瞬，几乎以为自己真在山脚下，连呼吸都有了一丝林间的味道。前方有个身材凹凸有致的裁判，朝他们举旗，陈汐耳边响起一道悦耳的女声："请赛手就位，准备……"

陈汐忍不住朝旁边看了一眼，赛车上的男人穿身黑色赛车服，头盔下一张棱角分明的冷峻面孔。

陈汐转回头，耳边响起倒计时："三……二……"

陈汐轻踩油门，赛车发出嗡嗡的声响，逼真得吓人。

"一！"

裁判挥下手里的旗，陈汐猛踩一脚油门，两辆赛车同时飞了出去。不知从哪里刮来一阵风，陈汐潮湿的长发被风吹起，那感觉就像在清晨的山林里破风而行。

陈汐第一次玩VR赛车游戏，动作有些迟缓，眨眼间就被秦烈占了先机，眼睁睁看着秦烈的车遥遥领先了她，占了赛道最好的位置。陈汐调整状态，很快适应了这辆赛车的方向控制，一脚把油门踩到底。

她的车像火箭一样飞了出去，眨眼间追上了秦烈。陈汐继续加速，超到秦烈前面，想要抢占过弯的先机。秦烈狠踩油门，反超了过去，把陈汐挤出弯道内侧。两个人死咬着开上弯道，车速高得吓人，耳边风声猎猎。赛道两边的树丛飞快闪出视野，左手边就是万丈悬崖，一瞬的操作失误，就会连人带车滚下去。陈汐只瞟了眼悬崖就觉得一阵胆寒，背上起了一层凉汗，可也只怔了半秒不到，她已经被秦烈甩出去老远。

她咬着下唇，重新把油门踩到底，飞一样地转过弯道，重新追了上去，终于在第二个弯，把秦烈挤了出去。转过弯道，视野里出现一轮初升的红日，壮美得让人词穷，天地辽阔，群山万壑好像就在她脚下，任她驰骋，陈汐简直想要对着大山，放声叫喊。

秦烈从后面追了上来，很快又把陈汐挤出了内道。只剩最后一个弯道了，陈汐把车速提到了极致，找死一样一边过弯一边超车，硬是压着秦烈从外道超。秦烈也不甘示弱，把车速飙到爆表，陈汐只超出半个车身就被他压了回去。两个人推挤着转过弯道，远远看到半山腰的终点，陈汐一咬牙又压向了秦烈，想把他逼得减速，秦烈丝毫不让。

　　陈汐忽然控制不好方向，和秦烈撞在了一起，两辆车同时失控，朝着一侧的山体撞了过去。

　　一阵天旋地转，陈汐骑在赛车上的身体失去了平衡，真实和虚拟完全重合，陈汐一瞬间觉得自己要撞死了，她"啊"地叫了一声，向一侧倒去。

　　陈汐差点翻下赛车，好在胳膊被秦烈一把拽住，维持住了平衡。她闭上眼睛，反抓住秦烈的手臂，让自己从天旋地转里摆脱出来，四周一片寂静，只有两个人粗重的呼吸声。

　　过了好久，陈汐才缓缓睁开眼，视野回到现实。

　　"怎么样？"耳边传来秦烈的声音。

　　陈汐胸口仍在剧烈起伏，喘着气说："太刺激了。"

　　真的太刺激了！完全超乎她的想象，和商场里的VR体验简直不在一个维度上。她又缓了一阵，才发现自己还死死抓着秦烈的手臂，她松开他，默默摘下头盔，空旷的大厅，忽然变得异常安静。

　　"该你了。"她搁下头盔，看向秦烈。

　　"嗯？"秦烈眸子里的醉意不知不觉已经消失，沉沉地看向陈汐。

　　陈汐："你说的，给我答案。"

　　秦烈："嗯。"

　　他跨下赛车，打开一块巨大的液晶屏，低头摆弄片刻手机。陈汐走过来，在他身旁站定。屏幕上忽然跃出一个身穿黑色皮衣、黑发黑眸、骑着摩托车、身材劲爆的女郎。这是"隧道"这款游戏里的一个经典角色，是游戏主剧情里，第一个发现时空隧道的人。

　　"乔伊，这个角色我用过。"陈汐抱着肩说道。

　　画面变换，第二个角色出现在屏幕上，是个身穿欧洲中世纪宫廷风睡裙的女人。浓密的金发如瀑布般垂落肩头，温柔的大眼睛仿佛能融化这世上所有的阴冷和险恶，这是"隧道"中世纪地图里的一个经典角色，主角被当作巫师遭到当地人的迫害，被这个温柔的女人藏了起来。

　　陈汐很喜欢这个角色，忍不住问："这个角色是谁设计的？"

　　"我。"秦烈声音平淡。

　　陈汐诧异地看了他一眼，她想象不出，这样温柔的一个角色是出自这么一个冷硬的糙汉之手。

　　画面不断变换，"隧道"的经典角色在屏幕上轮番登场，最后一幅画，竟是陈汐早上发给秦烈的。鸣沙山，落日被夕阳染红的背景，大漠里一个赤足而立的女人，血红的裙子，长发翻飞，手里的胡琴闪着寒光，被那女人神秘又带一丝阴冷的气场加持成了一把嗜血的武器。画面定格在这张图片上，陈汐抬头看着屏幕。尽管是她自己的作品，可一瞬间，她还是被屏幕上强烈的色彩和杀气震撼了一下。

秦烈看向陈汐，问道："你最喜欢哪个？"

陈汐："我自己的。"

秦烈神色淡淡："这是最差的一幅。"

陈汐轻笑一声，不以为然。

秦烈："却惊艳到我了。"

实际上，他看到这幅画的第一眼就被震撼到了。要说画得有多精致有多专业，"破晓"自己的美工能做到极致，可这画里，就是有让他心跳猛然加速一瞬的东西。他琢磨了一上午，惊艳他的地方大概是在人物的脸上。眉毛、眼睛、鼻子、嘴巴、神态，不是典型的二次元，也不是壁画纯粹的古典韵味。她给他的画是复杂混合的，不能被定义的一种感觉，简单说是一种神秘感，一种风格强烈的美，好比落日熔金如火如荼，烧着的鸣沙山，这世上不管有多少风景如画，都无法比拟那一抹燃烧的浓烈。

陈汐转头看向秦烈，表情微微惊讶。

秦烈："但陈汐——"

"什么？"陈汐看着秦烈，目光里一丝探究。

秦烈看着屏幕上红衣猎猎的女人："我要的是十个，每一个都像这样惊艳我。"他转过头看向陈汐，"你能做到吗？"

陈汐笑笑："这有什么难的？"

画画对她来说就像吃饭睡觉，再简单不过。

秦烈垂下头，轻轻笑了两声。陈汐看不出，这男人心里想什么。

秦烈笑完，抬头对陈汐说："那你试试吧。"

陈汐："好啊，一个月是吧？"

秦烈点点头。

陈汐有点好奇："你自己开公司，手底下有不少设计师吧？到目前为止，还有别的惊艳过你的人吗？"

秦烈垂眼看她，看了一会儿，醉沉沉地说："没有，你是第一个，也是唯一一个。"

陈汐这下心里有底了，她忍住了想要上扬的唇角。

雨停了，陈汐跟秦烈说了声再见，抓起头盔走到门口，感应门唰地打开。

陈汐抬眼，看到秦烈的越野，她停下脚步，回头问他："你怎么走？"

秦烈窝在沙发里，背对着陈汐摆摆手，示意不用管他。

陈汐："要不我送你回去？"

她看这人醉得连路都走不稳，车是肯定开不了了。

秦烈转头，看向门口的女人，雨停了，竟有月光洒了门前一地，她湿发散落肩头，沐浴在月光里。

"你驮着我？"他忘了自己的车停在外面，脑子昏昏沉沉，只剩惊诧。

陈汐原本想说开秦烈的车回去，明天再来这边取摩托车。

听到秦烈语气里的惊讶，含着一丝理所当然的轻蔑。她忽然就改了主意，就开自己的摩托车回去，他爱坐不坐。

"不行吗？"谁规定，女人就得坐在男人身后？

秦烈听出陈汐语气里的不悦，他也不知道自己怎么想的，起身摇摇晃晃朝门口走去。陈汐看他锁了体验馆大门，忽然反应过来，问他："这体验馆是你开的？"

秦烈点点头，问她："好玩吗？"

陈汐坦言："不错，可惜你宣传不够，没几个人感兴趣进来。"

玩完飙车，她对这个体验馆的感觉完全变了，这是好东西，值得被更多人知道，她还准备改天带森森来体验一下，让小朋友知道科技有多带劲。

秦烈不在意地笑了笑，没说话。

陈汐忽然觉得，他砸这么多钱开这个体验馆，就跟玩似的，其实并没有多认真。这男人让人琢磨不透，她也懒得琢磨，她打开车座后面的储物箱，拿出备用头盔扔给秦烈。

11

夜里的风又冷又硬，她刚一出门就打了个大寒颤。再看身边的男人，一身健硕的肌肉，就跟不知道冷似的。

大雨洗刷过的空气，清冽得甚至有了一丝甜味，月光下一条笔直的公路穿过静静的戈壁滩，空旷得可以撒花欢儿飞驰。路灯照亮一个又一个水洼，像落了一地的月亮，车轮驶过，月亮飞溅。

陈汐越开越快，转头朝秦烈大声喊："你能扛住吗？"

秦烈垂着头，没说话，陈汐索性撒开了跑，跑得比风还快。前面有个弯道，陈汐提醒秦烈："抓好了。"

秦烈两只胳膊却依然悠闲地交叠，像坐在沙发上醒盹。耳边呼呼的风声和乱飞的头发，好像跟他半毛钱关系也没有。

陈汐没察觉到秦烈跟老僧入定一样，对她的提醒一点反应都没有，她过弯时速度没减，车身一斜，来了个漂亮的漂移，风声呼啸，她长发乱飞，畅快过瘾。下一秒，她余光瞥到后面的人，身上沸腾的血瞬间凉了一半。她看到身后的人悠闲的坐姿，气得血往头上涌。

"你不要命了？"她朝后面吼了一嗓子，一边尽可能丝滑地把车身和地面，调整成安全的角度。

秦烈却一点反应也没有，冷静到麻木。陈汐轻轻骂了一声"神经病"，她心里气不过，把车速飙得更高，却不再漂移炫技了，只想冻死他得了。

风声在耳边狂啸，过了一会儿，陈汐听到秦烈粗哑冷淡的声音："活着有什么劲。"

陈汐冷笑，转头扔下一句："你找刺激别拖我下水。"

她抬头瞟了眼漫天繁星，那么好看。

"活着当然有劲！"

把秦烈送到地方，陈汐停下车，一条长腿支在地上。她呼吸微乱，脸沉着，被他吓到嗓子眼里的心，还没落回肚子里，简直再也不想搭理这疯子。

秦烈摘下头盔递给陈汐，陈汐垂着手，过了几秒才接过头盔，冷眼打量他。

"过瘾了？"她冷声问。

秦烈垂下眼睛，线条冷硬的面孔一半隐在幽暗里，陈汐听到一声恼人的嗤笑："就这？"

陈汐简直无语，反问他："死了才叫过瘾吗？"

秦烈脚步小幅地趔趄一下，酒劲儿还没消，他低头看着一脸怒气的姑娘，笑得有些得逞。他摆摆手，一脸正色地说："那叫过瘾死了。"

陈汐懒得跟这酒鬼废话，调转车头轰了脚油门，身后传来秦烈要笑不笑的声音："谢了。"

陈汐骑在摩托上，回头看他，目光闪烁一瞬。她忽然开口问道："跟你商量个事？"

秦烈扬起刀削般的眉梢，等她说话。陈汐："VR体验馆场地太大了，分一半给我怎么样？"

秦烈的表情，像听了什么笑话。

"我不差钱。"他直言。

陈汐："我如果把修车厂开在你隔壁，还能帮你引来很多顾客。"

秦烈笑了："我不在乎。"

陈汐觉得这男人油盐不进，忍不住问："你总有想要的吧？"

秦烈想了想，吐出两个字："刺激。"

陈汐心想，这人怕是脑子真有病。

陈汐问秦烈要了十个角色的背景材料，她在家闭门两天，熬了两个大黑眼圈才出来，她让秦展帮忙把秦烈，叫到了刘伯洋的修车店。

陈汐叫了烤羊排，四个人像上次一样在街边支起小桌来吃。

天色暗下来，一排街灯悄无声息地亮了起来，远处飘来广场舞节奏感十足的韵律，万家烟火跟着夜色，一起涌了出来。

陈汐看到骑三轮车的胡子张，朝他挥挥手："叔，还有甜醅子吗？"

胡子张朝她摆摆手："卖完了。"他哼着五音不全的歌往回骑，"三月里来三月三，王哥走了马连山，三天没见王哥面，针线茶饭懒得谈。"

一桌人看着胡子张的背影走远，走调的歌声也没入了夜色里。陈汐收回目光，拿起酒杯跟秦烈碰了一下。正要说话时，秦烈却先开了口："第二个角色什么时候能给我？"

陈汐酒杯悬着，对上男人黑沉的眸子，一瞬间仿佛被他洞穿了心思。她搁下酒杯，淡淡一笑："我还没说要接这个活。"

秦烈只"哦"了一声，就没再说话了。

刘伯洋觉得这两个人气氛有点奇怪，像是暗戳戳在较量什么。他正琢磨着，秦展却大刺刺地问："汐姐你不是可想接这个活吗？二十万啊，不赚白不赚。"

陈汐："……"

她真是谢谢秦展。

秦展又转向秦烈："哥，这活汐姐肯定干，你可千万不能给别人。"

秦烈要笑不笑地看向陈汐："哦？"

陈汐简直想把秦展嘴缝上，她轻咳一声，拾起杯子说："喝酒吧，三个大老爷们儿，还没我喝得痛快。"

秦展："那不能够。"说着一口气把杯子里的酒喝干了，显摆似的杯口朝下晃晃。

陈汐叹口气，又给秦展满上，心想这哥俩，怎么一点都不像呢？

秦烈也一口气干了杯子里的酒，他放下杯子，随口说："这活时间太赶，你要觉得困难也别勉强，我还有备选。"

陈汐帮秦烈把酒满上，然后不紧不慢地从脚边的手提袋里，拿出素描本翻开递给他："第二个角色，没什么难的。"

听到还有备选，陈汐决定不绕弯子了。秦烈接过素描本看了一眼就随手搁在一边，继续喝酒，一顿饭，再没提这事。陈汐几次想开口提 VR 体验馆的事，都没找到机会。

一箱啤酒喝完，陈汐意兴阑珊。

秦烈抬眼看向她，忽然开了口："陈汐，十个角色，二十万，我要的和给的只有这些。"

陈汐轻笑，目光却仍是倔强。秦烈的语气不容商量："别打那家 VR 馆的主意，我不缺钱，也不愁客人，什么都不缺，你拿不到的。"

刘伯洋和秦展已经醉了，两人正吵吵闹闹地猜拳玩，压根没注意到这边的暗潮汹涌。

陈汐问秦烈："还喝吗？"

秦烈："你还行吗？"

陈汐："你看我像喝多了吗？"

秦烈笑笑："再来。"

两个人又各喝了两瓶啤酒，秦烈眼皮有些沉了，陈汐脸颊被酒精烧起一层嫣红……

秦展意犹未尽，非要大家陪他去唱歌。临走前，秦烈踢他一脚："把桌子收了。"

秦展乖乖收桌子，刘伯洋帮忙，陈汐起身，把秦烈搁在一边的素描本放进手提袋里。她抬起头来时，看到秦烈已经站在路边，朝一辆出租车招了招手。

"秦烈。"她在身后喊他，"我要 VR 馆一半的地儿。"

秦烈回眸，怔了一下，随即若无其事地笑了下。他正要转身时，就听陈汐的声音被夜风，漫不经心地送过来："十个角色，惊艳，我能给你，你要的刺激，也不难，你缺的我都能给你，我要的也只能你给我。"

秦烈盯着那道路灯下挺拔的身影，沉默片刻，出租车已经停在旁边，秦烈没说话，拉开车门坐了进去。

晚上，陈汐去夜市接范明素和森森回家，到了夜市一条街，马老六已经帮忙把几大包货，都搬进了他的焖饼店里。

"六叔，今天生意好吗？"陈汐走进店里，把顺路在超市买的一大兜子进口杌果搁在柜台上。

马老六家小孙女就爱吃杌果，陈汐时不时就买些过来。马老六训她："买这玩意干吗？"

陈汐笑："吃呗。"

回去的路上，范明素蹬着三轮，陈汐带着森森骑着摩托慢慢跟在一旁。

走着走着，陈汐忽然若有所思地问："奶奶，你年轻时候找过刺激吗？"

范明素笑着斜她一眼："怎么着？工作都辞了，你还觉得不刺激？"

陈汐摇摇头："我就随口一问。"

范明素笑了笑，脸上的褶子在路灯下仿佛都是故事。

"我啊，年轻时候……"

想到过去，范明素混浊的老眼闪过一丝亮晶晶的东西。她没提年轻时候的事，只说："那时候人活下来都是难事，谁还寻刺激？你们现在吃饱了没事干，才要寻刺激。"

陈汐笑笑："是啊，吃饱了撑的。"

森森忽然从摩托车后座探出头来，一脸认真："姐姐，你玩'隧道'吧，这游戏好玩得很，可刺激了。"

范明素竖起眉毛看向森森："谁让你玩游戏的？"

森森叉着腰，一脸有恃无恐："我爷爷马上就回来了，我用他的手机玩游戏，他不管，想玩多久玩多久。"

范明素一盆凉水泼过去："你爷爷还得在兰州待半个月，你老老实实给我学习。"

森森瞬间变成个苦瓜脸。

陈汐问道："关爷爷怎么还不回来？"

范明素朝陈汐使个眼色，陈汐立刻会意，不再提这事。老爷子去了兰州，住进医院之后就没出来。范明素倒是看得开，人嘛，早晚都有这一天，可瓜娃子却不明白。

陈汐怕森森多想，故作惊讶地问："小学生也知道'隧道'这个游戏吗？"

森森："咋不知道，我们同学都玩。"

陈汐心疼着森森，对他说："回家你用奶奶手机，我跟你连一局。"

"好嘞。"森森立刻眉飞色舞地点点头。

范明素看他们一眼，难得没说什么。

12

晚上，十点快半了，陈汐洗完澡，见堂屋里灯还亮着，边擦头发边走过去看。

范明素坐在沙发上，戴着副老花镜，腿上摊开记账本，正把今天的收支一笔笔写上去。

陈汐看了眼隔间紧闭的房门，小声问："森森睡了？"

范明素点点头，老花镜滑到鼻尖，一缕白发垂到鬓边。

陈汐在她一旁坐下，帮范明素把垂下来的头发别到耳朵后面。她低头看记账本上工工整整的小字，字体稚嫩得像小学生写的，却一笔一画，一丝不苟。

"一晚上也赚不了几个钱，早说让你别摆摊了。奶奶，你每天晚上去党河边遛遛弯，跳跳广场舞不好吗？"陈汐忍不住嘟囔。

范明素："一分钱也是钱，攒多了就能办事。"

她想起今早还捡了五个饮料瓶子，随手记下。陈汐看着来气，说话声音不禁大了些："我多修辆车就够你一个月捡空瓶子的钱了，你能不能别这么财迷了？"

范明素不紧不慢地说："你是你，我是我，我不管你，你也别来管我。"

陈汐："你歪理还一套一套的。"

范明素："你辞职的事我说一句话了吗？我还没管教你呢，你倒来管教我了。"

陈汐被范明素怼得无语，索性起身回房间睡觉。范明素叫住她："你明天上午有空吗？"

陈汐回头问她："怎么了？"

范明素："明天上午跟我去银行汇个钱。"去银行办事，身边有个年轻人她才觉得牢靠。

陈汐："给谁？"

范明素压低声音："森森他爸。"

陈汐目光沉下来："关爷爷的病……钱不够吗？"

范明素点点头。

陈汐："缺多少？"

范明素："手术费还缺十来万，后面还有化疗。我手上有三万，能帮多少帮多少吧。"

陈汐沉默片刻："森森爸爸的话能信吗？"

范明素抬眼瞅她："你这什么话？"

陈汐："还用我说吗？这些年他说过多少回把森森接兰州去了？他接了吗？还有今年春节说回来陪爷孙俩过年，他回来了吗？"

"你小声点。"范明素打断陈汐，"森森妈妈没了，他在兰州又成了家，他在那边也是上有老下有小，你让他咋办嘛。"

陈汐闭了嘴。

范明素摘下花镜，合上记账本，慢吞吞地起身："森森他爸是我看着长大的，那小子憨得很，做不出坑蒙拐骗的事。"

她走两步，停下来又对陈汐说："咱们邻里邻居，不是东家帮西家，就是西家帮东家，老祖宗身上流传下来的东西，不能丢。"

第二天上午出门前，陈汐看到院墙上一个小窟窿眼。那是她上小学的时候，有一回关老爷子把泥鳅烤得焦香，陈汐不等晾凉就闹着要吃，关老爷子就把铁签子插在砖缝里，等不烫了才肯拿给她。

在银行，陈汐从自己积蓄里拿了五万，凑了八万给森森爸爸打了过去。范明素在一旁犹豫着问："你不是还要开修理厂吗？没钱了怎么开？"

陈汐一语不发办完手续。

她从银行出来，看着街上来来往往的车，轻轻叹了口气："钱好挣，先救人吧。"

办完汇款的事，陈汐顺道带范明素去医院复查。

白宇宁已经给范明素挂了号，开好了检查单，陈汐过去拿了单子，直接带范明素去做检查。抽完血，又去做核磁，在等候室闲着无聊，陈汐刷了几眼手机，不知不觉翻到和秦烈的微信对话框。

她盯着两个人简短的聊天记录看了一会儿，还是给他发了条微信过去：第二个角色，你觉得怎么样？

昨天晚上喝酒的时候，她把画好的设计稿递给秦烈看，秦烈看了一眼就扔在一边，到现在也没给个反馈。

陈汐信息发出去就开始等，等到范明素从核磁检查室出来，秦烈也没回复。排完胸部 CT 已经是中午了，下午才能做上腹部 B 超。白宇宁还有半个小时下班，和陈汐约好了中午请范明素吃手抓羊肉，陈汐便和范明素坐在一楼门诊大厅里等白宇宁下班。

范明素低头用手机打麻将，陈汐等人的工夫，不知不觉又看了好几眼微信，依然没有秦烈的回复。她仰面靠上椅背，忽然在人群里看到一个熟悉的身影。

"秦展？"她朝对面喊了一声。

人群里有个大高个儿闻声转过身来，头上一撮毛翘着，表情茫然地东张西望。

"这里。"陈汐朝他挥挥手。

秦展看到陈汐，眼睛瞬间就亮了："汐姐，等我一下啊。"

片刻后，秦展抱着两瓶生理盐水和几盒药跑了过来。他先跟范明素打了招呼："奶奶来复查吗？"

范明素笑着说声"是啊"，又忙着低头打出一张东风。

陈汐问秦展："你生病了？怎么还要输液啊？"

秦展瞬间变了张苦瓜脸："别提了，我哥出事了。"

陈汐吃了一惊，忙问："怎么了？"

秦展叹了口气："昨天咱们散了以后我哥又去找他同学了，在他同学那儿又喝了一场，人家留他住一晚他怎么也不肯，又打车去了我家楼下，半夜给我打电话，非要把我那辆摩托车开走。"

陈汐简直无语："他喝成那样，你还把车给他？"

秦展愁眉苦脸："我不给他，他就要把我借钱买二手车的事告诉我爸妈。后来我想了个辙，把油箱里的油放得只剩一点，哄他只在楼底下开一会儿就得了。谁知道他一脚就把油门轰到底，直接撞到小区电线杆子上了。"

陈汐："……"

"他怎么样啊？"陈汐问道。

秦展："都是皮外伤，还有点脑震荡，医生让住院观察一天。"

陈汐无语一会儿，干巴巴地说："那你忙去吧。"

"回聊啊。我那辆摩托都快撞散了，回头你帮我看看。"秦展一边说一边小跑着去了住院部。

中午吃饭时，白宇宁突然跟陈汐说："秦烈住院了，好像是骑摩托撞电线杆子上了。"

陈汐点点头说："我上午在候诊大厅遇到他弟，跟我说了。"

"奶奶，这块羊肉嫩。"白宇宁给范明素夹了块羊肉，他转过脸对陈汐说，"吃完饭，我们买点水果什么的，下午去看看他。"

陈汐停下筷子，有点茫然："你不是跟他不熟吗？"

白宇宁笑着拍了拍她的头："你啊，脑袋里一点人情世故也没有，他现在是你的甲方啊，关系处好点没坏处。"

陈汐无所谓地点点头，第二个角色秦烈到现在还没给意见，她正好当面问问。

下午，陈汐带范明素做完剩下的几项检查，老太太就骑三轮车自己回去了。陈汐找白宇宁，不巧他诊室外排了很长的队，下午没空和她一起去看秦烈了，她只好自己拿了中午买的水果和一箱牛奶，去住院部看病号。

秦烈住的是两人间，陈汐敲门进去，没见秦展。一眼望过去，只看见床边坐着一男一女，看年龄比陈汐爸妈还要大上几岁。秦烈妈正朝病床上的人嚷嚷："你以后要再敢喝酒，我就跳党河给你看。"

秦烈穿着病号服仰在床上，额头拿纱布包着，脸上的瘀青姹紫嫣红，被他妈嚷得头大。陈汐有点想笑，对上秦烈妈忽然看过来的目光，她连忙把笑憋了回去。

"叔叔阿姨，我来看看秦烈。"陈汐走过来，把手里的水果和牛奶放在床边的地上。

她的目光和秦烈对上，还是没忍住，一丝揶揄被他看得清清楚楚。秦烈浑不在意，朝陈汐抬抬下巴："坐。"

秦烈爸妈已经条件反射地站了起来，尤其是秦烈妈，一边给陈汐递凳子，一边两眼放光打量她，就跟看天上掉下来的馅饼似的。

"你是？"秦烈妈小心翼翼地问。

陈汐不好意思让两个长辈给她让座，连忙解释说："我是秦烈的朋友，上午在医院碰见秦展了，听说他受伤了就顺道来看看。"

"朋友啊……阿姨还是第一次见你。"

秦烈眼看着他妈要出洋相，连忙开口打碎他妈的浮想联翩："来找你对象？"

陈汐点点头。

秦烈妈亮起的眼睛瞬间熄了火，尴尬地问："你对象在这个医院啊，是医生吗？"

陈汐："嗯，他在呼吸内科。"

秦烈妈夸张地点点头："医生好医生好，找个医生全家看病都不愁了。"

陈汐看向秦烈："宇宁本来下午要看你，临时有个手术过不来。"

秦烈点点头。

两句说完就没话了，陈汐站了片刻，问他："还要住几天？"

秦烈："小伤，一会儿就能走。"

秦烈妈一听这话就不干了："你脑子是不是撞坏了？医生让观察，观察你懂不懂？至少要待到明天。"

秦烈闭了闭眼，额角一道青筋跳了跳，像头困兽。陈汐第一次见他这么吃瘪，实在没忍住，唇角牵了牵。秦烈被人看了笑话，有点不耐烦地对陈汐说："你忙你的去吧。"

陈汐笑笑，意有所指地说："好，你是甲方，听你的。"

13

离开病房，陈汐去找白宇宁，快下班了，两个人约好晚上一起去看电影。

刚走到白宇宁办公室门口，陈汐的手机就响了，一看是秦烈发来的信息：不错。

陈汐停下脚步，笑了笑，低头回他：有惊艳到吗？

等了一会儿，对方回过来一个字：嗯。

陈汐还没来得及得意，就见秦烈紧跟着又发来一条信息：前两个没什么难的，你把唯一一个男性角色画出来，再跟我谈条件。

她把手机揣进兜里，没再理他。

走廊里已经没有候诊的患者，空荡荡的，陈汐从门上的玻璃小窗往白宇宁的诊室里看了看，里面还有最后一个患者，白宇宁穿着白大褂坐在窗下，戴着金边眼镜，斯文又温柔。他身子略向前倾，听患者说了句什么，清俊的眉头微微蹙起，戴上听诊器，凝神听对方胸腔里的杂音，阳光铺满桌子，给他全身镀了一层温暖的颜色。

陈汐恍然想起一年多以前，就在这间诊室，他给范明素听诊时的样子。那时她站在一旁心焦如火，着急得嘴唇上起了几个大火泡，他就这样朝她抚慰地笑笑，仰起头对她说："别担心，会好的。"

那是她听过的最温暖的话。

陈汐怔怔看着，直到诊室里的患者拿着一沓检查单出来了，末了，她敲敲房门，走了进去。

白宇宁一见陈汐，脸上的笑容便藏不住了。陈汐走过去问他："能看到我奶奶的检查结果了吗？"

白宇宁点点头："奶奶的影像检查都没问题，血液结果后天才能出来。你放心吧，肯定一切正常。"

陈汐松了口气，掏出手机查看电影场次："看个什么电影呢？"

白宇宁眉开眼笑地说："今晚看不成电影了。"

陈汐："看不成电影也不至于高兴成这样吧？"

白宇宁解释说："我一直联系的那个博士生导师来敦煌了，他答应我晚上一起吃饭了。"

陈汐也高兴起来："好事儿啊。"

白宇宁使劲点点头，笑着牵陈汐的手："跟我一起去吧。"

陈汐被他一扯，就势坐在他办公桌一角。她摇摇头说："你们聊的东西我一句也听不懂，不去了。"

白宇宁晃她胳膊，老大不小的人了，还像个小孩："去嘛。"

陈汐伸手把他一丝不苟的头发抓得乱糟糟："不去了，吃完饭我来接你。"

白宇宁把陈汐抓乱的头发整理归位，有点不甘心地说："不用接我，你在家，洗干净等我……"

陈汐垂眼看他，笑吟吟不说话。

白宇宁跳起来，脱掉白大褂，步子轻快得好像要飞起来。

陈汐开白宇宁的车，先把他送到饭店，然后去了刘伯洋的修车店。秦展果然在那边，正对着他撞坏的摩托车默哀。

陈汐走过去看了一眼，笑笑说："你哥这一脚油门，踩得可够带劲啊！"

秦展抬起头，笑得一脸阳光灿烂："是啊，可怜我的摩托跟了我五年，我连个皮都没让它擦破过。"

陈汐觉得秦展的表情，跟他嘴里说的话一点也对不上。

"你中彩票了吗？"她疑惑地问。

秦展："我哥拿五万块钱把我给打发了。"

陈汐无语好一会儿，开口说："我有个跟了我七年的平衡车，你问你哥玩不玩？"

摩托车前轮的轮毂被撞得严重变形，陈汐和秦展用气焊枪把胎圈加热，然后一点点把钢圈敲回原来的位置，再用磨角机打磨，最后做平衡，修完一个前轮，时间已经不早了。

秦展跳起来说："我请你们吃拉面，等会儿啊，我去买。"

刘伯洋刚给一辆车喷完漆，摘下口罩说："旁边就有拉面馆，过去吃不就行了。"

秦展："我发现一家更好吃的，你们等着啊，快得很。"他边说边一溜烟跑了出去。

面买回来，陈汐和刘伯洋也没觉得比旁边那家店好吃多少，秦展却吃得津津有味，连口汤都没剩下。

吃完饭，陈汐回了白宇宁家，她洗完澡穿着白宇宁的大 T 恤，趴在床上对着素描画线稿，画了一晚上，结果不是太满意。

十点多钟，白宇宁带着一身酒气回来了，破天荒地，他没换居家服，穿着外面的衣服进了卧室，直挺挺地倒在床上嘿嘿乐。

"傻笑什么啊？"陈汐拍拍他醉红的脸。

白宇宁一个翻身把陈汐压在下面，含情脉脉地亲了亲她的额头："老婆，我能让你过好日子了。"

陈汐笑了笑："现在就是好日子啊。"

白宇宁摇摇头，神秘兮兮地说："比这更好的日子。"

陈汐捏了捏他醉红的脸："还怎么好啊。"

白宇宁："我能读博了，以后当大专家，给你挣好多钱回来。"

温暖的台灯笼着床头一小片天地。

缠绵过后，陈汐窝在白宇宁怀里昏昏欲睡，耳边是他的絮絮叨叨。

"遇到你之前啊，我就想着在医院往高处升点，其实也没什么动力，就觉得人往高处走嘛。"

陈汐迷迷糊糊地问他："那现在呢？"

白宇宁慢悠悠把她脸上的碎发抚到耳后："现在啊，我想给你最好的生活，让你不需要再因为钱的事情，想做的没做……"

陈汐笑笑，往他怀里钻了钻。

距离上次在医院见到秦烈已经过去了四天，陈汐却还没把第三个角色的线稿定下来。她平时很少画男性角色，本来就不算得心应手，又想把秦烈震住，反倒越画越不知道该怎么画了。

她转了转手里的碳素笔，抬头看向窗外。午后的阳光洒满院子，姑姑陈梅来了，正跟范明素在葡萄架的阴凉下做浆水。

陈汐撕掉画了一半的线稿，团成团扔进纸篓里，她索性扔了笔，起身晃悠到屋外。

手机上的微信提示音响了一下，陈汐低头一看，是秦烈发来的：第三个角色怎么样了？

陈汐看着屏幕，迟迟没有回复。过了一会儿，秦烈又发来第二条信息：有困难吗？

陈汐盯着屏幕看了一会儿，回了两个字：没有。

她回到房间继续坐到书桌前。

又是徒劳无功的一天，陈汐疲倦地靠在椅背上，看着刚画完的一版线稿。

这才第三个角色，她就已经觉得吃力，如果十个角色，个个惊艳，好像没她想得那么简单，她忽然就没信心了。

她不知不觉地拿起手机，翻到七里镇那个房东的电话。

七里镇的场地位置虽然远不如 VR 展馆，但她找了这么久，除了 VR 展馆，也只有那个地方还算合适。如果 VR 展馆拿不到，七里镇的这个场地她就必须要拿到手。

她给房东拨了个电话，对方迟迟不接。

陈汐盯着暗下去的手机屏幕，忽然起身，抓起外套出了门。

她骑着摩托，一路飙到体验馆不远处，摘下头盔，站在晚风里沉默地望着戈壁滩上静静伫立的 VR 馆，心情低落。

陈汐还是不甘心，这个体验馆地段太好了，现在又知道是熟人开的，可以谈，可以争取，机会好像就在眼前了，却怎么也够不着。她俯身趴在摩托车扶手上，长发被风吹得乱飞，眼巴巴看着体验馆，戈壁上的风从耳边呼呼刮过。

陈汐出着神，丝毫没注意到身后不远处车轮碾在沙砾上的声音。

直到一个人影笼罩下来，耳边响起一道低沉的男声："在这儿干吗？"

陈汐抬起眼睛，看到秦烈戴着顶黑色鸭舌帽站在她面前。秦烈头上缠的纱布拆了，只剩小小的一块，被帽檐遮住了一多半，额头和颧骨上的伤颜色变得更深，给他整个人又添了几分生人勿近的冷淡气场。

陈汐坐起来："不干什么。"

她不太想搭理人，只沉默地看着不远处的体验馆。秦烈也转过身，看向体验馆，风从两个人中间穿过，猎猎地响。

秦烈掏出烟，问陈汐："可以吗？"

陈汐点点头，朝他伸手："给我一根。"

风很大，打火机好几下才擦出火来，秦烈一手拢着摇曳的火苗，低头点着嘴里叼着的烟，陈汐夹着烟，凑上来点着。她甩开脸颊上的乱发，朝着天空吐出一口烟，像是要把心里的烦闷也吐出来。

秦烈沉默地抽了半根烟，见陈汐一直看着 VR 馆。他忽然笑了笑，哪壶不开提哪壶："眼馋吗？眼馋就好好给我画。"

陈汐细长的指尖夹着烟，转过头看他。

夕阳有无限温暖，即使被冷风吹透也丝毫不影响它的温度。可光芒却照不暖他冷硬的五官，那双漆黑的瞳孔里是一潭冰冷的死水。她吐出口烟，淡淡说："你还没答应我，画好了这里一半是我的。"

秦烈依然丝毫不松口："你先拿出第三个角色。"

他一语戳中她心里的烦闷，她低头又抽了口烟。

手机铃声突然响了，陈汐掏出手机接起电话，被秦展急火火的大嗓门吵得眉头一皱："汐姐不好了，有人往七里镇这个场里搬东西，我一打听是房东把这块地方租出去了，你快过来看看吧。"

陈汐眼皮跳了两下，声音都不禁变了："这么快就租出去了？"

秦展："是啊，房东忒不仗义，怎么不跟我们说一声啊。"

陈汐："我马上过来。"

她碾灭烟蒂，戴上头盔，对秦烈说："我有事，先走了。"

秦烈看出她着急上火了："要帮忙吗？"

陈汐发动摩托，从头盔下沉沉看向他："要，把 VR 馆分我一半。"

她扔下这句话，踹了脚油门，风驰电掣地驶了出去。

陈汐风风火火赶到七里镇的场地，刚进门，就看到秦展的红色吉普堵在院门口，挡住了往里搬东西的人，秦展和刘伯洋站在车跟前，跟房东脸红脖子粗地理论。

14

陈汐走到他们跟前，她往后拉了一把眼瞅着就要跟人打起来的秦展，朝房东沉声开了口："赵哥，怎么回事？"

房东老赵已经跟秦展和刘伯洋撕破了脸，他对陈汐没好气地说："你自己没长眼睛吗？我把场地租出去了啊，你们在这儿捣什么乱嘛。"

陈汐压着怒火，好声好气地说："赵哥，咱们租房合同一直在谈着，你连声招呼都没打就租给别人，这样做不合适吧。"

老赵："有什么不合适，我自己的房子，我想租给谁就租给谁。"

陈汐："我们就是价钱还没谈好，你要涨价，我们也不是不能接受，对方给多少钱？我们再比他高一点还不行吗？"

老赵烦躁地朝她摆摆手："你们早干吗去了，磨磨蹭蹭定不下来，我现在合同都签了，人家东西都拉到门口来了，你让我怎么办嘛。"

陈汐：“你要租给别人，至少应该先跟我们打声招呼吧。”

老赵：“去去去，别在这儿堵着，都租出去了还有什么好说的。”

他试图分开众人，不耐烦地推了陈汐一把。陈汐向后跟跄一步，还没站稳，又被身后猛然窜出来的两个人撞开了。

刘伯洋：“推谁呢？”

陈汐来不及喝止，两个点燃的炸药筒已经扑了上去。西北人的性子遇火就着，两拨人转眼间已经干起仗来。陈汐冲到他们中间，身上挨了两下却没能把他们分开。

眼看对方人比他们多出两倍来，陈汐怕秦展和刘伯洋吃亏，加入了混战的队伍。

秦烈接到秦展的电话时正在开车。

“去哪儿捞你？”他不可思议地问。

“七里镇派出所……嘶，没事汐姐，这点伤算什么。”

秦烈一语不发听着，电话那边一阵杂乱过后，又传来秦展的声音：“哥，你千万别告诉我爸妈。”

秦烈简直无语到极点，不到半个月，这小子进了两趟派出所。

他掉转方向，朝七里镇派出所开去。

到了地方，秦烈冷着脸，一把推开派出所的门，正撞上陈汐闻声望过来的眼睛。清冷的目光迎过来，秦烈蓦然一怔，像被烫了一下，两人同时怔了怔，又同时移开一言难尽的目光。

送秦展回家的路上，秦烈问他：“你们打架，怎么还让一女的陪你们挂彩？”

秦展用车载冰箱里的可乐，冰着脸上的瘀青。他郁闷地说：“别提了，老赵拿半截砖头往伯洋头上拍，要不是汐姐把老赵推开，伯洋脑袋就开瓢了。”

秦烈沉默看着前面的路，过了一会儿，他淡淡说：“为个破场地，至于吗？”

秦展忽地坐直身子，梗着脖子说：“怎么不至于，这块地方她看好久了，除了 VR 馆，就只有这块地方合适了。”

秦烈沉默地开车，没再说什么。

陈汐回家就钻进房间里，晚饭也没出来吃，一家人都没发现她脸上挂彩了。

第二天是个周末，陈汐睡得迷迷糊糊，被院子里一声平地炸雷似的炮仗声吓醒了。她顶着一头起床气，趿着拖鞋"咣嘡"一声推开窗户，正好看到院子里白烟升腾，范明素正弯着老腰，把网兜里白花花的爆米花倒进森森抱着的柳条筐。三黄争分夺秒叼起落在地上的爆米花吃，陈梅捂着耳朵跳得远远的，眼睛笑成了一条缝。

陈汐眼睛一亮："我要吃大米花。"

范明素笑着瞪她一眼："就知道吃。"

说完，她走到崩爆米花的炉子跟前坐下。

范明素把早就准备好的一碗大米，倒进椭圆形的铁锅里，封好盖子，封箱拉得呼呼转，不一会儿，她跳起来，把铁锅从炉火上取下。陈梅连忙把一个黑乎乎的网兜套在铁锅盖子上，然后捂着耳朵飞快地窜开，范明素一脚踹下去，"砰"的一声爆响，白花花的大米花，雪片似的从网兜里溢了出来，香甜的滋味在院子里弥漫开来。

陈汐趴在窗户上，笑眯眯地看着。爷爷在世的时候，有一阵子走街串巷崩爆米花。那时候，街坊四邻也经常来家里让爷爷给崩爆米花。陈汐最喜欢"砰"的一声过后，爆米花从网兜里溢出来的一刻，院子里瞬间弥漫起甜滋滋的味道，那是她记忆里最温馨的画面。

下午，陈汐要去杨珊那边教她闺女画画。

范明素装了一兜爆米花和一兜大米花，让陈汐带过去给小朋友吃。她跟着陈汐走到院子里，指着陈汐额头上的青紫说："你别蒙我，这伤到底怎么回事？"

陈汐："就是撞了一下，还能怎么回事？"

范明素一脸狐疑，还要再说什么，陈汐连忙跨上摩托，一溜烟闪了。

她骑摩托去了杨大夫的诊所，老人刚刚午睡醒来，在满是中药味的诊室里练八段锦。陈汐跟杨大夫打了声招呼，径直去了后院。

杨珊和闺女睿睿也刚睡醒，小姑娘坐在椅子上，怀里抱着她睡觉时必须要抱的花布布，迷眼不睁的，杨珊站在椅子后面给她梳头。

陈汐推门进屋，把手里的爆米花朝睿睿晃了晃。小姑娘立马瞌睡全无，从陈汐手里接过爆米花，奶声奶气地说："谢谢干妈。"

陈汐的心简直要被萌化了，伸手摸了摸小姑娘软软的头发。

杨珊把中午吃饭的桌子收拾干净，陈汐把画纸铺好，让睿睿继续临摹上周画了一半的飞天。仙气飘飘的飞天被小家伙画得圆滚滚的，一只脚丫像个大白馒头上面长了五颗葡萄。杨珊凑过来看了一眼，忍不住哈哈笑了起来："这是飞天吗？"

陈汐把她推开："别打扰我们，我小时候还不如睿睿画得好呢。"

杨珊笑着走开，拿来钩了一半的毛线花，坐在她们旁边安静钩了起来。陈汐从帆布包里掏出自己的素描本继续画第三个角色的线稿，时不时指点一下睿睿。

房间里静悄悄的，能听到挂钟的滴答声，午后的阳光洒了一窗台，陈汐画着画着，有点昏昏欲睡。这时，推拿间朝向后院的门打开了，杨关抱着一本厚厚的书出来，在门口的台阶上坐了下来。太阳暖烘烘晒在身上，杨关把书摊开在膝头，摸索着上面的盲文，读得很专注。

陈汐打了个哈欠，透过窗户瞥到院子里看书的杨关，随口说："杨关哥的书可真够厚的。"

杨珊闻言，凑过来，小声跟陈汐说："我哥看的是中医基础理论，我跟你说，他要考中医执照，一直在自学呢。"

陈汐一脸诧异地说："学医太难了，要背那么多东西，我想都不敢想。"

杨珊笑笑："你是没见他那一屋子的中医书，我也不敢想。"

她凑过来，小声说："你知道吗？老天小看我哥了。"

陈汐透过窗户，看向院子里的男人，他坐在阳光下，身上像在发光。

杨珊也透过窗户，看向院子里的人："读高中的时候，他说要上北航，他就能考上北航。现在他要学中医，以后当个医生，他就一定能当个很厉害的医生。什么都拦不住他。陈汐，你看着吧。"

她转头看向陈汐，眸子亮亮的，像有什么光芒折射进她眼睛里："我哥一定会发光，老天带走他眼睛里的光，他准能给自己创造光。"

下午，陈汐从诊所出来，没有回家。她不想回去，回去就会坐到书桌前，继续画怎么也满意不了的线稿。她骑着摩托去了刘伯洋的店里。

一进门就闻到酒味，陈汐抬头一看，秦展和刘伯洋又叫了烧烤，在店里喝啤酒呢。她走进来，把头盔放桌上，随口说："又喝上了。"

秦展给陈汐搬个凳子来，摇摇晃晃地说："汐姐来了，过来一起喝。"

陈汐求之不得，她走过来坐下，接过秦展帮他打开的啤酒，仰头灌了几大口。冰凉的啤酒灌进胃里，不一会儿泛起一阵烧意。陈汐喝得豪放，脸颊染上一层薄红。

秦展郁闷地说："老赵连声招呼都不打就把场地租给别人，太不是东西了。"

陈汐想起这事，心里烦闷更添一层，默默灌下一瓶啤酒。

"再来一瓶。"她伸手问秦展要酒。

秦展见她今天上头挺快的："着啥急啊，先吃点串再喝。"

陈汐摇摇头，执意又要来一瓶啤酒。刘伯洋硬是塞给她一根烤肠："敦煌这么大片地方，我就不信找不着其他合适的场地了。姐，你别生气，明天一早我就跟秦展出去逛，肯定能找到比老赵那块破地儿更好的地方。"

秦展连忙点头附和："对对，我俩明天就去找。"

陈汐低头笑笑，没有说话。她这半年把敦煌里里外外逛了个遍，就相中两块地方。一个弄不到手，一个到手又飞了，想干点事，还真不容易。

三个人喝着闷酒，外面忽然起风了，刮得道旁的柳树哗啦啦响。刘伯洋看向门外狂摆的柳梢，喃喃说道："又要起沙尘吗？"

陈汐也看向门外，怔怔望了一会儿。末了，她忽然站了起来，走到门口的桌子跟前拿起头盔。

刘伯洋连忙问她："姐，你去哪儿啊？"

陈汐："回去了。"

她走到摩托车跟前，秦展和刘伯洋追了出来："你喝酒了，别开车了。"

陈汐朝他们摆摆手："没事。"

她骑着摩托漫无目的地行驶在空荡荡的街头。风，越来越大，像是真的要起沙尘暴了，陈汐却不想回家，等到她回过神来时，已经停在了旷野里那座灯火通明的 VR 馆门前。

门口停着秦烈的车，陈汐盯着那车看了一会儿，忽然轻轻牵了牵唇。她摘下头盔，推门走了进去。

秦烈正对着一面硕大的液晶屏打游戏，听到门响回过头来，正看到陈汐拎着头盔走了进来。风声在她身后咆哮，跟她一起忽然间闯进他安静的角落。陈汐往前走几步，感应门在她身后合拢，狂躁的风声被关在了门外，大厅里骤然间又安静了下来，只剩游戏里的背景音乐。

秦烈放下游戏手柄，淡声问她："有事？"

陈汐身子轻轻晃了晃，指指上次两个人玩过的赛车对他说："赌一把怎么样？"

15

秦烈淡淡打量了陈汐一会儿，兴趣寥寥："赌什么？"

陈汐垂眸不说话了，像是在认真思考。过了一会儿，她抬起眼睛对秦烈说："我要是赢了，你把 VR 馆分我一半。"

秦烈懒散地靠回椅背上，不耐烦地说："陈汐，我说过的，别打 VR 馆的主意。"

陈汐却好像听不到，定定地看着他："秦烈，你敢不敢跟我赌？"

她脸颊被风吹得嫣红，目光冷冽，长发蓬松慵懒，身上的野性和女人味糅杂成了一种别样的性感，今晚的她，避无可避地扎眼。秦烈轻蹙眉头，盯着她看了一会儿，淡淡问："要是我赢了呢？"

陈汐："十个角色免费给你。"

秦烈嗤笑一声："不感兴趣。"

陈汐搁下头盔，扔下一句："你不赌，我就不画了。"

陈汐说完，径直朝赛车走去。秦烈盯着她修长的背影看了几秒，起身走了过去。

陈汐已经戴上 VR 头盔，跨坐在摩托赛车上。她两手握住车把，俯下上身，T 恤勾勒出凹凸有致的腰部曲线。秦烈坐上摩托，转头看向陈汐，正对上她头盔下挑衅的目光。

他说："你输了，再不能提摆挑子的话。"

陈汐冷淡地牵唇，转过头看向前方。秦烈戴上 VR 头盔，俯身握住车把。

屏幕上的倒数计时刚结束，陈汐像支离弦的箭一般飞了出去，孤注一掷，秦烈瞬间就被她甩出去老远。他笑笑，沉稳地加速，一点点追了上去。

第一个弯，他丝毫不手软，硬是把陈汐从内道挤了出去，一脚油门飞到了陈汐前面。陈汐咬紧牙关，直接朝秦烈的车尾部撞了一下，轮胎打滑发出刺耳的摩擦声，一侧就是惊心动魄的万丈悬崖。陈汐不管不顾，又撞向秦烈，非要把他挤出弯道，秦烈向左一闪，先稳稳控制住方向，转瞬又压了回来，陈汐分毫不让，两个人都作死似的加速，追逐。快到终点时，陈汐被秦烈超过了半个车身的距离，她一咬牙，朝秦烈撞了上去，两辆赛车惨烈地撞在一起，一同滚下了悬崖。

陈汐被抛上半空，视野忽然天地旋转，她再次失去平衡，一头栽下摩托车，摔倒在冰冷的大理石地面上。她翻了个身靠在赛车上，摘下头盔，仰面朝天喘着粗气，闷声笑了起来。

秦烈摘下头盔，低头看她，他忽然察觉到什么，从赛车上下来，俯身闻到一阵浓烈的酒气。喝成这副德行还大晚上开摩托，秦烈觉得这女人大概是疯了。他太阳穴突突跳了两下，一把抓住陈汐的胳膊往起拽她，厉声问她："你不要命了吗？"

陈汐却耍赖似的坐在地上不起来，仰着头要笑不笑看他。她一双眼睛迷离沉醉，要睁不睁，弯成好看的月牙形，秦烈从来没见过她醉成一团的样子。他松开手，抄进裤兜里，无奈朝空旷的天花板吐出一口气来："起来，我送你回家。"

他说完，垂眼看向她。两人无声对峙好半天，陈汐才摇摇晃晃站了起来。

秦烈："走吧。"

他转身迈开步子，刚走一步却走不动了，再回头一看，衣角被人牵住了，陈汐蹲在地上，一只手牵着他的 T 恤衣摆。她垂着头，头顶浓密的发丝间有两个形状漂亮的小发旋。

秦烈停下脚步，一脸无语地说："放开。"

陈汐松了手，头却依然垂着，一动不动地蹲在地上，忽然间变成了小小的一团，一滴眼泪啪嗒落在她面前的地板上，紧接着，是第二滴，第三滴。

第一次遇上女人在面前喝醉酒掉眼泪，秦烈忽然就有点手足无措，他清了清嗓子，声音不由自主地温和了下来："哭什么。"

陈汐摇摇头，轻轻吸了吸鼻子。秦烈无奈地叹了口气，走到她面前，蹲了下来："别哭了，送你回家。"

陈汐像是失去平衡，忽然向前一栽，额头抵在他左胸的位置。一丝酒气，混杂着洗发水淡淡的清香扑在他脸上，近在咫尺，避无可避。秦烈身子骤然一僵，蹲在了原地，一动不动。他听到她喃喃地念叨："七里镇的场地被人抢了，VR 馆也没得谈。"

她吸了吸鼻子，轻轻叹了口气："想做点事情，怎么这么难啊！"

秦烈沉默，鼻息间全是她的气息，明明没有香水的味道，却有种清冽的甘甜。他喉结滚动，漆黑的眸子变得更加深不见底。

半晌，他伸手扶住她的肩，把她从自己怀里推开。

陈汐抬起一双红红的眼睛看他，睫毛还湿着。秦烈忽然想到她委屈的时候，会不会就是这样跟男朋友撒娇的？他觉得嗓子很干很干，像沙漠里枯干的荒草，秦烈喉结不知不觉动了动。陈汐就这样定定看着他，迷蒙的目光里带着一丝期待。

两个人对视良久，末了，秦烈终于无奈地叹了口气："别哭了，只要第三个角色我满意，VR 馆分你一半。"

陈汐醉眼迷蒙："秦烈，你再说一遍。"

秦烈无奈地看着她，淡淡重复了一遍："只要第三个角色我满意，VR 馆分你一半。"

他说完站起身，迟疑一瞬，向陈汐伸出手："起来，送你回家。"

陈汐伸出手，没扶他，而是把额前垂下来的碎发撩到了脑后。她起身，一双醉意蒙胧的眼睛忽然变得格外清醒："秦烈，记住你说的，到时候，可别反悔。"

秦烈微微惊讶："你没醉？"

陈汐微微靠近他，笑了笑，她走近他，在他耳边轻声说："我不能醉，醉了还怎么跟你谈条件。"

她笑了一声，转身大剌剌朝门外走去，秦烈怔然看着感应门呼地打开。陈汐高挑的背影和呼啸的风，转眼消失在空旷的大厅里，紧接着，摩托车呼啸着远去，听上去有种得逞后的张狂。

秦烈这才意识到自己被她骗了！

这天傍晚，陈梅包了饺子，装了满满一保温盒，让陈汐给白宇宁送过去，陈汐骑摩托去了市医院。

她拎着保温盒，轻车熟路去了白宇宁的诊室。白宇宁办公桌上的电脑还没关，屏保是他和陈汐在鸣沙山拍的一张合影。桌上的保温杯里喝剩的菊花茶还没有倒掉，看样子是手术还没完。

陈汐把保温盒搁在他桌上，正准备离开，房间门忽然被推开，白宇宁穿着蓝色的手术服走了进来。

"才结束啊。"陈汐笑着问他。

白宇宁一边脱手术服，一边说："手术半个小时前就结束了，我又帮你们马科长办了一下住院手续。"

陈汐一下就站直了："马叔生病了吗？"

白宇宁摇摇头，说："他朋友，就上次你让我帮忙给她找个肝脏方面的专家。"

陈汐："她住院了？"

白宇宁："嗯，从县医院转过来的，情况很不好……"

陈汐心里"咯噔"一下，问道："马叔在医院吗？"

白宇宁点点头："在呢，肝胆内科住院部十七床，你要去看看吗？"

陈汐点点头，白宇宁说："我陪你一块去。"

陈汐："你歇会儿吧，给你带饺子了，吃完在办公室等我就行。"

陈汐一个人去了住院部，在走廊里看到了马科长。他穿着件灰色夹克，整个人看上去也灰蒙蒙的。

陈汐走上前，轻轻叫了一声："马叔。"

马科长闻声回过头来，看到是陈汐，恍惚地点点头："来了。"

陈汐朝病房里望了一眼，里面有两张床位，一张床上躺着个小男孩，不到十岁的样子，一张床上躺着个瘦脱相的中年女人，不仔细看，几乎认不出是王老师。王老师正侧着头跟小男孩在说什么，蜡黄的脸上带着一丝笑意。

陈汐收回目光，轻声问马科长："王老师怎么样？"

马科长叹了口气，没说话，默默摇了摇头。

两个人沉默地靠在走廊的墙上。

良久之后，马科长忽然声音沙哑地开了口："我跟王老师是同乡，工作以后还分到一个单位，慢慢就处上朋友了。后来她要回家乡当老师，我下不了决心跟她一起回去。她走了，我留在了酒泉市，我们两个就这样散了。"

陈汐能察觉到，马科长对王老师跟对别人不同，但没想到两个人还有这样一段过往。她惊讶地看了马科长一眼，不知道该说什么。

马科长像是在跟她说话，又像在自言自语："后来我遇到了你爸爸，我师父，他把他的手艺倾囊相授，一心想把我培养成才，以后继承他的衣钵，把一辈子都交给莫高窟，像他一样修一辈子壁画。可是我觉得太苦了，我做不到抛家舍业，跟苦行僧一样和壁画过一辈子，所以我找关系换了工作，清清闲闲地混到今天。"

他看向陈汐，眼睛里爬满了红血丝，嘴唇轻轻抖着："她一个女人，走十万八千里劝女娃娃上学，你爸爸这个岁数了，还在风餐露宿……"

他忽然顺着墙根滑了下去，两只手插进头发里，他蹲在地上，垂着头小声啜泣起来："我是个懦夫，我瞧不起我自己。"

时间像条汹涌的河，他看着他们逆流而上，羡慕不已，低头照见自己卑微又怯懦的灵魂。

陈汐怔怔看他，看他压抑地低声啜泣。她蹲下来，一只手搭在他轻轻颤抖的肩上："马叔……"

她思忖着说："你也没错……"

当英雄太难了，这世上大多数人能做到独善其身已经不易。

16

走廊尽头一阵骚动，陈汐闻声望了过去，看到十几个穿校服的女孩不顾护士的阻拦，执意要进来。陈汐认出其中一个红脸蛋的女孩，王老师带着去博物馆参观过。

"王老师的学生来了。"陈汐站起来，朝她们走过去。

马科长用袖子抹了把脸，也起身跟了过来。

陈汐走到住院部门口，看到一张张风尘仆仆的面孔。其中有个女孩认出了她，眼泪忽然滚落下来："我们想见王老师。"

她一哭，其他女孩也跟着哭了起来，住院部门口一时间乱作一团。

陈汐跟护士商量，能不能让这些远道来的孩子进去看看。护士为难地说人太多了，不符合探视规定。马科长把孩子们带到一边，陈汐去找白宇宁想办法。虽然探视是件小事，可来的人太多了，白宇宁最后找到院长，把王老师的情况原原本本讲了一遍，才把这件事情协调下来。

晚上九点多钟，王老师被转到了医院临时协调出来的单人间。陈汐和白宇宁把女孩们带到病房门口。

走在最前面的女孩压下病房门把手的一刻，忽然停下来，她转过头红着眼睛对身后的女孩们说："不许哭，谁都不许哭。"

病房门口一阵窸窸窣窣，女孩们擦掉了眼泪，有的还生硬地牵起了唇角。陈汐忽然很想抽根烟，可又不方便。她看着女孩们一个个走进病房，转身靠在门口的墙上。

陈汐不再看房间里的光景，白宇宁走到一边，默默陪着她。病房里传来细细碎碎的说话声，陈汐听到王老师埋怨："刘晴晴，你怎么也跑来了，离高考还有几天？时间不等人啊。"

…………

白宇宁在陈汐耳边小声说："咱们走吧？"

陈汐摇摇头："我想再待会儿。"

白宇宁轻轻叹了口气说："她的身体是生生被耽误了，小地方医疗条件差，又没有定期体检的意识，发现的时候已经是晚期了。"

陈汐不说话，低头看着自己的脚尖。白宇宁轻声感慨："好的资源都往大城市集中，所以有条件的话还是要在大城市生活啊。"

陈汐看了白宇宁一眼，目光诧异，没有说话。

病房里的聊天还在继续，王老师的声音虽然虚弱，但仍带着笑意，有种让人安心的淡定和从容："说说你们以后想做什么吧。"

陈汐听到女孩们七嘴八舌的声音。

"我想考上北大。"

"我想去海边上大学。"

"我想开公司，赚好多钱。"

"我想去敦煌研究院上班。"

"我也想当老师。"

···········

王老师笑吟吟的声音传来："想做什么就去做，遇到困难也别放弃，别让自己这辈子有遗憾。"

有个小小的声音响起："王老师，您有什么遗憾的事吗？"

陈汐不知不觉地微微站直，侧耳听着。一阵沉默过后，她听到王老师笑吟吟地说："我啊，这辈子还没坐过飞机，有点遗憾啊。"

陈汐默默听着。片刻之后，她忽然想到什么，连忙掏出手机给秦烈发了条信息：忙吗？有件事情想拜托你。

她等了几分钟，不见对方回复，直接给对方拨过去语音电话，一连拨了几个，秦烈都没有接。

她忽然转头看向白宇宁："我出去一趟，你先回家吧。"说完不等白宇宁问什么，大步流星地走了出去。

陈汐往住院部大楼外面走的路上，又连着给秦烈拨了好几个语音电话，对方始终不接。她索性骑上摩托一路狂飙到 VR 馆碰运气，可惜 VR 馆大门紧锁，一片漆黑，他今晚没有过来。

陈汐想起下雨那晚把秦烈送到的地址，索性直接找了过去。

开到秦烈家楼下，陈汐抬头望向一扇扇亮着的窗，不知道哪一扇是秦烈家的，她给秦展打电话问了秦烈家门牌号，她来不及向秦展解释，为什么大半夜找秦烈就挂了电话。

陈汐坐电梯到了九楼，找到秦烈家房门，她抬手按了按门铃，等了一会儿里面没动静，索性咚咚咚地敲起门来。

她一边敲，一边焦急地猜想秦烈是不是没在家，就在她准备放弃时，房门忽然拉开，一阵潮湿的水汽扑面而来，带着男人身上侵略性的味道，不是白宇宁洗澡完之后栀子花香型沐浴露淡淡的味道，而是超市里最普通的肥皂残留的味道，遮不住他身上简单粗暴的、凛冽的男人味。

秦烈腰上裹着条浴巾，上半身赤裸着出现在门口，健硕的肌肉线条上淌着没干的水珠。他面无表情地看着陈汐，漆黑的眼底一抹几不可察的晦暗。

昨晚在 VR 馆的情形忽然闯进陈汐的脑海，脑门被他骤然沉重的心跳咙当撞了一下，陈汐脑门莫名一烫，硬着头皮开口说："我有事想拜托你。"

秦烈像是被这话逗到了，嗤笑一声："什么事难得倒你？"说完就要关门。

陈汐连忙抓住门把手："是真的有事要拜托你帮忙。"

秦烈眉梢微微一扬："抱歉，不做公益。"

他关门，陈汐一脚卡住门缝，不由得放低姿态："求你了。"

秦烈手一顿，陈汐连忙问："你那个 VR 馆里有没有飞行体验的装备？就是戴上之后就像真的坐飞机，在天上飞一样？"

秦烈垂眼看她，沉默不语。陈汐觉得他看自己的眼神，就跟看神经病一样，她管不了那么多了，继续连珠炮似的说："如果有的话，你这个设备大不大？方便携带吗？我需要拿走用一下，现在就要。"

秦烈笑了："我说过要借你了吗？"

陈汐："你的意思是你有这个设备？"

秦烈："听不懂中国话吗？"

他说完毫不客气地拍上房门。

陈汐攥起拳头，又咚咚咚地敲了起来。

秦烈走进卫生间穿上衣服，出来时门还在响，他忽地拉开房门，一脸讽刺地问："这次准备用什么招？"

陈汐忍下他的挖苦，努力解释："我认识一个老师，她是个很好的人，肝癌晚期住在市医院，她这辈子还没坐过飞机……"

秦烈："我说过，不做慈善。"

他面无表情地拍上房门，陈汐转身靠在门上，仰面朝天深深叹了口气，她掏出手机，给秦烈发了条信息：她在穷山沟里教了一辈子书，快死了，还笑着问学生以后想做什么。你呢？在钞票上"躺尸"，觉得活着很没劲？

陈汐发完信息，把手机揣进兜里，头也不回地走了。刚出小区，手机就响了，陈汐连上蓝牙耳机，听到秦展蒙圈的声音："汐姐，我哥让我把 VR 头盔给你，你怎么突然想起玩 VR 游戏了？"

陈汐眼睛一亮，连忙问："你那有 VR 头盔？效果怎么样？"

秦展："我从我哥那儿拿走玩的，他那儿的东西都是高科技，效果没得说。"

陈汐："有飞行游戏吗？"

秦展："有啊。"

陈汐："你在哪儿，我现在就过来拿。"

一星期后，王老师走了。

夕阳坠入遥远的地平线，天边一片血红的颜色。陈汐坐在摩托上，看一只孤雁从头顶飞过，越飞越远，最后变成一个小黑点，消失在视野里。戈壁滩上凛冽的风刮过脸颊，长发被风吹乱，陈汐凝视着大雁消失的方向，默默告别。

王老师用陈汐拿过去的 VR 头盔，体验了一回坐飞机的滋味。她摘下头盔时，目光亮亮的，行将枯槁的生命像是被点燃了似的，耀眼夺目。她让守在病房里的孩子们一个个戴上头盔，去体验自由飞翔的滋味。

"这就是科技啊，你们是幸运的一代人……"她由衷地笑着。

夜幕笼罩下来，陈汐骑上摩托，离开了茫茫戈壁。第二天早上，她把第三个角色的定稿发给了秦烈。那时候，秦烈正在党河边晨跑，他迎着夺目的朝阳，点开陈汐发来的图片，天边红霞烂漫，他的瞳孔缩了缩。不知是被屏幕上折射的光芒刺到了，还是被陈汐发来的画惊艳到了。他盯着屏幕凝视良久，然后笑了笑，收起手机，继续迎着灿烂的晨光跑步。

秦烈回家后冲了个澡，吃早饭的时候，他把陈汐的设计稿发给了王丹阳，对方几乎是一秒钟就把电话回了过来。

"谁画的？"王丹阳在电话那边兴奋地问。

秦烈："陈汐……抢包那个。"

王丹阳："可以啊，你眼神还挺准。"

秦烈："嗯，还行。"

王丹阳嘿嘿乐："能让你说还行的人不多啊！"

秦烈："她画的人有魂儿。"

在沙洲夜市，第一眼看到陈汐画在帆布包上的飞天时，他就感觉到了。

吃完早饭，秦烈收到陈汐发来的信息：有时间吗？

秦烈回她：什么事？

陈汐：VR 馆等你。

毫无征兆，他脑子里忽然闯进陈汐此刻的脸，一张毫不拖泥带水的面孔，此刻唇角应该是带一丝笑的，有点小得意的笑。秦烈忽然笑了笑，抓起车钥匙出了门。

到 VR 馆时，陈汐已经在了，店员小敏凑过来指指在远处踱步的陈汐，小声跟秦烈说话："这个人一早就来了，在店里转悠，跟来收租的一样。"

秦烈点点头，走过去找陈汐。

陈汐站在场馆尽头，看秦烈一步步朝她走来，唇角微微牵起，跟他脑海里的画面重合了。他走过来，先开了口："什么事？"

陈汐环顾四周，笑了笑说："没什么事，过来看看。"

秦烈揣着明白装糊涂，淡淡说："哦，看吧。"

他转身走到一台射击游戏机前，戴上 VR 眼镜。过了一会儿，陈汐溜达过来，在他身旁停下。

"第三个角色怎么样？"她绷不住了，主动问道。

秦烈朝屏幕打出几发子弹，随口说："不错。"

陈汐带点小得意："不错就是满意的意思吧？"

秦烈点点头，却说："还可以更好。"

陈汐第一反应是他想耍赖，略带戒备："你不会想反悔吧？"

秦烈放下感应枪，转头看向陈汐："这款游戏的受众群是有女性用户的，这些男性角色怎么能让女性用户群发疯发狂，喜欢得要死要活？说白了就是给女性创造幻想对象，这个角色需要有他与众不同的魅力点。"

17

陈汐虽然能听出他不是刁难，却听不太懂他的意思。她眉头轻蹙，眼神带一丝茫然："所以，你是让我给这个角色加上八块腹肌？"

秦烈差点没笑出来，他摇摇头，解释道："是一些很小的细节，比如无名指上的戒指，一些习惯性的表情和小动作，或者是五官和身材上略微与众不同的地方。"

陈汐依然似懂非懂，忽听秦烈问她："你有没有对什么人着迷过？"

陈汐怔然，秦烈笔直的目光定在陈汐脸上："疯狂地着迷。"

陈汐脑海里忽然闯进浪客剑心。她上高中那会儿特别着迷的一个漫画角色，二次元男主本来就大差不差，陈汐那会儿迷上剑心，好像就是因为他脸上的伤疤。少女时代幻想过活在剑心的世界里，成为他的女主角，陈汐突然就明白秦烈的意思了。她设计的这个角色，还缺一点让女人产生幻想的特质。

正愣神间，秦烈一只手臂忽然从身后环来。陈汐被男人身上粗糙又冷硬的气息包围住，猝不及防间身子一僵，嗅觉却像城门失守，被他身上侵略性的气息长驱直入，瞬间灌进了每个毛细血管。下一秒，陈汐脸上多了一副冰冷的 VR 眼镜，耳郭留下男人手指轻轻擦过的触觉，粗粝的，似有若无。

陈汐右耳烧了起来，毫无防备，她看向秦烈，对方已经收回手臂，抄着兜不紧不慢地走开了，扔下一句："这游戏里的教练有点意思，你参考一下。"

陈汐还没从僵硬的状态回过神来，透过深色的VR镜片，看到秦烈眼神里明目张胆的戏谑，意思再明显不过，他在回敬她，那晚她心怀叵测的撩拨。陈汐忽然就发作不出来了，冷着脸拿起感应枪，从身后瞄准秦烈，扣动扳机。

她不想跟秦烈玩兜圈的游戏了，直截了当地说："角色我回去改，既然你满意，是不是该兑现承诺了？"

秦烈转身看向她，神色平淡："可以。"

陈汐原本做好了和他理论的准备，没想到他答应得这么痛快。

"真的？"她忍不住确认。

秦烈点点头，问她："你想要多大地方？"

陈汐按捺住骤然加速的心跳，面色如常地抬手在空中划了条线："赛车以西都给我行吗？"

秦烈看了眼陈汐划出的范围，占了整个展厅将近一半的空间。她要的那一侧有个宽敞的侧门，车辆可以开进来。好在场馆很大，秦烈这些VR设备根本用不了这么多地方，重新布置的时候，只需要合理安排布局就好。

秦烈掏出手机说："我把房东的电话给你，后面的事你跟他谈。"

陈汐忍住欢呼的冲动，连忙点点头，记下房东的电话号码。陈汐环顾四周，问道："这些VR设备的拆装费，大概需要多少？"

秦烈粗略估算："十万左右。"

陈汐心里打了个突，又是一笔不小的开支，但不管怎样，场地的事情总算有进展了。

跟房东的沟通很不容易，陈汐给对方打了好几个电话，对方连跟她见面谈的机会都不给，最后还是秦烈开口帮忙，房东才终于答应场地部分转租的事。

房东同意后，钱的问题像座大山一样压了下来。秦烈租这个场地押金付了五十万，房租一次性付两年的，每年五十万，到六月份的时候，两年期满，正好要付接下来两年的房租。

秦烈不计较押金的事，没让陈汐分担，房租分摊比例上也很厚道，跟陈汐按六四分。尽管如此，陈汐还是要拿出四十万的房租和十万块的设备拆装费，再加上装修改造费，一共将近六十万。这个数字远远超出了陈汐的预算。

陈汐踌躇一整天，终于还是决定先从白宇宁那里挪借二十万，先把租金交了。正想着这事，收到白宇宁的微信：**老婆，我今晚跟黄教授吃饭，你在家等我，有好消息要告诉你。**

陈汐回他：**正好我也有件事跟你说。**

回了家，陈汐给自己泡了杯咖啡，拎着装素描本和画具的帆布包走进书房。第三个角色她改得差不多了，只差最后一点细节，她仔细画完飘带最后一缕褶皱，搁下笔，轻轻舒了口气，到最后，又忍不住倒吸一口气，惊叹自己怎么会有这样的神来之笔。她给第三个角色眼睛上蒙了一条黑色的丝带，把他的光拿走了。

陈汐看着画中的男人，忽然想起那天午后，杨关坐在院子里读盲文医书的样子。她把男人的下颌角改成冷硬的弧度，骨节分明的修长手指改成粗糙峥嵘的轮廓，一道触目惊心的伤疤，从右手虎口一直延伸到衣袖里。陈汐从他手上的伤疤打量到冷硬的下颌，感觉到野性难驯的气场，还有让人心悸的力量。她拿走了他的光，给他换来一身野性难驯的荷尔蒙，不知道会让多少女性玩家为他疯狂、幻想？

陈汐把成稿拍下来发给秦烈，意外收到他秒回的信息：**很棒。**

片刻后又是一条：**太棒了。**

晚上快十点钟，白宇宁才回家，他开门时嘴里还哼着歌，心情很好的样子。

"怎么不睡觉？"他弯下腰，从身后环住陈汐，下巴轻轻搁在她颈窝上，鼻息间有浓浓的酒味。

陈汐靠在椅背上，抬手摸到白宇宁的耳朵，轻轻拽了拽："有什么好消息要告诉我？"

白宇宁却要卖关子，笑着说："你猜嘛。"

陈汐想了想："跟黄教授有关的，他同意当你的博士生导师了？"

白宇宁语气不屑地说："上回和他见面，这事就定下来了，我说的是另外一件好事。"

陈汐："什么好事啊？"

白宇宁："他的实验室空出一个位置，让我去帮忙。"

陈汐不太懂："他实验室在敦煌吗？"

白宇宁笑了，亲亲陈汐的脸颊："当然是在北京啊！"

陈汐回头看向白宇宁："你要去北京吗？"

白宇宁点点头。

陈汐："去多久？这边的工作怎么办？"

白宇宁眉开眼笑地说："黄教授的实验室就在北医三院，我跟着他就能调过去，先跟着他工作半年，明年春天再考他的博士生。"

陈汐有点愣怔："你要调到北京？"

白宇宁笑着捏捏她的脸："笨丫头，是我们要去北京了。"

迎着白宇宁灼灼的目光，陈汐沉默了，她从没想过离开敦煌。

见陈汐怔怔着不说话，白宇宁脸上的笑容渐渐消失了。被他执意视而不见的一丝忧虑，终究还是避无可避地到了眼前。他蹲下来，搂住陈汐的腰，抬头问她："老婆，你不想跟我一起去北京吗？"

陈汐沉默。

时间一分一秒地过去，白宇宁灼灼的目光渐渐凉了下来，里面两团兴冲冲的火苗像被一盆冷水浇灭了。尽管她一个字还没说，可他就是有种惶惶的预感，冰凉地沿着他的脊柱悄悄爬上心头。

其实白宇宁在内心深处是知道的，陈汐是匹野马，没有人驯服得了她。尽管有那么多夜晚，他在她身上征伐，他把她搂在怀里入眠，可他依然觉得不能完全拥有她。可想到两个人蜜里调油一样的关系，白宇宁又觉得自己是有信心的。他伸手摸摸陈汐的头，笑着跟她摆事实讲道理："你现在辞职了，不需要权衡工作上的取舍，正好跟我一起去北京。"

见陈汐依然不说话，他又继续说："我知道你舍不得奶奶，等我们在北京安顿下来，可以把奶奶接过去。北京的医疗条件可比小地方强太多了，你不想让奶奶健康长寿吗？"

这话笔直地戳中了陈汐，她终于有了反应："奶奶不会去的。"她声音平淡，带着一丝无可奈何的冷静。

白宇宁蹙眉问："为什么？"

陈汐："我也不知道，反正她哪儿都不会去。"

"那你呢？"白宇宁静静看着陈汐，几乎屏住了呼吸等她的答案。

良久，陈汐轻轻叹了口气："我也没想过去别的地方。"

白宇宁搂住她，轻轻晃了晃："那现在开始想想吧，夫唱妇随，我去北京，你肯定也要一起去的啊！"

陈汐垂着眼帘，没有说话。

白宇宁："我知道让你生活一下子发生这么大的变化，你肯定需要时间去适应，但去北京的大方向是没错的。那边是首都，在大医院，我的收入和前途也都比在这里要强太多了。以后我们的孩子也会有更好的起点，这是千载难逢的机会，我们一定要抓住啊！"

陈汐沉默，过了一会儿才淡淡问道："那我呢？"

白宇宁怔了怔，然后笑着说："你？你有我啊，我挣来的都是你的，都是咱们这个家的啊，你跟着我享福就是了。不想工作就在家待着，想工作的话，以你的能力还怕找不着吗？"

他越说越坚定，越说越觉得这些话找不到反驳的理由。陈汐静静看着他，良久之后才说："我需要考虑。"

白宇宁笑着点点头："工作调动不是一两天能办下来的事，这时间足够你想明白了。"

他忽然想起什么，问道："晚上吃饭的时候，你说有事要跟我商量，什么事啊？"

陈汐看着白宇宁，嘴唇动了动，却没说出口："算了，改天再说。"

18

陈汐晚上没熬夜改图稿，却也没怎么睡着，她耳边是白宇宁均匀的呼吸声。夜风拂动窗帘，缝隙透进外面寂静的街灯，窗台上的黄芪花开得依然茂盛。白宇宁的话一遍遍在她脑海里回放，他的话面面俱到，唯独有一件事情压根没提，那就是她的修车厂，她心心念念，折腾了小半年，眼看着已经有机会能开起来的修车厂。她付出了多少努力，有多想做成这件事情，他不是不知道。

第二天一大早，陈汐去了七里镇，她坐在刘伯洋店门口的台阶上抽烟。小城里没有早高峰，晨光温柔懒散，一条长街上只有三两家早餐店开着，古柳深处不知谁家有人在院里吊嗓子，分不清唱的是曲子戏还是秦腔。

坐了一会儿，刘伯洋才骑着摩托过来。陈汐夹着烟，朝刘伯洋笑笑，又兀自看向行人寥寥的街面，没说话。

"姐，我跟秦展这两天看了几个场地，阳关镇有个地方还行，一会儿带你去看看。"

陈汐抬眼看向刘伯洋，笑笑说："不用了。"

她没解释什么，继续沉默抽烟。

刘伯洋走到陈汐身后把两个卷闸门打开，然后在陈汐身旁蹲了下来，问："怎么了姐，有事？"

陈汐："没什么事，你忙你的。"

刘伯洋知道陈汐的性格，便不多说什么，起身进了店里。

过了一会儿，一辆车停在刘伯洋店门口，陈汐抬眼一看是杨珊的车。她扔掉手里的烟蒂，起身走了过去。

杨珊降下车玻璃，笑着对陈汐说："你怎么在这儿？"

陈汐："过来待会儿，你来干吗？"

杨珊："车胎扎了，过来让伯洋帮忙补一下。"

陈汐："开进去吧，我给你补。"

杨珊升上车窗，向着有缓坡的一侧门，把车开进店里。陈汐跟着进来，从杂物桌上拾起一副手套戴上，拽来一个千斤顶搁到漏气的车胎旁。刘伯洋从后院走进店里，朝杨珊打招呼："珊姐，不上班啊？"

杨珊朝他笑笑："这个月上夜班。"

杨珊蹲一旁，看陈汐娴熟地拆下车胎。

她随口问道："修车厂的事有进展吗？"

陈汐手一顿，过了片刻才点点头说："场地的事，已经谈好了。"

杨珊："是七里镇那个场地吗？"

陈汐摇摇头："不是。"

她把轮胎滚到一边，充上气，检查漏气点。

杨珊觉得陈汐怪怪的，之前只要一提到修车厂，陈汐就会变成个话痨，今天却没精打采的。她还想再问问，门口风风火火进来个人，手里拎着一兜子烧饼夹肉。

秦展进了店里，一看到陈汐，表情立刻变得眉飞色舞。他跑过来朝陈汐嚷嚷："汐姐，我才知道那个VR馆是我哥开的，你怎么不早点告诉我啊，他什么都听我的，要早知道那地儿是他租的，我分分钟给你来一半场地，哪还用得着耽误这么长时间啊。"

陈汐笑笑，没说话。

刘伯洋惊喜地问："VR馆是秦烈哥的？"

秦展点点头，笑着看向陈汐："昨晚听我哥说，他把场地分你一半，他掏六十万，你掏四十万，是不是还得再有十万块的设备拆装费？"

陈汐点点头，一声不吭忙着手上的活。秦展热心肠地帮陈汐算起账来："还得再加上装修费，怎么也得六十万吧，你手上只有二十万，这钱差得有点多啊！"

陈汐起身滚着轮胎走了，秦展还在兀自叨叨："我哥钱多，让他先帮忙垫二十万房租，反正你不是给他画画嘛，就当预支工资。剩下的钱我跟伯洋帮你凑凑，咱无论如何先把那个场地拿到手。"

杨珊若有所思地看着陈汐的背影，心想难怪她这么蔫儿，原来是遇到难事了。

陈汐帮杨珊修完车就回了家，倒头睡了一觉。傍晚时，杨珊的电话打来了，陈汐迷迷糊糊接起电话。

"都到晚饭的点了，你怎么还睡啊，给你发信息也不回。"

陈汐闭着眼睛翻了个身，哼唧一句："什么事？"

杨珊："素素演出回来了，晚上我们给她接风，去吃日料。"

韩素素是陈汐和杨珊从初中时候一起玩到现在的好朋友。韩素素从小学跳舞，高中毕业就进了丝路舞团，现在已经是团里的台柱子了。

陈汐没心情吃饭，困兮兮地说："你们俩吃吧，我不去了。"

杨珊："我位置都订好了，不去不行。你快点起来，我再有十分钟就到你家门口了。"

陈汐无奈地爬起来，去院子里拿凉水冲了把脸。她坐在葡萄架下跟三黄玩了一会儿，杨珊的车就到了。

这家日料店去年才开张，楼下是卡座，楼上是一个个精致的小包间，包间里是榻榻米式的装修和家具。杨珊带陈汐上了二楼，两个人脱鞋进了包间，韩素素不一会儿也来了，窈窕的身影一出现，包间都跟着蓬荜生辉了一下。

"哎呀！素素，你是不是又瘦了？"杨珊睁大眼睛朝她叫道。

韩素素走过来，在地垫上坐下："别提了，这半个月每天晚上跳一场，累死我了，不瘦才怪。"

杨珊摸摸自己生完孩子之后就回不去的小肚子，郁闷地说："你俩吃吧，我今晚看着。"

陈汐问韩素素："首都人民喜欢敦煌舞吗？"

韩素素眉毛一扬，得意扬扬地说："那还用说，我们丝路舞团的招牌一亮出去，场场爆满，每次表演结束都得再返场跳一段，找我们合影的人都排到演出厅大门口去了。"

牛皮吹得震天响，陈汐和杨珊都被逗笑了。韩素素掏出手机给她们看这半个月在北京拍的照片，有演出的，有排练的，有吃喝玩乐的。

陈汐静静看了一会儿，她忽然抬头看向韩素素，没头没尾地问："北京好吗？"

韩素素想都没想就说："当然好了。"

"都哪儿好？"陈汐淡声问道。

韩素素脱口而出："哪儿都好啊，要什么有什么，只要你有钱，什么都能买得到。"

陈汐："给你机会你会去北京吗？"

韩素素一脸茫然地看着陈汐："去啊，我明年还想去北京演出，这回没来得及去逛故宫，也没去成环球影城，太遗憾了。"

陈汐目光沉沉，淡声说："是搬到北京生活。"

韩素素怔了怔，然后摇了摇头："我在敦煌好好的，干吗要去北京生活？"

陈汐无语地看她一眼："你不是说北京要什么有什么吗？"

韩素素："可那没我家啊，没你们啊，我去了跟谁玩？我去了还怎么跳飞天舞啊？"

陈汐沉默地看向窗外。夜色不知不觉已经笼罩下来，熟悉的街上亮起星星点点的灯火，视野里的每一束灯光，还有耳边的说笑声都变得那么难以割舍。

陈汐："今晚谁陪我喝酒？"

清酒一杯接一杯，陈汐觉得跟喝水一样没滋没味，韩素素也觉得这酒不够带劲。

杨珊却是三杯就倒的酒量，一小壶清酒喝完，整个人都飘了。

店员敲门进来，把盐烤大虾摆上餐桌，陈汐抬头问道："店里有白酒吗？度数高一点的。"

店员摇了摇头，笑着说："不好意思，我们家度数最高的就是这种清酒。"

陈汐又默默喝了一小壶清酒，忽然起身朝包间门口走去。韩素素叫她："陈汐，你干什么去？"

陈汐走到门边，回头说："我去买瓶白酒。"

杨珊摇摇晃晃站起来："我也去。"

陈汐呼地打开推拉门，走廊里清凉的风扑在脸上，迎面撞见一道黑沉沉的目光。秦烈正从包间门前经过，大概是听到什么了，正转头望过来，两个人目光相撞，陈汐扶着门框怔了怔。

秦烈脚步未停，径直进了隔壁的包间，杨珊扑在陈汐身后，也看到了秦烈的身影。她偷偷拍了拍陈汐的肩头，在陈汐耳边惊喜地说："刚才那人好像是秦烈哥，你看到没？"

陈汐没说话，弯腰穿鞋，两个人从隔壁包厢门口经过，杨珊好奇地透过门缝，朝里张望了一眼，她脸上的表情立刻变得更生动了，眉毛快要飞起来。杨珊拽着陈汐快步走到楼梯口，一脸八卦："包间里有个女的，好像是我们中医院的大美人。"

陈汐烦着自己的事，没心情听八卦，只心不在焉地"哦"了一声。杨珊怅然若失："郎才女貌，还挺般配。"

两个人在街对面的烟酒店买了一瓶五十二度的白酒回来。经过秦烈的包间时，杨珊忍不住满心好奇想往里张望，可惜包间的推拉门紧闭着，什么也看不到。

白酒打开，陈汐和韩素素两杯下肚也飘了，撸起袖子猜起拳来，杨珊更是原形毕露，连饭也不吃了，趴在薄薄一层木板墙上听隔壁的动静。

陈汐和韩素素伸出四个拳头，喊："十五二十。"

拳头张开，陈汐输了，她举起一盅酒爽快地干了，撸撸袖子朝韩素素喊："再来再来。"

杨珊转过头朝她俩比了个噤声的手势，然后耳朵贴在墙上继续偷听。

韩素素好奇地收了手，凑过来小声问杨珊："你听什么呢？"

杨珊一脸惆怅："听我逝去的青春。"

韩素素："我也听听。"说着也趴在了隔墙上。

陈汐自己喝了一会儿闷酒，觉得没意思。她左手拎着酒瓶子，右手捏着酒盅，起身踉跄两步也凑了过来，一屁股坐在地上，给自己满上酒，一口干了，侧耳聆听。

包间里霎时间安静下来，隔壁的说话声，一字不落地传了过来，听了一会儿都是女方在说话，男人偶尔"嗯"一声，听上去不大喜欢说话。

韩素素小声问杨珊："相亲？"

杨珊："好像是。"

韩素素评价："男的好像不大主动。"

杨珊小声嘀咕："是呢，他怎么不说话，冯可多漂亮啊，性格又好。"

韩素素："谁是冯可？"

杨珊："就是说话这个女的，是我们医院中医理疗科的医生。"

陈汐又喝一杯酒，忽然想起秦烈那张生人勿近的脸，毫无征兆地"扑哧"一声笑了出来。杨珊连忙捂住她的嘴，陈汐乖巧地比画了一个拉上拉链封住嘴巴的动作，杨珊这才松开手。三个人继续偷听，对面却是一阵长久的沉默。

陈汐听不到什么八卦，觉得好没意思，她起身要回去吃寿司，忽然听到隔壁包间又传来女人说话的声音。

"秦烈……你可能不记得我了，我也是三中的，在你隔壁班，我也是数学课代表。"

隔壁安静几秒，陈汐听到秦烈低沉的声音："哦，记不得了。"

她重新坐下来，又给自己倒了杯酒，有一搭没一搭地听着。

冯可："你是不是，不知道今天这顿饭是相亲？"

秦烈低低笑了一声："嗯。"

冯可："其实我也不喜欢相亲，可听到你的名字，我就来了。"

她声音顿了顿，忽然问道："你……觉得我怎么样？"

19

陈汐不知不觉也把耳朵贴在了墙上，等着听秦烈的回答。片刻之后，秦烈的声音传来："抱歉，我不会在敦煌待一辈子。"

这话忽然戳中了陈汐的心窝子，她举起酒杯，一饮而尽，烈酒顺着喉咙一路烧下去，胃里像烧起一团火，一直烧上两颊。

她听到冯可的声音："你要回北京吗？"

秦烈："嗯，可能。"

包厢那边的两个人沉默了。好一会儿，冯可的声音才又响起："假如，我们处得来，我可以去北京……"

陈汐听了冯可的话，心头一阵莫名的烦闷。又是一阵沉默，她听到秦烈淡淡的声音："为什么？"

冯可反问他："如果我们在一起了，我不去北京，你会为我留在敦煌吗？"

秦烈："不会。"

陈汐听到冯可带着一丝无奈的笑声："那你还问为什么，我有的选吗？"

冷不丁地，陈汐忽然吼了一嗓子："怎么就没有了？"

她脸颊嫣红，手里拎着酒瓶子晃晃悠悠地站起来，看架势要去跟人掐架一样，隔壁包间忽然没了声音。

杨珊和韩素素同时跳起来，一个捂住陈汐的嘴，一个尴尬到抓耳挠腮。

情急之下，韩素素连忙扯着嗓子喊了一声："就是没有，不信你自己找。"

杨珊一脸惨不忍睹，硬着头皮接着演："我也没看到，真的没有啊。"

两个人手忙脚乱把陈汐拽回桌边，杨珊这才注意到，一瓶白酒已经被陈汐喝掉一半。

"不要命了？有你这么喝的吗？"她抢走陈汐手里的酒瓶，倒了杯大麦茶给陈汐。

陈汐伏在桌上，一手托腮，扬起脸朝杨珊笑。

"笑什么笑，快喝水。"杨珊气不打一处来。

陈汐摆摆手："这点酒算什么，我还能喝。"

说着她又要去抓酒瓶子，被韩素素眼疾手快地抢过搁得远远的："吃东西，不许喝酒了。"

两个人盯着陈汐，看她吃了几块寿司，胃里没闹毛病才放心下来。

饭吃得差不多了，杨珊从包里掏出一张卡递给陈汐。

陈汐接过，醉眼蒙眬地问："什么啊？"

杨珊："我哥听说你要用钱，让我给你的，里面是十万块，密码是他生日。"

陈汐怔然，低头看着手里的银行卡。她恍然想起昨晚在白宇宁面前，想开却没张开的口，一时间说不出心里是什么滋味。正沉默间，杨珊把另外一张卡递到陈汐手上："这张里面也有十万块，我跟素素一人五万，密码是我生日，你要记不得就别取了。"

话一说完，杨珊自己先被逗笑了。

韩素素从陈汐手里拿走杨关的银行卡，她垂着头，正面端详完端详背面，纤长的手指摩挲几下卡上凸起的数字。

杨珊从韩素素手里抽走银行卡递给陈汐，哭笑不得地问韩素素："看什么呢？这上面有花吗？"

韩素素摇摇头，笑而不语。她什么都跟陈汐和杨珊说，唯独有一件事，埋在心里天长日久，静静开出一朵隐秘又热烈的花来。

吃完饭，三个人都有点喝高了，跟跄着下了楼。杨珊开车来的，小地方不好找代驾，只能把车搁在饭店门口，今晚先打车回家。

从饭店出来，风一吹，酒劲忽然更上头了。陈汐摇晃两下，依在韩素素身上，抬眼看到秦烈的车从面前缓缓开过，她忽地上前两步，敲了敲秦烈的车窗。

车子停下，深色的车窗缓缓降了下来，秦烈棱角分明的面孔转向陈汐，浓眉微挑。陈汐趴在车窗上，弯起眼睛朝秦烈笑笑："搭个便车，可以吗？"

陈汐最喜欢敦煌的夜。不管是什么季节、什么天气，只要夜幕笼罩下来，小城便有了种苍凉和烟火交织的味道，一抬眼，便是别处看不到的繁星。她坐在副驾驶，看着车窗外流光溢彩的党河风情线。其实党河从前也很美，没有灯光勾勒的时候，能看到河面被风揉碎的月光。

秦烈把杨珊和韩素素送到地方，最后，他把陈汐送到杨家桥范明素的小院门前。路口的街灯坏了，巷子里黑魆魆的，秦烈把车停下来，对旁边的女人说声"到了"。

陈汐伸手解开安全带，正要下车，忽然想起什么，转过头直直看向秦烈，她目光犀利，像是要透过皮囊看他心底。

秦烈被她看得莫名其妙，淡声问："看什么？"

陈汐盯着他，若有所思地问："你是怎么跟她说的？"

秦烈茫然地问："什么怎么说的？"

陈汐："就刚才，她问有的选吗？你是怎么回答的？"

秦烈胸口震了震，发出一声闷笑，忽然问陈汐："找着了吗？"

陈汐怔怔的，表情茫然，醉眼迷离："找什么？"

秦烈嗤笑一声："我哪知道，你们那么大声找东西，丢钱了？还是把耳朵丢到我们这边包间了？"

陈汐不解释，嗤嗤笑出声来，酒喝多了，脸皮也变厚了。她边笑边开门下车，晃了几晃才站稳，朝秦烈摆了摆手。秦烈无奈一笑，打了把方向盘调转车头。

陈汐摇摇晃晃看车子开出去几米，乍然想起秦烈还没回答她的问题，她几步追了上去，两手拍着车窗。车子停下，车窗再次缓缓降了下来。

陈汐两手扒在车窗上，执着地问："你还没告诉我，到底是怎么回答她的。"

她头发乱乱散在肩头，执着地扒着车窗，目光直直盯着他。迷迷糊糊的眼神里，有种平日不曾出现过的娇憨。秦烈简直无语，要笑不笑地问她："我的回答很重要吗？"

陈汐点点头，呆了片刻，又摇摇头："你不重要，但回答很重要。"

她就是想知道，是不是男人都觉得女人的事业就跟闹着玩一样？错过不可惜，放弃不可惜。她就是想知道，是不是男人都理所应当觉得，女人在婚姻里就应该是妥协的那一方？

秦烈硬朗的侧脸闪过一丝不屑的笑，他收回和她对峙的目光，看向车灯前那一团化不开的黑暗："我说用不着。"

陈汐笑笑，胳膊肘搭在车窗上，目光依然笔直犀利："然后呢？"

秦烈："我为什么要告诉你？"

陈汐凑近些，表情认真，眼巴巴地说："因为我真的很想知道。"

秦烈无语地看了她一会儿，最终还是开了口："我说到了像我们这个年纪，早就过了追求轰轰烈烈爱情的时候。每个成年人先得是为自己负责，然后才是为别人。"

陈汐鼻子里哼出一声不以为然的笑。

秦烈："她现在愿意放下一切跟我走，可所有的激情到最后都会被日子抹平，总有一天，她会觉得所有的不如意，都是当初为了我而放弃导致的。"

陈汐看着秦烈，渐渐变得若有所思。

秦烈："陈汐，我不要她放弃，也不想为她的人生负责。男欢女爱，换谁不行？没必要谁为了谁就要搭上一辈子。"

白酒的后劲很大很大，陈汐回到房间倒头就睡了，连白宇宁的电话都没听到，醒来时怔怔的，睁着眼睛在床上躺了好一会儿。

今天是周末，院子里传来森森和三黄追逐打闹的声音，还有范明素捏矿泉水瓶子的声音。

陈汐伸手够到床头柜上的包，从里面掏出两张银行卡。一张是杨关的，一张是杨珊和韩素素的，里面的钱加在一起是二十万，再加上她自己存的那二十万，够交房租了。

陈汐把两张银行卡举到眼前呆呆看着，房租的问题解决了，她却并没有觉得轻松，心头被什么东西压着，她不想面对，连床都不想起。

包里的手机忽然响了，陈汐摸出手机看了一眼，是白宇宁打来的，她看着手机，迟迟没有接，直到铃声终于停止，屏幕渐渐暗了下来。陈汐拉起被子蒙住头，索性继续赖床。

过了一会儿，院子里三黄的叫声变了，陈汐一听就知道是白宇宁来了。

陈汐第一反应是把床上的两张银行卡塞到枕头下面，迟疑片刻，她又把卡拿了出来，还和刚才一样放在了枕头边。

白宇宁敲敲门，陈汐"嗯"了一声。

"吱呀"一声，白宇宁推门走了进来。他今天穿了件白T恤，清清爽爽的，走到床边俯身捏了捏陈汐的脸蛋。陈汐不知不觉深深吸了口气，他身上淡淡的消毒水混合着擦脸油的味道，闻起来很特别。

"怎么不接电话？"他捏完脸蛋，手往被子里面伸。

陈汐笑着翻身躲开，又被白宇宁捞回来。

"让你不接我电话。"白宇宁忽然坏笑着，抬膝跪在床上，弯腰去挠陈汐的胳肢窝。

陈汐最怕挠痒痒，连忙扑腾着边躲边解释："昨晚跟杨珊和韩素素喝多了，回来就睡着了，没听到你电话。"

白宇宁不依不饶："那也总该说个晚安再睡啊。"

陈汐被他挠得连喘带笑，只好求饶道："我怕错了，下次一定改，哎不挠了，别让奶奶听到。"

白宇宁终于收了手，在床边坐了下来，目光落在枕头边那两张银行卡上。他拿起来看了看，随口问道："拿银行卡干吗？"

陈汐靠在床头，捋了把乱发，她看着白宇宁斯文俊秀的侧颜，忽然沉默了。

白宇宁过了一会儿才察觉到陈汐的沉默，他转头看向陈汐，笑着问："怎么不说话了？"

毫无防备地，他撞上陈汐不知何时沉静下来的目光，心头莫名紧了一下。

陈汐看着白宇宁，一阵沉默过后，还是开了口："这是杨珊他们给我凑的钱……"

白宇宁有点茫然地问："凑钱……干什么？"

陈汐："交房租……那个 VR 馆谈下来了，我能租到一半的场地。"

白宇宁一脸茫然，怔怔看着陈汐，好像听不懂她刚刚那句话是什么意思。陈汐不说话，静静看着他。

好一会儿，白宇宁仿佛才找回自己的声音。他轻咳一声，语气里带着一丝夸张的淡然："哦，那个修车厂是吧……你还要开吗？"

陈汐点点头："嗯……我还是想开。"

20

她终于说出口，尽管艰难，但堵在心头的那团东西随着这一声"嗯"，悄然消散了，她一瞬间觉得连呼吸都顺畅了。想要什么、渴望什么，她没办法骗自己。她看着白宇宁，目光错杂，等着他说话。

白宇宁怔了好一会儿，好不容易开口了，说的却是："缺钱为什么不找我要？"

陈汐诧异地睁了睁眼睛，正要开口说什么，白宇宁却忽然起身："快起床吧，我买了你喜欢吃的醪糟汤圆，还有杏茶。"

陈汐："宇宁……"

白宇宁拔腿往门外走："哦，还有甑糕，快起来吃吧，凉了就不香了。"

不等陈汐开口，白宇宁已经大步走出了房间。

陈汐洗漱完，走到餐桌旁坐下。

白宇宁正跟范明素说笑，神色如常，见陈汐过来了，把凳子拉过来，让她坐在自己身边："快吃吧，都要凉了。"

他声音泰然，眼神却是闪躲的。

陈汐埋头喝了几口醪糟，想和白宇宁继续说些什么，白宇宁却忙着和范明素聊天，始终没给陈汐机会。

陈汐莫名松了口气，至少是此刻，因为她也不知道该说什么。

吃完饭，陈汐问白宇宁今天做什么，白宇宁说要去医院准备明天的一台大手术。

两个人在院门口分开，白宇宁开车往市医院的方向去了，没有问陈汐今天要做什么。陈汐骑上摩托，往银行的方向开去，也没说今天要做什么。

陈汐交了房租，回家一头扎进房间画了一天一夜，连着出了第四个和第五个角色的设计稿。虽然是赶稿，但她灵感出奇地顺畅，每个角色几乎都是一气呵成，像开了挂。窗外晨光大亮，她顾不得补觉，用凉水洗了把脸就去找秦烈了。她要跟秦烈商量件事，确切地说是有求于他。

陈汐按照秦烈发的地址，去了他住的小区外面一家茶室。

秦烈还没到，陈汐点了壶杏皮茶，坐在桌边自斟自酌。她习惯性地看一眼微信，和白宇宁的对话框安安静静的，自他们谈恋爱以来，还没有这么长时间不联系过。

陈汐叹了口气，拿起手机打字"做什么呢"，犹豫片刻，她把字一个个删掉，换成"你生气了吗"。明知故问的话，打完又删掉了，换成"中午一起吃饭吧，我们好好谈谈"。

可谈什么呢？谈是她该妥协，还是他该放弃？陈汐叹口气，把刚打出来的字又删掉。

头顶一道阴影笼罩下来，陈汐抬头，看到秦烈头发半干，在她对面坐下。他身上还有肥皂淡淡的气味，很淡很淡，遮不住身上粗糙的男人味。

"来了。"陈汐暗灭手机屏幕，给秦烈倒了杯杏皮茶。

秦烈懒散靠上椅背，一手搭在桌上："什么事？"

陈汐翻开素描本，推到秦烈面前："另外两个角色画出来了，你看看怎么样。"

秦烈随口说句："这么快？"

他垂眼看了看素描本上的画，不知不觉坐直了些。他翻开第二页，沉默地看了一会儿，抬眼看向陈汐，这才察觉到她脸上挂着两个大大的黑眼圈，眼神里竟然有一丝局促。

"怎么样？"陈汐的声音不知不觉带着一丝紧绷。

秦烈点点头，如实说："很好。"

陈汐松了口气，喝了口茶，身子向前倾了倾。

秦烈懒散地靠回椅背上，等着陈汐开口。陈汐眼神飘忽一瞬，忽又变得坚定："我想跟你商量个事……能不能先预支我这五个角色的设计费？"

她从来没在钱上向人开过口，话一说完，脸颊不知不觉微微发烫，可很快，她眼神里的迟疑没有了，换作沉稳和坚决。半年来的东奔西跑，在四面八方质疑的目光中辞职，跟人打架进了派出所。步步为营的算计和争取，和她那么那么喜欢的人心生嫌隙……

她想做的事，披荆斩棘走到今天，怎么可能连个头都低不下来。

秦烈看着陈汐，她脸色苍白，眼睛里布满红血丝，今早的状态着实算不上好，用"憔悴"两个字形容也不为过。可她眼神里却有两团熊熊燃烧的火，几乎给她整个人镀上一层光圈。秦烈莫名就想起下雨那晚在 VR 馆，她骑上赛车，俯下身，后背微微拱起，像只蓄势待发的小豹子。他没在任何人身上，看见过那么原始又蓬勃的朝气。

陈汐见秦烈盯着她看，却不说话，只好解释："你放心，后面的五个角色我会尽全力好好画，VR 设备的拆装费，能不能用我画完的五个角色来抵……"

她准备了长篇大论，没想到刚开了头，就被秦烈打断了。

"可以。"他声音平淡，没当回事一样。

说完起身，他垂眼看着她，问道："你什么时候要场地？"

陈汐蒙了一瞬，反应过来之后连忙说："就这几天吧，越快越好。"

秦烈点点头，抬起桌上的素描本递给陈汐："剩下五个角色，加油。"

陈汐差点摇尾巴，连忙起身接过本子："你放心，保质保量。"

秦烈动作很快，不到两天就把赛车以西的半个场馆腾了出来，陈汐这两天忙得几乎脚不沾地。她找了个小装修队，主要工程量是在两块场地之间做一个隔断，简单处理墙面上设备拆卸留下来的痕迹。装修钱是秦展和刘伯洋给凑的，两个人还来充当免费劳动力。陈汐为了省钱，能自己动手干的活都亲自上。秦烈这边也难得忙了几天，毕竟设备个个价值不菲又娇气，拆装的时候他全程坐镇。

这天中午，陈汐和秦展正站在脚手架上刷墙，秦烈从隔墙角落的小门溜达过来，看到陈汐和秦展正站在脚手架上刷墙。陈汐穿着条旧牛仔裤，头上戴顶报纸糊的帽子，长胳膊长腿，手里举个滚子。

秦展干着活，这张嘴也不带休息的，一边滚墙一边说话："汐姐，你这两天怎么没精打采的啊，事儿都办成了，还有什么愁的？"

陈汐摇摇头，一下下刷墙，没有说话。秦展自顾说道："对了，我有个主意，你看两个场馆之间这堵隔墙，咱们什么装修都不做。等你得闲了，大笔刷子一挥，整个壁画上去，不得帅炸了。"

陈汐停下手里的滚子，扭头看了眼三合板打成的隔墙，觉得秦展这个主意还不错。

秦展忽然嘿嘿乐了："汐姐，我跟你说，我哥那边你也给他画上，他有的是钱，你狠狠敲他一笔手工费，咱们装修的钱就回本了。"

他正嘿嘿乐着，场馆里传来秦烈要笑不笑的一句："敲多少合适？"

秦展："那怎么也得十万八万的。"

他说完，忽然反应过来，连忙转身朝下望，差点一头栽下来："哥，你怎么来了？"

秦烈没理他，抄着兜在场馆里踱了几步，正要回自己那边，就见刘伯洋拎着一兜盒饭和一兜奶茶走了进来。

刘伯洋一见秦烈，笑着跟他打招呼："秦烈哥，你也在啊，正好我多买了一份饭，一起吃吧。"

秦展早就饿了，连忙爬下架子看刘伯洋买了什么好吃的。

"嘿，你还买奶茶了啊。"秦展笑嘻嘻地从袋子里掏出一杯杨枝甘露。

刘伯洋："奶茶是宇宁哥送过来的。"

陈汐忽地停了手里的活，转过身低头看向刘伯洋："他人呢？"

刘伯洋："在外面，我让他进来玩会儿，他说有事要忙不进来了。"

陈汐扔了滚子，手脚并用爬下架子，朝门口跑去，慌忙间一脚踢翻了涂料桶，也没顾上看一眼。

三个人一头雾水，看着陈汐跑出场馆，隔着一层茶色玻璃，她被地上的石头绊了一脚，摔在地上又爬起来，跑到马路边，怔怔看着一辆白车驶远。

过了好一会儿，她才回到馆里。

秦展觑着陈汐的脸色，小心地说："汐姐，吃饭了。"

陈汐垂着眼睛从他们旁边走过，淡声说："你们先吃。"说完又爬上架子，沉默着干起了活。

忙到晚上收工，陈汐又累又饿，心里却想着今晚无论如何也要去趟白宇宁那边。短短几天不见，陈汐有种恍如隔世的感觉。她原本想直接骑摩托回去，秦展却非要拉着她和刘伯洋一起去吃拉面。

陈汐被秦展拉上车时，竟然不知不觉松了口气，她想见白宇宁，却又不知道该跟他说什么好，能在外面磨蹭一会儿，反倒觉得有些如释重负。

陈汐坐在后排，随口问道："去哪儿吃拉面？"

秦展握着方向盘，唇角轻轻牵了牵："阳关镇。"

陈汐和刘伯洋同时抗议："这么晚了，跑那么远干吗？"

秦展打了把方向盘，将车开上主路，笑着说："那家可好吃了，带你们尝尝。"

不顾陈汐和刘伯洋的反对，秦展执意多开了二十分钟的车，跑到阳关镇一条不起眼的街上。

车停在路边一棵笔挺的胡杨树下，陈汐下了车，抬眼看到小店的招牌——芳芳拉面。

六月初的晚风带着白天阳光的温暖，呼啦啦拂过树梢，吹在脸颊上。

店门口趴着一只小土狗，一看见人就摇着尾巴迎了上来，在秦展脚边打转。来不及蹲下逗逗小狗，秦展已经推着她和刘伯洋进了店里。

晚上九点多钟，店里已经没有其他客人，掌柜的也不见踪影。

秦展东张西望，一边说人在哪儿呢，一边屁颠颠跑到后厨找人。

过了一会儿，秦展从后厨出来，笑眯眯地说："做上了，等着吃吧。"

陈汐看看店里五张简陋的餐桌，又看看桌上卷了边的塑封菜单，没看出这家店有什么特别的地方。

秦展坐不住，等了一会儿就跑进后厨，过了一会儿端出来两碗热气腾腾的牛肉拉面。

陈汐饥肠辘辘地吃了一大口，也没发现这家的拉面，跟别家的有什么不一样。刘伯洋也是一头雾水，他往面里加了勺辣椒油，嘟哝一句："跑这么远，就为吃这一口？"

21

秦展端来自己的面，坐下来美滋滋地问："怎么样，好吃吧？"

陈汐和刘伯洋无语地瞥他一眼，懒得理他。

刘伯洋吃了两口，朝后厨喊："老板，有蒜吗？"

秦展屁股还没坐稳，又跳起来："我去拿。"

后厨传来一道温柔的女声："哦，有蒜。"

门帘一掀，从后面走出来一个穿着碎花围裙的女人，手里端着一碟剥好的蒜瓣。秦展刹住脚步，低头对女人说："自己拿就行，你快去陪孩子写作业吧。"

他端着蒜回来，坐下来又朝身后看了一眼，脸颊微微发红，像个情窦初开的高中生。

陈汐看着秦展，一瞬间好像明白了什么。她抬眼看向老板娘的背影，只看到对方细细的腰，一头乌黑的长发笼在脑后，梳了个粗粗的低马尾。

三个人吃完饭出来，门口的小土狗又摇着尾巴屁颠颠凑了上来。陈汐忽然想起什么，说道："这小狗瞧着怎么有点眼熟啊？"她抬眼看向秦展，"前几天你是不是往伯洋店里抱来过一只小狗？"

刘伯洋也想起来了："对啊，我说给我养得了，你不干，说已经有主了。"他蹲下来挠挠小狗的下巴，"好像那只小狗啊！"

秦展蹿上车，一脸心虚的表情，结结巴巴地说："哪儿，哪儿像了。"

陈汐让秦展把她送到白宇宁住的小区外面，她一个人沿着熟悉的路，默默走到白宇宁家楼下。

她停下脚步，抬头望向白宇宁家的窗户，看到家里灯是亮的。

陈汐大步走向电梯。

陈汐刚进家门，见客厅电视开着却没有人看，陈汐换了鞋，找到阳台上。白宇宁坐在藤椅上，正在黑暗里默默地坐着。

陈汐心头像被什么重重刺了一下，生疼。

她蹲下来，沉默着把头埋进他怀里。一滴眼泪顺着她挺直的鼻梁滑落下来。

白宇宁抬起手，迟疑一瞬，温柔地落在陈汐的头上，轻轻抚摸起她柔顺的发丝。她的头发这么软，人却是倔强而坚硬的，怎么爱，好像都融化不了她。

好一会儿，白宇宁才低低问道："蹲这么久，腿不酸吗？"

陈汐一动都不想动，白宇宁在她背上轻轻拍了拍："起来。"

陈汐又赖了一会儿，起身走到他一旁的藤椅上坐下来。

两人隔着个樱桃木的小茶桌，桌上摆着陈汐从她妈那里顺来的一套飞天彩绘的茶器。从前周末空闲的时候，两个人就会泡一壶茶，坐在阳台上晒太阳。窗外晴空万里，两人一个看书一个画画，偶尔聊些有的没的。小小的一片天地里，岁月宁静美好。他们谁都没想过这么一小块地方，守起来竟也没那么容易。

陈汐低头揉了揉酸麻的膝盖，忽然问白宇宁："喝酒吗？"

白宇宁看着陈汐，沉默一会儿，轻轻点了点头。

陈汐起身去餐厅拿红酒，路过书房时，看到书桌下面扔着几块碎纸。白宇宁是个有轻微洁癖的人，书房里尤其整洁，地上从来都是一尘不染的。陈汐走进书房，蹲下来拾起地上的几块碎纸，正要扔进纸篓，却看到上面的字。

调动申请书，纸是被撕碎的，裂痕仿佛都透着一丝不甘和无奈。她怔了怔，然后把碎纸小心抚平，放回书桌上。

回到阳台，陈汐倒上酒，和白宇宁默默碰了个杯。她啜了一口酒，转头看向白宇宁，问道："什么时候去北京？"

白宇宁沉默喝酒，半晌不说一句话。

陈汐收回目光，靠在椅背上，抬眼望向窗外的夜空。

夜深人静，对面楼里的窗户一盏盏暗了下去，华灯初下的时刻，黑夜透出一丝它原本浓墨重彩的颜色，沉沉地压向他们。那张被撕碎的调动申请书也沉沉压向陈汐。

她沉默着喝完一杯酒，开口问："宇宁，没遇到我之前，你的生活是怎样的呢？"

白宇宁想了想，说道："上班给人看病，下班回家看医学书，偶尔跟朋友出去吃个饭，周末回我爸妈那儿。"他笑笑，"遇到你之后，做的好像还是这些事。"

他顿了顿，低头看着杯子里剩下的一点酒："可感觉完全不一样了。"

陈汐轻声问："哪里不一样？"

白宇宁也抬头看向窗外的夜空，轻轻笑了笑："就是做什么都变得有意义了，跟你一起吃饭，饭变得更好吃了。一块遛弯，就算不说什么话，走路也会变得有意思。上班的时候想着下班能见到你，这一天再忙都觉得是有盼头的，你在客厅走来走去，我在书房学习也不觉得枯燥了。再忙再累，只要想到是为我们两个人的将来，身上就好像有使不完的力气……"

他说着说着，唇角的笑渐渐变得苦涩。

"陈汐……"他忽然看向陈汐。

陈汐："嗯……"

她在黑暗中应声转过头来，眼睛微微湿润。

白宇宁："我是不是自作多情了……"

陈汐摇头，忍不住伸手摸了摸白宇宁的脸颊："不是的，宇宁，我对你，跟你对我是一样的……"

白宇宁却仍笑得苦涩："可是你不想跟我去北京，你是不是……还没想过我们的将来？"

陈汐难过得快要说不出话来，她怎么可能没想过呢。她只是没想过要放弃自己的一切，才能和他有一个将来。

"不是这样的，宇宁。"陈汐不知道该从何说起，语塞片刻才继续说，"我知道你很辛苦，遇见我之后，你一直想要更拼更累更往前冲，让我以后过得无忧无虑。你设想过很多美好，我们以后要儿女双全，生活在北京，过着别人过不上的日子。"

她握住白宇宁的手，贪恋着他掌心那一点温暖："我知道这是你对我的好，你倾尽全力想给我幸福的生活，你承诺给我的一字一句，都在很努力很努力地去做到。"

陈汐长长叹了口气："可是宇宁，去北京也好，儿女双全也好，那些都是你理想中的幸福。我从没想过离开敦煌，离开我的亲人和朋友，我甚至没想过结婚……"

她垂下眼睛，淡声说："你知道的，我就是个粗人，命里福分薄，我就喜欢修修车，骑着摩托在熟悉的街上兜风，对我而言就是最美好的日子。"

她重新靠回椅背上，看着窗外茫茫的夜色。

两个人都不说话了，静静牵着手，隔着一个小茶桌，却仿佛隔了一道天堑。陈汐忽然想起白宇宁送她的第一件礼物，是一支口红，那是陈汐平生第一支口红，为了不让白宇宁失望，她硬着头皮用了几次，每次对着镜子涂完口红，她都觉得自己看上去怪怪的。

回忆开了个头，就像潮水一样涌进了脑海。她想起，两个人第一次旅游去的是重庆，白宇宁做了个时间表，带着陈汐把重庆有名的景点和网红打卡地逛了个遍，陈汐却只想睡到自然醒，找个老街随意逛逛，饿了就去吃一顿藏在居民楼下的老火锅。白宇宁几年前装修这套房子时，就已经考虑婚后生儿育女的问题，把次卧的墙刷成了温馨的糖果色，还买了高低床，可陈汐看到这间儿童房，心里第一反应却是个笼子。

关的不是他们的小孩，是她以后的人生。

可热恋中的人，往往都被荷尔蒙迷了心窍，就像逛庙会时白宇宁买给她的冰糖葫芦。她举在手里，笑得甜蜜，只看得到那层晶莹剔透的糖衣，看不到糖衣下面又酸又苦，蛀了虫眼的山楂。陈汐忽然就意识到，他们一直都在努力走进彼此的世界，却从没有真的走进去过，因为他们喜欢的是截然相反的世界。即使没有北京这个问题，她早晚也会明白这道天堑的存在，在被他的爱抹杀掉全部自我之前，她迟早会幡然醒悟。

时间在沉默中一分一秒地过去，凌晨一点，陈汐终于松开手，慢慢站起身来："去北京吧……"

她低头对白宇宁说："不去你会一辈子后悔。"

说完，她朝外面走去，走到门厅处，弯腰换鞋，身后忽然传来急促的脚步声。

白宇宁扑上来，从身后死死抱住了陈汐。

两个人不知道是怎么吻在一起的，白宇宁从没这么疯狂过。

陈汐被他推在墙上，嘴唇被他的牙齿撞破，鞋柜上的杂物和钥匙被撞得散落一地。

陈汐渐渐从被动变成了热烈的回应。

就像她小时候无数次追赶落日，在阳光沉入沙山的最后时刻，她疯狂地追逐，告别。

两个人明明已经近到没有距离。

白宇宁却忽然觉得怀中的女人像匹桀骜的野马，他即使用尽全身力气也是无法将她驯服的。

"我不去北京，我哪儿都不去。"

陈汐摇着头，脑海里忽然闪过秦烈那句话。

"没必要谁为了谁就要搭上一辈子……"

她此刻无比理解这句话了，白宇宁如果留下，就是为她搭上了一辈子，这样沉重的关系，她怎么负担得起？

陈汐眼泪横流，无声回应着他，直到两个人筋疲力尽。

亚麻窗帘透进一点点晨光，房间里仍是一片幽暗，陈汐躺在床上，听着枕边男人均匀的呼吸声，静静听了一会儿，然后轻轻起身下了床。她拾起地上的衣服，轻手轻脚地走出卧室。

穿好衣服，走到书房，她从抽屉里找出一卷透明胶带，把书桌上那张撕碎的调动申请仔仔细细地黏在一起。

陈汐换上鞋，回头看了眼身后的客厅，他们一起在花卉市场上买的君子兰长出了花骨朵，快要绽放了，茶几上还有两张她画了一半的线稿，沙发旁边有个落地灯，白色的灯罩被她画上了斑驳的色彩，抱枕上有她洒的咖啡渍，洗不掉了。

陈汐转回身，打开家门走了出去，她轻轻关上房门，把一部分自己永远留在了这扇门内。

/第二章/
热浪、暗涌、夏天

01

修理厂和 VR 馆之间的隔墙修好了，陈汐听了秦展的建议，让装修队在隔墙上刷了一层朱砂底色的涂料，其余任何装饰都没有，搁着等她有时间了在墙上做巨幅壁画。

秦展今天在场地盯着装修，整整一天都没看到陈汐的身影，傍晚时刘伯洋来了。

"汐姐呢？你看见她了吗？"秦展问刘伯洋。

刘伯洋脱下外套挂起来，换上刷漆穿的衣服，对秦展说："我姐今天来不了。"

秦展："为啥来不了？"

刘伯洋爬上脚手架，淡声说："送宇宁哥。"

秦展一脸茫然："送宇宁哥？宇宁哥要去哪儿？"

刘伯洋："北京。"

秦展："宇宁哥去北京干吗啊？去多久？"

刘伯洋弯腰打开涂料桶，淡声说："工作调动，不回来了。"

秦展手里的滚子哐当掉到地上，一脸惊恐："汐姐也要去北京吗？那咱们这修车厂怎么办？"

刘伯洋笑笑，不知道该高兴还是难过："我姐不走，她哪儿也不去。"

夕阳透过明净的玻璃墙，洒在安静的候机厅，往北京去的航班快要结束登机了。

"走吧。"陈汐笑笑，帮白宇宁把衣领轻轻拉平。

白宇宁点点头，看了眼身后的登机口，又转回头看向陈汐，他忍不住伸手摸了摸陈汐的头发："照顾好自己。"他声音温暖，"奶奶的病情随时跟我说。"

陈汐点点头。

白宇宁："家里的房子你住着，我们的事，我会跟爸妈说清楚。"

陈汐鼻子酸涩，强忍着眼泪点点头。

白宇宁慢慢收回抚摸着她发丝的手，努力朝陈汐挤出一个笑容。

"我走了。"他转身走向登机口，走了两步，忍不住回头看陈汐，"回去吧，路上开慢点。"

陈汐点点头，难过得说不出话来。

白宇宁转身朝登机口走去，身后突然传来一声"对不起"，那声音不大，却沉重得让人呼吸不畅。

白宇宁停下脚步，努力调整好自己的表情才转回身，朝陈汐温柔地笑了笑："陈汐，不是你的错，你不要自责。"

他看着陈汐红红的眼睛，很想走过去再抱抱她，迟疑片刻，还是忍住了。他说："我现在还想不明白，为什么我所希望的幸福里，你不幸福，但总有一天，我会好起来的。陈汐，再见。"

从机场出来，陈汐骑着摩托去了沙漠。她一个人默默爬上一座小沙丘，面朝夕阳坐了下来。陈汐每次看到大漠落日的画面，都觉得在自然的壮美下，人的悲欢离合简直渺小到不值一提，可她此刻却不这么觉得了。落日的余晖染红整个视野，她却难过到满眼苍白。陈汐忽然埋头在臂弯里，放声哭了起来。

记得也是初夏的时候，那时候，奶奶穿着病号服，做完了手术前的最后一项检查，盘着腿坐在病床上，跟同一病房的人说笑。陈汐却紧张得坐立不安，找了个借口跑到住院部楼下。她躲到僻静处，手抖得厉害。

一道白色的身影出现在她面前，她的目光顺着一身整洁的白大褂望上去，看到了奶奶的主刀医生。

"白医生……"她忧心忡忡地看着他。

白宇宁对她笑笑，温柔地说："放心吧。"

简简单单的三个字，却是陈汐这辈子听过的最温暖、最可靠、最抚慰人心的话。她呆呆看着白宇宁，听到了自己心怦怦跳的声音，她就是在那一瞬间爱上白宇宁的。

西风卷着细沙，在她脚下淙淙地流走，哭声扯碎在风里，远的远，近的近。

沙丘的另一侧，秦烈仰面朝天，无奈地吐出口烟，躲到这里，耳根竟然也不得清净。

他住的房子每周保洁都会来三次，可他妈妈还是隔三岔五不请自来。今天傍晚他妈妈又来了，一边自作主张地收拾家，一边还要絮絮叨叨："烈啊，人就是闲的，才会有这有那的毛病，我和你爸苦了半辈子，以为打工最累，现在退休了，钱有，加上这些年你给的，很多。我和你爸在咱亲戚里，在敦煌那也是数一数二让人羡慕的。"

秦烈对着电脑屏幕，没吱声。

秦烈妈："可秦烈啊，你爸你妈闲下来了，才觉得日子最枯燥，也是一天胡思乱想。现在想，以前风里雨里赚钱养家才是幸福的，为了家里好，每天都活得有方向，现在连个方向都没有了。"

秦烈妈不管秦烈听不听，该说的还是一遍遍不厌其烦地说："妈不是逼你结婚，妈是怕你闲得再有意外。找点事情做，什么事都行，人越闲，越容易胡思乱想。你一忙起来，日子自然就好过了。"

秦烈找了个借口出来躲清静，一根烟抽完，后面的哭声还没停，秦烈无语地起身，拍了拍身上的沙子，一步步朝沙丘下面走去。

身后传来一阵手机铃声，女人不哭了，过了一会儿才接起电话："喂，奶奶。"

秦烈脚步忽然顿住，这个声音太熟悉了，虽然带着浓浓的鼻音，秦烈还是立刻就听出说话的人是陈汐。

秦烈不知不觉站在原地，掏出烟盒低头叼起一根，默默点上。他听到陈汐的声音，有点强颜欢笑的味道："没怎么呀，我哪儿哭了，鼻子忽然不透气。啊，关爷爷要回来？什么时候？晚上十点啊，还早呢，你别着急，等我回来接上你一起去。"

听到陈汐的脚步声，秦烈也叼着烟朝沙丘下面走去，两个人渐行渐远，陈汐走进夕阳的余晖，秦烈走进沙丘的阴影里。

秦烈回到车里，拿起扔在副驾驶上的手机看了一眼，有王丹阳的未接来电，秦烈把电话回了过去，对方很快接起。

"喂，丹阳，什么事？"秦烈发动车子，边讲电话边打了把方向盘。

王丹阳在电话那边说："老秦，你这边角色设计进展得怎么样了？"

秦烈："还差四个。"

这几天陈汐忙着装修的事，只设计出一个角色，秦烈看她实在太忙了，没怎么催她。

他问王丹阳："怎么了？角色现在应该还没那么急吧？我给了她一个月时间，实际上心理预期是两个月做完。"

王丹阳说道："急倒是还没那么急，只是下个月在西安有个漫展，国内几家大的游戏制作公司都会有新角色亮相。我考虑让你这边设计的一个角色过去参展，也是在咱们'隧道3.0'正式公测前看看市场反响，带带话题，顺便也给老玩家一点福利，你看行吗？"

秦烈笑笑："你是老板，这事儿还用问我？"

王丹阳："说正经的，不跟你开玩笑。"

秦烈轻踩油门，越野车在沙地上缓缓前行："可以。"

王丹阳："我最近走不开，你去趟西安吧。"

秦烈："我也走不开。"

王丹阳："老秦，你离开'破晓'两年了，也该歇够了。"

秦烈不说话，沉默地开车。

王丹阳："这次西安漫展，你要肯出面，就是对3.0最好的营销和造势。"

秦烈听完，依旧不说话。

王丹阳沉默片刻，说道："秦烈，阿姨让我给你找点事做。"

秦烈："我知道。"

王丹阳在电话那边又沉默了一下，继续说："秦烈，还记得咱们俩刚创业那会儿吗？你可是浑身都闪着光啊，要不是你，我压根不会走创业这条路。"

他笑笑，继续说道："我妈他们都让我回去考公务员呢，我这辈子，真没想过会有现在。"

秦烈听到"发光"两个字，思绪忽然有点飘远，他脑海里忽然闪过陈汐躺在车下面，借着一束手电筒的光，全神贯注拧螺丝的样子，还有她问他设计稿如何时，眉宇间藏不住的神采飞扬，她有一身的光，从眼睛深处涌出来，这种光，要比太阳耀眼。

王丹阳还在接着劝说："人高强度忙碌，忽然按下暂停键就会出事，当年，我如果知道……"

秦烈："我去。"

王丹阳声音顿了一下，忽然喜出望外："好好，太好了，参展的角色你来定，时间有点赶，你定下来之后让设计部做PV（Promotion Video，音乐促销宣传影像）和cosplay（角色扮演）的服饰。"

秦烈："PV我来负责。"

王丹阳："那太好了，你负责动画组的PV，会展我带一队cosplay的模特过去，扮演'隧道'的几个经典角色，把最好的模特留给你这边的新角色。"

跟王丹阳通完电话，秦烈踩了脚油门，刚开到前面的岔路口，就看到前面陈汐的摩托被一辆逆行的路虎刮了一下。

陈汐猛地刹车，摩托车方向不稳，直接翻倒在路边，好险不险站住了，没跟着摩托一起摔倒。

路虎停在几米外，从上面下来三个男人，坐副驾驶的那个走路还跟跟跄跄的，带着一身浓烈的酒气。三个人连问都没问陈汐有没有受伤，上来就气势汹汹地骂人："你怎么开车的？大喇叭一直滴滴响，耳朵聋是不是？"

陈汐简直傻眼了，她还没说什么呢，这几个倒恶人先告状了。她本能地想要反驳，可忽然间意识到情况不对。这里是偏僻的路段，天又快黑了，对面三个二十出头的愣头青，其中一个还喝醉了，争执起来吃亏的一定是自己。

02

陈汐沉住性子，耐心问对方："事故既然发生了，我们怎么处理吧，你们想公了还是私了？"

喝酒的男人一脸不善地说："是你撞我们的，赔三千。"

陈汐忍不住说道："是你们违规行驶，逆行。"

另外两个男人嘚瑟地说道："美女，听我大哥的，要三千已经是便宜你了。"

陈汐扫视了一下周遭的环境，偶尔有车呼啸而过。她稳了稳心神："公了吧。"

喝醉酒的男人没说话，另外两个愣头青嬉皮笑脸看着陈汐，前面有车开过来，陈汐意识到有车要经过这里。她拿起电话就要报警，想着他们敢对她动手的话，最起码能有人看到，碰到好心人还能下车帮帮她。

喝醉酒的男人扑过来，要夺陈汐的手机。陈汐后退一步，沉声说："别动我，你再动我试一试！"

陈汐直接拨110，喝醉酒的男人又扑上来。电话接通，陈汐正开口说话："喂，我要……"

另外两个愣头青见状也扑过来，一个夺走陈汐的手机，一个将陈汐的肩膀狠狠按住。喝醉酒的男人接过同伴递来的手机，一把挂掉，随手扔在地上。

"放开吧。"他朝按着陈汐的小弟说。

陈汐被放开，后背不知不觉冒出一层冷汗。喝醉酒的男人在夜色里靠近陈汐，浓烈的酒气扑面而来。他面色阴沉："我不是跟你说过，赔三千就好了，你真敢报警啊。"

另外两个愣头青说："哥，这女人就是硬骨头，也不看看咱们几个人，她几个人。这荒郊野岭，三千买个平安，偏要给龙哥找不痛快。"

一丝恐惧悄然爬上心头，像毒蛇冰冷的信子，陈汐意识到自己此刻处境很不妙，她不动声色地看了眼一旁的公路，那辆她寄希望的车路过他们时，车速减了减，但很快又呼啸而过，似乎根本不想多管闲事。陈汐最后一丝希望落空，她开口，声音不知不觉带了颤抖："不报警，不赔钱，那你想怎么办？"

醉酒的男人上前推搡了陈汐一把："刚才还嚣张呢，现在怎么就蔫了？"

陈汐向后一个趔趄，忽然撞在一个硬邦邦的胸膛上。她猛地回头，看到一张阴沉的面孔，那人深邃的眸子压着怒意，周身散发着让人心惊肉跳的压迫感。

陈汐心头一松，几乎要喜极而泣。她开口，带着丝劫后余生的惶然："秦烈，你怎么在这儿？"

秦烈没说话，一把稳住陈汐，掏出手机拨了110。电话很快接通，秦烈低沉粗哑的声音在黑暗里响起："鸣沙山路，有三个人逆行撞人……"

喝醉酒的男人冲上来就要打秦烈，另外两个抢走秦烈的手机。秦烈护着陈汐，肩上挨了一拳，他把陈汐远远推开，转过身来，一声不吭朝醉酒的男人抡起拳头，一声闷响。陈汐听到拳头上坚硬的骨骼撞在人颧骨上的声音，钝钝的，像斧头剁在案板上。醉汉嗓子里发出一声不似人类的号叫，怒气冲天地朝秦烈扑过来，又是一声钝响，陈汐的心跟着颤了颤。她打过架，也拉过不少架，这是最让人心惊肉跳的一次。

秦烈挥出的每一拳，都像他这个人，话不多，狠。

另外两个愣头青见大哥吃了亏，一块朝秦烈扑上来，被秦烈两三拳就揍趴下了。

秦烈弯腰拾起陈汐和他的手机，一屁股坐在路边的水泥墩上，漫不经心地问地上东倒西歪的三个人："公了还是私了？"

三个人气焰全无，心惊胆战地说："私了。"

秦烈看向陈汐："受伤了吗？"

陈汐摇摇头，她赶时间，不想再跟这三个人渣纠缠。

秦烈："车呢？"

陈汐弯腰扶起地上的摩托，车灯摔坏了，车把也摔变形了。

秦烈："你们看赔多少。"

三个人从五百报到一千。

秦烈阴沉着脸垂眼看着他们，沉默不语。

醉汉最后从车上拿了三千块现金给陈汐，他觑着秦烈的脸色，见他没说什么，逃也似的回到了车上。

陈汐看着路虎飞驰出视野，转过头看向秦烈："还挺能打。"

秦烈低头笑笑，起身走向自己的车。

陈汐骑上摩托，却发现打不着火了，她低低骂了声倒霉，下车检查故障，发现是点火系统的一个接线插头震掉了，零件太小了。她打开手机照明，在路旁的草丛里找了找，没找到，只好打电话叫刘伯洋过来拖车。

打完电话，陈汐走到水泥墩前坐下，垂头看着自己的脚尖，不知不觉轻轻叹了口气。

一罐啤酒出现在眼前，陈汐抬头，看到秦烈去而复返，站在自己面前。

"喝吗？"秦烈垂眼看着她。

陈汐郁闷到极点，其实很想喝酒，可一会儿还要去接关爷爷。正犹豫间，秦烈坐在了一旁的水泥墩子上。

两个人沉默不语，看着天边最后一缕夕阳没入身后茫茫的沙漠，远处亮起一盏盏车灯，从他们面前呼啸而过。一辆越野敞着车窗，车载音响里的歌声远远飘来，洋洋洒洒了一路，又随着夜风飘远。

是一首很老很老的歌："再回首，云遮断归途，再回首，泪眼蒙胧……曾经在幽幽暗暗反反复复中追问，才知道平平淡淡从从容容才是真，再回首恍然如梦，再回首我心依旧，只有那无尽的长路伴着我。"

…………

陈汐忽然觉得胸口是空的，好像有一根肋骨被抽走了，茫然得想哭，她一瞬间好想白宇宁。

秦烈看了她一眼，忽然说："离十点还早，想喝就喝吧。"

他话一出口，两个人都愣了。

秦烈怔了怔，又说："人我跟你去接。"

陈汐怔怔看了秦烈一眼，无语地把头转向一边，接过他递来的啤酒。

秦烈在车里等，不一会儿，陈汐带着范明素和森森出了院子，朝他的车走过来。范明素看是辆陌生的车，驾驶座上也是个陌生的男人，她走到车跟前，迟疑着问陈汐："宇宁呢？"

透过敞开的车窗，秦烈看到陈汐脸上一闪而过的痛楚。

"他有事。"陈汐眼皮垂着，打开后座车门，让范明素和森森上去。

范明素坐进车里，探身看向驾驶座上的男人，笑着问："这位是？"

陈汐坐进副驾驶座，系上安全带，看了眼秦烈，回头跟范明素说："朋友。"

范明素可不是那么好打发的，一个直球打过来："啥朋友？你也不给好好介绍一下。"

秦烈回过头来，朝范明素笑笑："您好啊，又见面了。"

不知道为什么，他一看到范明素，就想起戈壁滩上那一丛一丛的蓬蓬草，晒不枯，旱不死。看她眼睛眨巴眨巴，转脑瓜的样子，秦烈就忍不住想笑。

范明素借着车里的灯光看清了秦烈的脸，忽然睁大眼睛，他指着秦烈一脸惊喜地说："啊呀，是你啊！"

秦烈笑着点点头，发动汽车。

范明素目光转向陈汐，好奇地问："你俩还认识上了？"

陈汐点点头，解释道："我给他设计游戏角色，这段时间画的那些画，都是他们公司要的。"

范明素恍然大悟："是你老板？"

陈汐无语片刻，也懒得跟范明素解释，敷衍地点了点头。

范明素转向秦烈，笑眯眯地问："小伙子，怎么称呼啊？"

秦烈扶着方向盘，侧过脸答说："秦烈。"

范明素上下嘴皮子一碰，张口就来："这名字可真好，有咱西北娃娃的烈性。"

陈汐回过头，无语地瞥了范明素一眼。老太太看都不看陈汐一眼，又热情地问："你在哪儿上班呢？"

秦烈回答说："没上班，自己开了个 VR 体验馆。"

一旁的森森听到这话，兴奋地插嘴问道："是往莫高窟去的那个可大的体验馆吗？"

秦烈点点头，森森惊喜得眼睛直放光："我同学去过，说里面可好了，有个 4D 的模拟星空，走进去就跟进了宇宙里面一样。"

秦烈笑笑，淡声说："改天来玩。"

森森屁股在真皮座椅上颠了颠，高兴地点点头。范明素又抢过话头来："年纪轻轻的，就自己开馆啊，我就说嘛，第一眼看见你就觉得不简单，肯定是个贵人。"

秦烈忍不住牵起唇角，被老太太逗乐了。陈汐简直听不下去了，回头岔开话题："关爷爷十点几分到站？"

范明素："十点半。"

陈汐："你怎么不早点告诉我，下午我好去把他家打扫一下。"

范明素撇撇嘴："用得着你们这些年轻人？一个个整天东跑西颠的，我跟你姑早打扫完了。"

到了车站，秦烈在车里等，陈汐跟范明素和森森去出站口接人。走出去一段路，陈汐见范明素还回头朝车里的秦烈笑。她忍不住奚落道："奶奶，你最早可说的人家是个憨小子呢。"

范明素瞪陈汐一眼："我哪说过这话？"

陈汐："……"

03

出站口只有寥寥几个接站的人，头顶的日光灯白花花的。

初夏的天气，已经有飞蛾和蚊子绕着灯罩乱飞了。陈汐靠在栏杆上，沉默不语，她只要一闲下来，整个人就有点没着没落的，一颗心不知道该往哪搁，不知不觉就开始想白宇宁。想他现在到没到住的地方，有没有忍不住想给她发信息的时候？越想心里越难受，有那么一瞬间，她甚至想买张机票直接飞过去，可下一秒，她又想飞过去之后是她留下？还是把他拽回来？陈汐仰起脸，强忍住毫无征兆就要夺眶而出的眼泪。

不远处，范明素和森森站在出站口，一老一少，伸着脖子眼巴巴看着深深的通道尽头。

这个初夏的风，看见凡人数不清的相见和别离。过了一会儿，通道尽头开始有人出来，三三两两的，接着人越来越多。

范明素和森森一个左摇一个右摆，三五分钟的时间似乎也等不及，努力在人群里辨认关老爷子的身影。

陈汐轻轻呼出口气，提起精神，走到范明素身边。陌生的面孔一个个从眼前经过，不知等了多久，关老爷子的身影终于出现在人群里。

他手上拎着个旧提包，身上还穿着离开敦煌时那件不中不洋的西服外套，洗成灰色的黑裤子。还是那身洗得干干净净的旧衣服，可衣服里的皮肉却像缩了水，瘦得让人不敢认了，袖子和裤腿随着他蹒跚的步子晃晃荡荡的。陈汐脑海里忽然闪过王老师住院时的样子，鼻子又是一酸。

关老爷子远远地就看到陈汐他们三个，朝他们抬抬手，笑得绽开一脸褶子。陈汐强行提起唇角，走到栏杆最尽头，等关老爷子到跟前时，伸手接过他手里拎着的提包。

"关爷爷，您可算回来了。"她笑着说。

关老爷子指指森森："是不是这小子调皮捣蛋？"

陈汐摇摇头："是我想吃您烙的饼了。"

关老爷子哈哈笑着："明天就吃。"

走出通道，森森一头扑进关老爷子怀里，仰头问他："爷爷，你怎么瘦了？"

关老爷子摸摸森森的小脑袋，笑着说："想你想的呗。"

森森："我也想你，我总算能回家住了。"

他说完，回头幽怨地看了范明素一眼。

范明素轻轻朝森森后脑勺上捆了一下："臭小子，别看你爷爷回来了，以后还得来我家写作业，写不好不让出去玩。"

森森简直要哭了。

他们牵着森森这个小苦瓜，有说有笑地走出站台。没人提他为什么瘦成这样，没人问为什么森森爸爸放心让他一个人回来。他们只说高兴的事，不提人间苦。

夜里，陈汐毫无预兆地失眠了。

傍晚在沙漠里哭了一场，陈汐一步步走下沙丘时，心里想的是明天太阳会照常升起，可她今晚就挨不过失眠的烦恼。她在黑暗里静静躺到凌晨三点，被纷至沓来的回忆搅扰得无处可逃，索性不睡了。她起身换上衣服，走到漆黑的院子里，蹑手蹑脚地推着摩托车出了门。

凌晨三点的马路上空无一人，路灯静静矗立，洒下一地寂寞的光。陈汐踩着油门，耳边风声呼啸，小城仿佛是她一个人的世界。她漫无目的地在街头溜了一大圈，不知不觉把车开到了她的修理厂，巨大的场馆一片黑暗，背后就是茫茫戈壁，四周荒无人烟，她却一点都不觉得害怕，她只想找点事做。

她走进场馆里，把所有的灯都打开，一瞬间，明亮的灯光灌满了空旷的场馆。

陈汐在馆里溜达了一圈，最后停在那面刷了朱砂色涂料的隔墙前。她百无聊赖，弯腰拾起脚边一支毛刷，沾了沾桶里的白色涂料，在墙上画了条线……

早上八点，秦展和刘伯洋来陈汐的修车厂帮忙装修，他们刚把车停在场馆门口，就看到陈汐的摩托。两个人走进馆里，看到陈汐站在梯子上。她手里拿着刷子，正在往朱砂红的隔墙上画画，巨幅的墙体上，已经有了一个体态优美的菩萨。

秦展嘴里喊着"哇"，跑到梯子下面，夸道："汐姐，你太牛了，昨天晚上收工的时候这面墙上还什么也没有呢，照你这速度，开业前就能把整面墙画完啊！"

陈汐站在梯子上，抬头看向自己一晚上的成果。

"是吗……"她一开口，声音沙哑。

刘伯洋敏锐地察觉到什么，走到梯子下面，抬头看陈汐："姐，你画了一晚上吗？"

陈汐摇头："没有。"

刘伯洋看她一脸憔悴，分明是睡眠不足的样子。

"别画了，回去睡会儿。"他说。

陈汐摇摇头："没事，不困。"

她向来我行我素，刘伯洋知道劝也没用。他轻轻叹了口气，抬头问陈汐："你想吃什么？我给你买去。"

陈汐画了一笔菩萨衣裙上的褶皱，随口说："我不饿，别跑了。"

刘伯洋不听她的，出去给她买早点。

刘伯洋离开后，秦展围着梯子转了两圈，他很想问问陈汐和白宇宁到底是怎么回事，可又记起刘伯洋在路上嘱咐他这阵子别在陈汐面前提白宇宁。他后知后觉地意识到，陈汐心情不好，怕是一个人在这馆里熬了一整夜。他继续劝起了陈汐："汐姐，回去睡会儿，睡好了再画。"

陈汐"嗯"了一声，却没停下手里的活。

秦展围着梯子眼巴巴转了好几圈，除了担心，一点办法也没有。

刘伯洋买了包子和稀饭回来。陈汐从梯子上下来，吃了几口早饭，就开始忙装修的事，一整天跑出跑进，和包工头交涉，给工人递水递饭，丝毫看不出情绪有什么不对，秦展和刘伯洋悄悄松了口气。

三天以后，场馆的基础装修终于完成，修理间和顾客休息室，用一面大玻璃墙隔开，陈汐从网上订了一组沙发和茶水台，过几天才能到。

秦展和刘伯洋不用再每天都过来帮忙干活，陈汐让他们去采购一些二手设备，自己还是早来晚走，每天都泡在场馆里。她失眠的困扰时断时续，偶尔累到极点的时候，能睡个囫囵觉，大多数时候，依然是睁着眼睛熬到凌晨三点都睡不着，她索性起来熬夜画画。夜深人静时，开一盏台灯，戴着耳机听着摇滚，接连完成了给秦烈的三个角色，剩下最后一个，她却好像突然没了灵感。

忽然一夜南风，吹来炎热的夏天，小城暴晒在烈日下。午后的鸣沙山，金灿灿的沙子能烤熟人的脚底板。秦烈答应去西安参展后，就一直在忙新角色的PV，他最中意的是盲眼，就是十个角色里唯一的那个男性角色，他选了这个角色去参加西安的漫展，每天远程会议，熬夜加班，连轴转了一阵子，PV终于有了点样子。

不知不觉间，窗外有了聒噪的蝉鸣声。秦烈松开鼠标，转了转僵硬的脖颈。

他下楼刚出单元门，一阵清冽的夜风扑面而来，空气里都是夏天躁动的味道。已经十点多，楼下的小草坪上还有几个孩子在踢足球，纳凉的老头儿老太太们也不急着回家，摇着手里的蒲扇，闲话家常。远处飘来广场舞的音乐，难听，却烟火气十足。

秦烈忽然察觉到自己好像很久没出门了，也不知道陈汐那边装修得怎么样了。他脚步一转，走向停在楼下的越野，到了VR馆。

秦烈吃了一惊，没想到这么晚了，陈汐那边的场馆竟还亮着灯。他下了车，走到修车厂这边的入口，却发现玻璃门上了锁，场馆里灯火通明，陈汐一个人站在梯子上画墙绘。她穿着身线条简洁的牛仔裤和短袖T恤，不知道是不是因为透过玻璃视觉失真，几天不见，她整个人好像瘦了一大圈。如果不认识她这个人，光看她纤长单薄的背影，会让人误以为她是个柔弱的女人。

秦烈目光从陈汐的背影移到两个场馆的隔墙上，不由得微微一怔。看着墙上一尊尊细眉长目、体态各异的菩萨，秦烈恍然间怀疑自己是不是在家窝三个月没出来，不然这面巨墙是怎么被画填满的？

他抄着兜，在门口站了一会儿，然后转身离开，走进夜色里。

回到车上，刚要发动车子，秦烈目光无意间瞥见 VR 馆门口的摄像头，放在启动按钮上的手又收了回来。

这个摄像头是去年安装的，原因是店员小敏在馆里磨蹭到了天黑，回家时在场馆门口被个暴露癖的男人纠缠上了。荒郊野外的，小姑娘处境很危险，她跌跌撞撞跑到公路上，幸亏运气好，遇到一对自驾游的情侣，两个人热心肠，帮她报了警，这才没出大事。从那以后，秦烈就不让小敏下班在馆里玩了，天黑前必须回家，还在 VR 馆四周安了监控设备。

秦烈降下车窗，坐在车里抽了两根烟，不见陈汐从场馆里出来。他低低叹了口气，下车进了自己的 VR 馆。

两个场馆之间的角门开着，陈汐那边的灯光溢了进来，照亮一小块角落。秦烈仰在沙发上，用遥控器打开头顶的一盏射灯，他拿出手机玩游戏，余光正好能瞥见那扇小角门，等那边灯灭了，他再回家。

游戏一局接一局，玩到凌晨两点，隔壁的灯还没熄灭，安静的大厅里，偶尔传来挪动梯子的声音，秦烈低低说声"神经"，换了个游戏，继续玩。

04

忽然，安静的大厅里响起刺耳的手机铃声。秦烈一个分神，被对手收了人头。他不爽地看向对面的灯光。铃声兀自响着，都唱到绝望了，陈汐却还是不接。秦烈以为隔壁出了什么事，从沙发上坐起来，大步朝隔壁场馆走去。

陈汐站在梯子上，低头看着仍在兀自响着的手机，整个人像是凝固住了，一动不动。来电显示是白宇宁的，分开这么久，他第一次打电话给她，在凌晨两点的夜里，陈汐知道这意味着什么，因为她有很多次不能入眠的时候，险些控制不住自己，打电话给他，她不知道自己是怎么熬过那段时间的。

陈汐的手指摩挲屏幕，快要触到接听键，却又慢慢将手指抬开。她怕自己听到那个声音，就再也控制不住自己，再次跳进那个迷茫的旋涡，她知道，他们两个，没有出路。

"不接吗？"刺耳的铃声外，一个淡淡的声音忽地响起。

陈汐吓了一跳，差点从梯子上掉下来，手机一个没抓稳，落在冰冷的瓷砖地面上，铃声在这一刻戛然而止。

陈汐怔怔蹲下来，怔怔看着摔在地上的手机，像没了魂儿。

秦烈走过来，弯腰拾起地上的手机看了看，还好屏幕没摔坏。他抬起胳膊，把手机递上去，也看清了陈汐的面孔。

刚才隔着玻璃看她时并没有失真，离近了看才发现，她是真的瘦了很多，眼睛下面有两个大黑眼圈，脸色很憔悴。秦烈看着她，片刻后开口说："没人催你，墙绘用得着这么赶吗？"

陈汐接过手机，默默看了眼黑下来的手机屏幕，没有说话。

过了一会儿，她看秦烈还在，有些茫然："大半夜的，你来这边干吗？不睡觉吗？"

秦烈无语地看了眼陈汐，朝她摆摆手，转身回了自己那边。一瞬间，空旷的场馆又安静了下来，静得能听到自己孤独的呼吸。两串眼泪忽然毫无预兆地滚落下来，她刚刚差点忍不住按下接听键，铃声戛然而止，她一晃神的梦猝然而终。

杨珊是半个神棍，她老早就选好了黄道吉日，非要让陈汐等到六月初七这天才开张。陈汐原本想着，中午放两挂鞭炮就算开张了，没想到爸妈虽然不在敦煌，两个人都订了花篮送过来。马科长和从前的同事也都送了花篮过来，店门口被堆得花团锦簇。范明素懒得过来凑热闹，她让陈汐把森森带到店里玩，自己骑三轮带关老爷子到街上逛游去了。

刘伯洋和秦展一早就来店里张罗，快到中午时，刘伯洋发现秦展不知道跑哪儿去了。他在店门口挂好鞭炮，进来问陈汐："姐，你看到秦展没？"

陈汐刚接完陈梅的电话，看一圈店里，茫然地说："不知道啊，刚才还在呢。"

她走到店门口，回头对刘伯洋说："跟我到路边接一下，我姑跟姑父给咱们送了只羊过来。"

刘伯洋一脸惊喜："秦展刚才还说晚上叫上秦烈和杨关哥他们来，在外面烤肉吃呢，真是想啥来啥，好兆头。"

陈汐笑笑："嗯，走吧。"

陈梅两口子送来一只腌好的羊，还把烧烤架子、木炭和调料都准备好了。两个人要去酒泉办事，搁下东西就走了。

陈汐回到店里没一会儿，杨珊一家三口和韩素素前后脚就到了。杨珊的老公韩超看到门口的烧烤架，笑着说："今晚有口福了，我去搬两箱啤酒过来。"

杨珊嘱咐他，再买点水果和蔬菜。

杨珊的女儿睿睿一进店就看到森森，兴奋地跑过来："森森哥哥，咱们一块玩吧。"

森森只比睿睿大两岁，但心里年龄好像差了不止五岁。他小眉头一皱，从书包里拿出数学练习册，假装要写，睿睿一把夺过他的练习册扔一边，肉乎乎的小手抓住森森的胳膊往起拽："走吧，一块玩。"

森森被睿睿死皮赖脸拽着，无奈起身，两个人在店里转了一圈，来到隔墙上的小角门跟前。睿睿抓住门把手就要打开，森森忽然犯起坏来，一把抓住睿睿胖乎乎的小手，阻止道："别开。"

睿睿睁着圆圆的黑眼睛，仰着脸看向比他高出一头的森森："为啥不能开？"

森森一脸神秘地说："上回我把门打开一道小缝，刚要看看里面是什么，就有一只手从里面伸出来，抓住我的胳膊往里面拽，我好不容易才挣开那只手逃走了。"

睿睿的大眼睛里一瞬间写满惊恐："是谁的手啊？"

森森摇摇头："我也不知道，后来我问陈汐姐姐，你猜她说什么？"

睿睿紧张地咽了下口水，怯怯地问："说什么啊？"

森森："她说这墙上没有门啊。"

睿睿连忙松开门把手，向后退了一步，一脸惊恐。森森忍住笑，一本正经地说："你竟然也能看得到这扇门，这可能是异世界的召唤吧。"

他看向睿睿，语气深沉下来："我决定了，我要去这扇门里探险，你要不要跟我一起去？"

睿睿迟疑地摇摇头："我……我不去。"

森森："也好，太危险了。"

他拍拍睿睿的小肩膀，依依惜别地说："如果我回不来了，你以后写作业要自己带上脑子，九加八别再算成十八了。"

睿睿泫然欲泣，眼睁睁看着森森消失在门缝里。

森森甩掉了小尾巴，一个人走到 VR 馆这边，他环顾四周，看到琳琅满目的 VR 设备，眼睛都亮了。

小敏今天歇周末，秦烈一个人靠在沙发上打盹。他听到角门这边的动静，睁开眼睛望过去，一个探头探脑的小不点，是那天坐他车去接人的小男孩。秦烈看着小孩一步步走到跟前，开口叫出他的名字："森森是吧？"

森森点点头，走到场馆正中央的巨型球幕跟前，表情震撼。

"叔叔，用这个能看见太空吗？"他小心翼翼地问。

秦烈起身走到森森跟前，低头看他："进去试试。"

森森满眼期待，用力点点头。秦烈带他走进球幕里，黑色的玻璃门在两人身后合拢。

秦烈按下遥控器，头顶两盏射灯暗了下来，周围一片漆黑，耳边响起轻柔的音乐，缓慢，带着一丝静谧的感觉，接着是娓娓道来的讲解："人类从诞生到经历各个世纪的文明，对于我们个体而言浩瀚无边，但从整个宇宙看，微末到不如一粒尘埃，那么宇宙是什么？"

屏幕上，缓缓出现一条明亮狭长的弧形光带，正中间是一颗发光的球体，这是在漆黑如墨的外太空遥望地球的景象。那一层光带是地球外层薄如丝带般的大气层，发光的球体是大气层中光芒四射的朝阳。画面一转，四周闪耀起无数星光，荧荧烁烁，美得难以用言语表达："如果我们想象宇宙是一幅浩瀚无际的画，那么这里包括一切，空间与时间。"

森森怔怔看着四周变换的星空，以为自己真的飘游在了浩瀚的宇宙里，他忽然激动得眼泪都要出来了。接着，画面变幻成一幕幕壮观无比的星云，有来自 1500 万光年外的马头星云，还有瑰丽无比的猎户座星云，位于仙后座的气泡星云如同一个巨大的泡泡飘浮在太空中，玫瑰星云像一朵盛开在宇宙中的花。

森森的眼睛应接不暇，他沉浸在无限的宇宙里，几乎忘了呼吸……

睿睿呆呆站在门口，看着这扇神秘的小门，屏着呼吸等森森从里面出来。时间一分一秒地过去，等了好久，这扇门却一点动静也没有。睿睿越等越害怕，她仰起小脸看向墙上的巨幅壁画，画上的菩萨全都垂着眼睛，表情神秘地在看她，她站在墙根下，像只蚂蚁一样小。忽然间，一股冰凉的恐惧从她后背升起，睿睿手脚冰凉，眉毛眼睛和鼻子越挤越近，哇地哭了起来。

陈汐正跟杨珊和韩素素坐在沙发上说话，三个人听到哭声，连忙跑过来看。

陈汐蹲下来，扶着睿睿的小肩膀问："睿睿怎么了？哭什么啊？"

睿睿一见大人，紧绷的神经忽然松弛下来，一头扎进陈汐怀里，哭得更厉害了："森森哥哥……回不来了。"

陈汐几个一头雾水。杨珊一边给睿睿擦眼泪，一边问道："森森去哪儿了？怎么就回不来了？"

睿睿指指那扇小门，崩溃地说："你们看不到，他去这扇门里面了。"她哭得上气不接下气，抽抽噎噎地把刚才的事讲给她们听。

陈汐听完，忍不住"扑哧"一声笑了，杨珊和韩素素也"哈哈哈哈"笑了半天，两个人边笑边默契地交换了一下眼神。白宇宁离开这段日子，还是第一次看到陈汐发自内心的笑容。

杨珊不再管睿睿，和韩素素走远两步，小声说："看来是彻底放下了。"

韩素素笑着点点头："陈汐这人不一直都这样嘛，拿得起，放得下。"

杨珊看着陈汐，笑笑说："那是，敢放得下才敢拿得起，她这人从小到大都是这样。"

陈汐笑完，抬手打开小角门。睿睿缩进陈汐怀里，眨了眨哭红的眼睛，小心翼翼朝那扇门瞄了一眼。她看到森森戴着头盔，手里托着一把枪，正跟一个身材魁梧的叔叔玩射击游戏。

睿睿吸吸鼻子，一脸惊喜地喊道："森森哥哥，你没事啊！"一边喊一边从陈汐怀里挣脱出来，屁颠颠跑去缠森森了，压根没想起森森吓唬她这回事。

秦烈给两个小孩找了个适合的游戏，自己重新窝回沙发里。不一会儿，外面传来噼里啪啦的鞭炮声，陈汐的修车店正式开业了。

睿睿听到鞭炮声，摘下 VR 眼镜，拽着森森跑去看热闹。

片刻之后，秦烈也起身，从角门溜达到对面场馆。

05

店里打扫得窗明几净，门口堆满花篮。陈汐站在人群里，抄着兜，看着门口热闹炸开的鞭炮，表情有点心不在焉。

秦烈走到大门一侧的落地窗前，忽然看到秦展也站在人群里，帮一个跟睿睿差不多大的小姑娘捂着耳朵，身旁站着一个身材娇小、模样清秀的女人，他眉头轻轻蹙了蹙。

放完鞭炮，大家一窝蜂涌进店里。

秦烈看到秦展跟他身边的女人说了句什么，女人摇摇头，牵起小姑娘转身就要走，秦展蹲下来，又跟小姑娘说了句什么，小姑娘兴奋地点点头，然后他起身，牵着小姑娘就往店里走。女人站在原地，怔怔看着两个人的背影，唇角渐渐绽开一丝五味杂陈的笑容。她迟疑一瞬，跟在秦展身后走了进来。

秦展一进店里，就看到站在落地窗跟前的秦烈，他没急着走过来，先牵着小姑娘走到睿睿跟前，睿睿立马热情地拉着小姑娘去追森森。秦展又看向身后，见陈汐和杨珊已经把她带来的女人拉走了，他不知不觉地笑了笑，朝秦烈走了过去。

"哥……"秦展走过来，看到秦烈脸上两个大黑眼圈，张口就问，"你肾虚吗？瞧着怎么这么累？"

秦烈无语地瞥了秦展一眼，转头看向秦展带来的女人，淡声问道："怎么回事？"

秦展顺着秦烈的目光望过去，他看见她正在跟陈汐说话，忍不住牵了牵唇角，转头看向秦烈："还能怎么回事……"他抓抓头发，腼腆地低下头看向自己的脚尖，"就那么回事儿呗……"

他抬起头，朝秦烈笑笑："好看吧？"

秦烈又是无语片刻："哪儿的人？怎么认识的？"

秦展："她叫林芳，在阳关镇开了个拉面馆，改天带你去吃。"

秦烈："还有吗？"

秦展："性格可好了。"

秦烈又看向跟着睿睿满地跑的小姑娘，抬眉问道："谁家的孩子？"

秦展："芳芳的……"

他看着秦烈一言难尽的眼神，索性解释清楚："芳芳老公前年出车祸死了，她一个人带孩子……怪不容易。"

秦烈沉默一会儿，最后只问了一句："你爸妈知道吗？"

秦展立马蔫儿了，讪讪地说："还没有……以后找机会说吧。"

秦烈不再说什么，转身往自己那边走，他一边走，一边抬眼看向陈汐熬了不知多少个通宵画完的巨幅墙绘。这里面也有他很多个通宵，有时候凌晨三点结束，有时候凌晨五点结束。他对着角门里透进来的光，窝在VR馆的沙发上打游戏，后来索性把电脑搬了来，她熬夜画画，他熬夜修改第三个角色的PV。他后来听秦展说了陈汐和白宇宁的事，不知道别人失恋是怎么熬过来的，反正陈汐的失恋，熬得他日夜颠倒。

天黑下来，店门外的空地上烧起了炭火。秦展和刘伯洋把羊放在烤架上，空气里渐渐弥漫起诱人的香气，一群人早就等不及先喝上了。晚风吹拂，火苗随风摇曳，飞起明明灭灭的星火，小孩们在院子里嬉闹追跑。

杨珊把三个小朋友叫到汽车车尾处，她神秘兮兮地问："你们三个猜猜车里有什么东西？"

睿睿仰起圆乎乎的小脸蛋，惊喜地睁大眼睛："三黄？"

森森无语地瞥了睿睿一眼："三黄关车里这么久，不早就闷死了？"

睿睿第二次险些被吓到崩溃："啊？那怎么办？"

森森："……"

他不想说话了。

杨珊卖完关子，笑呵呵地打开后备厢，从里面搬出一小箱花炮："拿去玩吧。"

森森接过小纸箱，指了指后备厢里那一箱大烟花说："我想玩那个。"

杨珊关上后备厢，笑着摇摇头说："这个小孩不能玩。"

森森郁闷地噘起嘴，感觉杨珊阿姨把他跟睿睿这个小傻子划进同一类了。睿睿和芳芳的女儿埋头在小纸箱里一通翻捡，有"母鸡下蛋""孔雀开屏"、仙女棒、"俄罗斯转盘"……

两个小姑娘笑得露出豁牙，迫不及待点燃了两根仙女棒。两簇小小的火花在夜幕里陡然绽放开来，绚烂夺目。睿睿挥着手里的仙女棒，在夜空中画出一道道灿烂的火星。

陈汐坐在店门口的台阶上，她看着仙女棒星星点点的花火，不远处传来秦展他们有一搭没一搭的聊天。晚风拂面而来，带着夏日的温吞，还有烧烤的香气。陈汐的唇角不知不觉轻轻动了动，她太喜欢这样的夜晚了。一年哪怕只有这么一两次，大家聚在一起，喝喝酒聊聊天，一起消磨半晚上时间。不管日子过得多辛苦，她都能一夜之间恢复元气，重新支棱起来。

杨珊递来一罐啤酒，随口问道："韩素素呢，走了吗？"

陈汐看看左右，这才觉觉到有一会儿没见韩素素了。她有些茫然地说："刚才是她张罗着喝酒的啊，是不是去卫生间了？"

她看着院子里的人，忽然觉得今晚还不够圆满，大家都来了，只差杨关。陈汐转过头问杨珊："杨关哥怎么不来？"

杨珊无奈地说："叫了他好几回，他不喜欢热闹，让我们好好玩。"

陈汐转过头看着地上的小石子，眉头轻轻蹙起，杨关哥从前是很喜欢热闹的。

陈汐现在还记得，小时候每逢过年，杨关总会带着她和杨珊放烟花。小挂鞭、钻天猴、大礼花、二踢脚，没有他不敢放的。杨关也像现在的森森一样，总想甩开身后的小尾巴，可每每被她和杨珊缠住，也只能无可奈何地带着她俩玩。他带她俩玩扑克，去党河上溜冰，他陪她俩捉迷藏，给她俩崩爆米花，清俊的脸上总带着一丝不羁的笑，他哪是什么爱清静的人。

"珊姐，羊排火候够了，正嫩着呢，给孩子先吃。"秦展朝杨珊喊。

"来了。"杨珊起身走过去。

陈汐看着秦展和杨珊老公一起把羊抬下来，放在桌上一个长方形的大铁盘里。杨珊老公拆下一块肥美的羊排，搁在杨珊递过来的盘子里。

"孩儿们，过来吃肉。"杨珊朝森森他们喊。

陈汐远远看着他们，看了一会儿，笑着起身，在一片热闹里悄然走向自己的摩托。今晚的团聚，一个都不能少。

陈汐上摩托，发动车子，刚要离开，车后座被人一把拽住。她转过头，看到秦烈一手抄兜，一手拽着摩托，目光沉沉看着她，带着一丝担忧。

两人都没说话，陈汐在一瞬间的眼神碰撞里，一下明白了秦烈脑子里在想什么。他怕她发疯，一个人大半夜骑摩托跑出去做什么傻事。

陈汐有点无语，但也没解释，只扬起眉毛，对他笑笑："秦烈，跟我走，敢吗？"

临近夜里十一点，国道上空空荡荡，陈汐载着秦烈在路灯下飞驰。前面的十字路口是个红灯，陈汐停下摩托，回头看了眼秦烈，提醒他："抓好了。"

秦烈无声地笑了笑，随口问她："这是去哪儿？"

陈汐："去接杨关哥。"

秦烈微微吃惊："你跟杨关很熟？"

陈汐："他是我哥。"

顿了顿，她又说："我跟他妹杨珊是发小，从前老缠着杨关哥，这回开修理厂，杨关哥还给我凑了十万块呢。"

秦烈笑笑，又想说世界可真小。

陈汐："听杨珊说你跟杨关哥是高中同学？"

秦烈"嗯"了一声，没再说什么。

陈汐忽然想起从前杨珊拽着她和韩素素在三中门口买炸糕，边吃边等着看帅哥的情景，当时她们等的人应该就是秦烈了。她牵了牵唇角，不由得感慨一句："世界可真小。"

秦烈淡淡"嗯"了一声。

陈汐："今晚大家都来了，不能少了他。"

两个人到了诊所，卷闸门关着。陈汐骑着摩托钻进巷子里，到了杨大夫家院子门口，没想到这么晚了，院门是开着的。

陈汐把摩托停在门口，和秦烈一起走进院子里，杨大夫晚上九点就会睡下，他的屋子黑着灯，杨关屋子里灯还亮着。陈汐和秦烈走到房门前，发现门虚虚掩着，陈汐正要叩门，忽然听到屋子里一个熟悉的声音，竟然是韩素素的："杨关，你要装傻到什么时候？"

陈汐的指关节堪堪停在门板上，她猛地顿住，不可思议地怔在原地。

房间里安静得落针可闻，陈汐呆站在门口，等了好久都没听到里面再有人说话。

她看了眼身旁的秦烈，发现他抄着兜，姿态悠闲，唇角带着一丝形容不出来的淡淡笑意，有点八卦，又有点宽慰，甚至还有一点发自肺腑的温暖。门缝里透出的光照在他脸上，平时冷硬的线条竟然有了一分柔和的感觉。

陈汐默默转过头，看向栗色的门板。许久过后，她听到杨关波澜不惊的声音："不早了，回家吧。"

房间里传来椅子挪动的声音："走吧，我送你到门口。"

忽然间"咣当"一声，像是有人重重跌回椅子上，接着椅子不堪重负地咯吱一声响。听动静，韩素素似乎坐在了杨关腿上。

"起来。"杨关的声音更冷了，带着一丝不易察觉的隐忍。

"我不。"韩素素的声音带着几分夸张的醉意。

陈汐知道，她真醉了的时候是不说话的，只会倒头闷一觉，此刻的韩素素，是自己要醉的。椅子扭动，像是互相较劲，最后是杨关一声无奈的叹息："你到底想怎么样？"

韩素素："我想怎么样，这么多年了，你难道看不出来吗？"

06

一阵令人揪心的沉默，隔着一扇厚厚的门板，陈汐都能感觉到韩素素今晚的歇斯底里。好一会儿，杨关才淡淡说："我看不到。"

韩素素："你眼睛看不到，心也看不到吗？杨关，我喜欢你这么多年，你一点也感觉不到吗？"

又是一阵沉默，房间里传来杨关冷漠的声音："没有。"

韩素素凉凉地笑了笑："没关系，我现在当面告诉你，我喜欢你，想天天和你腻在一块，这样说够清楚吗？你现在感觉到了吗？"

秦烈抬手捏了捏耳垂，不知道该不该继续听下去。他看了陈汐一眼，却发现这女人耳朵就差贴到门上了，眼睛睁得大大的，听得十分忘我，表情还带着一丝纠结。秦烈把手抄进兜里，无语地笑了笑。

房间里，韩素素执拗地看着面前冷冰冰的男人，压抑着心底的翻涌。她喝醉了，豁出去了，今晚不说出心里的话，她觉得自己会死。杨关的目光波澜不惊，直直穿过她近乎破碎的神情，望向自己内心深处无边无际的黑暗。

"杨关，我今天就想听你一句实话。"

杨关钳住韩素素的手顿了顿："好，你听着，我跟你没可能。"

谁知道下一秒，韩素素一把扯住杨关推开她的手腕，狠狠禁锢在墙上，腕骨撞在墙上，发出"咚"的一声闷响。韩素素吓了一跳，从没想过自己的力气大得那么吓人，她看着灯下的男人，看着他眼里映着的灯光。

她忽然感觉到一丝挫败，内心像被冰锥凿了个洞，所有委屈愤懑疯狂一股脑地奔涌而出。她回不了头了，大概这辈子，这一次以后，再也没有为他疯狂的资格了。

韩素素眼泪扑簌簌滚落，一只手钳着杨关的腕子，一只手扣着他的后脑勺。她像深海里的巨浪，朝他灭顶而来，狠狠吻住他冰冷的双唇。

杨关全身一僵，扭头躲闪，韩素素不管不顾追上他偏开的脸，疯狂亲他的嘴。

直到很久很久以后，屋子里传出杨关低沉的、带着歇斯底里的吼声："韩素素，你别耍我！"

一阵令人窒息的沉默过后，传来韩素素带着哭腔的声音："我耍你？杨关，你记住，我今天的每一个字，都可以对天发誓。"

杨关："去找陈汐吧，她今天开业，你不在，她不开心。"

不知什么时候，他的声音又恢复了波澜不惊，一潭死水一样。韩素素怔怔看着杨关平静下来的面孔，心一点点凉了下来。

时间一分一秒地过去，两个人之间炽烈的温度一点点冷却下来。

许久之后，杨关淡声说："你走吧。"

韩素素把脸颊上的乱发拨到耳后，慢慢朝门口走去。她走到门口，回头看了杨关一眼，淡淡说："杨关，你别后悔。"

秦烈让开一条路，下一秒，房门"哐当"一下被推开，韩素素泪流满面地走了出来。她看到陈汐，惊讶地顿住脚步，片刻后头也不回地跑了出去。

陈汐从敞开的房门望进屋里，看到杨关孤零零坐在灯下，他神色平淡，脸上一点表情也没有。

陈汐看了秦烈一眼，匆忙转身追了出去。她在巷子里追上韩素素，一把拽住韩素素。

韩素素停下脚步，转过身看向陈汐，没好气地问："你听了多少？"

陈汐心里五味杂陈，说不出此刻是什么感觉。她迟疑片刻，还是把心里的话问了出来："素素，你是当真的吗？"

韩素素错愕一瞬，甩开陈汐的手，转身就往前走。陈汐连忙追上她：

"你别生气，听我说。"

韩素素忽然停下脚步，委屈巴巴地说："陈汐，咱俩这么多年的好朋友，你怎么能问出这样的话？我是当真的吗？我如果不当真，干吗吃饱了撑着在他这找气受？我是缺男人追吗？还是喜欢被人虐？"她忽然蹲在地上，头埋在臂弯里哭了起来，"我不信他感觉不到，他就是在逃避，一直逃避，就是不肯面对我。"

陈汐蹲下来，轻轻叹了口气："素素，你家境好，从小要什么有什么，人长得又这么出挑，从小到大不知道有多少男生喜欢你，生活对你从来都是和颜悦色的，可杨关哥……他和你不一样。"

韩素素忽然抬起头，泪眼婆娑："陈汐，我知道你要说什么，你和他一样，都觉得我是一时兴起，在他身上找刺激，玩玩拉倒。我告诉你，我不是这样的人，你别看我到现在还单着，我其实很早很早之前就喜欢他了，这么多年了，我越来越喜欢他。"

夜空澄澈，月光洒在巷子里，落下一地皎洁。韩素素擦干眼泪，神色里的光黯淡了下去。她明白，她和杨关没有任何可能了，戳破了这层纸，连暗恋的机会都没有了。韩素素擦干泪，又落，又擦干，又落，她仰头看向夜空，声音轻柔却坚定。

"陈汐，你知道吗？杨关在我眼里，一直是那个杨关，那个笑一下，就能要我命的杨关。"

陈汐在月光下，看着韩素素那么好看的一张脸，哭得很狼狈，还是那么好看。她看着韩素素，轻轻笑了笑："听你这么说，你不知道我有多高兴。在我心里，杨关就是我哥，谁也比不了，我这辈子都要守在这里，看着他幸福。可是素素，你刚才说得不对，我并没有觉得你是一时兴起，我只是觉得这条路太难了。你没吃过苦，没经过挫折，也没尝过柴米油盐的无奈，现在信誓旦旦，你有没有考虑过你爸妈的态度？万一有一天你坚持不下去了，杨关哥该怎么办？老天已经从他身上拿走了那么多，我不想看他再失去一次……"

韩素素打断她："所以我连努力一次的机会都不配有？"

陈汐忽然愣住，是啊，所以韩素素连努力一次的机会都不能有吗？杨关哥连舍身爱一次的机会也不配有吗？

她望向头顶的明月，月亮尚有阴晴圆缺，何况爱情。

陈汐看向韩素素，沉默一会儿，小声对她说："素素，杨关哥看着我们长大，他对你再有心思，也宁愿忍一辈子。"

韩素素："我知道。"

她知道自己彻底没戏了。

陈汐："所以……想要拿下杨关哥，别在他冷静的时候……"

韩素素忽然抬眼看向陈汐，许久，淡淡笑了。那丝破灭的希望，悄然又在心底萌芽了。

两个人骑摩托回了修车厂，韩素素下了车，闻着香味跑到篝火旁，拿起桌上的盘子问秦展要肉吃。

陈汐摘下头盔，看着韩素素窈窕的背影，忍不住笑了笑，她知道，杨关哥配得上这世界上最好的姑娘。

"陈汐，快来吃肉啊。"韩素素转身朝她招手。

"嗯。"陈汐搁下头盔，笑着走向明亮的篝火。

过了一会儿，秦烈打车回来了。

陈汐正坐秦展车顶上喝酒，一转脸，竟然看到出租车上下来另一个人，是杨关。

陈汐笑着喝了口啤酒，仰身撑着车顶，抬头看向万里无云的夜空。今天是个大晴天，繁星布满苍穹，闪闪烁烁，好看极了。

这个夜晚，终于圆满了。

秦烈带杨关走到篝火前坐下，递给他一罐啤酒。韩素素装作没事儿人，喝着啤酒，跟杨珊有一搭没一搭说着话，偶尔瞥一眼杨关。他坐在炭火前，温柔沉静，一如从前，可她这晚却知道了一个秘密，杨关害臊的时候，脸虽然是白的，耳郭却红得发紫。

小孩们今晚得了特许，可以跟着大人一起熬夜，快活得像是过年一样。他们一窝蜂围上来，七嘴八舌地问："人都齐了吗，是不是能放烟花了？"

杨珊笑着说："谁把我哄开心了，我就给你们放烟花。"

睿睿立刻跟只小猫一样猴进杨珊怀里，抱着她的脸就是一通亲，杨珊简直要笑出鱼尾纹来。

秦烈跟杨关喝了会儿啤酒，手机上的微信提示音响了一下。他掏出手机一看，是陈汐的信息：过来，车顶。

秦烈有些不解，抬起头，看到陈汐坐在远处的车顶上。夜色将她笼在黑暗里，一点光勾勒出她浅薄的身线。秦烈刚要问她做什么，陈汐又发来一条微信：后面的四个设计稿，想看吗？

秦烈低头笑笑，跟杨关说了声："我过会儿回来。"

说完他起身朝陈汐走去。

他爬上车顶，在陈汐旁边坐了下来，开口问道："画呢？"

陈汐从身后的包里掏出画册递给秦烈。秦烈打开手机上的照明，翻开画册，一幅一幅地看。他看了好一会儿，始终沉默着，陈汐却从他专注的眼神里看到了一丝震撼。

"怎么样？"陈汐笑着问他。

秦烈笑笑说："你最近这个状态，能出这几个角色，坦白说我挺惊讶。"

陈汐觉得这话不太顺耳，反问他："我最近状态怎么了？"

07

秦烈瞥了眼她的黑眼圈，没说什么。

陈汐想起前几天去诊所给范明素拿药，听杨关和杨珊聊起秦烈，杨珊还让陈汐找机会劝劝秦烈，这么优秀的一个人，别整天窝在他们这个小地方混日子了。

秦烈正低头看画，忽然听到陈汐说："秦烈，好好活。"

秦烈合上画册，一脸莫名地问："你哪只眼睛看到我没好好活？"

陈汐："成天窝在一个破 VR 馆，半死不活不是你吗？"

秦烈冷笑："那你呢？"

陈汐也是一脸莫名："我怎么了？"

秦烈："为一个男人瞎折腾一个月，不累吗？"

陈汐吃了一惊，问他："你哪只眼睛看到我折腾了？"

秦烈："熬夜画壁画，熬死拉倒是吗？"

陈汐冷笑一声："累啊，但我活得很带劲，你呢？"

秦烈："没看出来。"

陈汐心头噌地火起，口不择言："你不就是混吃等死吗？"

秦烈："你也来啊！"

他笑笑，不紧不慢地挖苦回去："赚够几个亿，跟我一样混吃等死。"

陈汐被他噎得愣住，张了张嘴，却说不出话。

秦烈看着远处热闹的篝火，目光却冷了下来。好好活着的话，爸妈说过不止一次，杨关也说过，就连秦展那个没心没肺的也说过，他们说，他就当耳旁风，听过笑笑就算了。可今晚，这话从陈汐嘴里说出来，莫名就踩到他的雷区上。这女人竟然带着几分同情开导他，她当他是什么？loser（失败者）？

"我怎么过，用不着别人指手画脚。"他语气生硬，扔下这句话就要走人。

陈汐简直气得冒烟，一把扯住他："你怎么不知好歹。"

秦烈看了眼陈汐抓着他小臂的手，心里又是一阵莫名的烦躁："你是不是有病？"

陈汐气得额头上青筋都出来了："我有病还是你有病？说句话就炸。"

秦烈："你说的那叫人话吗？"

陈汐："哪句不是人话？"

秦烈："陈汐，我告诉你，这小破地方，没人有资格觉得我失败。"

陈汐："我哪句话说你失败了？"

秦烈冷笑，好好活，他需要别人吃饱了撑得来救赎他吗？

"管好你自己的事。"他扯了扯胳膊，陈汐却依然死死抓着。

"我有什么事？"陈汐额上青筋突突直跳，长这么大，没见过这么不知好歹的。

秦烈："今天开业，你什么状态？放不下就去北京，魂儿都没了你能干好什么？"

陈汐简直要被他气死，分手的事虽然难过，也不至于让她丢了魂儿。她今天早上出门的时候看到关爷爷，老爷子气色很差，她今天几次恍惚，都是因为想到关爷爷的身体，还有森森以后该怎么办。

她朝秦烈喊道："我要说多少遍，你才相信那件事已经翻篇了？"

远处传来小孩们的嬉笑声："放炮啦，放炮啦。"

秦烈懒得再说什么，甩开陈汐就要跳下车。忽然间，他胸膛被人一推，身子向后倒在了车顶上。一阵清冽的酒气扑面而来，陈汐扑上来，低头狠狠亲了他嘴唇上。耳边忽然传来一声爆竹的炸响，天空登时炸开五彩斑斓的烟火，映在秦烈陡然空白的大脑里，成了一刹永久的芳华。

森森忽然指着远处的车顶叫了一声："陈汐姐姐在干什么呀？"

烟花绚烂绽放，照亮夜空，大家顺着森森指着的方向望过去，一瞬间炸开了锅。没有人再看烟花，大家一个个表情精彩纷呈，笑着看陈汐把秦烈压在身下。秦展吹了声一波三折的口哨，趁乱偷偷在芳芳脸上亲了一下。刘伯洋震惊得把啤酒罐攥瘪了，杨珊偷偷蹿到杨关跟前，在他耳边绘声绘色地八卦。

陈汐亲了秦烈一下，猛地坐起来，挑起眉头问他："这回信了吗？"

秦烈胳膊肘撑在车顶，还保持着被陈汐扑倒的姿势，他没吱声，朝篝火的方向努了努下巴。

陈汐顺着他的目光望过去，收获了一群人八卦的微笑。她脸一热，转头撞上秦烈要笑不笑的目光，明明是自己调戏了对方，却忽然有种这人还挺臭不要脸的感觉。

陈汐跳下车，甩了甩头发，走了。

秦烈慢慢坐起来，看着陈汐飒然离开的背影。一朵绚烂的烟花突然在头顶绽放，他冷硬的唇角动了动，淡淡笑了。

凌晨三点大家才散，韩素素跟陈汐回了家，简单洗漱完躺上床。陈汐关了灯，韩素素乐一路还不够，躺在床上继续乐。

"想不到你这么猛。"韩素素吃吃笑着。

陈汐在黑暗里白她一眼："还不是跟你学的。"

韩素素脸一热，夸张地翻了个身。一阵窸窸窣窣过后，她背对陈汐，在黑暗里轻轻叹了口气："陈汐啊，我怎么这么喜欢他。"

陈汐伸手抓抓韩素素的脑袋，闭着眼睛说："你行的。"

韩素素抓起被子捂住发烫的脸颊，好一会儿才开口说话："你跟秦展他哥怎么回事？"

陈汐闭着眼睛，映在视网膜上的烟花还没散去，她忽然回忆起秦烈胸口强有力的心跳，还有他冷淡的嘴唇上，那一丝意想不到的温度，竟然是热的。她喉咙一阵干渴，清了清嗓子说："没什么事。"

韩素素脚后跟朝后踢了陈汐一下："我看你俩挺配，谈一下试试？"

看到陈汐能从上一段感情里走出来，韩素素真心替她高兴。

陈汐也蹬韩素素一脚："你说我跟他配？"

韩素素笑着说："我看挺配，一个疯一个野。"

陈汐又蹬了韩素素一脚，韩素素笑着躲开。她闭上眼睛，想要把车顶那荒唐的一幕从脑海里赶走，却不知不觉在烟花绚烂的回放里，渐渐睡着了。

陈汐的修车厂和秦烈的 VR 馆只有一墙之隔，两个人却默契地保持了抬头不见低头也不见。陈汐每天早来晚归，偶尔能看到秦烈的车停在 VR 馆门口，她骑着摩托呼啸而过，看也不看一眼秦烈那边。

修车厂的位置好，开业第二天就来了生意，之后一天比一天忙。秦展不再吊儿郎当，每天跟着陈汐一起从早忙到晚。中午吃饭的时候总是悄不声地溜走，回来的时候带着芳芳做的牛肉面。刘伯洋在开业前已经跟陈汐商量好了，如果陈汐这边生意好的话，刘伯洋就把三号桥那个修车店盘出去，以后跟着陈汐挣钱，他这两天正在谈一个下家，没来陈汐这边。

这天下午，陈汐刚给一辆跑车换好刹车片，门外来了个有点上年纪的中年女人，走进店里扫视一圈，目光落在了陈汐身上。

陈汐听到动静，停下手里的活，朝女人笑了笑，问："您有什么事吗？"

女人把陈汐从头到脚打量一遍，面色不善地说："我找秦展。"

陈汐："秦展啊，我让他买东西去了，您坐沙发上等一会儿。"

女人忽然原地发飙，指着陈汐的鼻子就开骂了："你是什么东西？使唤起人来怎么这么没羞没臊的？仗着自己有几分模样，把男人当冤大头要是不是？"

陈汐被骂得一头雾水，连生气都忘了，她一脸茫然地说："你是不是搞错了？"

女人激动得手都抖了，指着陈汐继续骂道："你装什么傻？我那个傻儿子，被你骗得五迷三道。好不容易攒点钱，要给你买房，我要不是看了他手机，到现在还蒙在鼓里呢。"

陈汐大概听出来是怎么回事了，她猜这人是秦展的妈妈。虽然无缘无故挨了一顿骂，可因为秦展的缘故，陈汐还是好声好气地说："阿姨您先别上火，到沙发上坐一下，等秦展回来再说。"

"谁让你叫阿姨的，你也不看看自己多大岁数，你比我儿子大十岁，带着个孩子，你怎么有脸跟我儿子好。"

这话实在太伤人了，不管骂的是不是自己，陈汐都听不下去了："阿姨，您这话就不对了，谈恋爱你情我愿，不偷不抢不犯法，怎么就没脸了？"

秦展妈气得大声嚷嚷起来："没脸就是你，今天趁没人的时候我把话跟你说明白，你离我儿子远远的，别改天在大街上见了面再撕破脸，到时候两边都不好看。"

正嚷嚷着，隔墙门打开，秦烈站在门口看到秦展妈，忙大步走了过来。

"婶，到我那儿去。"他走到两人中间，淡淡看了陈汐一眼，目光转向秦展妈。

秦展妈抓住秦烈，气鼓鼓地说："烈啊，你正好在这儿，你给评评理，还没过明路呢，这女的就要秦展给她买房，她安的什么心？"

秦烈扶着秦展妈："你搞错了，到我那边再说。"

他揽着秦展妈的肩膀，把人往自己那边带，走出去几步，回头又看陈汐一眼。

陈汐的目光和秦烈猝不及防撞在一起，那晚留在唇上的触觉莫名闪回一瞬,她耳根一热,淡淡移开视线,看向别处。

两个人走后,陈汐又回到吉普跟前,闷声不响地继续干活。

过一会儿,秦展从外面飞奔进来,嘴里一连声:"对不起,对不起。"

陈汐朝他笑笑,指了指隔壁 VR 馆,秦展一脸牙疼的表情,放下买回来的零件,跑到茶水台跟前给自己倒了杯水,磨磨蹭蹭喝了半天,不肯往对面去。

陈汐溜达过来:"到哪儿一步了?"

秦展脸红了,支支吾吾不说话。

陈汐:"在一块了?"

秦展眼睛东瞟西瞟,最后看向陈汐,不好意思地点点头。

陈汐:"一次还是一辈子?"

秦展:"这还用问吗?当然是一辈子。"

陈汐拍拍秦展的肩:"过去,搞定你老娘。"

08

秦展瞬间像打了鸡血,一口干掉杯子里的水,雄赳赳地去了。

陈汐笑笑,溜达回车跟前,拽过千斤顶,把轿车左前方抬了起来。她躺在修车板上,马丁靴在地上轻轻一蹭,滑到车底。这辆车方向盘一边轻一边重,她需要检查底盘上的方向机有没有故障。

陈汐举着手电筒,检查完油路,发现没什么问题,又继续检查助力泵。她全神贯注,丝毫没察觉到汽车底盘跟她的距离正在悄然发生着变化。

检查到限位阀时,陈汐发现封闭不严,她轻轻呼出口气,是这里了。她拿起手边的工具,忽然察觉到一丝异样。轿车底盘好像比刚才降了一大截,手电筒原本可以竖着打,现在只能斜着打,底盘离她的脸好像也近了很多。

陈汐连忙转头看向一旁的千斤顶,眼皮陡然一跳,她发现这台旧千斤顶的液压漏了,正在一点一点缓慢地往下落。陈汐连忙往外滑,谁知刚滑一点就滑不动了,不知道是哪儿卡住了,她想拿脚蹬一下地面,脚却动不了。她费力把上身抬起一点点,看向脚部,发现是马丁靴的鞋带勾在了排气管的固定挂钩上。

她缩了缩腿,想甩掉脚上的鞋,可底盘下空间太小了,腿几乎没有活动的余地。她又用另一只脚去蹬那只被勾住的鞋,空间还是不够,马丁鞋是高帮的,怎么蹬都蹬不下来。陈汐用力蹬脚,车身晃动,千斤顶发出让人忧心的咯吱声，不知道是不是心理作用，陈汐觉得一瞬间车子底盘离她好像更近了。她不敢再使劲蹬脚，强迫自己冷静下来，飞快想着自救的办法。又试了几次，还是不行。

她忽然朝 VR 馆的方向喊了起来："秦展。"

喊了几声，却没人过来。

时间一分一秒地过去，陈汐后背渐渐渗出一层冷汗。她拿起扳手拼命敲打地面，大声喊秦展的名字，没有人回应，没有人过来。

陈汐这下真的慌了，跑车底盘很低，她卡的位置又很危险，如果千斤顶最后完全落下来，她会被压到底盘下，渐渐窒息而死。她还年轻，还没活够，她不想死，不想在这个寻常的午后，听着外面的蝉鸣声，悄无声息地离开这个世界。

她把身子下面的修车板推了出来，让自己和底盘之间的距离变大一些。

"秦展！

"秦展，你聋了吗？"

好像过了一个世纪那么久，耳边终于响起一个声音："怎么了？"

她转过头，看到秦烈的面孔，他半跪在地上，俯下身看向车底。

陈汐凉了一半的心忽然有了希望，她一把抓住秦烈，手有点发抖："秦展呢？"

秦烈："送他妈回家去了。"

陈汐心头一凉，慌忙说："手机给我用。"

秦烈递过来手机，陈汐拨通了刘伯洋的电话："喂，伯洋，把你店里的千斤顶拿过来，快，我卡底盘下面了，坚持不了多久。"

挂了电话，陈汐沉声对秦烈说："你重新给这个千斤顶加压。"

秦烈一言不发地起身，手背上的青筋不知不觉突了起来。他刚扶住千斤顶的液压钳，就听陈汐忽然叫道："先别动。"

秦烈松开手，重新半跪下来，沉声问她："怎么？"

陈汐："如果千斤顶坏得彻底，动一下有可能直接塌了，我怕是等不到伯洋。"

秦烈看向底盘下的空间，问道："哪儿卡了？"

陈汐："鞋。"

秦烈试着伸手去够，还差一截。车的另一侧挨着墙，没办法绕到那边去够，想要帮她解开挂钩，需要整个人钻到底盘下面，秦烈目测一下，现在的空间勉强够他钻进去，他趴下来，上身探进车底。

陈汐忽然说："你想好了。"

秦烈的动作顿了一下："什么？"

陈汐冷静理智，说："秦烈，千斤顶随时可能塌，伯洋到这里至少半个小时。"她声音平静，"你进来，出不去的概率很大。"

秦烈没说话，沉默着钻进车底。

陈汐嘴唇动了动，却不知道该说什么。她听着秦烈向前挪动的声音，心里那丝恐怖的凉意悄然淡了些。

秦烈爬到车下，一只胳膊肘撑地，一只手解缠在挂钩上的鞋带。

"好了。"他淡声说，"先出去。"

陈汐"嗯"一声，刚要往外挪动身子，就听千斤顶"吱"的一声，向下落了一截，整个底盘朝他们压了下来。秦烈嗓子里发出一声闷哼，陈汐心底叫了一声完蛋。

"你怎么样？"她慌忙问秦烈。

"没事。"秦烈声音低沉，听不出什么异样。

陈汐看着岌岌可危的千斤顶，还有一小截没落下去。虽然暂时压不死人，可他们也彻底出不去了。两两沉默，等时间一分一秒向前挪蹭，明明只过了一分钟，陈汐却觉得有半辈子那么漫长。

渐渐地，秦烈的呼吸变得有些粗重，底盘距离陈汐的脸又逼近了些，陈汐听到秦烈的呼吸声越来越粗，有些困难。

"还撑得住吗？"她先开了口。

"嗯。"秦烈声音低哑短促。

陈汐过了一小会儿，又忍不住开口问道："你在想什么？"

秦烈没吱声，过了好一会儿才慢腾腾地说："我在想，大夏天，穿什么靴子。"

陈汐忽然歇斯底里地笑了："好看……你懂啥。"

秦烈喉咙里发出一声轻轻的哼笑。黑暗的车底，两个人继续沉默下来，他们心里清楚，能不能等到刘伯洋，看造化了。

过了好一会儿，陈汐又淡声开了口："秦烈，那晚我喝醉了……对不起。"

她从没想过看不起他。她呼吸有些艰难，心里却奇怪地并不怎么慌了，反正已经没什么能做的，倒不如平静地等待。逼仄的空间里传来秦烈一声低低的："嗯。"

陈汐："你怕吗？"

秦烈笑笑，没说话。如果老天就是让他活到这一刻，怕有什么用。

陈汐也笑笑，忍不住黑色幽默："你还有什么未了的心愿吗？"

秦烈沉默着，过了好一会儿，才沙哑地说："死都死了，要什么遗愿。"

陈汐笑笑："也是。"

渐渐地，陈汐的呼吸越来越困难，她听到秦烈的鼻息也越来越艰难，好像快要窒息了。她觉得有点遗憾，轻轻叹了口气，勉强出声，断断续续地说："其实我心愿还挺多，没喝上杨关哥跟素素的喜酒，也没能多照顾我奶奶几年……"

秦烈那边沉默，过了好久，依然是沉默。陈汐担心地轻轻踢了踢他："还活着吗？吱个声。"

她又等了好久，才听到秦烈一声低低的笑："死了没有遗愿，如果不死，倒是有件事……"

他声音低沉，像是被压在了万米深的海底。陈汐勉强发出声音："不死……什么事……"

她的意识将断未断，听到秦烈喉咙里发出低哑的几个字——

"和你在一起。"

陈汐听到秦烈的话，唇角牵了牵，她想调侃秦烈一句，却发不出声音了。胸口越来越闷，头也越来越沉，逼仄密闭的空间里，流动的空气仿若凝滞了一样。陈汐呼吸越来越困难，她试图拼力挣扎，却发现全身没有半点力气，她艰难地闭上眼睛，渐渐失去了意识。

秦烈听不到陈汐的声音，闷热紧燥的窒息感，压得他有种没来由的恐慌。他低低叫她的名字，叫了两声，陈汐依然没有动静。正在这时，车子陡然往下降了一截，千斤顶的最后一点支撑也没有了，整个车身的重量陡然压在了秦烈身上。

秦烈脑海里这一刻却异常平静，几乎在车身压下来的同时，他一声闷哼，肩膀向上，拼出全身力气，扛住了车身的重量。不知是不是错觉，一丝空气悄然灌进肺部，他似乎听到了陈汐粗沉的鼻息。她些微的动静让秦烈心头稍稍安定，他更加拼命地向上撑着，顶着，对抗车身压下来的重量。

时间一分一秒地流逝。秦烈牙关紧咬，冷硬的下颌几乎绷出斧凿的线条，额上青筋暴起，豆大的汗一颗颗滚下来。漫长的煎熬里，秦烈的呼吸越来越困难，肩膀上刀割似的疼逐渐变得麻木。黑暗、闷热、慌乱，还有一种涌动在胸间的轰烈，在外面疯狂的蝉鸣声里，一点点熄灭下去。

痉挛一样的窒息里，秦烈乍然想起杨关说的话。

——"只要不死，就好好活着。"

他忽然想好好活下去了……

不是为了他自己，而是因为，躺在黑暗里的女人。她说，她还想喝杨关和素素的喜酒，她还想多陪奶奶几年……

不知扛了多久，就在秦烈的意识渐渐涣散时，大门忽然"哐当"一声巨响，继而是慌张的脚步声，踢踢踏踏地冲进来。秦烈在黑暗的车底，只感觉到一束金色的光渗进来，紧接着，耳边传来刘伯洋仓皇的叫声。

"姐，姐。"刘伯洋抱着千斤顶，"扑通"一声跪在车旁，声音都吓哆嗦了，"秦烈哥，你怎么也在车底下？姐，姐，你怎么样？"

刘伯洋慌成一团，连该干什么都不会了。秦烈喉咙里发出艰难的声音："伯洋，别慌，支前轮。"

刘伯洋这才如梦初醒，拖过千斤顶，手忙脚乱地把前轮支了起来，压在秦烈肩头的重量陡然撤去。他一边大口呼吸，一边朝陈汐伸出手，右边膀子好像不是自己的。他回头沉声对刘伯洋说："你抓着她肩膀，小心别碰到千斤顶。"

刘伯洋依言，小心翼翼地探进车底，他抓住陈汐的肩膀，秦烈咬牙伸出僵硬的手臂，勾住陈汐的双腿，两个人合力把陈汐从车下拽了出来。

09

陈汐过了一会儿就醒了，竟然没受伤。秦烈到最后关头都在拿肩膀顶着底盘，从车下面出来时，肩膀快废了。

秦展在电话里听刘伯洋讲了刚才的险况，吓得魂都快飞了，恨不得狠狠抽自己一个大耳巴子。店里唯一的这个千斤顶是他在朋友那儿淘来的，想着省点是点，等刘伯洋的店面盘出去之后，他那边所有的工具就都带过来了，没想到差点要了陈汐和他哥的命。

秦展回来的时候，带着烧烤和压惊的酒，还有一瓶给他哥用的红花油。一进门，发现陈汐在淡定地修车，秦烈已经过VR馆那边去了，压惊酒好像只有自己需要喝。

秦展非要喝酒，跑到VR馆，把秦烈生拉硬拽了过来，按在茶水区的沙发上，秦烈被秦展毛手毛脚地按了一下受伤的肩膀，身子微微一僵。

秦展朝陈汐喊："汐姐，过来喝酒。"喊完掀开秦烈的衣领，低头看进去。

"啧啧啧。"秦展皱起眉头，"哥，你怎么伤这么重啊？"

秦烈右肩上一大块青紫，一直延伸到后背，瞧着狰狞又吓人。

"啧啧啧，伯洋说你膀子僵了，没说伤成这样啊！"

陈汐正在拆方向盘，闻言抬起头，朝他们这边看了一眼，然后摘下手套，走了过来。她问秦展："让你带红花油，带了吗？"

秦展点点头，从茶几上的塑料袋里掏出红花油递过来。陈汐接过红花油，低头对秦烈说："T恤脱了，给你揉揉。"

秦烈不当回事，摆下手说："不用。"

陈汐："脱了。"

秦烈："不用。"

两个人说话时目光只触了一下，便各自淡淡看向别处，躲什么似的。

"不用什么不用，都伤成这样了。"秦展二话不说，拽起秦烈的T恤就往上扒。

秦烈肩膀使不上劲，让秦展得了手，真想一巴掌拍死这小子。上衣一脱，狰狞的瘀伤和健硕的肌肉一览无余。秦展没心没肺地号了一声："哥，你别练了，还让人活吗？"

秦烈懒得理他，低头不语。

陈汐把红花油倒在手上，轻轻抹在秦烈青一块紫一块的肩头，慢慢涂匀。秦烈感觉到一股辛辣的热意在肩头蔓延开来。他微微垂着头，全身的触觉细胞似乎都集中在了右肩上。陈汐抹好红花油，用手掌的根部在受伤的皮肤上打着圈轻轻按摩，顺着秦烈坚硬似铁的肌肉线条，慢慢按到后背。

秦展一脸嘚瑟地问秦烈："哥，舒服吗？我汐姐这推拿手法，是杨大夫的亲传，杨关哥都没汐姐按得好。"

陈汐掀起眼皮看了秦展一眼，问他："你买什么吃的了？"

秦展弯腰扒拉开茶几上的塑料袋："烧烤，凉菜，啤酒。哦对了，我碰见胡子张了，买了你最喜欢吃的酸奶甜醅子。"

陈汐笑笑："甜醅子和啤酒先搁冰箱一会儿。"

她若无其事地说着话，目光从秦烈贲张的肌肉移到天花板。手掌浸着红花油，在男人结实的糙皮上滑腻地揉捏，从肩头到背部，一路向下。辛辣的热意顺着他的皮肤，染到她的手心。

"疼吗？"陈汐冷声问。

秦烈摇摇头，陈汐加重了手上的力道。皮下的肌肉忽然像被撕开了一般，秦烈没防备，轻轻"嘶"了一声。

秦展把酸奶和啤酒放进冰箱，转身看到这一幕，笑着说："哥，又没外人，你疼就哼哼出来嘛。"

秦烈："滚。"

"滚就滚。"秦展笑嘻嘻地看向陈汐，"汐姐，使劲揉，别心疼。"

陈汐掀起眼皮："滚。"

秦展笑嘻嘻地滚了，朝刘伯洋眉飞色舞地吹了一声口哨。他觉得，汐姐跟他哥，有戏。

没有秦展在这儿多嘴多舌，周围的空气忽然有点凝固。陈汐闷声不吭，揉捏着秦烈的肩膀，力度时重时轻。好一会儿，她淡声开口："谢了。"

秦烈头也不抬，朝身后的陈汐摆了下手，两个人再没其他的话。

处理完秦烈的伤，秦展迫不及待地张罗起喝酒来。四个人围着茶几吃吃喝喝，秦展今天喝得最多，搂着刘伯洋的脖子说醉话："芳芳，你放心。"

陈汐笑着问他："放什么心？"

秦展："我一定娶你。"

刘伯洋一把将秦展推到一边。

陈汐忽然问刘伯洋："你女朋友今年该念研二了吧？毕业有什么打算？"

刘伯洋喝一口酒，笑笑说："她还没想好。"

陈汐便不再问什么，她看着长大的两个小孩。虽然没上大学，但她知道，他们都很努力。往后的日子，差不了。

喝到晚上十点多，秦展捣鼓起一个不知道从哪儿弄来的投影仪，非要拽着大家跟他一起看电影。

陈汐："都几点了，你不回家了？"

秦展一边调试投影仪，一边说："待会儿再走，回去早了，我爸妈还没睡。"

刘伯洋笑他："瞧你那熊样。"

秦展斜了刘伯洋一眼："关灯，放恐怖片，你一会儿别尿。"

秦烈懒得跟他们一起玩，喝完最后一口酒，起身回了自己那边。上回吃完烤全羊，从这边打车就打不着，那晚杨珊没喝酒，把大家一拨拨送回家的。今晚他准备在沙发上凑合一宿。

隔壁的灯很快就熄了，敞开的小角门今晚没有灯光透进来。秦烈走到沙发跟前躺下，在黑暗里，渐渐感觉到右肩到后背，陈汐揉过的地方，皮肤一点点变得滚烫。隔壁传来恐怖片断断续续的音效，他转过头，看到月亮贴在巨大的玻璃墙上，晕染出一团朦胧的光。他忽然坐起身，走到电脑桌前，弯腰打开电脑主机，睡不着，索性继续改第三个角色的PV。

陈汐坐在沙发上，看了一会儿恐怖片，觉得没什么意思。她起身去了趟卫生间，出来时看到一旁的小门开着，一束幽暗的光从VR馆那边照进来，洒在墨色的石砖地面上，泛起一层淡淡的清辉。

陈汐不知不觉走到小门跟前，看到VR馆的沙发旁不知什么时候多出一张电脑桌。秦烈背对她，坐在桌前，电脑屏幕发出的光把他整个人笼在了里面，在黑暗里，就像给全身注满了光。

陈汐脚步迟疑一瞬，穿过小门，走进了VR馆。

秦烈听到身后的脚步声，停下手里的鼠标，回头看了一眼。他眼睛适应了一下身后的黑暗，才看清走进来的身影。他沉吟一瞬，转回身看向电脑屏幕，点了几下手里的鼠标。

陈汐走到桌前，看到屏幕上的图像，忽然吃了一惊："这是……我画的第三个角色？"

秦烈"嗯"了一声，目光盯着屏幕，手上的活没停，过了一会儿才随口问道："不回了？"

陈汐："嗯，打不着车，凑合一晚。"

秦烈不再说什么，安静的场馆里，只有鼠标清脆的点击声。陈汐看了一会儿，问道："这是在做什么？"

秦烈："第三个角色的PV。"

陈汐："PV？"

秦烈解释："游戏的宣传视频。"

陈汐看了眼秦烈的右肩，还僵着，挪动鼠标的手臂也有些费力，可电脑屏幕上出现的一道道线条却流畅无比，他好像压根感觉不到肩上那么重的伤。

陈汐看他娴熟地打出一串串天书一样的代码，微微有些怔然，她从没见过这样的秦烈，专注做一件事情，而且他做的事情，看起来好难。

秦烈敲完一串代码，回头看了陈汐一眼："看看吗？"

陈汐："嗯？"

她呆了片刻才反应过来，点点头说："好。"

秦烈随手点了播放，起身把椅子让给陈汐，自己走两步回到沙发跟前坐下。

陈汐拉过椅子在电脑前坐了下来。屏幕上，大漠无垠，顷刻间风沙乍起，天地昏黄。女人一袭红衣站在狂风里，风尘女子的装束，掩不住她身上那丝高处不胜寒的孤凉。一个高大的男人和她相对而立，苍褐色的袍子风尘仆仆，眼睛上蒙着条黑色丝带，在狂风中猎猎翻飞。

他开口，声音像黄沙般粗糙："你统领江湖，无人能敌，十年无踪，却在这塞北荒漠，了此余生？"

女人神情漠然，淡淡开口："我与你曾相识？"

男人唇角了动，牵出一丝苦涩的笑："我年少成名，得以和你约战一回，你取了我双眼。"

女人神情微怔，若有所思："我当时说你天赋异禀，这双眼无益，会挡了你的去路。"

她笑笑："你来报仇？还是报恩？"

男人不语，刀已出鞘。

女人笑笑："你来得好，我这残生，独求一败。"

音乐声忽然响起，像是胡琴弹出来的曲子，苍凉悲壮，雄浑有力。一道火红的身影纵身而起，左手一把圆月弯刀，右手一把冰薄的长剑破开漫天黄沙。银白和冰蓝两色的刀光剑气瞬间交织成一张天罗地网，与一席夺命的红色丽影，朝男人席卷而来。下一秒，汹涌奔流的时间仿佛突然停止，音乐忽然变得缓慢而静谧。男人微垂着头，迎风翻卷的旧袍和黑丝带也好似在时空中定格。包裹着他的每一粒黄沙，每一道剑气，每一缕衣袂，甚至每一丝风，在男人超乎寻常的感知里都变得清晰、缓慢，有如实质。

男人长刀一横，虎口上的刀疤陡然狰狞。下一秒，浑厚的音乐重新响起，伴随着厚重的鼓点，像男人的心跳，欲语万般休。寒刀挥起一道密不透风的屏障，将一道道凌厉诡谲的刀光剑气格挡开。狂风呼啸，天地间一片昏黄，男人的身影像一阵撼天动地的沙暴，女人像一抹血色的魅影。寒光交错，生死悬在一粒沙，一阵风间。

她快如疾风，他的时间在纷乱的剑气里缓慢凝滞。她缥缈若魅影，他的刀却像生出了魂，读得懂她每一个动作的深意。她招数千变万化，他却像入定的老僧，挥刀斩断世间所有幻象。

天地摇撼，狂风和黄沙都退避三舍。女人仰天大笑："你这十年，心心念念的都是我吗？"

10

男人无话，挥刀挡开她穿心的一剑。

女人弯刀刮来："若非如此，何以比我更解我刀下杀意。"

男人继续沉默，回以更雄浑的招式。

陈汐看得眼花缭乱，鲜明的色彩碰撞、热血激烈的战斗，让她的血液都跟着燃烧起来，两只手不知不觉紧紧抓住转椅扶手。

忽然，女人乘风而起，长剑直刺男人咽喉。男人不闪不避，挥刀直抵女人眉心。时间再次放缓了脚步，音乐也变得悲凉和悠远。风沙狂舞，衣袂翻飞，长发随风飘舞。他的刀快过了她的剑，下一秒，他的刀忽然转了方向，一把挡开了女人手里的剑。

音乐声忽然停止，只剩呼啸的西风吹烈，男人的手垂落下来，刀尖没进黄沙里，两人在风沙中对峙，久久无言。

女人唇角渐渐勾起一抹释然的笑："不杀我？"

男人沉默，半晌之后开口说道："我的问题，你还没答。"

女人伫立风中，慢慢开了口："我生而为女，不贪七情六欲，少时学武，不到而立年，一统武林，做了江湖人上人，此后十年，江湖再无人敌我，此心再无所向，余生只余黄沙大漠。"

风声在两人之间哀号，男人久久无语。

女人在风中再次问道："你为什么不杀我？"

男人在狂沙中沉默良久，刀削般的双唇动了动。

"你刚才已经说了答案。"

他收起刀，转过身一步一步走进漫天的风沙里。

旁白在苍凉的音乐里响起。

"你可以试试，十年，每一年，每一天，每一分，每一秒，一个人踞在你心上。这一刀，你是否挥得下去？"

画面戛然而止，陈汐不知不觉间已经面红耳赤。她忽然想起画这个角色时，秦烈跟她提起过的角色魅力，她当时以为自己懂了，直到此刻才明白秦烈的话是什么意思。这个男性角色虽然是自己设计出来的，她却没有真正感受到他的性张力。

动画结束了，四周重新陷入安静。

陈汐坐在电脑前，背对秦烈，久久没有动静。秦烈抬起眉头，无声打量陈汐的背影，女人的轮廓在黯淡的光线下，少了几分凌厉，多了一丝说不上来的柔和，瘦削的肩膀，抓在手上就会碎似的。

他终于开口打破两个人的沉默："怎么样？"

他声音沙哑粗粝，莫名让陈汐想到动画里的男主，孤独铁血。

陈汐坐在转椅上，转过身，面对秦烈。她没说话，只淡淡看着他。秦烈也看陈汐，目光渐渐变得有些耐人寻味，两个人不说话，就这么看着彼此。

忽然，陈汐脚轻轻一蹬，转椅的轮子向前滑动，到了沙发跟前。陈汐两条腿几乎陷到秦烈大刺刺敞着的两条大长腿间，下一秒，陈汐倾身过来，带着女人身上撩动鼻息的味道。秦烈呼吸悄然一滞，喉结动了动，陈汐靠回椅背上，脚一蹬，椅子又滑走了。秦烈正要伸手抓住转椅扶手，隔墙忽然传来秦展的声音。

"汐姐，人呢？"

陈汐朝对面喊："来了。"

她似笑非笑地看了秦烈一眼，起身朝隔壁走去。

看过秦烈做的PV之后，陈汐对最后一个角色忽然有了一点灵感。她想画一个独一无二的女性角色，放弃魔鬼身材的特征，但也不是中性风，她想试试摒除男性玩家的主流审美，塑造发自角色本身、独一无二的女性魅力。

陈汐白天忙店里的活，晚上回家熬夜设计图稿，没日没夜地忙了几天，线稿逐渐有了她想要的感觉。这样的设计太不符合主流审美，陈汐不确定秦烈看到后是什么反应，就没急着给他看。

昨晚难得睡了个囫囵觉，陈汐早上醒来神清气爽，坐在门槛上跟三黄玩了一会儿，就见范明素骑着三轮车，嘴里骂骂叨叨从外面回来了："你翅膀硬了。"

三黄一见范明素，摇着尾巴，拖着撒娇的长腔朝她扑了过去。陈汐笑着问："奶奶，一大早的，谁又惹你不高兴了？"

范明素跳下三轮，抱住三黄的脖子揉了揉："森森，今早说什么都要自己上学，骑着他爷爷那辆破自行车，嘎吱嘎吱就到学校了。"

陈汐笑着说："那还不好，省得你每天早晚接送了。"

范明素松开三黄，弯腰把车斗里的矿泉水瓶子和硬纸板捡出来，整整齐齐码到墙根下。

"那有什么好，我不送他，一早一晚也要去大街上转悠。"她摇摇头，担忧地说，"他骑车飞快，我在后面差点没跟上。"

陈汐："你胳膊腿怎么跟他比，以后别追了，小孩总得长大。"

范明素不服气，瞪了陈汐一眼："我胳膊腿怎么了？一个顶你们仨。"

她从兜里掏出一沓厚厚的宣传单，刚搁下，风一吹，花花绿绿的纸飞得满院子都是。陈汐起身，一边捡一边哭笑不得地说："奶奶，你怎么连人家的宣传单都拿啊！"

范明素笑着说："每年一到这个时候满大街都是宣传单，扔了怪浪费，我看见就拾一些。"

陈汐扫看了眼手里的宣传单，是沙漠音乐节的，本周五，连续举办两天。这个小城，比春节还热闹的，就是炽热的盛夏，开在沙漠里的音乐节了。

晚上睡觉前，森森跑过来找陈汐。陈汐正坐在书桌前修改画稿，一扭头，看到森森在她房门前探头探脑。

"这么晚了，还不睡觉？"陈汐笑着问他。

森森跑进屋，把一张沙漠音乐节的宣传单放到书桌上："陈汐姐姐，这周末你带我去音乐节玩吧。"

森森一脸期待地看着陈汐，陈汐怔了怔，时间过得可真快，一眼不眨就熬到了盛夏。她忽然想起白宇宁离开那一阵子，笑了笑，忽然又想到，音乐节这几天，估计往来的车辆会多，她得守着修车店，赚一把钱，让伯洋也过来帮忙。

"好不好？陈汐姐姐。"森森摇了摇她的肩膀。

陈汐回过神来，好奇地问："你怎么还喜欢上音乐节了，去年带你去玩，你不还说没意思吗？"

森森咧嘴一笑："今年跟去年不一样，今年有'热伤风'。"

陈汐惊讶地瞪大了眼睛："谁热伤风了？"

森森无语地看了陈汐一眼："是个乐队。"

陈汐恍然大悟："哦，你还追上星了？"

森森有点不好意思地说："我没有追星，我就是挺喜欢乐队那个主唱，可'赛博朋克'了。他给'隧道'那个游戏做过代言呢，在游戏里会开飞机，还穿着皮夹克飙摩托车，比你还飒呢。"

陈汐笑笑说："带你去倒是没问题，看你表现吧。"

森森立马撸起袖子给陈汐捏肩，陈汐笑着轰他回去睡觉。

森森走后，陈汐细细盘算了一下时间，不管多忙，周五那天也要抽点时间出来带森森去玩一趟，再说，她也想放松一下了。

她看了眼时间，估摸着这会儿睿睿已经睡了，就给杨珊发了条微信：周末去不去音乐节？

杨珊过了一会儿回信息过来：刚哄孩子睡着，我正要给你打电话呢，睿睿说森森要去音乐节，非要跟森森一起去。

陈汐看着屏幕笑了，这两个小鬼头。

她跟杨珊商量好了，在群里一张罗，秦展和韩素素他们也说要去，大家很快合计好了周五晚上去音乐节玩。

陈汐周五下午早早关了店，跟杨珊和韩素素一起去超市采购，男人们带上孩子去沙漠里支帐篷。

买完东西，三个人开车直奔大漠，这个点儿太阳落山，正是沙漠最美的时刻。杨珊打开车载音响，许巍的《故乡》猝不及防在车里响起，磁性的嗓音，沧桑的吟唱。

"天边的夕阳再次映上我的脸庞，再次映着我那不安的心。这是什么地方，依然是如此的苍凉……"

陈汐忽然有些动容，默默看向窗外，落日把视野染成了一片浓稠的赤橙。

陈汐虽然未曾远离过这座小城，可就在这一刻，忽然生出一丝倦鸟归巢般的眷恋，她的心和歌声一样变得好苍凉，只有这片沙漠才懂的苍凉。

"快看那边。"韩素素指着窗外，兴奋地叫了起来。

陈汐闻声望过去，看到沙漠里高高搭起的舞台，一块硕大的屏幕竖在高耸的钢架上，正对着辉煌的夕阳。汽车飞驰而过，舞台和四周搭起的一排排棚子，一顶顶帐篷纷纷退出视野。

陈汐笑笑说："今年瞧着更热闹啊。"

她们很快把车开到了目的地，距离音乐节场地不远的沙漠里，很多本地人都在这一带搭帐篷，场地里的帐篷一般都是外地来的游客订，住一晚贵得离谱。

陈汐下了车，看到刘伯洋正在沙漠里跟森森踢球玩，秦展和林芳并肩坐在远处一个小沙丘上看夕阳，睿睿和林芳的女儿林果果蹲在一顶帐篷跟前，用塑料小铲子挖沙子。远处舞台上偶尔飘来调试音响的声音，空气里弥漫着小吃摊上飘来的香味。

杨珊下了车，招呼两个男人来搬东西，三个小孩也过来凑热闹，七手八脚地抢着卖力。陈汐看了眼四周，不见杨珊老公韩超的身影，她问杨珊："你老公呢？"

杨珊搬着一箱矿泉水，笑笑说："晚上有个应酬，吃完才能过来。"

韩素素感慨："韩超自从提了科长，跟我们一起玩的时间越来越少了。"

杨珊笑着说："比起他，我更稀罕他涨的那点工资。"

韩素素摇头叹息："你这个女人，掉钱眼儿里了。"

杨珊："等你上有老下有小，每天上班一堆烦心事，想在家做全职妈妈，又舍不得那点仨瓜俩枣的工资，你就知道钱有多好了。"

11

杨珊最后搬出今晚的重头戏，她忙了一上午串好的一箱串儿，牛肉、羊肉、鸡翅、鱿鱼、土豆片，大人小孩爱吃的都有。

搬完东西，森森便催着陈汐带他们到音乐节上去玩。陈汐被森森拽着往前走，回头对刘伯洋说："你看着咱们的东西，我一会儿回来换你。"

刘伯洋朝陈汐摆摆手："你玩你的，音乐节每年都是那么回事，没啥意思，一会儿秦烈哥和杨关哥来了，我跟他们喝酒。"

韩素素正牵着睿睿往前走，听到杨关的名字，脚步不由得顿了顿，回头问："杨关哥也来啊？"

刘伯洋点点头，问杨珊："对吧珊姐，你叫杨关哥了吧？"

杨珊点点头，说："我哥还有两个推拿正骨的病人，忙完跟秦烈哥一起过来。"

陈汐脚步也顿了顿，回头看了眼多出来的那顶帐篷，原来是给他们两个准备的。

"那我们去了。"陈汐回头朝林芳笑笑，"孩子跟我们吧，你和秦展好好玩。"

林芳不好意思地摆摆手，正要说话，却被秦展把手牵住。

"听汐姐的。"秦展声音低沉，强自撑起大男人的气场。

陈汐看着秦展那层厚脸皮上微微泛出来的红晕，忍不住牵了牵唇角。

"走吧。"她牵起林芳女儿的小手，勾着森森的小肩膀，朝热闹的会场走去。走了十来分钟，远远地看到一片黑压压的人聚在舞台下面。天色渐暗，舞台上灯光璀璨。从高高的钢架上打出来几道明亮的光束，扫过哪里，哪里便响起一阵欢呼。舞台正上方，巨大的液晶屏上一阵光影变幻，忽地打出倒计时的数字。

人群开始跟着喊："五十九，五十八，五十七，五十六……"

陈汐几个站在人群里，看着屏幕上变化的数字，听着四周狂欢般的叫喊，心情也被染上了一层狂热，跟着喊起了倒计时。

"五，四，三，二，一……"

随着几声爆竹的巨响，头顶炸开一朵朵五彩绚烂的烟花。黄昏的大漠里，响起吉他的拨弦声，继而是几声随意的贝斯，声音小小的，却很有穿透力，像是在提醒现场的所有人，一场狂欢马上要开始了。

四周忽然安静下来，头顶的屏幕和舞台上的灯光骤然一黑。紧接着，重金属风的摇滚乐轰开了四面八方的音响，钢架上几百盏射灯齐刷刷亮起，璀璨夺目，照得整个场地如同白昼，大屏幕上出现了今晚的第一支乐队，人群里爆发出地动山摇的欢呼。

　　落日，余晖，摇滚，黄沙，狂欢的人群。晚风带着白天的滚滚热浪，撩动着陈汐的发梢。

　　陈汐和周围的人一样兴奋地又唱又跳。

　　染着一头彩虹色的主唱朝台下喊："准备好了吗？"

　　陈汐笑着朝他挥手，韩素素和杨珊蹦跳着喊："准备好了。"

　　准备好了，这个夜晚，开始一整个夏天的躁动。歌声一首接一首，气氛越来越高涨。森森站在人群里，一脸期待地看着大屏幕，等着他喜欢的乐队登场，睿睿和果果两个小姑娘却待不住了，想去逛美食街和游戏长廊。杨珊让陈汐和韩素素留下来继续嗨，自己带着两个小姑娘去别处玩。

　　又看了两个乐队的表演，韩素素待不住了，她拍拍陈汐的肩膀："你们玩着，我先回营地了。"

　　陈汐一脸茫然："这么早回去干吗？"

　　韩素素的表情瞬间有点不自然，陈汐恍然大悟，朝她暧昧地笑笑："走吧，加油。"

　　韩素素无语地瞥了陈汐一眼，走了。

　　终于，森森喜欢的乐队登场了。森森拼命扯着陈汐的衣摆，兴奋地说："姐你快看，那个弹贝斯的主唱，就是'隧道'游戏里开飞机飙摩托那个。"

　　陈汐看了眼大屏幕上蹦蹦跳跳的男孩，笑呵呵地说："哪有我飒。"

　　森森给了陈汐一个一言难尽的大白眼。

　　"热伤风"的主唱弹了一串炫技的电贝斯，在观众热情似火的欢呼声里，用低音炮一般的嗓音朝台下说："这个夏天，送给今晚所有在场的人。"

　　激烈的摇滚乐响起，主唱磁性的嗓音嗨翻全场。

　　"这个夏天，隔壁搬来一个姑娘，爱穿超短裙，家里有只猫。这个夏天，风里都是炽热，楼下小卖部，放着老歌。这个夏天，知了叫个不停的夏天，我和姑娘在阳台分享了一个冰激凌。"

　　炽热的旋律，炽热的歌声，炽热的夏天，现场的氛围火爆得简直要燃起来了。陈汐和森森站的位置在最后面，森森个子太小，连大屏幕也看不全，他一会儿踮着脚，一会儿一蹦一蹦，还是看不到。

　　森森着急地拉着陈汐一个劲儿往人群外走，想要在最后面的空地上看。

陈汐纳闷儿地问他："你不是喜欢这个乐队吗？怎么走了？"

森森仰起汗涔涔小脸郁闷地说："里面太挤了，我什么也看不到。"他拽着陈汐，继续往后走，"陈汐姐，后面人少，我可以看到大屏幕。"

两个人走到人群最外层，屏幕还是被挡着。陈汐看着小孩踮着脚，伸着脖子，恨不得长高一大截。她笑笑，一把将森森抱了起来。森森高兴地搂住陈汐的脖子，心想，还是陈汐姐飒。

陈汐抱着森森，十来岁的小男孩，还真有点分量。台上的歌唱到一半，陈汐的胳膊就酸了，偏偏森森还激动得不行，疯狂地挥动着一双小手。陈汐颠了颠怀里的森森，缓解几秒胳膊上的酸痛，她看着小男孩的侧脸，在绚烂的灯光下，笑得天真烂漫，她的心不知不觉软成了一摊。

这小孩，虽然一副嬉嬉闹闹的样子，可陈汐知道，他都比她早熟。从小没妈，爸爸又不要他，爷爷现在又生了重病。她看着森森，真想让他永远都这么开心。

陈汐咬着牙，熬着一首歌结束，心想大不了三四分钟，怎么也能熬得住，没想到一首歌结束，这个主唱又来了一首。

森森高兴地在陈汐怀里扭啊扭，使劲朝台上挥着小手，陈汐脑门渗出一层汗，胳膊都要废了。这时，一双大手伸过来，从她怀里把森森抱走了。

陈汐和森森同时吃了一惊，转过头，看到秦烈不知什么时候站在了他们身边。

台上的主唱一首歌结束之后略作喘息，低沉的声线再次响起："有一首歌很适合这个夏天，这个炽热的夜晚。翻唱一首《私奔》，大家一起疯起来。"

人群里爆发出热烈的欢呼，森森压根不懂"私奔"这两个字是什么意思，也跟着又是叫唤又是挥手。他偷偷看了眼秦烈的侧脸，硬朗的轮廓、深沉的眼眸，被这个人抱着，感觉好安全。

"把青春献给身后那座辉煌的都市，为了这个美梦我们付出着代价。把爱情留给我身边最真心的姑娘，你陪我歌唱，你陪我流浪，陪我两败俱伤……"

陈汐在歌声里转过头看了秦烈一眼，和对方的目光在明暗交错。霓虹绚烂的光影里遇上，就像电影里某个用心渲染过的瞬间。风变慢了，灯火朦胧成一片，四周的嘈杂声如海潮般退去，只能听得到，心跳。他们目光相触又分开，两个人都没说话，转回头望向火热的大屏幕。

"想带上你私奔，奔向最遥远城镇。想带上你私奔，去做最幸福的人……"

这是陈汐很喜欢的一首歌,炽烈的爱,原始的冲动,刺激着她,引诱着她,燃烧着她。她像四周狂热的歌迷一样,举着手臂,又蹦又跳,跟着台上的人一起大声唱着。

"穿过鲜花走过荆棘只为自由之地,在欲望的城市你就是我最后的信仰。"

秦烈的目光不知不觉又落在陈汐身上,她挨着他,挥舞的手臂时不时和他肌肤相触,散乱的长发飞到他肩头,撩动他脸颊。灯光把她的脸照得明媚,她像一团炽烈的火,风里的气息,除了夏日,便是她的。

他站在原地,一动不动,任她的皮肤和头发撩动自己麻木无趣的身体和灵魂。怀里的小男孩也跟着音乐摇摆,快乐得几乎要飞起来。

一首歌,塞给他一个始料不及的世界,那么小,小得只容下三个人,那么短,短得只有一首歌的时间,却把这个夏天所有的躁动和暧昧,一股脑塞了进来。

秦烈冷硬的唇角不知不觉轻轻弯了弯,心里有一小块地方,像是经冬的积雪,猝不及防照到一缕炽热的阳光,悄然融化。

"爸爸,我也要抱抱。"旁边一个小男孩羡慕地看着森森,扯了扯爸爸的衣角。

"那要妈妈先亲爸爸一下。"小男孩的爸爸趁火打劫。小男孩的妈妈捶了男人一拳,踮起脚在男人脸上亲了一口,小男孩如愿以偿地被爸爸抱进怀里,显摆地看向森森。

你有的,我也有。

陈汐和秦烈同时看到这一幕,他们怔了怔,彼此看一眼对方,又淡淡笑着各自看向别处。秦烈不知哪根筋作怪,两条健硕的手臂一抬,忽然把森森放在了自己肩头,森森吃了一惊,旋即咧开嘴笑了,他暗戳戳看向一旁的小男孩,别提多得意了。

陈汐无语地看了秦烈一眼,唇角轻轻弯了弯,不知是有意还是无意,她碰了碰他的手背。大概只碰到了他手背上的汗毛,一丝丝痒顺着他的手背钻进了心里,秦烈反手去牵,陈汐却举起手臂,跟着人群挥舞,合着旋律大声唱起。

"带上你私奔,带上你私奔。"

歌声在主唱高亢的嗓音里结束了,欢呼声四起,陈汐脸上带着还未褪去的潮热,胸部微微起伏。灯光沿着她利落分明的面部线条,勾勒出一个美好的侧颜。

秦烈看着她，胸腔里有一团东西在涌动，他忽然陷进了一团柔软的情绪里。直到音乐停止，他的心似乎还是不能抽离。他放下森森，转头看向陈汐，在一片嘈杂声里，忽然叫她的名字："陈汐。"

"嗯？"陈汐闻声看过来，唇角弯起，带着意犹未尽的笑容，眼睛像夜空里的星星般闪耀。

秦烈："跟我去西安。"

12

陈汐："什么？"

她没听清，只看到他乌沉沉的眸子里，一丝从未有过的波澜。

秦烈："跟我。"

陈汐弯了弯唇角，笑容带着一丝暧昧，看着他的眼睛问："跟你做什么？"

那天被困在车下，他快要窒息前说的那两个字，忽然闪进两个人的脑海里。秦烈忽然忘记说什么，沉默片刻，转头看向舞台，淡淡笑了。陈汐收回目光，看向灯光忽然柔和下来的舞台，唇角那丝笑容浅浅。

另一个乐队上场，带来了一首节奏舒缓的爵士乐，空气里的炽热，渐渐化成丝丝缕缕醇厚的暖昧，像窖藏多年的酒，让人上头。

秦烈在舒缓的歌声里，淡声开了口："跟我去西安。"

陈汐看着舞台，脚轻轻踩着爵士乐的节奏，轻轻"哦"了一声，尾音带着丝隐晦的未尽之意。

秦烈笑笑："你以为我要说什么？"

陈汐清俏的眉头挑了挑，没说话。

秦烈："去不去？"

陈汐："去干吗？"

秦烈："动漫展，看你设计的角色有多火。"

陈汐跟着歌声轻轻摇晃，漫不经心地说："不感兴趣。"

秦烈沉默一会儿，淡声问："你对什么感兴趣？"

陈汐看了他一眼，嘴唇动了动，无声地说出两个字："私奔。"

秦烈："什么？"

陈汐摇摇头，看着他，意味不明地笑了。她的身体里有一片一望无垠的麦子，今晚成熟了，她想光着脚丫，牵着什么人，私奔到那片麦田里，带他看风吹过熟透的麦浪。

秦烈不再追问，一阵风吹来，陈汐的发梢随风扬起，一缕发丝撩到秦烈脸颊上，他沉默着勾起那缕发丝，帮她别在耳后，粗粝的手指似有若无蹭了蹭她细嫩的耳郭。陈汐耳朵忽然一热，听到秦烈漫不经心地说："带你私奔。"

回去的路上，两个人沉默无语，森森精神头十足，哼着乐队的歌，一会儿撒丫子跑到前面，一会儿又磨磨蹭蹭蹲下来挖沙子，反正就是不肯好好走路。

身后的歌声越来越遥远，陈汐抬头看了眼缀满繁星的夜空，忽然问秦烈："你还回北京吗？"

秦烈看着夜色下连绵起伏的沙丘，低低说了声："不知道。"

两个人又沉默着走了一段路，陈汐忽然停下脚步，问道："森森呢？"

秦烈也停下脚步，看向四周："人呢？"

陈汐："刚才还在。"

她一边四下张望，一边叫森森的名字，叫了半天也没人应。

秦烈："会不会自己先跑回去了？"

陈汐："可能吧。"

两个人加快脚步回到营地，大家都回来了，正围着篝火喝酒吃烤肉。两个小姑娘坐在一起，摆弄着洋娃娃，玩过家家的游戏。

陈汐跑过来，问道："森森回来了吗？"

杨珊一脸茫然："没有吧。"

她问睿睿："你看见森森哥哥了吗？"

睿睿摇摇头："森森哥哥在哪儿啊，我要找他玩。"

陈汐边叫森森的名字，边围着帐篷找了一圈，没找到森森的身影。

"捉迷藏呢是吧，快出来。"陈汐一边说，一边钻进帐篷里看，还是找不到人。

其他人也起身一起找，营地里远远近近找了一圈，仍是没找到，陈汐急得出了一身汗。

"臭小子可能半路溜了，我去音乐节那边找找。"她说着，拔腿就朝音乐节的方向跑去。其他人也跟着跑了过去，剩下杨珊和杨关留下来照看篝火和两个孩子。

午夜场的音乐节人潮汹涌，摇滚乐刚才听着带劲，现在听着心烦，大家分头找人。陈汐喊着森森的名字，在人群里穿梭，找了好半天还是找不到人，心里越来越慌。忽然，裤兜里的手机振动起来，陈汐掏出手机一看，是秦烈的，她连忙接了起来。震耳欲聋的音乐里，依稀分辨出秦烈的声音："找到了，在舞台右面的出口。"

陈汐连忙发了群消息，然后收起手机，杀气腾腾挤到舞台出口。

森森跟一群人挤在钢制的台阶上，把出口堵了个水泄不通，秦烈站在稍远处，人不那么挤的地方，朝陈汐抬了抬手。陈汐感激地朝秦烈点点头，然后怒气冲冲地喊了声森森，无奈音响太吵了，她连自己的声音都听不太清。陈汐便往台阶上挤，伸出手想把小崽子揪出来，可人太多了，她够都够不着。

肩膀被人轻轻拍了一下，陈汐满头大汗地转过头，看到秦烈朝她比画了个闪开的姿势。

陈汐点点头，艰难地退出人群。秦烈挤进人群里，伸手把森森从里面拎了出来。小孩吓了一跳，拧着身子叫："谁啊，放开我。"

秦烈把森森扛在肩上，穿过挨挨挤挤的人群，走到陈汐跟前。陈汐伸手从他肩上接过森森，原本想着先揍一顿再说。可人一抱到怀里，陈汐便把他从头到脚检查了一遍："受伤没，没挤坏吧？"

森森一见陈汐，心虚地缩了缩脖子，谄媚地抱着陈汐的腰，仰头说："姐，我想要个签名。"

陈汐弯下腰，耳朵凑过来听，森森在她耳边大声喊："我想要个签名。"

陈汐气鼓鼓地喊："要什么签名，回去。"说着抓起森森的手，没好气地挤出人群，走到外面人少的地方。

她停下脚步，蹲下来，沉着脸说："关森森，你知道这样有多危险吗？你连声招呼也不打，大半夜跑没影儿了，你知道大家有多担心吗？"

森森小脸涨得通红，看了眼身后的出口，心急火燎地说："他们马上要出来了，等我要上签名，你再跟我算账。"说着就要往回跑。

陈汐被她气得太阳穴突突直跳："关森森，你这是认错的态度吗？"

森森盯着舞台出口，急得都快哭了："我就是想要签名，过了这个村就没这个店了。"

陈汐起身抓着森森的手："回去。"

森森："不回。"

陈汐："你回不回？"

森森："我就不回。"

陈汐跟熊孩子打交道经验不够，后悔没把杨珊带上，一大一小气鼓鼓瞪着彼此，僵持住了。

秦烈走过来，蹲到森森面前："为什么非要签名？"

森森："我不告诉你。"

秦烈笑了，淡声说："那你少个同盟，今晚别想在这儿等签名了。"

森森想了想，还是向秦烈妥协："我同桌生病了，好几个星期没来上学，他可喜欢'热伤风'的主唱了，我也喜欢。我想要个签名送给他，没准他一高兴病就好了。"

不知为什么，秦烈心头忽然一软，想到很多年前，自己走在北航的操场上，替杨关看那个学校的建筑，看一草一木。

他沉吟片刻，问道："你说的'热伤风'是个乐队？"

森森点点头。

秦烈："主唱叫？"

森森："周琦。"

秦烈沉默两秒，指一下陈汐，说道："你解决跟她的问题，我解决签名的问题，怎么样？"

森森迟疑着问："你怎么解决？"

秦烈："你只用管自己的事。"

森森想了想，将信将疑地点点头。他看向陈汐，蔫头耷脑地说："我错了，对不起。"

陈汐别过脑袋，哼一声："我不接受。"

森森忽然在陈汐脸蛋上亲了一口："陈汐姐姐，我错了。"

陈汐绷不住了，"扑哧"一声笑了出来，一把搂住森森。

秦烈淡淡看了他们一眼，掏出手机给王丹阳发了条微信："隧道2.0"有个叫周琦的代言吗？

三个人回到营地时，大家都已经回来了。森森被一群人揉搓了一遍，好不容易从大人的魔爪中挣脱出来，睿睿和果果又缠了上来，森森逃不开，只好百无聊赖地陪她们玩。

睿睿用装饮料的纸箱做了个小桌子，去篝火跟前拿了一堆吃的回来，认认真真摆在纸箱上，然后把杏皮水当白酒，学着大人们的样子跟森森和果果干杯。森森喝一瓶盖杏皮水，目光在人群里寻找秦烈，回来半天了，秦烈压根没提签名的事，森森越来越觉得自己被忽悠了。

睿睿皱起小眉头，五官挤在一起，夸张地咂咂嘴："好酒。"

果果也学睿睿，哈唏哈唏地说："好酒，好酒。"

森森无语地看了眼两个小傻子，目光又不由自主望向秦烈那边。

陈汐坐在篝火旁，喝了口啤酒，看看左右，随口问："秦展和芳芳姐还没回来？"

刘伯洋笑得暧昧："开车去沙漠里逛了。"

陈汐笑笑："还挺会玩。"

她其实也想开车去沙漠里疯，今晚月光多好，沙漠里一定很美，她莫名看了秦烈一眼，心里有什么在蠢蠢欲动。

"杨关哥呢？"陈汐又问。

韩素素："回帐篷里了。"

杨珊一脸茫然地说："后半场还没开始呢，怎么这么早就睡了？"

韩素素看了眼帐篷，没说话。陈汐忽然想起什么，看向秦烈，问道："你刚才答应森森的事，靠谱吗？"

秦烈点点头，正说话间，手机响了。他接起电话，"嗯"了一声，抬眼朝音乐节会场的方向望过去，淡声说："嗯，一直朝北，有个篝火。"

"哦，找到了。"远处传来一个男人的声音，"秦总，我看到一个篝火，你在那儿吗？"

秦烈起身抬了抬手："看到了吗？"

"哦，看到了。"说话声更近了，还有脚步声，朝篝火这边靠近。

陈汐转头看向身后，整个人忽然呆住。

不远处，森森张着嘴，手里的瓶盖掉在地上，眼睛越睁越大。他的小脑瓜里空白了一瞬，然后又变得很魔幻，从前做过的所有光怪陆离的梦加在一起，都没有眼前这一幕离奇。

他看到"热伤风"乐队的周琦正一步步朝这边走过来。尽管周琦头上戴着顶鸭舌帽，森森还是一眼就认出他来了。

森森："……"

13

他看着周琦走到篝火前，跟秦烈握了下手。秦烈跟周琦说了句什么，然后扭头看向他们这边。

森森的小心脏猛地一跳，像被人点了穴，从头到脚都定住了。

果然，秦烈朝他招招手，周琦扭头看向他，狭长的眼睛忽然弯了弯，朝他绽开一个大大的笑容："嗨，小朋友。"

森森机械地站起来，脸上的表情还是难以置信。他挪动步子，脑子嗡嗡响，同手同脚地走了过来。

"是你想要签名吗？"周琦弯下腰，笑眯眯地问森森。

森森怔怔地点点头，不可思议地看向秦烈，发现他表情如常。一种难以名状的幸福感，席卷了呆呆的小孩，他看着秦烈，觉得秦烈是个无所不能的超人。

"签到哪里啊？"周琦问。

森森傻傻看着周琦帅气的面孔，呆了片刻才反应过来，连忙摘下背上的小双肩包，从里面掏出一个纪念册。

秦烈微微一怔，那是"隧道"和某款动漫联动时发行的限量版纪念册。那时候他还在"破晓"，带着一群年轻人，没日没夜加班，那时空气里似乎飘着兴奋剂，他们好像都不需要睡眠的，他们让"隧道"这款游戏，火遍了全世界。

森森翻开纪念册，举到周琦面前，紧张得说不出话。周琦接过纪念册，笑着问："你叫什么名字？"

"关森森。"森森说完，脸就红了。

周琦拧开签字笔，正要写，听到小男孩窃窃的声音："可以写给我同桌吗？"

周琦停下来，抬头看向森森："可以啊，他叫什么？"

森森："王子秋。"

周琦点点头，在纪念册空白的地方写下"王子秋同学"。他停下笔，又问："有想让我对他说的话吗？"

森森眼睛一亮，有点不好意思地问："可以吗？"

周琦笑笑："当然了。"

森森想了想，说道："加油，你一定能好起来。"

周琦一边重复森森的话，一边在纪念册上一笔一画地写下："加油，你一定能好起来。"然后签上自己的名字。

森森眨了眨亮晶晶的眼睛，高兴得都快哭了。他接过周琦递回来的纪念册，腼腆地说了声"谢谢"。

周琦忽然问他："你呢？"

森森抬起头，茫然地看着周琦。

"你不想要我的签名吗？"周琦脸上带着一丝故作失望的揶揄。

森森红着脸笑了："想，当然想。"

　　周琦摘下头上的鸭舌帽，用签字笔在帽檐内侧写了一行字："关森森，你是个很棒的人。"然后签上自己的名字，把帽子轻轻扣在了森森头上。

　　小男孩简直手足无措，最后竟然一头扎进了陈汐怀里。

　　陈汐抱着森森，笑着对周琦说："谢谢了。"

　　周琦笑着对陈汐摆摆手："自己人，客气什么。"

　　陈汐："……"

　　她笑笑，不知道这话该怎么接，对方好像在跟他们套近乎。

　　陈汐脑子里闪过周琦在舞台上的情景，他一举手一投足，都能引起台下山呼海啸般的回应，这个人此刻竟然坐在他们中间，一口一个"哥"，一口一个"姐"，乖得不要不要的。

　　陈汐当然明白，这个小摇滚歌手此刻所有的热情和殷勤，并不是冲着他们。

　　陈汐默默看了秦烈一眼，他正接过周琦递来的烟，神色如常。她有一搭没一搭听着周琦和秦烈的聊天，偶尔从周琦嘴里听到代言，感谢的字眼。

　　陈汐渐渐有点怔怔的，目光不知不觉停在了秦烈身上。这个人，她第一眼见到的时候，就觉得他和周围的人有种格格不入的气场，此刻才恍然明白过来，他原本跟他们就不是一个世界的人啊。

　　陈汐拿了杨珊的车钥匙，悄然离场。

　　夜晚的沙漠，浸泡在月光里，像一片朦胧的海。陈汐降下车窗，风汩汩地灌进来。她越开越远，背后摇滚的音乐和歌声渐渐变得缥缈。她飞速地翻过一座座沙丘，在空旷无人的沙漠里一个人野。她炫她的车技，只有月光能看到，她体验高速漂移时的刺激和心跳，只有窗外的风和她一起感同身受。

　　陈汐疯了一会儿，车速渐渐降了下来，她胳膊肘支在车窗上，一手扶着方向盘。忽然想起去年这个时候，她和白宇宁在帐篷里，已经睡着了。

　　她本想拽着白宇宁去夜驾的，就像此刻，在空旷得近乎吓人的沙漠里，和他一起感受极致的刺激，可是白宇宁不肯，他不许她做危险的事。

　　陈汐看着远处月光下孤独的沙丘，轻轻笑了笑。和他走了那么远，她其实真的花了些力气，终于有一天走不下去了，她才明白，成年人的世界里，不问前程，及时行乐，其实是种理智。

　　手机铃声忽然突兀地响起，陈汐接通，秦烈粗沉的声音传来："去哪儿了？"

　　陈汐："沙漠里。"

秦烈："哪儿？"

陈汐："不知道。"

秦烈："疯了吗？"

陈汐笑笑，低低"嗯"了一声。

她就是个疯子，野起来什么也不怕。

秦烈："等我。"

陈汐："你才疯了，这么大的沙漠，怎么找？"

她笑着挂断电话，继续漫无目的地飞驰。一个人开到半夜，依稀看到远处的夜空比四周要亮一些，大概是兜兜转转，回到了离音乐节不远的沙漠。

斜后方忽然有大灯朝她闪了闪，陈汐的后视镜被晃了晃，看不清是什么人的车，直觉却在告诉她，是秦烈的。

她牵了牵唇角，一脚油门飞了出去，身后的车似乎也跟着突然提速，两辆车在夜深人静的大漠里展开了追逐。陈汐快被追上，一个急转弯漂移了出去，把后面的车甩出去老远，那车也不甘示弱，很快又追了上来。风声在耳边呼啸，沙子张狂地漫天飞扬，陈汐忽然想起他们在VR馆飙摩托的情景。她笑笑，这个男人，总在她心跳狂飙的时候，和她并肩而行。

月光下，沙土飞扬，两辆车肆无忌惮飞驰，追逐，拉扯，较量。忽然，秦烈的车不见了踪影，转瞬间，又从一个沙丘后面突然冲了出来，陈汐一个急刹车，在两辆车还差一米不到的距离外停了下来。她猛地靠回椅背上，喘着粗气，笑了起来。

秦烈下了车，朝她一步步走过来。月光下，他的身影高大健硕，有种让人心颤的野性，他走近，站在车窗外，敲了敲车身。

陈汐意味不明地看他一眼，推门下车，两个人靠在车头。

陈汐淡声说："这么晚了，还有人唱歌。"

秦烈默默听着远处依稀的歌声，过了一会儿，低低笑了笑说："疯还不疯个彻底。"

陈汐也笑笑，心想，是啊。

两个人沉默无语。

秦烈转过头问陈汐："回去吗？"

陈汐抬头看着夜空上的繁星，觉得这一晚，她疯得还不够彻底。两个人又沉默一会儿，秦烈随口问道："第十个角色画得怎么样了？"

陈汐看向秦烈："有初稿了，想看吗？"

秦烈"嗯"一声。

陈汐掏出手机，翻出线稿的照片递给秦烈。

秦烈垂眸看着照片里的角色，久久不语。

陈汐："怎么样？"

秦烈把手机递给陈汐，沉声说："不行。"

陈汐怔了怔，她能料到秦烈大概会有异议，但没想到反对得这么干脆。陈汐张口要解释，秦烈却先开了口："男性玩家不会喜欢。"

陈汐："你还没听我的想法。"

秦烈："听不听都一样，男性玩家不会喜欢。"

陈汐不服："我知道你的意思，可是所有女性角色，不管是什么性格都要胸大屁股翘吗？"她不以为然地轻轻嘟哝一声，"也不嫌审美疲劳。"

秦烈："还记得我跟你提过的角色魅力吗？男人爱胸爱臀，女人慕强慕惨，在游戏世界里，这是铁律。"

陈汐："可你那段 PV 里，武林第一是个女人。"

秦烈强调："身材火爆的女人。"

陈汐："可她比男主气场还强大。"

秦烈："那是我有意识在迎合女性玩家的心理。"

陈汐："那我这个角色为什么就不能迎合女性玩家？"

秦烈："你可以迎合，但不能流失现有玩家。女性角色目前最大的玩家群体还是男性，你这个设计，相当于自杀。"

陈汐还是不明白，淡声说："不试试怎么知道。"

秦烈："试错成本太高，整个团队不是陪你玩的。"

陈汐沉默片刻，依然还是没办法被说服。她看着秦烈，认真地说："我知道男人喜欢什么，可这个角色是有独特魅力的。"

秦烈不容置疑地一口回绝："你太想当然了。"

陈汐无言，沉默看向月光下延绵的沙丘。秦烈跳坐在车头，也沉默了下来。

过了一会儿，陈汐忽然开口打破了两个人的沉默："秦烈，你怎么知道一定不行？"

秦烈看向陈汐："直觉和经验。"

陈汐不解，轻蹙着眉头望着秦烈。

秦烈解释道："经验是无数成功案例总结出来的规律，直觉就是市场惯性。"

陈汐："我经验没你那么强，听秦展说'隧道'是你做出来的，可如果做事求个直觉的话，你可以考虑下这个角色。"

秦烈默默看向远方，回忆着陈汐刚刚给他看过的线稿。

一个清瘦的女人，曲线优美，但不傲人，衣着也不是丝路上惯用的饱和色，五官偏东方，不是那种立体深邃的，没有武器，肩上背着个像是行脚医生用的褡裢。要说与众不同，这个角色是真做到了。在清一色的浓颜加傲人身材再配上炫酷武器的组合里，她普通得像一股清流。

14

思忖良久，秦烈还是摇了摇头："陈汐，太冒险了，国内游戏玩家比起新意，更在乎传统模式。"

陈汐静静听完，没有说话。月光下，她清秀的面孔上有一丝困惑和低落。

秦烈默默看了她一会儿，忽然问了一句："你为什么觉得这个角色好？或者说她能吸引到男性玩家的点是什么？"

话一出口，他自己感觉到一丝诧异。他怔了怔，有点想不起来自己上一次这样耐心温和地跟一个人说话是什么时候了。

陈汐想了想，慢慢地解释说："我不知道你们设计一个角色，外貌特征和人设故事哪个更重要。在我的设计里，这个角色是个行医的人，不会武功，正邪两边来去自由，她本人也是个随心所欲的性格，从不害怕什么，也不取悦什么，活得很自我。"

陈汐顿了顿，像是在努力组织语言表达自己的想法："她在享受，而不是取悦男性。"

秦烈静静听完陈汐的话，心里划过无数国内外爆款游戏的角色。半晌后，他也没说什么。

秦烈不懂，陈汐说的女性，魅力点是什么？她对男性的招引，究竟是什么？！

他沉默抽完剩下的半根烟，看了眼时间，淡声说："散了吧，回去。"

陈汐点点头，秦烈往自己车跟前走，陈汐绕过车头，走到驾驶座一边。她拉开车门，月光从头顶倾泻下来，细微的银光淋在车身和她身上。陈汐一低头，看见自己的影子叠拓在车子上，黑暗里的神秘，神秘中的危险，危险里潜隐着禁忌的性魅力！她忽然就明白了，第十个女性究竟的魅力是什么。

陈汐忽然停在车前，一把关上了车门。她看向秦烈修长健硕的背影，已经走到车跟前，正拉开车门要坐进去。

毫不犹豫，陈汐快步走向秦烈，一语不发地将他扑倒在座位上，倾身吻向了他。

秦烈头皮一炸，牙关已被陈汐撬开。秦烈额上青筋跳了跳，忽然揽住陈汐的腰，一手扣住她的后脑勺，激烈地吻了回去。

陈汐并不柔顺，他吻得有多激烈，她的回应就有多激烈。陈汐口腔里淡淡的烟草味和酒味与秦烈的交融纠缠，在他大脑皮层上划出一道道炽烈的电光，是他从没体验过的野性。

寂静的沙漠里，两个人唇齿激烈交缠的声音被无限放大，放大。

陈汐渐渐觉得眩晕，却停不下来，秦烈身体里汹涌的荷尔蒙，让她此刻上了瘾，不想停，停不下。

车里空间太狭窄，两个人不知不觉纠缠到了车头前。

她忽然惊醒，看到月光下他袒露的胸肌，每一块凸起，每一块凹陷，都爆发着让人疯狂的荷尔蒙。

陈汐看到散落一地的衣服，她忽然推开他，两个人喘息着看向彼此。忽然，陈汐搂住秦烈线条坚硬的脖子，把快要着火的身体贴了上去，她闭上眼睛，感觉到自己每个毛孔疯狂的渴望。这个人，身上的味道，说话的声音，粗糙的指腹，冷漠的眼神，坚硬的肌肉，不论哪一处，都让她无法克制地感觉到战栗，想要更多，想要不管不顾。

沙漠里忽然起了风，狂风在黄沙里，肆意征伐，扭曲，缠绕，难解难分。将黄沙揉碎，扬到云端，又将黄沙裹挟住，拽到地狱。黄沙恨不得融化在狂风里，每一粒飞舞的沙子都在欲海里汹涌沉浮。

不知过了多久，天色微微透亮，陈汐抱着两条修长的光腿，身上搭着秦烈扔在车上的一件外套，胳膊肘支在敞开的车窗上。她头发凌乱地散在肩头，脸上带着一丝倦意，看上去有丝近乎破碎的美。秦烈坐在驾驶座，跟她一起沉默着。

好一会儿，他忽然问她：“你这样，是想让我信服你的角色是对的，是吗？”

陈汐看向窗外，月亮的颜色变得极浅，挂在淡色的夜空中，几颗寥落的星辰还在闪烁。

陈汐：“一时兴起，想那么多。”

回到营地，篝火已经灭了，几顶帐篷静悄悄立在不明不暗的天色里，陈汐弯腰正要钻进帐篷，胳膊被秦烈一把拽住。

她回头看向他，眉毛轻轻挑起，目光带着丝询问。

秦烈看着她，沉默片刻，忽然说："我懂你了。"

陈汐昨晚折腾半宿，只睡了不到三个小时，离开露营地之后直接去了店里。音乐节期间，店里的生意陡然增加，秦展和刘伯洋都来了，三个人一上午忙得脚不沾地。中午好不容易有片刻闲暇，陈汐累得连饭都吃不下，倒在沙发上补觉。

晚上回到家，陈汐强撑着困倦洗了个长长的热水澡，她冲了很久的热水澡，把昨晚混乱不堪的痕迹从皮肤上尽数冲刷了下来，可那些令人心悸的触觉却好像已经渗透到皮下组织，在她身上久久盘桓不去，她的手触到哪里，哪里就窜起一层细小的电流。

陈汐在哗哗的热水里闭上眼睛，脑海里浮现出秦烈俯身看着她时，那张线条硬朗的面孔，和那双深如寒潭的眼睛，冷静得出奇，只有那双乌沉的眸子，因为专注，几乎染上了一层血色。克制与放纵，疏离和火热，陈汐不明白为什么能在一个人身上这样不着痕迹地融合在一起，这大概就是她在车头控制不住沉沦的原因吧。

倒在床上时，她看了眼微信，她没觉得在等谁的微信，可下意识的动作却让自己微微一怔。陈汐扔了手机，关灯闭上眼睛。

她很少纠结什么，这次也不例外，成熟男女之间，那件事之后保持沉默到现在，说明他和她想法一样，并不想确认什么，也不想改变什么，她倒觉得轻松，几乎一秒钟就陷入了沉沉的睡眠。

窗外晴朗的夜空上，挂着一轮皎洁的月亮，月光洒满了杨大夫那个寂静的小院，秦烈坐在杨关房门口的台阶上，一旁的杨关也沉默着，两个人脸上都挂着一丝心不在焉。

夜有点深了，杨大夫屋里传来几声咳嗽，杨关忽然开口说："回吧，困了。"

秦烈"嗯"一声，屁股却没挪地儿。杨关忽然笑笑，问道："你跟陈汐怎么了？"

秦烈看着夜空，还是没说话。

杨关："你俩其实挺像的。"

半响，秦烈喉咙里发出一声"嗯"，尾音上挑，是个疑问句。

杨关又不知不觉牵了牵唇角："嗯，挺像。"

秦烈终于开口，问杨关："哪儿像？"

杨关："都挺野。"

秦烈不以为然，淡淡哼出一声粗粝的笑。

"走了。"他起身，迈下一步台阶。

杨关忽然叫住他："秦烈。"

秦烈停下脚步，转身看向坐在廊灯下的杨关，他表情依旧温和，目光却认真到近乎严肃。

"如果是你和她……"他停住，忽然温暖地笑了，"我想不出还有什么比这更好的事了。"

秦烈看着杨关，半晌，忽然说："想想你自己的事吧。"

杨关微微一怔，就听秦烈语气带一丝笑意，淡声说："陈汐那个同学，韩素素是吧。"

秦烈缓步走下台阶，扔下一句："比你勇敢。"

往后的两三天，陈汐一天从到店里就开始忙，午饭都没时间吃，刚给一辆车换完轮胎，店里又来了顾客，陈汐一看竟然是房东。

她笑着跟对方打招呼："何老板，车怎么了？"

这家场馆的产权人何老板笑着说："胎压报警了，帮我看看是不是漏气了。"

陈汐点点头，走到车跟前，用胎压检测仪器给四个车胎做检查。何老板看着一屋子的车，笑着说："生意不错啊。怎么样，我这个场馆是个风水宝地吧？"

陈汐点点头："这地段最适合开修车厂。"

至于 VR 馆，还是不差钱的冤大头才做的生意，她看了眼隔壁冷冷清清的 VR 馆，将后半句话咽了下去。

何老板顺着陈汐的目光，看向通往隔壁的那扇小门，忽然问道："秦老板在店里吗？"

陈汐摇摇头，盯着手里的胎压表，淡声说："不清楚。"

她这几天没看见秦烈，店里一直只有小敏一个人，时不时过来串门。小姑娘三句话总不离秦烈，陈汐并不想听他的事，总是没听两句就找借口到一边忙去了。小敏便吃着薯片，转悠到秦展或是刘伯洋跟前继续唠嗑。

何老板打开车门，从副驾驶座前的置物室里拿出一个透明文件袋递给陈汐："这个是装修保证金的收据，你收好。"

陈汐接过文件袋，看了眼里面的收据，整整二十万。她有点蒙，一脸茫然地问："什么装修保证金？"

何老板："这是后来谈的一笔费用，你知道的吧。"

陈汐没说话，看着何老板。何老板笑着说："我本来要找你，秦老板说他来沟通就好。"

陈汐："沟通什么？"

何老板有点诧异："你不知道吗？"

陈汐没说知不知道，直接问道："装修还要保证金？"

何老板笑着说："当然要了，不然等你们退租的时候，我想把场馆恢复成原貌，你们要不认这笔费用，我不还得自掏腰包吗？"

陈汐看了眼自己的修车馆，心下了然，其实这二十万是自己这边应该承担的。

她点点头，把收据搁在一边，没再说话。如果当时再有这二十万的费用压下来，她还真不一定能咬牙租下这块地方，毕竟钱都是大家帮忙凑的，她没脸再朝亲朋好友继续伸手。

她抬头看了眼安静的小角门，一时间说不上心里是什么滋味。

15

傍晚时，店里来了辆黑色的奔驰S450，是辆豪车。陈汐出于职业性，多看了两眼，从车里下来一家三口，一看就属于生活很优渥的人。

陈汐走过来问："车怎么了？"

开车的男人气质很好，朝陈汐笑笑说："好像漏油了。"

陈汐指了茶水台，说："你们喝点水凉快一下，我先检查车载空调。"

陈汐钻进车里，打量了几眼豪华的内饰，开始干活。

过了一会儿，她忽然看到一张热得红扑扑的小脸，扒在车门上，好奇地朝车里看。

陈汐忽然停下手里的活，看向VR馆那边。她朝小孩笑笑，问他："想看好玩的东西吗？"

小朋友点点头。陈汐指指通往VR馆的小角门："那里面全是好玩的东西，去看看吧。"

小朋友听了陈汐的话，兴冲冲地就往VR馆那边跑，坐在沙发上休息的家长见状连忙跟了过去。

半个小时后，小朋友的爸爸回来了，一脸无奈地说："这还玩上瘾了。"

陈汐笑了笑，抬头说道："那个VR馆里都是好东西，小孩接触一下挺好的。"

男人点点头："没想到这地方还能有这么高科技的 VR 馆，那里面的设备清一色都是高级货，北京也不一定能集齐这么前沿的东西。"

陈汐边干活边随口说："您对 VR 技术还挺了解？"

男人笑笑："我是做科技产业的，跟 VR 也沾点边，了解一些技术和市场行情。"

他摇摇头，有点惋惜地说："这么好的 VR 馆，可惜开错地方了，如果开在北京，识货的人就多了。"

陈汐笑笑，继续忙自己的。她想，隔壁的 VR 馆，早晚有一天，是要搬到北京去的吧。

忙完音乐节这阵子，陈汐把店交给秦展和刘伯洋，自己这天没去店里，因为今天是关老爷子的生日。虽然奶奶没说什么，她从来舍不得耽误年轻人的时间，但是陈汐知道，范明素对关老爷子的生日很上心。

前阵子范明素去逛了商场，给老爷子买了一身帅气的休闲装，还有一双运动鞋。今天一早起来，就把面和好了，抹了油，醒在厨房的案板上，泼出来的油辣子，香得飘满了一整个巷子。

陈汐其实也给关老爷子准备了生日礼物。她一早起来，扛着一棵李广杏的小树苗走到关老爷子家院子里。森森刚起床，跑出来看热闹："陈汐姐姐，你要种树吗？"

陈汐点点头，把树苗扛到选好的位置，对森森说："去拿铁锹。"

森森跑到院墙跟前，拿起铁锹跑过来递给陈汐，自己又去找了一把小铲子，两个人麻利地挖出一个树坑。陈汐把树苗放进坑里，让森森扶着，自己把土填回坑里。

关老爷子掀开纱帘从屋里蹒跚着走了出来，看着院子里忙活的两个人，笑着说："栽树啊。"

陈汐停下来，在清晨明媚的阳光里看向关老爷子，老人比前阵子更瘦了，只剩一把骨头，眼睛里的光却依然矍铄。

她点点头："嗯，栽树。"

关老爷子笑着点头："好，栽树好。"

他慢吞吞地走到树苗跟前，清晨的风吹过，枝丫随风摇摆，像是在和院子里的人打招呼，鲜活得让人心生羡慕。

他伸手摸摸树干，慢慢说："好好长，过两年就能吃到甜杏了。"

陈汐忍住忽然翻涌的情绪，笑着看向关老爷子："嗯，一起吃。"

关老爷子点点头："盼着。"

陈汐拍拍填回去的土，抬头看向小树嫩绿的枝丫。是啊，盼着，人活一天，就要有个盼头。

范明素端着热气腾腾的长寿面朝这边喊："关队长，过来吃面。"

关老爷子中气十足地喊回去："来喽。"

吃早饭时，森森忽然放下筷子，从书包里掏出一沓卷子递给关老爷子："爷爷，这是我的考试卷子。"

关老爷子伸手颤颤巍巍接过森森的卷子，一页页翻看。数学，语文，英语，一百分，一百分，一百分……

老人一边看，一边喃喃："好，好……"

他眼睛湿了，嘴唇轻轻颤抖。森森猴进关老爷子怀里，带着浓浓的鼻音说："爷爷，生日快乐。"

关老爷子摸着小孙子的头，声音分不出是哭还是笑："好，快乐，爷爷快乐着呢。"

出门前，陈汐摸摸森森的脑袋，嘱咐他："晚上早点回家，一起吃生日蛋糕。"

森森点点头，推着自行车出了门。陈汐靠在门框上，看着森森骑上车，拐出巷子。

她忽然觉得时间好快，森森转眼有大孩子的模样了，不知道从哪天起，自己知道学习了。大概，也知道了什么是不舍。

秦烈中午开车去爸妈家吃饭，路过肯德基时，无意间朝店里扫了一眼。他忽然打了把方向盘，把车停在了路边，看向坐在玻璃窗前的两个老人。两个加起来超过一百四十岁的老人，在年轻人和孩子扎堆的肯德基店里格外显眼，是陈汐的奶奶和那天他们从火车站接回来的老头。

陈汐奶奶把一个吸管插在饮料杯里，递给老头。老头伸手颤颤巍巍接过来，谨慎又小心地尝了一小口，五官立刻夸张地挤到一起，摇头说了句什么。

陈汐奶奶睁大眼睛，连忙尝了尝自己面前的那杯饮料，眉眼也夸张地皱成一团，两个人面对面，哈哈地笑了。

秦烈不知不觉也牵起了唇角。

陈汐奶奶又打开一个纸盒子，从里面拿出一个汉堡，递给老头。老头接过来，小心翼翼地打开包装纸，送到嘴边，低头咬了一小口。他咀嚼着，颤颤巍巍掀开汉堡上面一层面包，然后一脸无语地递给陈汐奶奶看。两个老人又是摇头，又是叹气，但依然笑得开怀。

秦烈都能猜得到他们此刻在说什么：

"洋快餐有什么好吃的。"

"两块面包，一块肉饼，搁一起就敢卖这么贵。"

秦烈的唇角又忍不住牵了一下，一种无法言明的踏实感和幸福，忽然向他心口袭来，大概这就是活着的意义吧？

他忽然拿起手机，莫名其妙就拨了出去。电话那边不一会儿传来陈汐的声音，平淡一如从前。

"喂？"她喂完一声，就没话了，秦烈也莫名一阵沉默。

"找我有事？"陈汐先开了口。

秦烈："没事。"

陈汐："……"

沉默片刻，秦烈才问："你在哪儿？"

陈汐："怎么了？"

秦烈："没什么，我在肯德基门口，看到你奶奶了。"

电话里传来陈汐淡淡的笑声："哦，是不是还有关爷爷？"

秦烈："嗯，有个老头。"

陈汐："我就在街对面的蛋糕店。"

秦烈闻言，转头看向街对面。

果然，不一会儿，陈汐从一个蛋糕店里推门走了出来。

他挂了电话，看着陈汐穿过马路，走到他车跟前。

秦烈伸手推开副驾驶的车门，陈汐绕过车头，打开车门坐了进来。

"订蛋糕？"他看着陈汐，开口问道。

陈汐点点头："今天关爷爷生日。"

她说着，扭头看向肯德基。

两个老人坐在明净的玻璃窗前，一边碰杯，一边有说有笑。陈汐默默看着，过了好一会儿，忽然说："关爷爷，肺癌晚期……放弃治疗了。"

秦烈看着窗前的两个老人，唇角那丝笑意还没散去，喉咙里却忽然升起一丝苦涩。

他没说话，目光从那片刻的温柔里又变回往日的麻木。

陈汐看着窗外，好一会儿，淡声说："大概也就半年时间了。"

正午的阳光照进车里，有点刺眼，车里冷气开得很足，坐一会儿，身上就有了寒意。白花花的阳光落在胳膊细小的毛孔上，温度却像强弩之末，就像陈汐此刻的心情。她为关爷爷准备了生日蛋糕和好酒，还有很多小时候让人忍俊不禁的回忆，可这些温暖却浸在绝望里，她除了觉得冷，什么办法也没有。

陈汐收回凝视着车窗外的目光，轻轻呼出口气。

"走了。"她看了眼秦烈，伸手去开车门。

"陈汐……"秦烈忽然开口。

陈汐动作一顿，转头看向秦烈："嗯？"

秦烈看着陈汐，默然片刻，忽然开口说："下星期，去西安。"

陈汐怔了怔，他在音乐节上曾经问过她，那时他问要不要一起去西安，只是字面意思，如果非要有什么特别的含义，顶多也只是暧昧。可经过那一晚，这句话再说出口，两个人之间的气氛忽然变得有些微妙。陈汐还是那句话，她淡淡笑了笑，问："去干什么？"

一样的话，不知不觉也变得微妙起来。秦烈看着陈汐，一双平静的眸子里看不到一丝波澜。良久，他说："散心。"

陈汐笑笑："不需要。"说完转身下了车。

在路边走了几步，秦烈的车从她身侧驶过，汇入车流里。

陈汐默默看着秦烈的车驶远，她抄着兜，迈着不紧不慢的步子，走到街对面自己的摩托车旁。

"散心……"她唇角轻轻勾了勾，带着一丝淡淡的犀利。她对他的回答没有一丝一毫越界的期待，但这个回答，也着实取悦不了她。

秦烈降下车窗，一手扶着方向盘。他扫了眼后视镜，看到陈汐高挑清瘦的侧影，不紧不慢穿过马路，他收回目光，看向烈日下白晃晃的路面，下一秒，目光又不知不觉回到后视镜上。

她走到路边的摩托车旁，长腿跨上摩托，脚一蹬，朝反方向驶去。秦烈收回目光，唇角动了动，牵起一丝略带自嘲的笑。

他淡淡地想，心里像被什么搅了一棍子，一潭死水忽然起了波澜，还是不怎么舒服的波澜，让他忽然怀疑起自己摆烂这两年，是不是连跟女人相处都不会了。

16

一路心不在焉，把车开到了爸妈家单元楼下，秦烈锁了车，走进有些年头的楼里。

这个小区里住的都是油田管理局的职工,秦烈高一时候一家人搬进来的,跟秦展家隔了两栋楼,走廊里弥漫着经年熟悉的味道,墙皮斑驳。

这小区当年条件在敦煌是数一数二的,现在就很一般了,可秦烈的爸妈舍不得搬走,亲朋好友、一个单位的同事都在这里,晚上去党河边遛弯,都是熟人,插科打诨,一晚上就晃悠过去了,老两口觉得这里最好,哪儿都不肯去。

一进家里,抬眼看到他叔一家也在,秦烈怔了怔,看向秦展。

秦展正坐在沙发上啃西瓜,一见秦烈,眼睛立马亮了:"哥,你怎么才来啊。"

他让出沙发给秦烈,自己挪到小板凳上去坐:"吃西瓜,沙瓤的,可甜了。"

秦烈换了鞋,把车钥匙扔鞋柜上,走进客厅。

"叔,婶。"他边走边打招呼。

秦展妈正在餐桌前摆碗,看到秦烈,一脸兴奋地问:"烈啊,听秦展说你搞对象了?"

秦烈脚步顿了顿,冷冷瞥了秦展一眼。秦展贼眉鼠眼地朝秦烈咧嘴一笑,低头继续啃瓜。

秦烈轻咳一声,语气平常:"没有。"

秦展妈才不信,笑眯眯地说:"搞就搞了,怎么还不好意思上了。"

秦烈:"真没有。"

他原本是要去沙发跟前坐下,说话间脚步拐了个弯,直接走进自己卧室,仰面倒在床上。

不一会儿,秦展笑嘻嘻钻进房里,关上身后的房门。秦烈枕着双臂,睨了他一眼,淡声吐出一个字:"滚。"

秦展窜进屋,一屁股坐在秦烈的电脑椅里,腿一蹬,椅子转了一圈。他盘起一条腿,抬头看向满满当当的书架,还有那一排被秦烈妈擦得锃亮的奖杯,都是秦烈从小到大参加各种数学和物理竞赛得的奖。房间和从前一模一样,秦展每次来,都能感觉到来自他哥四面八方的碾压。

秦展感慨:"哥,从小到大,都是大人一开口,我就往屋里躲,没想到你也有今天。"说着嘿嘿嘿笑了起来。

秦烈懒得搭理他,眼神空洞看着天花板。

秦展:"哥,你跟沙姐是不是好上了?"

秦烈不说话,跟天花板大眼瞪小眼。

秦展："是吗是吗？"

秦烈瞥他一眼，干巴巴地说："不是。"

秦展靠在椅背上，晃着一条腿，语气却忽然认真起来："哥，我知道你这两年心里不痛快，你谈恋爱吧，谈准你哪儿哪儿都痛快。"

秦烈没理他，看着天花板，喉结动了动。

秦展："真的，包治百病。"

秦烈："闭嘴。"

秦展抓了把后脑勺，一脸真诚，还带了点羞涩："真的哥，就拿我说吧，从前吊儿郎当的，啥都不想干，现在每天干啥都可有劲儿了，我想多赚点钱，给她娘俩更好的生活。"

他感慨地长叹一声，回味无穷地说："她朝我一笑，我心里就高兴，高兴一整天。"

秦烈瞥了秦展一眼，没想到跟二哈一路货色的傻小子，正在给他讲人生道理，他简直哭笑不得。

两家人难得聚齐，平时不是秦展在外面瞎晃回不来，就是秦烈不肯出门，今天好不容易一块回家，秦烈爸开了瓶好酒，桌上都是秦烈和秦展从小到大爱吃的菜，椒盐丸子、手抓羊肉、凉拌沙葱，还有秦烈妈自己做的五彩酿皮。

饭吃到一半，四个长辈交换一下眼色，同时搁下手里的酒杯。秦烈不动声色地夹了口菜，瞥了秦展一眼。傻小子还往嘴里炫椒盐丸子呢，嚼得那叫一个香。

秦展妈看了看秦展，然后看向秦烈："烈啊，趁你今天在家，你婶子我还有你叔想要你表个态。"

秦烈放下筷子，看了桌上的长辈一圈，低低"嗯"了一声。他今天一进门，就预感这顿饭没那么简单，秦展这傻小子却一点都没察觉，又是啃西瓜，又是开导别人，压根察觉不到等着他的是场鸿门宴。

秦展妈清了清嗓子，开口说："你比秦展大挺多岁，从小就是他的榜样，你这个弟弟谁都不服，就服你。"

秦展在一旁嘎吱嘎吱嚼丸子的声音渐渐停了下来，说："妈，你说这个干吗？"

秦展妈看都不看秦展，继续对秦烈说："我们的话，他从小就不爱听，你的话，他听的时候多，所以这次，你要劝劝你弟。"

秦展这才察觉到不对劲，筷子往桌上一拍，没好气地说："劝什么？

你们又想干吗？"

秦展妈打定主意，她死死盯着秦烈，一字一句地说："你弟不懂事，你这个当哥的应该拉他一把，不能眼睁睁着他这辈子就这么毁了。"

秦展一拍桌子："什么毁了？谁毁了？你们哪只眼睛看到我毁了？"

"啪"的一声，餐桌又挨了一巴掌。秦展爸喝道："你炮蹶子给谁看呢？"他声音威严，怒气冲天。

秦展垂下眼睛，不敢再顶撞。秦展妈继续对秦烈说道："除非我死，那个女人别想进我们家门。"

她说完，直直盯着秦烈，等他表态。

秦展却在一旁气急败坏地嚷道："妈，你为什么就非看芳芳不顺眼呢？你了解她吗？"

秦展妈冷笑一声："我千辛万苦养大的儿子，还没孝敬我，就去孝敬别人了，给人家养孩子，给人家买房。"她看着秦烈，眼圈红了，"烈啊，你说那女人安的什么心？她什么条件自己不清楚吗？"

秦烈搁在腿上的手攥了攥，没忙着开口。

秦烈妈看儿子为难，忍不住替他开口劝道："展啊，漂亮姑娘多的是，你何必非要找一个带孩子的寡妇？"

秦烈爸也在一旁劝道："是啊，你年轻不经事，找个比自己大十岁的，过两年后悔了怎么办，你也得为人家女方负责是不是？"

秦烈妈："结婚过日子，跟谈恋爱不一样，日子一长，什么激情啊都没了，只有合适的人才能过得长久。"

秦展垂着头，表情隐忍，一言不发。

"门当户对，这本来就是老祖宗留下来的智慧，你现在死拧着不听，早晚有后悔的时候。你以为人家图你什么，嫁汉嫁汉，穿衣吃饭，你养活自己都费劲，你还想替人家养孩子？"

秦展心目中风花雪月的爱情，就在长辈们家长里短的念叨里，逐渐被拆成了一地鸡毛。

秦烈默默听着，渐渐觉得百无聊赖，他的思绪渐渐有些飘远，忽然觉得男女之间，扒开一层层美好的粉饰，本质就是无趣。因为生活本来就无趣，没有哪对男女，能在生活这个物欲横流的泥潭里洒脱自由、随心所欲。想到洒脱，忽然间，他沉到水底的心毫无征兆地向上浮了浮，他脑海里莫名闪过陈汐的身影。

穿着舒服的格子衫，骑着摩托，在敦煌的街头飞驰，长发在风里翻飞。

躺在车底，在一束手电筒的光照下专注拧螺丝。在寂静的深夜，熬夜画她那巨幅墙绘。在车顶，一个人若有所思喝着啤酒。在人山人海里，随着音乐的节奏摇摆狂欢。在月光下，荒漠里，肆无忌惮地呻吟。

她拿得起，放得下，有时候自由得像风，有时候笃定得像一棵扎根在荒漠里的树。那个身影在他脑海闪过，他沉到水底的心忽然跃出水面，重新呼吸到了氧气。他忽然想，或许并不是所有人的生活，到最后都会过成一地鸡毛。总有人，像风一样，无聊的生活追不上她……

"烈啊，你怎么想，倒是说一下啊。"

秦烈忽然回过神来。

他抬起头，看向一桌子长辈，淡声开了口："婶，您觉得我该找个什么样的？"

秦展妈怔了怔，正讲秦展的事，不知道秦烈这孩子怎么忽然把话题扯到了自己身上。

她一时反应不过来，张嘴说道："那，怎么也得是个高学历吧，各方面条件跟你般配才行啊。"

秦烈笑笑，第一次跟家里人提起前女友："我从前谈过一个，名校毕业，长相出众，家境也好，年纪轻轻就在跨国公司做到股权高管，您觉得跟我般配吗？"

秦展妈怔了怔："这么好的条件，怎么就吹了呢？"

秦烈笑笑，淡声说："我离开公司，她又找了个跟她更配的。"

秦展妈张了张嘴，一脸茫然。在她的心目中，秦烈就是条件最好的男娃，只有别人配不上他，没有他配不上别人的。

秦烈："婶，我站秦展这边，他觉得好，那就好。"

17

一大早起来，阳光就很烈，陈汐从屋里出来，看到陈梅来了，正坐在葡萄架下，把前阵子做好的浆水舀到一个个塑料壶里。

"姑，装这些浆水干吗？"陈汐走过来，捏起一根浆水里的芹菜吃。

陈梅把装满浆水的塑料壶拧上盖子，抬头看了陈汐一眼："你姨夫要去西安送货，给你爸捎点浆水过去，他就馋这一口。"

陈汐点点头，拽把凳子坐过来，帮陈梅扶着塑料壶。陈梅轻轻叹口气："你爸生日马上要到了，今年又回不来吧？"

陈汐"嗯"了一声，上回修完威武天梯山洞窟，原本是能回来待一阵的，谁知道西安东岳庙那边有个着急的活请他，他刚结束天梯山的活，就马不停蹄地赶去西安。陈鹤声一年到头飘在外面，陈汐都习惯了。

陈梅不知不觉又叹了口气："一把岁数了，还这么累。"

陈汐笑笑："他高兴就好。"

吃完早饭，陈汐正要去店里，摩托车后座忽然窜上来一个人。

陈汐回头一看，森森坐在后座上，背着他的大书包，抬头朝陈汐赖赖地一笑。

陈汐："下来，在家好好写作业。"

森森摇摇头："我要找秦烈哥。"

陈汐头上降下几根黑线，冷声问："你找他干吗？"

森森："好几天不见，我想他了。"

陈汐嫌弃地看了眼肉麻的小屁孩，哭笑不得地说："你神经啊，他有什么好想的。"

森森："你不想我想，反正我要去。"说着死死抱住了车座。

陈汐一脸无语地发动了摩托。

到了店里，小孩扑了个空，秦烈没来，VR馆那边只有小敏在。森森在VR馆转了几圈，眼巴巴等了一会儿秦烈，快十点了还不见他来，失落地回了陈汐那边。

外面烈日炎炎，陈汐把店里的冷气开到最足，钻到车下待一会儿，还是会出一身汗，正干着活，秦展递来一根冰棍。

陈汐摘掉手套，接过冰棍，靠着车头边吃边休息。森森在沙发上举着冰棍朝陈汐喊："姐，这道题不会。"

陈汐走过来，坐在森森旁边，低头看了眼练习册，是道升级版的鸡兔同笼题。陈汐埋头在草稿纸上写写画画，越画眉头蹙得越深。

"什么玩意儿啊。"她咬了口冰棍儿，低声嘟哝。

"啥题啊？"秦展凑过来，大言不惭道，"小学生做的题能有多难？"

陈汐把笔递给他，敲敲茶几上的草稿纸。秦展蹲下来算题，嘴里还念念叨叨的。陈汐一根冰棍吃完了，秦展还没算出来。

"怎么样？"她笑着问秦展。

秦展眉头都快拧到一起了，一脸惊奇地说："什么玩意儿啊，小学生怎么会做这么难的数学题？"

他朝刘伯洋招手："伯洋，你女朋友不是研究生吗？过来看看这题。"

刘伯洋停下手里的活，无语地看了秦展一眼："我女朋友是博士生，我是不是就能当老师去了？"说着摘掉手套晃悠过来。

三颗脑袋围着练习册，算得头顶都快冒烟了。森森都不忍心了，轻咳一声："那什么，算了吧。"

正说着，角门里走出一个高大的身影，森森一见，眼睛瞬间亮得放光："哥。"

小不点一个，声音嫩嫩的，对着一个体型跟他无比悬殊的人喊哥，反差感十足，逗得秦烈忍不住牵了牵唇角。

"你找我？"秦烈走到沙发跟前，开口问道。

森森连忙点头。

秦烈："有事吗？"

他在家忙着 PV 的后期，好几天没来 VR 馆了，刚才小敏发信息给他，说隔壁小孩在馆里等了他好一会儿，他莫名扔了手里的活，开车来了 VR 馆。

森森抓抓脑袋，没好意思把这些天的思念说出口。秦烈扫一眼埋头算题的三个人，随口问："干吗呢？"

陈汐抬起头，长发被她抓得乱蓬蓬的，一脸生无可恋。

秦展："算题呢，这什么变态题目，是给小学生做的吗？"

秦烈扫了眼练习册上空着的大题，随口说："先把兔子看成两条腿。"

森森眼睛一亮，挤开陈汐几个，三下五除二就把难题解开了。秦展还看不明白，嘶嘶地吸着凉气："这，这怎么算的？"

秦烈在他后脑勺上拍了一下："修你的车去。"

秦展捂着后脑勺，没好气地瞪他哥一眼："打傻了怎么办？"

秦烈笑笑："还能再傻到哪儿去？"

陈汐和刘伯洋扔了笔，三个人一哄而散。

陈汐淡淡看了秦烈一眼，没说话，钻到车底下继续干活去了。

森森眼巴巴看着秦烈，红着脸，好不容易鼓足勇气说："哥，我还有两道不会的。"

秦烈在森森身旁坐下来，垂眼看向练习册："哪道？"

森森连忙手忙脚乱地翻着练习册，一颗小心脏幸福得快要承受不住。

秦烈给森森讲完题，朝陈汐那边看了一眼，见她还在车下面，半天了，一声也没吭。

他收回目光，起身回了自己那边，森森没过多久就扔了书本，屁颠颠跟了过去。

不一会儿，外面开进来一辆黑色奔驰，秦展和刘伯洋一看车的型号，一齐围了上来。

陈汐刚忙完手上的活，从底盘下钻了出来，一眼就看到这辆熟悉的奔驰S450，她走到车跟前，有点诧异地问从驾驶座上下来的男人："不会又出毛病了吧？"

男人摇摇头，指了指隔壁的VR馆："孩子上回没玩够，还要玩。"

"哦。"陈汐笑着点点头。

男人指了指自己的车："顺道给车打个蜡吧。"

陈汐点点头，看着两口子拉着儿子的手，往通向VR馆的角门走去。片刻后，她一扭脸，看到秦展和刘伯洋已经钻进车里了，两眼放光地打量着车里的每一个细节。

陈汐笑了笑："你俩弄吧。"说完走到另一辆车跟前，继续忙去了。

过了一会儿，去VR馆玩的小男孩又从小角门跑了回来，径直跑到茶水台前东看西看，像是在找什么。

陈汐走过来，笑着问他："要喝水吗？"

小孩点点头，奶声奶气地问："阿姨，上回那个果汁还有吗？"

陈汐怔了怔才想起来，上回这一家等修车的时候，茶水台上正好有一扎冰镇西瓜汁，里面还混了半个哈密瓜，喝起来又甜又解暑。

陈汐笑着问他："是西瓜汁吗？"

小孩点点头，腼腆地笑了笑："好甜。"

陈汐走到冰箱前，打开冰箱门，从里面拿出半个冷藏的西瓜，还有半个哈密瓜。她把西瓜放在流理台上，揭下保鲜膜："要等一下才能喝到。"

小孩点点头，站在陈汐腿边，等了一会儿就等不住了："阿姨，我先去玩会儿。"

陈汐点点头："去吧，一会儿给你送过去。"

"谢谢阿姨。"小孩高兴地跑回了VR馆。

陈汐榨好果汁，用托盘端了几杯，穿过角门，走进VR馆，一抬眼，就见森森和那个小朋友正在玩赛车。两个人戴着VR头盔，小身板在摩托车上左摇右摆，嘴里哇哇叫着。

陈汐把果汁放在茶几上，递了一杯给小孩的妈妈："喝点吧，降降暑。"

女人接过果汁，笑着说声"谢谢"。

店员小敏看到陈汐，连忙朝陈汐招手："汐姐，你来帮忙看看。"

陈汐走到小敏身边："什么事啊？"

小敏把手机递给陈汐："喏，我男朋友想买辆摩托，你看看他选的这几辆怎么样，给点意见。"

陈汐低头看了看小敏手机上的几张摩托车图片，指了指其中一张说："这辆还行，其他几辆都不太行。"

小敏："买摩托主要看什么啊？"

陈汐想了想，挑重要的给她讲了几点："先看排量和动力。摩托是有野性的，有些排量大，但是动力没那么暴躁，适合新手，以后磨合好了，这个大排量也是够用的，还有车身，你男朋友多高？"

小敏："一米七五。"

陈汐："买个中高的就行，不要太大，不好骑，还有油耗、操控、刹车，都要考虑，我给你推荐几个不错的牌子，你们要去现场试驾。"

小敏听得一头雾水，忙找来笔和记事本："汐姐，你帮忙把刚才说的那几点写下来吧，太专业了，我记不住。"

陈汐接过笔，就着摆放 VR 眼镜的玻璃柜，低头写了起来。

不远处，秦烈淡淡看了陈汐一眼，转回头，继续跟小孩的爸爸聊天。陈汐写了几笔，听到秦烈低沉的声音："凑合吧。"

一旁的男人笑了笑："凑合？太谦虚了。"

陈汐眼角的余光瞥见小孩的爸爸抬手一指展厅正中央的球幕，听到那人不怎么平静的声音："这个球幕，我刚才体验了一下，不是普通的 4D，北京现在也找不到第二台。"

陈汐低头写着字，没听到秦烈说话。

小孩的爸爸随手拿起一幅 VR 眼镜，念出上面的英文字母："FW。"

对方若有所思地说："我看你这里的 VR 设备都是 FW 这个品牌。我知道这个品牌，是做 VR 设备研发，主攻虚拟现实硬件产品的。"

秦烈淡淡"嗯"了一声。

男人接着说："这个研发团队比较年轻，但是势头很猛，你这个球幕应该是他们的概念性产品，还没有上市吧。"

秦烈听到这里，转过头看了男人一眼，声音里有了一丝兴趣："你很了解这个领域？"

男人笑笑："我在一家科技公司工作，接触的信息比较前沿。"他话锋一转，忽然问，"我很好奇你和 FW 是什么关系？"

秦烈看着身旁难掩一脸好奇的男人，没有立刻回答他的问题。男人略显尴尬地笑笑："我这么问是有些唐突了。"

两个人看向赛车上吱哇乱叫的两个小孩，一时间都没有说话。

过了一会儿，男人又忍不住打开了话匣子："FW 这两年产品更新换代速度惊人，三年前还是个名不见经传的小团队。"

他忽然若有所思地说："FW，应该是 Future World 吧？"

他看向秦烈，笑着说："这个团队，看来目标不只是虚拟现实的硬件设备吧，是要整个未来世界啊。"

秦烈也笑笑，看向落地玻璃窗外一望无际的戈壁滩，目光里有一丝几不可察的波澜。

18

陈汐不知什么时候停下了笔，抬头望向了秦烈。他站在巨大的玻璃墙下，烈日的光芒照在他线条硬朗的脸上，有那么一瞬间，陈汐看到他的目光闪过一丝异样的光芒，只一瞬，却比万里晴空下炽烈的阳光还要夺目。

她默默垂下眼睛，继续写了几个字。

男人也望着窗外一望无际的大漠，忽然有些感慨地说："人们大概还没觉察出来，我们的生活方式正在发生什么样的变化。"

他看了秦烈一眼，问道："你留意元宇宙方面的资讯吗？"

秦烈点点头，"嗯"了一声。

男人继续说道："今年年初，高通和微软宣布合作开发元宇宙，Facebook（脸书）五月份开了第一家元宇宙的实体店。他们把最核心的点都放在了虚拟现实的硬件设备上，说白了，就是 VR。"

秦烈终于开口说："国内意识到硬件设备有多重要，就还不算晚。"

男人笑着点点头，没有 VR 这类硬件设备的支持，元宇宙就只能是一个炒作的概念。

秦烈看了男人一眼，目光不像刚才那么百无聊赖了。

男人忽然长长地叹了口气："其实两年前，国内已经有人敏锐地嗅到风向了。"

秦烈淡淡"哦"了一声，尾音带一丝探究。

男人点点头："是家做网游的公司，'破晓'，不知道你听没听说。"

陈汐忽然停下笔，抬起眼睛，目光落在秦烈的身上。

秦烈转过头看了身旁的男人一眼，眉梢微挑，表情莫测。

男人自顾自地说："'破晓'当时的总裁，在'隧道'那款游戏如日中天的时候，一意孤行地要投资 VR 设备研发，所有人都以为他疯了。"

他感慨地说："以当时'破晓'的融资能力，如果当时决策层听了他的，到今天，虚拟现实这块蛋糕，'破晓'自己怕是能独吞，未来怎么定义，大概就是'破晓'说了算了。"

秦烈沉默不语。

男人摇摇头，一脸惋惜："可惜当时没人懂他，到现在，国外做得风生水起，我们才刚起步。"

秦烈沉默，半晌才淡声说："还不晚。"

三天后，秦烈独自坐上了去西安的飞机。

起飞前，他看了眼手机，有一条陈汐发来的微信。

秦烈点开一看，是第十个角色的定稿。他垂眸，看着陈汐坚持己见，最终完成的角色，没有傲人的三围，没有醒目的妆发，却让他第一眼就感觉到了震撼。那是种发自骨子里的自我，带一点说不清道不明的神秘，诱使人想要对画面里的女人了解更多，探究得更深。

阳光透过一旁的小窗，照在手机屏幕上，给画面加了一层耀眼的滤镜。秦烈看着屏幕，良久，忽然牵了牵唇角。他没说话，直接给陈汐转过去剩余的设计费，备注四个字：完工，辛苦。

过了一会儿，陈汐回过来一条微信：不用了，抵装修押金，还有十万年底还你。

秦烈怔了怔，好一会儿才反应过来陈汐说的装修押金是怎么回事。他没说什么，沉默地收起手机。

王丹阳比秦烈早到一个小时，直接在机场等到了人。他站在接机口，看着秦烈高大的身影在群里出现，不紧不慢地走向他，大厅里交织着白炽灯冷色调的光，照在秦烈身上，给秦烈原本就冷淡的气场又添了一层矜贵的距离感，但无论如何，他出现了。

秦烈离开的这两年，王丹阳坐在他原来的位置，才知道一个男人的肩膀需要多坚实，才能带领一个团队，驶过满是暗礁和急流险滩，需要多强大，才能在一个接一个的内忧外患里从容自如。

不知道为什么，王丹阳忽然激动得鼻子一酸，活这么久，竟然在一个男人身上体会了一把刻骨铭心的失而复得。

王丹阳朝秦烈挥了挥手，等他一步步走到面前，忽然握紧拳头在他肩上狠狠凿了一下："你真是……走这么慢。"说完勾住秦烈的脖子，带着他朝停车场走去。

走了两步，王丹阳忽然说："你能来太好了。"

秦烈笑笑，没说话。

两个人走到停车场，秦烈一眼就看到从前的司机小宋。王丹阳笑着说："小宋听说你要来，非要跟着我来。"

小宋看到秦烈，忙大步走过来。

"秦总。"他声音里带着一丝激动。

秦烈朝他笑笑："好久不见了。"

小宋压抑着翻涌的情绪，表情几乎破防。

三个人上了车，驶出咸阳机场。

临近中午，机场高速上车辆稀少，烈日当空，窗外天高云淡，秦烈坐在后排，看着路旁飞速后退的树丛，绿意盎然的树丛后面，是一片片空旷的田野。他没来由地想起敦煌无边无际的戈壁滩，在烈日晴空下，是任何地方都没有的空旷和辽阔，就连空气里似乎都是洒脱的味道。窗外的风景忽然变得有些寡淡无味，秦烈收回目光，低头看了眼手机，没有信息。

他收起手机，想到这个时间，隔壁三个人大概还在忙吧，午饭应该就在店里解决了。

反应过来自己在想什么时，秦烈有些怔然，不知道自己这是哪根筋搭错了。微微发怔间，坐在副驾驶的王丹阳回过头来，兴致勃勃地问道："老秦，中午想吃什么？"

秦烈："随便。"

王丹阳笑了："就知道你会说随便。"

他扭头对小宋说："去小寨那边的长安大排档。"

他说完，又转过头笑着对秦烈说："还记得这家饭店吗？上回咱们来西安的时候吃过。"

秦烈怔然一瞬，想起来好像是有这么一回事。

王丹阳："真怀念咱们那趟西北行，玩了半个月，真够痛快的，以后有机会咱们再来一趟。"

秦烈点点头，看向窗外。

那次西北行，是公司的一次团建，甘肃、青海、陕西玩了一大圈，秦烈当时对西安的感觉还挺好。

半个小时后，车子驶入西安市区。车窗外的街景渐渐有了一丝别样的味道，就连炎炎烈日都仿佛少了几分嚣张。阳光透过路两旁遮天蔽日的法国梧桐照下来，好似加了一层怀旧的滤镜。车子驶过一段灰色的旧城墙，街对面就是高楼大厦，看在眼里，却不觉得突兀，这大概就是古城的魅力吧，新的旧的混搭在一起，毫无违和感，随处一个角落，都能感觉到时光的沉淀。

秦烈看着车窗外的街景，始终带着一丝心不在焉。游戏展下午正式开始，三个人吃完午饭就直奔灞桥区的会展中心去了。

中国国际游戏动漫展每年在盛夏举办，今年是第五个年头，上一届在广州举办，今年的举办地是西安。

这个由国内举办的国际游戏动漫展虽然跟科隆国际游戏展那种老牌的展会相比，规模还是有些差距，但发展速度已经是很惊人了，国内顶尖游戏制作公司都会争相带最新的作品来宣传造势，很多外国游戏厂商以及玩家也会来参加。

"破晓"作为国内首屈一指的游戏厂商，虽然这两年发展形势不太好，但依然举足轻重，展位在最醒目的位置。

超大的液晶屏正在播放着"隧道3.0"版本的角色PV，公司请来的几个模特，扮演成"隧道"的几个经典角色，在展位前走秀，气场全开，穿着打扮千奇百怪的年轻coser（角色扮演者）们在展位前流连，玩家和媒体挤在液晶屏前，兴致勃勃观看"隧道3.0"版本的角色预告，还有问各种问题的，工作人员忙得有条不紊。渐渐地，展位上"破晓"的员工都怔住了，继而变得激动不已，他们看到了走在王丹阳身旁的秦烈。

展台旁，周宁笑着叫了声："秦总。"

继而是更多的声音，激动的，唏嘘的，惊喜的。

秦烈走到展位前，只淡声说了句："忙吧。"

简单两个字，却好像定海神针，所有人立刻有条不紊地各忙各的去了，时不时互相交换一下不可思议的眼神。

周围其他展位的管理层，有认识秦烈的，也都吃了一惊。

不一会儿，微博里就有人发帖，说看到"破晓"的前任总裁了，那个缔造"破晓"神话的人。

帖子热度很快上来，猜什么的都有。

"隧道"的一些粉丝开始在网上讨论。还有人把"隧道3.0"的角色PV传到了微博上，老玩家群情激动，说看到了"隧道"辉煌时的影子。

王丹阳抄着兜，站在秦烈身边，有点感慨地说："真不一样。"

秦烈看着人头攒动的展位，随口问："什么不一样？"

王丹阳："你来了，3.0的造势就成了。"

秦烈淡声说："用不着造势，3.0会火。"

王丹阳笑笑："我信你。"

秦烈："你该信你自己。"

王丹阳看着秦烈没什么表情的侧脸，恍然间觉得他跟上次在敦煌见面时有些不一样了，到底是哪里不一样，他也说不上来，反正就是不一样了，那种感觉，就好像，他身上的光不知不觉又回来了。

秦烈走到电脑前，从兜里掏出一个硬盘连在主机上，打开一段视频。随着一段静谧的羌笛响起，一样的大漠，一样的黄沙漫漫。秦烈播放的这段 PV，貌似和之前播放的那段没什么区别，但是又好像哪里不太一样了。

19

脚步声响起，踩在沙子上，孤独，空旷，人群里忽然有人说："这 3D 也太真了。"

众人的注意力渐渐被吸引过来，有人明白过来究竟是哪里不一样了，PV 的内容没变，但是视角变了，现在这段视频，观众的视角和男主的视角重合了一起。男主一步步走在沙漠里，观众仿佛是自己走在沙漠里一样，火炙般的烈日，粗粝的风沙，好像真的存在，人群里发出一声声惊叹。

"太逼真了。"

"这是裸眼 3D 吗？"

"我鸡皮疙瘩都起来了。"

随着视频里男女的对话结束，雄浑的音乐声响起，开始了激烈的打斗。观众是以男主的视角，整个沉浸了打斗里，不同于以往的裸眼 3D，这段视频画面切换频繁，动作激烈，但看上去没有一丝一毫的眩晕和不适。每个镜头、每个细节都完美呈现，就像是本人亲历了一场生死搏斗，看得人汗毛倒竖，紧张得几乎忘了呼吸。在大家屏气凝神的围观里，PV 播放到了最后，男主在悠长的音乐声里，一步步走进黄沙深处，蒙着眼睛的黑色丝带，在风里寂寞地翻飞。每个观众，也都经历了一场孤独又悲壮的谢幕，视频结束，大屏幕前一片鸦雀无声。

秦烈抬起头，声音平淡，却带着不容置疑的力量："未来，'破晓'会致力于打造最完美的沉浸式体验。"

人群里，王丹阳傻傻看着秦烈，好半晌，忽然激动地鼓起掌来。"破晓"的员工也都从震惊中回过味来，激动得跟着鼓起掌来，现场的气氛瞬间爆炸。

当天展会的工作结束后，秦烈被王丹阳拉着，跟员工一起吃了顿烧烤，夜里回到酒店，洗漱完躺在床上，明明已经很累了，却睡不着。

手机忽然响起一声微信提示音，秦烈拿起手机一看，是秦展发来的：

哥，睡了吗？

秦烈打字：没有。

秦展：想我没？

秦烈：滚。

秦展：你让我滚的啊，那汐姐的事我不说了。

秦烈没理他，放下手机，闭上眼睛睡觉。过了一会儿，他重新拿起搁在床头柜上的手机，给秦展发了条微信：什么事？

秦展却不回信息了，秦烈等了半个小时，秦展这臭小子还是没回信息，秦烈索性把电话拨了过去。

"喂？"电话那边传来秦展迷迷糊糊的声音。

秦烈："……"

他竟然睡了。

秦烈忍着怒火，问道："什么事？"

秦展："啊？我还问你什么事呢？大半夜吵人睡觉。"

秦烈一言不发地挂了电话。

过了一会儿，秦展又把电话拨了回来："哥，我刚才睡糊涂了，你是问汐姐的事吗？"

秦烈："……"

秦展："汐姐去西安了，跟她姑一块去的，坐下午的飞机。"

秦烈闭着的眼睛忽然睁开："她来西安干什么？"

秦展："她爸干着活摔倒了，好像是中风，送到陕西省第二人民医院了。"

秦烈挂了电话，起身穿上衣服就往外走。他在酒店门口打了辆车，直奔省二院。

凌晨的大街上车辆稀少，古香古色的城墙和街灯安静地做伴，街边的小店偶尔还有开着的，灯光从店门口透出来，诉说着夜色下不为人知的温暖。

车在医院门口停下。

司机看着秦烈，好一会儿，终于忍不住提醒："到了。"

秦烈看着夜色下静静矗立的门诊大楼，良久，淡声说："回吧。"

司机诧异地看了秦烈一眼，掉转车头，原路返回。秦烈在后视镜里看着越来越远的门诊大楼，淡淡收回了目光，这个时候，她大概已经睡了。

展会第二天，秦烈去会场转了一圈，见一切正常，便问司机小宋要了车钥匙。

王丹阳在一旁好奇地问："去哪儿啊？"

秦烈："看个病人。"

王丹阳一脸茫然："谁生病了？"

秦烈："一个朋友，家里人病了。"

王丹阳："你在西安还有朋友？"

秦烈懒得解释，看一眼人头攒动的展位，扔下一句："你盯着吧，有事打电话。"

王丹阳看着秦烈的背影，若有所思地嘟哝一句："这小子，神神秘秘的。"

秦烈开车到了省二院，在门口的超市买了点水果，找到神经内科的病房。他没给陈汐打电话，想先碰碰运气，结果刚进神经内科的住院部，就在走廊里看见一个熟悉的身影。

陈汐拿着个保温瓶从热水房走出来，低着头，愁眉不展。走了几步，忽然察觉到前面的路被人挡住了，她抬起头，猛然间看到秦烈的面孔，整个人都呆住了。她下意识地看看左右，好一会儿反应不过来是怎么回事。

秦烈看着她一脸愣怔的样子，觉得有点好笑。他开口，解释道："秦展说你在这边。"

陈汐恍然大悟，点点头，"哦"了一声，表情还是有些心不在焉。

秦烈："你爸怎么样？"

陈汐："发现得及时，六个小时之内用了溶血栓的药，没留什么大的后遗症，就是右腿还有点麻，走路不怎么稳当。"

她说话的时候，眉头轻轻蹙着，语气里带着一丝无奈。

秦烈的声音不知不觉柔和了些："治疗及时不会有什么后遗症，好好养几天就没事了，别担心。"

陈汐慢慢点点头，轻轻叹了口气："可是他现在闹着要出院。"

秦烈惊讶地问："为什么？"

陈汐："东岳庙里的壁画，他说有一块壁画修到一半了，今天必须要过去把剩下的那点活干完。"

秦烈有点无语。

陈汐抬起头看向秦烈，第一次，目光里透着那么多无奈。秦烈手指不觉动了动，本能地想抬手摸摸她的头发。下一秒，他察觉到自己想做什么，生硬地把手抄进了兜里。

"我去看看他吧。"他说。

陈汐点点头，带着秦烈走进病房。

陈鹤声靠在床头，手上打着点滴，正在跟陈梅理论。他指着还剩半瓶的点滴，好声好气地对陈梅说："我刚才问护士了，今天上午没有其他药了，这瓶输完，你让我去趟工地，把那点活处理完，我马上回来。"

陈梅不理他，低头削苹果。

陈鹤声："你讲点道理好不好，医生都说了，这个毛病得多活动，越活动好得越快。"

陈梅抬眼瞥了陈鹤声一眼，不软不硬地说："医生说是出院后多活动，你出院了吗？"

陈鹤声急道："你懂得轻重缓急吗？"

陈梅："懂啊，命要紧，工作离了谁都能转。"

陈鹤声被陈梅怼得没话说，气得干瞪眼。

秦烈在门口看到这一幕，不知为什么，觉得病床上的老爷子很熟悉。大概是他身上的气质吧，一眼就能看出跟陈汐是父女俩，又冷又倔，又有一点点这年头少见的单纯。

陈鹤声和陈梅正吵着，看到陈汐跟一个高大硬朗的男人进来，两个人同时忘了争吵，怔怔看着门口走进来的两个人。

陈汐带着秦烈走到病床前，轻咳一声，介绍道："这是我朋友，秦烈，这两天正好在西安，听说爸生病了，过来看看。"

陈鹤声笑着打量秦烈，热情地说："来来，坐下说。"

陈梅连忙起身，把椅子让给秦烈，自己忙着找纸杯给秦烈倒水。陈汐戳在一旁，不尴不尬地对陈梅说："不用麻烦。"

陈梅凌厉地瞪了陈汐一眼，人家拎着水果，大老远跑来看你爸，你这什么态度？再说，这小伙子瞧着可真带劲啊！

她一把推开挡路的陈汐，跑到柜子跟前找纸杯。

秦烈把手里的水果搁在地上，坐下来，看了眼头顶的点滴。他很少沾人情世故，坐下来，才觉得有点没话说。没想到陈鹤声却是个话痨，而且是人情世故只字不提的话痨。秦烈刚坐下，还没来得及礼貌地问一下陈鹤声的病情，老爷子自己就念叨起来："秦烈是吧？"

秦烈点点头，以为陈鹤声要查户口，不知不觉硬起头皮，先尴尬上了。

哪知陈鹤声话锋一转，愤愤然地开了口："小秦啊，你来得正好，你帮忙评评理，就这点小毛病，至于在医院躺三天吗？"

秦烈："……"

她总算知道陈汐身上的那股疯劲儿像谁了。

他斟酌片刻，说道："医生的话还是要听。"

陈鹤声："我也没有不听，住院没问题，也不用一直躺在病床上吧。"

他支起身子，坐直了，一脸焦虑："小秦啊，陈汐跟她姑姑不懂，我现在做的这件事，中间耽误不得，耽误了，就是毁坏文物。几千年的文物啊，我拿什么偿？我这个老命也不值那一块脱落的墙皮啊。"

陈汐："我就不信了，离了你还没别人会修壁画了是吧。"

陈鹤声不满地看了陈汐一眼："他们能有我这水平吗？再说就算有我这样的修复专家，那也得现叫人过来啊，时间来不及。"

他看向秦烈，极力想说服秦烈，变成自己的同盟："小秦啊，叔叔拜托你件事好不好，她们就是担心我腿脚不方便。你能不能扶着我，送我去趟东岳庙，等我把那点活干完再送我回来？"

秦烈看向陈汐，见她表情倔强，依然不肯松动。

陈鹤声眼巴巴看着秦烈，目光近乎恳求："你有空吗？没空也别勉强。"

秦烈跟他对视一眼，几乎被他目光里的两团火烫着。

他长这么大，见过形形色色的人，蝇营狗苟，追名逐利，他曾经也不过是那些人里的一个，他从没有被什么人的目光，这样震撼住。

他默然片刻，回头看向陈汐："我送他。"

20

藏在东门顺城北巷闹市里的东岳庙，炎炎盛夏里守着一片难得的清凉。看门的大叔见到陈鹤声，连忙迈下台阶，搀住陈鹤声另一边胳膊："陈老啊，昨天可吓死我了，您怎么不在医院好好养着啊？"

陈鹤声拍拍自己发僵的右腿，笑着说："小毛病，在医院躺不住。"说着就要往台阶上迈，可右腿没有力气，只好侧着身子，左腿迈上一步台阶，再费力地把右腿挪上来。

秦烈扶着陈鹤声，感觉到他的吃力，索性蹲下，把陈鹤声背了起来。陈鹤声笑呵呵地感慨："年轻好啊，我像你这个岁数的时候，扛着铺盖卷还有锅碗瓢盆爬山壁，健步如飞。"

陈汐跟在他们身后，凉凉地说："你厉害，你还会飞檐走壁。"

陈鹤声回头看了陈汐一眼，满脸自豪地说："你还别不信，年轻时候我们修西千佛洞，没点飞檐走壁的本事还真进不了悬崖绝壁上的洞窟里，要背着工具，还得把过日子的家当都背进洞窟里，一住就是几个月。"

门卫大叔啧啧赞叹，护着陈鹤声，走进庙里。他看了看陈汐，笑着说："这是闺女吗？跟您眉眼有点像。"

陈鹤声点点头："一听我有事，昨晚就赶过来了。多大点事啊，还值当跑一趟。"

门卫大叔："您这话就不对了，孩子孝顺，您老有福气啊！"他说着看向秦烈，"这是女婿吧？一表人才啊！"

陈鹤声忽然哈哈笑了两声，拍拍秦烈的肩膀："小伙子，咱俩能有这缘分吗？"

秦烈："……"

他忽然觉得跟陈鹤声相比，陈汐简直算得上婉约派了。他面无表情地看了陈汐一眼，正对上她一言难尽的目光。两个人的目光一触即分，陈汐抬头看向晴空下矗立的大殿，五间大开间，四周廊庑相绕，廊檐斗拱下是朱红色的柱子，上面刻着二龙戏珠的浮雕和繁茂的花卉。

她问："爸，你在哪个殿里修壁画？"

陈鹤声指指院子里的大殿："就这里。"他朝门卫摆摆手，"我先忙了，得空一块喝茶。"

门卫笑着点头："您慢着点。"说完慢慢朝庙门口溜达过去。

秦烈走进主殿里，放下陈鹤声，陈汐跟在他们身后也走了进去。大殿里光线幽暗，外面是炎炎烈日，殿里却很凉爽。秦烈适应了一下光线，渐渐看清大殿三面墙上绘满的壁画，很旧，颜色很暗，这是他第一眼最直观的印象，除此之外就没有其他感觉了。

陈汐却瞬间不淡定了，她环顾四周的壁画，简直目不暇接，惊讶地赞叹："想不到西安还有这么完整的壁画，爸，这些全部修完需要好长时间吧。"

陈鹤声点点头，缓缓四顾墙上古旧斑驳的壁画，目光简直是温情脉脉。

秦烈略微认真地再次看向墙上的壁画，依旧没什么感觉，就算是莫高窟里的壁画，他也没有走过心。

大殿东面的墙跟前立着一个小型的升降梯，梯子顶端可供两个三人容身，上面摆着一把小马扎，一堆瓶瓶罐罐，还接着一盏照明灯。陈鹤声慢慢走到升降梯下面，笑着对一左一右搀着他的两个年轻人说："你们两个，把我弄到梯子上去。"

陈汐眉心跳了跳，正要发作，遇上秦烈的目光。他脸上没什么表情，目光却带着一丝欣赏，那种幽暗中的一丝明亮，就像沉沉的夜幕上一颗闪亮的星星。

陈汐脑海里忽然闪过他们在冷雨夜骑一辆摩托，狂飙在空旷的国道上，还有他们大半夜在无人的沙漠里飙车，肆意追逐，他们一起做危险的事，一起血脉沸腾。

陈汐忽然意识到，他懂她的疯，也懂陈鹤声的疯，他的世界宽广无垠，容得下信马由缰地驰骋，肆意尽兴地疯魔。

陈汐忽然就发作不起来了。陈鹤声的执拗，她其实也是懂的，否则那些成长里缺少的父爱和陪伴，她怎么能做到毫无芥蒂。

两个人没说话，却在一瞬间商量好了似的。秦烈蹲下来，再次背起陈鹤声，一手攀住升降梯的扶手，敏捷地爬了上去。他小心地转过身，把陈鹤声放在了升降梯上，陈汐跟着上来，扶着陈鹤声坐在马扎上，秦烈最后上来，关好了安全护栏。

陈鹤声捶捶右腿，笑着说："开工。"

他从工具盒里拾起一把极细的小刀，凑近鼓凸的墙面，把里面发了霉的东西一点一点往外清理。

陈汐蹲在陈鹤声旁边，秦烈站在他们身后，两个人默默看着陈鹤声小心翼翼处理鼓凸的墙面。

不知不觉半个小时过去了，清理出来的东西才一点点。

陈汐："歇会儿吧。"

陈鹤声聚精会神地盯着墙面，动作小心翼翼，淡淡"嗯"了一声，却没有停下手上的活。

陈汐等了一会儿，忍不住说："爸，这么多年了，你怎么没再收个徒弟呢？"

陈鹤声依旧沉默干活，好一会儿，才小心翼翼抬起小刀片，仔细查看一遍墙上的壁画是不是牢固，这才开了口："太难了，现在没几个年轻人愿意干这个，就连你马叔，那么踏实的一个人，也没坚持下来。"

陈汐轻轻叹了口气，想到马科长在王老师病房门口的崩溃，心里怎么也对他生不出一丝苛责。

陈鹤声沉默下来，看着壁画上行云流水的山石和树木，让他醉心的一笔一画，一草一木。半晌，他叹口气，遗憾地说："这些历史的痕迹，迟早有一天会消失。"

陈汐知道陈鹤声多年来的心事，安慰道："不一定。"

陈鹤声饶有兴致地问："怎么不一定？"

陈汐忽然想起秦烈的 VR 馆，脱口而出："现在不是已经有数字技术了吗？莫高窟也有数字展厅了，没准有一天，这些壁画可以用另外一种方式保存下来，而且，永远也不褪色。"

陈鹤声一脸向往，激动地点点头："好好，那我就帮这些壁画等到那一天。"

秦烈听着父女两人的对话，心里某个角落，仿佛照进了一缕阳光，冰雪悄悄消融，汇成一股细细的暖流。

陈鹤声忽然看向秦烈，笑着朝他招招手："你们年轻人对这些又老又旧的东西没兴趣。来，我给你讲讲这里面的门道。"

秦烈蹲下来，安静听着。陈鹤声指指墙上的壁画，说道："你看这一幅，透过这个圆形的窗户，能看到男人在睡觉，女人坐在床边，半空中还有个腾云驾雾的人。这明显就是个小故事嘛，现在的年轻人爱看什么玄幻小说，古代人也有玄幻故事。"

他讲得开心，眼睛里的笑意快要溢出来："你看看这院子、这房子，透过窗户能看到屋里的摆设、家具，还有人的衣着打扮，都是古人的生活啊。"

他看向秦烈，目光有着他这个年龄少有的清澈明亮："是不是很有意思？"

秦烈笑笑，轻轻"嗯"了一声。他看着墙上的画，忽然觉得，是挺有意思的。

下午，陈鹤声回病房休息，陈梅在旁边守着，陈汐无所事事，送秦烈出来。

两个人沉默坐电梯到了住院部一楼，陈汐站在人来人往的大厅，朝秦烈笑了笑："今天，谢了。"

秦烈点了点头，看向大厅门口一地炽烈的阳光。

"走了。"他淡声说。

陈汐"嗯"一声，秦烈转身，朝门口走了几步，忽然停下脚步，回头看到陈汐还站在原地。

他沉默一瞬，开口对陈汐说："去不去游戏展？"

会展中心，"破晓"的展位上，王丹阳正坐在电脑前，琢磨秦烈昨天带来的这段PV。一旁的周宁忽然猛地晃了晃他的胳膊，王丹阳看向周宁："怎么了？"

周宁瞪着眼睛，一脸惊讶地指了指展厅入口的方向。她眼睛本来就大，这么一瞪，简直都有惊恐的效果了。

王丹阳连忙顺着她手指的方向望过去，瞬间也惊呆了。他看到秦烈走进展厅，身边还跟着个身材高挑的姑娘。

等两个人走到面前，王丹阳忽然认出了秦烈身边的姑娘。他噌地站了起来，惊讶得眼珠子都快掉下来了。他指着陈汐，语无伦次地说："是你啊，抢包的，那什么，老秦找的设计师？"

陈汐朝王丹阳笑笑："嗯，抢包的。"

周宁歪着头打量两个人，笑容暧昧地问："你俩怎么在一块啊？"

陈汐："我正好在西安，过来看看。"

王丹阳立马热情地说："让老秦陪你转转，这展会挺有意思的。"

他朝秦烈暧昧地眨了下眼，周宁也一脸看八卦的表情。秦烈无视这两个人的挤眉弄眼，淡声对陈汐说："逛逛去。"

陈汐点点头，笑着朝王丹阳和周宁摆了摆手。

两个人离开后，一旁默默吃瓜的"破晓"员工直接炸开了锅，陈汐和秦烈却浑然不觉，在一群吃瓜群众的注视下，渐渐走远。

陈汐长这么大，还是第一次逛游戏动漫展，看什么都怪新鲜的，四周随处可见各种装扮的coser，还有各种游戏周边，陈汐能认得的只有寥寥几个。

迎面走来两个coser，陈汐盯着看了一会儿，忽然兴奋地对秦烈说："是'隧道'的角色吧？"

秦烈点点头："明年再来游戏展，会看到你设计的角色。"

陈汐忽然就有点期待。

两个人边走边看，逛到第二个大厅，远远地就看到一个展位四周挤满了人，几乎吸引了这个展厅的所有视线。

陈汐抬头看了眼展位上的logo（徽标），是两个醒目的大写英文字母，"FW"。

陈汐忽然看了秦烈一眼，见他神色如常，没什么反应。

21

陈汐想起那天无意中听到秦烈和那个游客的对话。她的好奇心被勾了起来，随着拥挤的人群，朝 FW 的展位走去。

两个人走到人群外层，看到 FW 的展位是一个小型的舞台，虽然小，灯光效果却很炫酷。舞台上有个肩宽腿长的大帅哥，挑染的头发随意扎在脑后，穿一件浅咖色的衬衫，修身的牛仔裤包裹着两条大长腿。他抱着一把闪闪发光的电贝斯，一开嗓，高亢的声音瞬间点燃围观的人群，洒脱不羁，帅得让人呼吸都艰难了。

陈汐忍不住赞叹："好帅。"

秦烈轻轻笑笑，没有说话。

台上的歌手光芒四射，几乎没有人注意到舞台角落里站着一个气质不俗的年轻人，脸上带着一丝自信的笑容，正在操作一台设备。年轻人偶尔抬眼看向围观的人群，忽然间，他的目光和台下的秦烈相遇。

陈汐在歌手磁性的嗓音里，越看越觉得台上的大帅哥身上好像有光，耀眼的光。渐渐地，她的眼睛越睁越大，表情越来越惊诧，她忽然一脸不可思议地看向秦烈："他不是真人？"

秦烈点点头："这是虚拟偶像。"

陈汐惊叹："这也太逼真了。"

一曲终了，台上的帅哥还逼真地扶着膝盖喘了几口气，然后直起身，朝台下做了个帅气的致敬。明知道是假的，一群小姑娘还是兴奋得嗷嗷直叫。帅哥喘着气，对着麦克风说了一句话："下一首歌，想听什么？"

围观的人群纷纷叫着想听的歌，喊什么的都有。

陈汐饶有兴致地看着四周兴奋的观众，自己也跟着兴奋起来。

不一会儿，舞台上音乐响起，台上以假乱真的歌手对着麦克风唱了起来，音乐火热，歌手的声音热烈彪悍。

"千度高温波涛由你涌起，个个说我太狂笑我不羁，敢于交出真情哪算可鄙，狂拥抱，不需休息的吻……"

陈汐觉得这歌很带劲，她转过头，见他好像在跟着节奏，低低哼唱。

她问秦烈："这歌叫什么？"

秦烈看她一眼，微微垂下眼皮，唇角浮起一丝暧昧的笑："敢、做、敢、爱。"

陈汐怔了怔，忽然移开视线，耳朵莫名有点发烫。两个人的思绪被扯向了沙漠音乐节那个燥热的夜晚，空气里翻涌着荷尔蒙，他们不管不顾，疯了一晚。

周宁忽然拉着王丹阳窜了过来，大声说："秦烈，不对吧？你一直知道的，这首歌可是我和丹阳的定情歌啊！"

周宁站在陈汐旁边，看向舞台上，似乎想到了什么，脸上带着一缕意有所指的笑："这首歌叫《敢爱敢做》，林子祥唱的。"

陈汐察觉到周宁声音里的隐晦，脸忽然跟着烧起来。她漫不经心朝秦烈望去，只见他意味深长，一双眼睛似笑非笑地落在她身上。

所以他是在暗示，他敢做，也敢爱吗？

逛完会展，陈汐看时间不早了，就要回医院换陈梅去休息，秦烈开车送她到了医院门口。两个人一路无话，车停在医院门口，马路边来来往往的人行色匆匆，陈汐终于开口打破沉默："你什么时候走？"

秦烈脸上没什么表情，目光却直视着陈汐。沉默片刻，他开口说："看情况。"

陈汐的耳朵微微一热，不知道是因为车外忽然包围住她的酷暑，还是因为他的话莫名有点撩。陈汐沉默一瞬，说道："明天请你。"

秦烈浓眉微微抬起："请什么？"

陈汐："明天傍晚，请你去东大街城墙上骑车。"

秦烈沉默，明天会展结束，他和FW的负责人要碰面。见秦烈不说话，陈汐问他："没空吗？"

秦烈"嗯"了一声。

陈汐笑笑："算了，你忙。"

她下了车，正要关车门，听到秦烈低沉的声音："后天可以吗？"

陈汐怔了怔，俯下身看向车里："后天上午我回敦煌。"

秦烈："这么快……"

陈汐点点头："店里太忙，我姑会在这边多待一阵。"

秦烈没说话，淡淡看着陈汐。

陈汐："敦煌见。"

第二天，陈汐在医院陪了陈鹤声一整天，晚上回到宾馆，冲了个凉就早早躺下了。她是个夜猫子，躺早了也睡不着，索性找秦展和刘伯洋一起打游戏。三个人联机玩了两局，秦展就掉链子了："不玩了，走了。"

陈汐和刘伯洋对他"口吐芬芳"。秦展嘟囔地回了一句："忙着呢。"说完就下线了。

陈汐和刘伯洋继续联机，不知不觉玩到凌晨一点才散。陈汐正准备关灯睡觉，忽然，屏幕上冒出一条微信提示，是秦烈发来的：睡了吗？

陈汐回复：还没。

秦烈：吃宵夜吗？

陈汐看着屏幕，怔然片刻，回道：现在？

秦烈：嗯。

陈汐：你在哪儿？

秦烈：医院门口。

十分钟后，陈汐走出宾馆，看到停在门口的车，秦烈正站在路边。医院就在旁边，大半夜的，门口依然挺热闹。

陈汐问："想吃什么？"

秦烈："看你。"

陈汐："这个时间了，去回民街吧。"

两个人坐进车里。秦烈随口问道："你去过回民街？"

陈汐："以前上学的时候，隔三岔五跟宿舍的女生一块往鼓楼那边跑。去东大街买衣服，吃钟楼小奶糕，馋了就去回民街，吃烤串、麻酱涮牛肚、灌汤包、水盆羊肉。"她笑笑，目光里都是回忆的温暖，"都说回民街太商业，我还是喜欢去。"

秦烈有点吃惊地看向陈汐："你在西安读的大学？"

陈汐点点头："嗯，西北大，考古专业。"

秦烈发动车子，缓缓驶了出去。

陈汐笑着说："你想吃宵夜，找对人了。"

凌晨一点的回民街，依然还有游客，两个人穿过街口的牌楼，脚下的石头路面被磨得锃亮，坑坑洼洼的，透出一股岁月幽深的气息。

走进街里，烟火弥漫，空气里飘着烤肉的香气。路边有个卖竹筒镜糕的，朝陈汐喊："女子，尝尝镜糕吧。"

陈汐停下脚步，买了两个，递给秦烈一个。

两人走出去几步，陈汐笑笑说："我刚来西安那会儿，听到有人喊我女子，还有点蒙圈。后来发现这边上年纪的人都这么称呼年轻女孩，尝尝这个镜糕，挺好吃的。"

秦烈两口吃完一小块镜糕，甜丝丝的，有点青丝玫瑰的余香。

陈汐："走吧，带你吃一家我最喜欢的涮牛肚。"

一路上，陈汐见啥买啥，到了小吃店，秦烈手里已经拎了一堆袋子。有蜂蜜凉粽、麻酱凉皮，还有柿子饼煎出来的元宵，看着就让人很有食欲。等涮牛肚的时间，陈汐又跑出去买了一笼灌汤包。

"趁热吃，别客气。"她坐在对面，笑吟吟看着秦烈，俨然一副东道主的样子。

秦烈吃了口蜂蜜凉粽，糯糯的，甜度适中。他边吃边问："毕业后回来过吗？"

陈汐点点头："去年和舍友回来聚过一次。"

她忽然没了下文，有点微微出神。那次回来，她带着白宇宁，见了宿舍的姐妹。

秦烈看着陈汐微微怔然的面孔，大概猜到了点什么。他把小吃往陈汐面前推了推："吃吧。"

陈汐点点头，吃了个灌汤包，忽然想起什么，问老板要了两瓶冰峰汽水。

陈汐递给秦烈一瓶冰峰，笑着说："你们北京人喝北冰洋，西安这边喝冰峰。"

秦烈看了陈汐一眼，接过汽水，没说什么。陈汐说完这话，又是微微一怔，他明明是敦煌人，她却下意识觉得他是北京人，和白宇宁一样，他们都有一番广阔的天地，在北京，不在她的小城。

陈汐话变少了，看上去吃得很专注，秦烈也不说话。两个人默默吃完一顿丰富的宵夜，重新回到街上。

秦烈看到一个卖皮影戏的小店，这个时间还开着门，他走进店里，看了一会儿墙上琳琅满目的皮影，指着一套"三打白骨精"的皮影说："劳驾给我拿一套。"

陈汐好奇地问他："要送人吗？"

秦烈点点头，脑海里闪过森森那张古灵精怪的小脸，想到森森，他又想到杨珊和林芳家的小丫头，于是又挑了一套"嫦娥奔月"，一套"白蛇传"。

凌晨两点的长街上，游客渐渐变得寥寥，很多摊档也打烊了，秦烈看了眼时间，问陈汐："困吗？"

陈汐："还好。"

秦烈："敢不敢夜驾？"

陈汐笑着看向他："有什么不敢？"

22

　　凌晨三点的街头，空旷得让人想要肆无忌惮。秦烈开车一路向东，驶出市区，街灯越来越远，渐渐在他们身后变成一片朦胧的光晕。陈汐坐在副驾驶，随口问道："这是要去哪儿？"

　　秦烈："骊山。"

　　上次来西安，他们开车经过一条很美的盘山公路，那时是个傍晚，他们和一场轰轰烈烈的日落不期而遇。他们在山路旁的一块空地上停了车，静静看了一场日落。秦烈记得那时周宁靠在王丹阳身上，浓稠的夕阳包裹着两个人，看起来很暖。那一幕莫名其妙留在了他的脑海里，时隔这么久，依然很清晰。

　　到了骊山脚下，天边依稀透出一抹浅浅的亮色，秦烈开车驶进盘山公路。朦胧的清晨，暗夜将退，盘旋的山路像一条幽深的风景画廊。陈汐降下车窗，清凉的风猛地灌了进来，沁人心脾，她笑笑说："好爽。"

　　盘山路蜿蜒而上，九曲十八弯，越往上开，视野越开阔，前面一片平坦的空地，秦烈打了把方向盘，把车停在了路边的空地，拉上手刹，车后方正对着遥远的天际，那抹微微的晨曦。车里忽然安静下来，静得能听到两个人的呼吸，秦烈看了眼时间，淡声说："离日出还有一段时间。"

　　陈汐转头看着他，幽暗的光线里，一双眸子清澈明亮："那做点什么，打发时间？"

　　她声音不知不觉有点低哑，带着一丝漫不经心的挑逗。秦烈一言不发，探身吻住了陈汐，陈汐闭上眼睛，痛快地吻了回去。两个人身上似乎都藏了压抑许久的火苗，相互碰触，便刺啦一下燃了起来。

　　山那边，天色渐渐泛出一抹白，寂静的山岭，传来夏虫清脆的鸣叫。尽管轿车隔音效果不错，被欲望浸染过的声音，还是断断续续从车里溢了出来，草丛里的小虫忽然屏住声音，不再叫了，大概是被那些红尘里起起伏伏的声音吓到了，转身跳开。

　　不知过了多久，黑夜悄悄退去，两个人下车，陈汐一抬头，忽然看到山那边，一片耀眼的光芒，太阳不知什么时候，露出了半张脸。

　　秦烈打开后备厢，一屁股坐了上去。陈汐也在后备厢坐了下来。

　　"看日出？"她淡淡问。

　　秦烈低低"嗯"了一声。

　　陈汐轻笑："这么浪漫……"

　　她看着灿烂的天际，好半晌，淡声说："不如回去补个觉。"

她不喜欢此刻的浪漫，因为浪漫会让人不切实际地喜欢上什么，她和他，大概只有及时行乐的缘分。

秦烈没说话，沉默地看着天边，层层叠叠的峰峦沐浴在一片炽烈的朝霞里。

太阳越升越高，红彤彤的一大颗，像回民街路边摊上的柿子饼，陈汐微微眯起眼睛，整张脸被阳光照得暖洋洋的，所有的温暖，似乎都留在了这一处僻静的山路旁，她坐累了，懒散地靠在秦烈肩头，一言不发。

"好浪漫……"她心里淡淡地，叹了口气。

回到敦煌，陈汐一头扎进店里，转眼间忙到周末。她不知道秦烈哪天回来的，这几天没看到他来店里。

周六上午，陈汐吃完饭照常推着摩托车出门，森森背着书包追了出来，轻车熟路地蹿上摩托车后座。陈汐回头看他一眼，提醒道："睿睿下午才去店里，你这么早去干吗？"

森森不屑地说："谁要跟她玩，我跟秦烈哥约好了。"

猝不及防听到这个名字，陈汐耳朵莫名一热，怔了一瞬才开口说："你什么时候跟他约好了？"

森森一拧小脑袋："不告诉你，这是我跟秦烈哥的事。"

其实是上回在秦烈店里，两个人说好了，以后森森要是有什么不会做的数学题，周末就来店里问秦烈，森森心里美滋滋的，这是他跟秦烈哥的约定，连陈汐姐都不知道。

陈汐无奈地跨上摩托，带着森森去了店里。

VR馆门口竟然停着秦烈的车，陈汐从没见他来得这么早过。

森森下了摩托，直接朝VR馆里跑去。陈汐愣愣看着森森跑进秦烈店里，她收回视线，停好车，一边摘头盔，一边大步走到自己那边。

快中午时，森森才从VR馆那边回来，怀里抱着三套皮影戏，他把皮影戏搁在茶几上，打开冰箱门，拿了三个雪糕出来。

陈汐正在接水喝，看到森森放在茶几上的皮影戏，直接愣住了。她问："哪儿来的皮影戏？"

森森扭头说："秦烈哥给我的，还有睿睿和果果的。"说完拿着雪糕，屁颠屁颠跑回隔壁的VR馆。

陈汐呆呆看着茶几上的皮影戏，说不出心里是什么滋味。她脑海中忽然闪过秦烈在小店里挑皮影戏时的画面，那时的他一言不发，看上去和平时一样疏远冷淡。陈汐没办法想象，那时的秦烈，心里想的是那三个小跟屁虫，就连她自己，都没想到来趟西安，要给三个孩子带点礼物回去。

她心不在焉地走回一辆挡风玻璃开裂的车跟前，沉默着继续干活。

过了一会儿，秦展蹭过来帮忙，贱兮兮地朝陈汐笑了笑，陈汐没理他，小心地拆下最后一点玻璃。秦展观察着陈汐的表情，试探地说："汐姐，我哥来了。"

陈汐忙着手里的活，淡淡"嗯"了一声。

秦展："咱们有一阵没聚了，要不晚上收工，一块在店里喝点？"

陈汐看了眼另外三辆还没来得及动手修的车，淡声说："哪有时间啊，等忙完这阵子再说吧。"

秦展"哦"了一声，按捺不住内心的八卦，问道："汐姐，在西安，我哥找你没？"

陈汐点点头。

秦展靠在车门上，笑嘻嘻地问："你俩是不是好上了？"

陈汐掀起眼皮看他一眼："你很闲是吧？去把那辆蓝车的电瓶换了。"

秦展笑着溜达开，心里怪痒痒的。问他哥，他哥不说，问汐姐，汐姐也不说。

下午，杨珊带着孩子来了陈汐店里。陈汐这两天太忙，只能在店里教睿睿画画了。

陈汐过来给睿睿布置完临摹的作业，从冰箱里拿了瓶饮料递给杨珊，回到车里继续忙活。

杨珊打开车门，坐进了副驾驶，看着陈汐干活，好一会儿，忽然说："我又怀上了。"

陈汐突然停下手里的活，惊讶地看向杨珊："确定了？"

杨珊点点头，脸上的表情不知道是开心还是揪心。

陈汐："好事，你不是还想要个闺女吗？"

杨珊点点头，下意识地摸了摸肚子："是啊，希望是个女孩。"

她垂下头，忽然就有点难过，眼泪扑簌簌滚了下来。陈汐吓了一跳："哭什么啊？"

杨珊抹了把眼泪，忽然又笑了："不知道，激素失调吧，一会儿高兴，一会儿又想哭。"

陈汐无奈地看着杨珊："你现在反应大吗？"

杨珊点点头："太难受了，从早到晚都是晕车的状态，吃什么吐什么，老想睡觉，还得咬牙撑着上班。"

她顿了顿，忽然又哭又笑地说："可我就是还想再生一个。"

陈汐捏了捏杨珊略显丰腴的肩膀，轻声说："你想好了就行。"

杨珊的目光透过车窗，落在睿睿身上。

小家伙伏在茶几上，埋着头，一笔一画地临摹陈汐给她的画，那肉嘟嘟的脸蛋，让人忍不住想要伸手捏一捏。如果此刻坐在她身边，就能听到她粗粗的呼吸声，每当她专注做什么的时候，呼吸都会变得很大声，原理大概跟小猫打呼噜一样吧。

杨珊的心瞬间软成了一团棉花糖，她笑了笑，淡声说："我其实刚验出来怀孕的时候，还有点犹豫，韩超也不是太想要，好不容易把睿睿拉扯大了，再来一个，我们的日子就回到解放前了。"

她看着睿睿，表情动容："可是啊，睿睿一听她可以当姐姐了，高兴得都不知道该怎么好了，我们吃完晚饭，她搬个小板凳跑进厨房，非要洗碗。我跟韩超站在厨房门口，看着她站在小板凳上，把袖子卷得高高的，花了好长时间洗干净一个碗，我眼泪当时就忍不住了。"

陈汐也看向睿睿，表情也有些动容。

杨珊："有的孩子不喜欢家里再来一个争宠的弟弟妹妹，但是睿睿简直盼星星盼月亮一样想要个弟弟妹妹，那一晚过后，我跟韩超就不再犹豫了。"

远处，睿睿画着画，忽然抬头看向森森，神秘兮兮地说："森森哥哥，我妈妈要给我生一个小妹妹。"

见森森不为所动，睿睿忍不住又说："等我当上姐姐，就跟你一样厉害了。"

下午，睿睿学完画，杨珊回去的时候把森森捎了回去。秦展和刘伯洋走后，陈汐留在店里，把干了一半的活忙完才收工，她有点饿，从橱柜里翻出一桶方便面泡上，坐在沙发上大口吃了起来。

正吃着，头顶落下一片阴影，陈汐抬头，看到秦烈站在面前。她差点呛到，轻咳两声，说道："你走路怎么没声音？"

秦烈有点无语："是你吃面声音太大。"

陈汐看了眼几口就见底的方便面，淡淡笑了笑："什么事啊？"

她问秦烈，声音里不带一丝暧昧或其他什么。

秦烈垂眸看着陈汐，从她脸上看不到什么表情，就好像，他们之间从没发生过什么，或者是发生了，她也从没走心。

秦烈原本想反问一句"没事就不能来吗"，一到嘴边，变成一句无波无澜的话："你设计的一个角色跟最近新出的一款皮肤撞衫了，需要改一下衣服的配色。"

陈汐点点头："好，哪个角色？"

秦烈："一会儿发给你。"

陈汐又点点头，然后就没话了，秦烈也不说话，只面无表情地看着她，目光冷淡。几秒钟后，安静的空气里浮起一丝淡淡的尴尬。

陈汐抬起头，正要问他还有没有什么事，手机突然响了，她一看是范明素打来的。

"喂，奶奶，什么事啊？"

电话那边传来范明素着急的声音："陈汐，关老头不怎么好，你回来送他去医院看看。"

/ 第三章 /
晴空、静待、秋天

01

范明素的声音很大，秦烈也听到了，陈汐挂了电话，抓起背包就往外走，秦烈也大步跟了上来。

陈汐一边急匆匆地往摩托车跟前走，一边对秦烈说："角色的衣服我抽空改了给你。"

秦烈伸手一把抓住她的胳膊："坐我车。"

陈汐摇摇头，"不用了，我骑摩托就行。"

秦烈："你骑摩托送人去医院？"

陈汐怔了怔，这才发现自己慌里慌张，只想着快点回家，忘了这一茬。

她说："没事，伯洋家顺路，我去开他的车。"

秦烈二话没说，拉着陈汐上了自己的车。两个人一路无话，飞驰到杨家桥关老爷子的小院门口。

秦烈停下车，和陈汐一起快步走进院子里，堂屋亮着灯，范明素焦急地等在屋门口。

"怎么了？"陈汐声音发紧。

范明素："发烧，咳血。"

陈汐推开纱门走进屋里，看到关老爷子躺在沙发上，森森红着眼睛，把老爷子额头上的一块湿毛巾翻了个面。他一抬眼看到秦烈，硬生生把眼睛里的泪花忍了回去。

秦烈把老爷子打横抱了起来，几乎感觉不到重量，像抱了一捆干柴。他把人放到车后座，低头对跟来的森森说："你在家。"

森森强忍着心头的恐惧，低低问道："我爷爷没事吧？"

秦烈看着他，点点头："没事，你放心。"

森森强忍着眼泪，重重点了点头。范明素也要跟着，陈汐关上车门，对她说："你别去了，在家看着森森吧。"

范明素迟疑一瞬，秦烈在一旁开了口："我跟着，放心吧。"

范明素这才放下心来，把一兜检查单和CT片子递给秦烈。

她和森森站在院门口，看着秦烈的车穿过巷子，越开越远。车灯的光也渐渐暗了下来，森森忽然拔腿追了上去，他拼命地追，发疯地跑，就好像身后有个恐怖的怪物在追着他跑似的。

秦烈瞥了一眼后视镜，忽然看到小小的一点点的影子在追着车跑，他的心像是忽然被刺了一下，猛地踩下刹车。

森森飞奔过来，脸上湿漉漉的，却看不到眼泪。他扒着车窗，一开口，声音几乎都是抖的："秦烈哥，我爷爷会活着回来吧？"

昏暗的灯光下，森森的瞳孔因为恐惧变得漆黑如墨："会活着回来吧？"

他的声音带着撕裂的哭腔："他不会死对吧？"

秦烈朝他点点头，看着他的眼睛，语气坚定："会活着回来。"

森森依然扒着车窗不肯松手，他死死盯着秦烈，然后又死死盯着陈汐，目光执拗，又近乎哀求。爷爷吐了血，疼得哆嗦，他吓坏了，他从来没有这么清清楚楚地意识到死亡的迫近，第一次真真切切地感觉到爷爷是会离开他的，他在这世界上唯一的依靠，要扔下他不管了。

陈汐抓住冰凉的小手，喉咙里一阵哽咽，话都说不出来了。她看到森森小身后一团巨大的黑影，乌沉沉地压下来，几乎要将他小小的身子吞没。她紧紧抓着森森的手，直到范明素追上来，抱住了森森单薄的小身子。

"走吧。"陈汐低声对秦烈说。

秦烈发动车子，从后视镜看着一老一少，渐渐没入夜色里。

陈汐和秦烈把关老爷子送到市医院，门诊已经下班了。秦烈挂了急诊，两个人找到座位，一左一右陪着意识不大清醒的老爷子。

等了一会儿没医生过来，陈汐有点着急。秦烈便起身去找人，一名护士跟着过来看了看就离开了，过了一会儿，终于来了医生。

看过一沓厚厚的检查单，医生没多说，直接安排住院。

不知道是烧的还是疼的，关老爷子全身都在轻轻地抖，却仍倔强地摆摆手说："不住院，回家。"

陈汐心头一酸，不顾关老爷子的反对，对医生说："住院。"

秦烈让陈汐陪着老爷子，自己上上下下跑了一通，终于把人转到了病房。

打了止痛针和退烧药，老爷子的烧渐渐退了下去，眉头舒展开，睡了过去。陈汐站在病床前，这才察觉到一丝疲惫。

她走出病房，站在走廊里，头顶灯光惨白，照得她脸上没有一丝血色。秦烈也走了出来，轻轻关上病房门。

"吃点东西去。"他淡声说。

陈汐摇摇头，靠在冰凉的墙上，心里惴惴的，一点胃口也没有。

秦烈："陪我吃。"

陈汐看了他一眼，沉默片刻，点了点头。

两个人走到医院附近的一家拉面店。陈汐坐下来后就一直沉默看着店门外的街道，整个人魂不守舍的。

秦烈点了两碗拉面，看了眼桌上没醋，起身把别的餐桌上的醋壶拿了过来，给陈汐碗里倒了一些。

陈汐的目光不知什么时候移到了秦烈身上，怔怔看着他手里的醋，秦烈察觉到陈汐的目光，手上的动作顿了顿，然后给自己碗里也倒了一点。

他拿起筷子递给陈汐："吃吧。"

陈汐接过筷子，心不在焉地吃了两口，实在是没胃口。秦烈看着她，好一会儿，淡声说："生老病死，谁都没办法。"

陈汐垂着头，轻轻"嗯"了一声。

秦烈看着陈汐一脸死寂的表情，又开口说道："能做的，尽量去做。"

陈汐抬起眼睛看向秦烈，秦烈顿了顿，说道："给他用最有效的止痛剂、最好的营养液，把他的痛苦减到最低。"

眼泪没来由地涌进眼眶，陈汐忽然就很想哭，忍不住地想哭。她低下头，拼命忍着眼泪，大口大口地吃了起来。她脑海里忽然浮现出一个画面，那是很多很多年以前，森森还没上小学，个子还没到她大腿。他站在院门口，扯着他爸爸的一角，仰着小脸，天真地说："爸爸你早点回来，我等你。"

一等等了这么多年，没等回来一次。

陈汐没办法想象，关爷爷有一天走了，森森的世界会变成什么样子。

一颗泪珠滚进碗里，接着是第二颗，第三颗，她再也忍不住了，眼泪大颗大颗无声地滚落下来，她依旧低着头，大口吃着面。

秦烈默默看着陈汐，好一会儿，忽然轻声说："陈汐，森森的事，我们大家一起想办法。"

陈汐"嗯"一声，眼泪却还是止不住。

秦烈："这个世界上，所有问题都会有解。"

陈汐点点头。她忽然停下咀嚼，好一会儿，轻声说："谢谢。"

秦烈看着她，没有说话。刚刚有那么一瞬间，他心里闪过一种感觉那种感觉稍纵即逝，几乎来不及想到语言将它形容出来。如果非要找到只言片语来形容，大概也是"谢谢"两个字吧，谢谢她，让他死水一样的日子有了一丝波澜。一颗麻木的心被她的酸甜苦辣浸染，渐渐有了知觉。

关老爷子在医院住了一星期，说什么也不肯再住了，陈汐原本不肯让他出院，可关老爷子的一句话让她最终妥协了。他说："陈汐啊，这个病是掰着指头数天数了，你就让我回家吧。"

回家，回他生活了大半辈子的小院，清早有鸟叫，日落有满院子的夕阳，隔壁有范老太吆五喝六的声音，家里有个眼看着一天比一天懂事的孬娃，剩下的每分每秒，舍不得再在外头荒废了。于是，关老爷子回家了。

范明素不去夜市摆摊了，每当夜幕降临，她就骑着三轮车带关老头去党河边兜风。

西北小城，太阳一下山，空气里炽热的暑气就没有了，从河面上刮来的风吹得人通体舒爽。范明素带关老头兜过一次风，发现他脸上的颜色变好了些。那天回来的路上碰到胡子张，给了关老头一罐甜醅子，到家时，范明素看关老头把甜醅子吃得只剩下一小半了。

从此以后，范明素每天一早一晚天凉快的时候，都会带着关老头上街。除了党河边，他们还去老街巷里转悠。关老爷子背上垫着靠枕，身上搭着小薄被，坐在范老太的三轮车斗里，慢慢吞吞，晃晃悠悠，穿过老旧的街巷，头顶的胡杨树遮天蔽日，漏下星星点点细碎的日光。

他们穿过一条巷子，关老爷子忽然想起什么，颤颤巍巍地指着一棵老柳树下的门洞问："这是丁建民家？"

范明素刹住车，转过头，大声问："谁家？"

关老爷子扯着嗓子喊："丁建民。"声音却依然被风吹得不剩什么。

范明素好不容易搞清楚关老头说的是什么。她看了眼大柳树下的院门，门洞里是一面砖砌的影壁，上面拿瓷砖拼出一个飞天反弹琵琶的图案。老丁是他们年轻时候在隔壁滩上防风固沙的同事，前几年去世了，他家门口是有棵老柳树，但是院子里没有影壁。

范明素慢慢蹬起三轮车，大声对身后的关老头说："是他家，是他家。"

关老爷子笑着点点头："改天叫他来，我给你们做黄面吃。"

范明素又是用了好一会儿才听明白关老头说的什么，她点点头说："好，驴肉黄面。"

三轮车缓缓前行，在悠悠的巷子里越走越深，范明素担心关老头脑子是不是不大清楚了，可她转念又一想，糊涂点也好。

关老爷子出院后，陈汐不用店里和医院两头跑，时间宽裕了不少。转眼到了七月初，这天傍晚，店里提前收了工，院子里又支起烧烤架。今天是杨关的生日，碰巧刘伯洋那个旧店面也盘出去了，两件好事撞在一起，没有不痛痛快快聚一场的道理。

陈汐这段日子其实过得很压抑，对于以后的事，关爷爷、奶奶、森森，甚至她自己，哪个人的将来她都不愿去想。所以她每天拼命地干活，累得晚上倒头就睡，第二天继续麻木地忙碌，她有意无意疏远了秦烈，从不主动跟他联系，即使在店里见了他，也只是淡淡地打个招呼就去忙自己的，原因有点莫名其妙，大概只能用"一言难尽"四个字表达。如果非要扪心自问一场，那这原因大概是，"秦烈"这个名字和她不愿去想的将来扯上了关系，她不想再经历一次无疾而终的感情。

02

杨珊下班接上孩子直接过来了。睿睿一进店里就东张西望寻找森森的身影。陈汐牵着她的小手说："别找了，森森今天不来了。"

睿睿一脸失望地问："为什么啊？"

陈汐唇角的笑容忽然变得有点勉强，她沉默片刻，轻声说："森森要陪爷爷。"

睿睿："我也要去陪爷爷。"

刚说完，一扭脸看到从门口跑进来的果果，睿睿眼睛一亮，立马朝果果跑了过去，把森森哥哥抛到了脑后。

睿睿拉着果果跑到茶水台那边，把茶几上的皮影戏拿给果果，果果一脸惊喜，高兴得不得了。

陈汐收回望向两个孩子的目光，问杨珊："杨关哥和韩超呢？"

杨珊："晚点秦烈哥跟他一起来，韩超出差了。"

陈汐听到秦烈的名字，还是不由自主地心跳快了一瞬。她一脸淡然地

"哦"了一声，指指茶几上摆满的水果："给你买了车厘子，快去吃吧。"

杨珊乐呵呵地走到茶几跟前，她这阵子就爱吃水果，别的东西吃了就想吐。

不一会儿，韩素素也来了，手里拎着个生日蛋糕，陈汐低低问她："最近有进展吗？"

韩素素摇摇头，挑了挑秀气的眉毛，一脸无所谓的样子，径直朝杨珊那边溜达过去。

陈汐见林芳一直跟着秦展，知道她还是有点拘束，于是走上前，对林芳说："芳芳，上回在你店里吃的凉拌沙葱味道很好，你教教我吧。"

林芳脸微微一热，有点不好意思地问："有沙葱吗？"

陈汐点点头："都洗好了，调料也有。"

林芳笑盈盈看了秦展一眼，跟着陈汐走了。陈汐搭着林芳的肩膀，边走边说："我还买了酿皮，也没拌呢。"

林芳的声音不知不觉少了那丝拘谨，笑着说："我来。"

秦展看着两个人的背影，微微有些出神，一丝柔柔的暖意爬上心头，不知不觉变成了丝丝缕缕的羁绊。从小到大，爸妈总是拿他哥来激励他，以至于他虽然做不到，却自然而然地认为，男人应该志在四方，男人应该做大事业，有大出息。可现在的他就是很满足，他有陈汐和伯洋这样的好朋友，有修车这件喜欢做的事，现在还有了林芳，他一点都不想闯荡四方，也不想做什么大事业。他心里只有一句话，但愿人长久，嗯，还有一句，世上就是有不散的筵席。

天黑下来，刘伯洋点燃了门口的篝火，烤肉的香气在空气中弥漫开来。陈汐正在往折叠桌上摆餐具，看到黑暗里两束车灯转了过来，停在 VR 馆门前，秦烈和杨关下了车，朝篝火这边走来。

陈汐看着他们走过来，忘了收回目光，直到察觉到秦烈沉沉的目光，和她的无声胶着，她忽然垂下眼帘，继续摆碗筷。

韩素素抱着一箱啤酒出来，看到杨关，脚步猛地一顿。炽热的夏夜，暧昧在空气里翻涌，身处其中的人，或多或少在装聋作哑。只有两个天真的小孩，在大家酒后的说笑声里，唱起了一首缠绵的歌。

"千年等一回，等一回啊，千年等一回，我无悔啊……"渐渐地，酒桌上喧闹停止，所有人都看向站在茶色玻璃门前的两个小姑娘，陈汐也回头望了过来。睿睿举着白娘子的皮影戏，果果举着许仙的皮影戏，像模像样地比画着。店里的灯光透过门玻璃，打在皮影戏上，氤氲出两团朦朦胧胧，古香古色的影子，"西湖的水，我的泪，我情愿和你化成一团火焰，啊啊啊……"

睿睿声音清脆稚嫩，还有一点点微微的跑调，唱着她不懂的歌。

忽然，杨珊轻轻笑了起来，一桌子人都忍不住笑了。

陈汐："小家伙没少看《白蛇传》啊！"

杨珊一脸无意，笑着说："我这阵子实在没啥可看的了，就重温一下童年回忆，没想到她看得可着迷了。"

酒喝到阑珊，秦展不知从哪儿变出一挂鞭炮，拆了，拿烟头一个一个地点，扔出去一个，啪地一响，睿睿和果果就捂着耳朵上蹿下跳，害怕完了，又缠着秦展接着点。

陈汐去了趟卫生间，上完厕所出来，对着镜子看自己喝到绯红的脸颊，她捧了把水浇在脸上，凉凉的水珠顺着脸颊流到脖子上。脸上的烫意稍稍降了些，就又想起秦烈刚刚的目光，冷漠、赤裸。陈汐不知道他是怎么做到把冰和火都深藏在那丝波澜不惊的目光里，她又捧了把凉水浇在脸上。

刚出卫生间，她就被一双有力的手抓住腕子，整个人撞上一个结实的胸膛，还没等她反应过来，双唇就被人吻住。那气息熟悉无比，带着浓浓的酒气，瞬间就让她从头皮酥麻到尾椎骨。

陈汐被秦烈扣着后脑勺，被动地和他激烈地吻在一起。她推他，喉咙里发出断断续续的声音："有人。"

秦烈放开陈汐，抓着她的手腕，一言不发将她拽到隔墙尽头的房间里，他没开灯，直接把陈汐压到墙上，继续刚才的吻。月光透过一扇小窗，照在窗下的一张小床上，陈汐平时加班晚了偶尔会睡在这里，两个人在黑暗中无声地纠缠，较量。

忽然，门口传来清脆的脚步声，细细的高跟鞋踩在瓷砖地面上，在寂静的黑暗里，发出穿透力极强的声音，还有一个脚步声，有点跟跄。听到门响的刹那，陈汐猛地推着秦烈躲进了一旁储物的隔断，紧接着，陈汐听到重重的关门声，韩素素近乎崩溃的声音在黑暗中响起："杨关，你不是男人。"

陈汐和秦烈同时屏住呼吸，大气都不敢喘了。她脸上潮红未褪，一言难尽地看了秦烈一眼，黑暗中秦烈的表情也很无语，怎么就这么有缘，这两个冤家的纠缠，又被他俩给撞上了。

韩素素胸口起伏，急促地喘着粗气。可杨关的呼吸却似乎被黑暗吸走了，安静得像个死人。他靠在门上，不说话，眼皮垂着，像是在躲避着韩素素火烧般的目光。韩素素看着他的眼睛，渐渐地，一阵彻骨的凉意爬上心头。她第一次看到他这样的眼神，空荡荡的，了无生气。韩素素忽然握起拳头，狠狠朝他胸口砸了一拳，一声闷响，杨关依旧无声无息，接着是第二下，第三下⋯⋯

韩素素两个拳头一下下捶在杨关结实的胸膛上，一下下都是她绝望的呐喊。杨关吊儿郎当地靠在门上，任她捶打，表情看上去平静如水，眼底的红血丝被黑暗遮住，没人看到他心里那根快要撑不住的弦。

忽然，韩素素扎进杨关怀里，扑簌簌落下两串眼泪。她脸埋在杨关怀里，闷声闷气地问："杨关，你这辈子都不谈恋爱了吗？"

好一会儿，杨关才淡淡"嗯"了一声，他胸前凉凉的，衣服不知不觉洇湿了一大片。他忽然抬起手，想摸摸她轻轻颤抖的背，手抬到一半却停了下来，又慢慢放了回去。

韩素素："为什么？"

时间一分一秒过去，等了好久，杨关却没有回答。韩素素抬起头，直截了当地问："你觉得自己不配是吗？"

回答她的，依旧是沉默。韩素素继续："我问你，如果不是我，是别人追你，你会答应吗？"

杨关沉默一会儿，终于开口说："要怎么样，你才能消停？"

韩素素不可思议地问："你还是觉得我在胡闹是吧？"

杨关没吭声，算是默认。韩素素忽然笑了，短促，凉凉地笑了两声："算了，我就是胡闹呢，你满意了吧。"

黑暗里，杨关骨节分明的双手动了动，分不清是想把她推开，还是想把她紧紧箍进自己怀里，他微微抬起的手又慢慢放了下来。

韩素素又轻声笑了笑："你问我怎么样才能消停？"

杨关淡淡"嗯"了一声。

韩素素："一次，我就不再缠着你。"

她眼泪静静滚落，淡声说："现在。"

杨关怔住，久久沉默不语，骨节分明的手渐渐青筋暴起。

逼仄的储物隔断里，陈汐和秦烈几乎抱在一起才勉强挤得下。她恍然看向秦烈，感觉不妙，秦烈的眼皮也猛地跳了跳。

忽然，黑暗中传来一声闷响，韩素素被杨关猛地拽进怀里，重重撞上他的胸膛。下一秒，他低头吻上她的眼睛、鼻子、脸颊⋯⋯

他捧着她的脸，双手几乎颤抖，灵魂坠入罪恶的深渊，可他却无能为力，任由自己一边崩溃，一边沉沦。

陈汐垂下头，避开秦烈的目光，简直想挖个地道钻出去。忽然，陈汐听到她的床"吱呀"一声，承受了突如其来的重量。陈汐抓住秦烈的手臂，她手心冒汗，拽着秦烈就想往外走。可脚刚刚抬一下，就尴尬地放下了，这个时候出去，韩素素非掐死她不可，而且她这辈子，大概也没办法再和杨关哥见面了。

秦烈大概跟她想到了一起，戳在原地一动不动。小屋里没有空调，本来就有点闷热，两个人挤在狭窄的隔断里，听着黑暗里被无限放大的声音。陈汐快要疯了，连忙抬起手，捂住了秦烈的耳朵，秦烈低头看着陈汐窘迫的面孔，也抬手帮她捂住了耳朵。

闷热的小黑屋里，一边是天堂，一边是地狱，陈汐简直不想活了。忽然，她汗津津的额头上落下轻轻的一吻，像一片羽毛撩过。她抬头看向秦烈，不知不觉，无声地吻在了一起。

动作那么轻，呼吸也小心翼翼，像两个偷偷舔着糖果的小孩。陈汐找到了转移注意力的办法，忘我地和秦烈吻着，他们从来没有这样温柔又缠绵地亲过，好像一对深情的情侣，陈汐的心不知不觉化成了一摊水，人也快化成一摊水了。

不知过了多久，炼狱终于结束了，黑暗中只剩风平浪静，韩素素沙哑的声音响起："杨关，我们两清了。"

03

酒散后，一群人陆陆续续离开，最后留下了陈汐和秦烈。夜深人静，小屋的这张床又承受了第二波重负。

完事后，两个人挤在狭窄的小床上，陈汐累得眼皮都睁不开了，汗涔涔地睡了过去，半睡半醒间，仿佛听到秦烈在她耳边低低说了句什么，她"唔"了一声，想要问他说的是什么，下一秒却沉入黑甜的睡梦里。

醒来时陈汐发现秦烈竟然没走，一条胳膊环着她，鼻息平缓粗沉，睡得很香。一阵窸窸窣窣，陈汐翻个身面朝秦烈。

外面天色大亮，阳光从头顶的窗户照进来，洒在枕头上，陈汐怔怔看着熟睡的秦烈，忽然发现这男人长得还真不难看。他眉骨略高，鼻梁又直又挺，唇线虽然饱满，却很硬朗，这些线条连在一起，勾勒出一副立体的轮廓。仔细看的话，这家伙睫毛还挺长，只可惜他平时不苟言笑，气质又冷，糙汉一个，让人很难注意到他长得其实很帅气。

陈汐鬼使神差地伸出一根手指，碰了碰秦烈长长的睫毛。下一秒，秦烈忽然睁开眼，一言不发地看着她。陈汐连忙攥住不老实的手指，和他四目相对。

一阵沉默过后，她开口问："睡着前你跟我说什么了？"

秦烈看着她，好半晌，陈汐听到秦烈低沉的声音："跟我交往吧。"

陈汐怔住了。片刻后，她猛地坐起来，抓起床上一件皱皱巴巴的 T 恤套在身上。

秦烈也默不作声地起身，拾起地上的衣服，一件件穿回身上。

沉默越来越久，空气里一丝尴尬渐渐滋长。秦烈穿好衣服，起身站在床边，看陈汐头垂着，依旧不说话，他喉结滚动，又看了她一眼，沉默着朝门口走去。

秦烈走到门跟前，听到身后陈汐低低的声音："秦烈……"

秦烈脚步一顿，转身看向陈汐。她头发凌乱，坐在床上，大概是缺觉的原因，整张脸有点苍白，嘴唇淡得几乎没有颜色。

陈汐抬头看向秦烈，目光淡然，声音平静："对不起……我还不想谈恋爱。"

秦烈看了她一眼，没说什么，推门走了出去。

房门关上，陈汐颓然地躺回床上，心里渐渐升起一丝烦躁。扪心自问，她对秦烈是有感觉的，可她已经过了脑袋一热就轰轰烈烈爱一场的年纪，没有结果的感情，她宁可不开始。

陈汐对着天花板，轻轻叹了口气。两个人现在的状态，明明都是很享受的，她有点郁闷，又有点可惜，还有点生秦烈的气。

那个早上过后，秦烈就不怎么来 VR 馆了，陈汐每天都很忙，也没让自己多想这件事。

这天下午，店里来了三辆车要修，陈汐照例选了最难搞的一辆。秦展和刘伯洋完工后，陈汐就让他们回去了，自己留下来继续修车，不知不觉忙到夜里才完工。她从车里出来，擦了把额头上的汗，接了杯水一口气灌下，抬眼看到角门透进隔壁 VR 馆一束昏黄的光，她迟疑一瞬，放下手里的杯子，朝角门走了过去。

VR 馆里开了两盏灯，秦烈正坐在电脑前敲键盘，闪烁的屏幕上飞速略过一行行天书一样的代码，陈汐脚步迟疑一瞬，还是朝他走了过去。

秦烈听到身后的脚步声，手忽然一顿，他停下来，扭头看了眼身后，两个人在昏暗的灯光下沉默对视片刻。

陈汐先开了口："最近挺忙的？"

秦烈"嗯"一声，神色如常。陈汐笑笑，语气自然地说："我也挺忙，过了这阵子，找机会一起喝酒。"

秦烈点头："好。"

两个人心照不宣地都没提那天早上的事。

聊了两句，陈汐笑笑说："你忙，我先走了。"

秦烈点点头，继续敲键盘。陈汐走出去两步，回头望了一眼，看到屏幕上重新飞速略过的代码，她笑笑，步子轻松，走出了角门。

今晚的秦烈，其实让陈汐的心又轻轻动了一下。她喜欢情绪稳定的男人，理智支配情感，相处起来最懂得分寸。尽管这样的人，通常都是拿得起放得下，绝不拖泥带水留恋什么。

秦烈听着脚步声消失在角门，敲着键盘的手忽然停了下来。一阵沉默过后，他关了电脑，起身回家。

外面狂风大作，看样子有场沙尘暴，秦烈坐进车里却没急着走，默默抽了一根烟，见陈汐那边的灯熄了，不一会儿，她高挑的身影从店里走出来，锁上门，顶着狂风朝停在树下的摩托车走去，没走两步，摩托车被风吹倒了。

秦烈沉默地发动车子，刚要开走，目光却骤然一紧——呼啸的狂风里，老杨树的枝丫疯狂摇摆，一根粗壮的树杈咔嚓折断，堪堪挂住最后一丝，就在摩托车上方。

陈汐却在弯腰扶起摩托，丝毫没察觉到迫在眉睫的危险。秦烈跳下车，一边朝陈汐喊着躲开，一边大步朝陈汐跑来。

陈汐却被秦烈那石破天惊的一嗓子镇住了，转头看向秦烈，愣愣地戳在原地。

秦烈的身影像一阵旋风，顷刻而至，一把推开陈汐，与此同时，树杈终于不堪狂风的摧残，轰然砸下。

陈汐被秦烈推得一个跟跄，向前扑倒在地，在轰然的响动里仓皇转头，看到秦烈捂着额头站在不远处，一根粗壮的树枝在他脚边。

"你没事吧？"陈汐连忙爬起来查看秦烈的伤口，伸手一摸，黏糊糊湿淋淋的。

陈汐："我送你去医院。"

她开着秦烈的车，带他往市医院狂飙，一路上脸色很难看。她知道，秦烈这一下是替她挨的，她也知道这些日子，秦烈为她做了多少，可越是这样，她心里就越是别扭。

她知道敦煌不是秦烈的归宿，这个人迟早是要走的，她不想动心，可事情却似乎在朝着事与愿违的方向发展，一点点挑战她理智的底线。

秦烈额角的血流个不止，一沓纸巾按一会儿就湿透了，陈汐握着方向盘的手不知不觉现出青筋来。她沉默了一路，快到医院时忽然开口说："秦烈，你不需要为我做这些。"

秦烈捂着额头，淡淡看了眼陈汐冷淡的侧脸，没有说话。

陈汐："我不想亏欠你，别让我有压力。"

秦烈冷声反问她："我给你压力了？"

陈汐看着前面的路，好一会儿才淡声说："你不属于这个地方，没结果的事，干吗要开始？"

秦烈转头看向窗外，沉默了下来，没有结果，何必开始？

秦烈终于明白这段时间陈汐不肯面对他的原因了，可他不这么想，没有开始，怎么会知道有没有结果呢？

两个人到了医院，挂急诊，处理伤口，折腾下来已经是凌晨。

陈汐开车把秦烈送到小区楼下，看着他额角包扎的纱布，心里愧疚，却不知道该说什么好。

秦烈坐在副驾驶，看她眉头蹙着，忍不住笑了笑："小伤，别在意。"

他额角缝了五针，算是破相了。陈汐看向他，勉强笑了笑。

秦烈下了车，探身看向车里的陈汐："车你先开走吧，注意安全。"说完关上车门，朝楼道走去。

陈汐坐在车里，看着秦烈的背影，走路有点摇晃。她忽然下了车，锁上车门，快步追进楼道。秦烈正在等电梯，听到身后的脚步声，回头一看是陈汐，他长眉微挑，表情有点茫然。

陈汐解释："我不放心，今晚陪你吧。"

秦烈笑笑，不甚在意地说了声"好"。

两个人进了家，秦烈关上身后的入户门，随手打开客厅的灯。陈汐朝屋里看了一眼，工业风的装修，全家几乎没有一个暖色调的东西，就连沙发也是方方正正，深灰的冷色调。

陈汐低头一看，地垫上只有一双男士拖鞋，她淡声问："我穿什么？"

秦烈打开鞋柜，拿出一双一次性拖鞋递给陈汐。陈汐扫了眼鞋柜里两大摞一次性拖鞋，再看看展厅一样冷冰冰的客厅，忍不住问："平时就你自己住吗？"

秦烈点点头，换了拖鞋，走到沙发前坐了下来。陈汐站在门厅迟疑一瞬，问他："喝水吗？"

秦烈"嗯"了一声："冰箱里有。"

陈汐走进厨房，打开冰箱门，又被惊了一下，冰箱里整整齐齐码着牛奶、纯净水、苹果和鸡蛋，除此什么也没有。这个人，把自己的日子过得跟程序代码一样冷冰冰的。陈汐忽然有点好笑地想，秦烈如果看到奶奶家那个快被塞爆炸的冰箱，会不会抓狂。

夜里陈汐睡在客房，有点失眠，枕头和夏凉被上有丝淡淡的、檀木一样清冽的气息，有点像秦烈身上的味道，这让陈汐觉得既熟悉又陌生，她在一团乱糟糟的思绪里渐渐睡了过去。

陈汐只睡了三个小时就醒了，想再睡一会儿，却越躺越精神，索性早早起床。她轻轻推开客房门走了出来，见主卧的门还关着。

陈汐到卫生间洗漱了一下，趁秦烈还没醒，好奇地在客厅和另两个房间转了转。看到秦烈书桌上三个屏的大电脑，陈汐忍不住"啧啧"了两声。转到另外一个房间，满屋子都是运动器械，陈汐心里嘀咕，难怪这家伙体力那么好。想到这里，她脸颊忽然有些微微发烫，转身走了出去。

百无聊赖间，陈汐忽然想起自己是来照顾伤员的，而且人家还是替自己受的伤。她想起自己每次生病的时候，奶奶都会给她熬一种奶糊糊，其实就是把大米熬开花，煮得分不出米粒，快成一锅糯糊，然后倒进牛奶和白糖继续熬，最后熬成黏稠的奶糊。陈汐小时候发烧胃口不好，范明素也不知道是怎么琢磨出来的，只要煮这个奶糊糊，陈汐就能吃上一大碗，后来这个奶糊糊就成了他们家的传统，只要陈汐不舒服，范明素就会给她煮上一碗，这个传统一直延续至今，不论陈汐已经长成了多大个人。

04

陈汐想着昨晚医生嘱咐的注意事项，拆线前饮食要清淡，注意营养。她准备做一顿营养丰盛的早餐，这样心里的愧疚能少一点。

陈汐走进厨房，一通翻找下来，无奈地笑了，她只找到一个不锈钢小锅，大概是煮鸡蛋用的，食材只有冰箱里的那些，连一粒米也找不到。

陈汐走到门厅换了鞋，拿起鞋柜上的钥匙，轻手轻脚地出了门。

幸好小区门口的超市七点钟就营业了，陈汐买了大米和白糖。从超市出来，看到街对面有个包子铺，又过去买了两屉小笼包，一点小菜和两个茶叶蛋。

回到秦烈家，她煮上大米粥，学着范明素的样子，守在炉子跟前，先用大火把水煮开了，然后再调成小火，让大米在滚沸的水里渐渐熬开花，米汤渐渐变得有点黏糊，上面漂了一层白白的絮絮。范明素说这是米熬出来的油，最有营养，最近陈汐又看到范明素熬这种米糊了，是给关爷爷熬的。想到关爷爷，陈汐原本舒展的眉头不知不觉轻轻蹙了起来。

"做什么呢？"身后突然传来秦烈的声音。

陈汐吓了一跳，回头一看。秦烈不知什么时候进了厨房，手抄在睡裤兜里，懒洋洋地靠在墙上。

陈汐："起来闲着没事，熬了点粥。"

空气里飘着大米粥浓浓的香气，秦烈从卧室出来时，第一次在自己家里闻到了烟火气。那是种很神奇的感觉，周围的一切似乎都没变，似乎又都变了，大概是因为空气里有了丝人间烟火的热度，就连冷冰冰的家具和性冷淡的灰墙都跟着变得柔和了些。他不知不觉被这香气引到了厨房，站在陈汐身后看了一会儿，才想起开口说话。

陈汐打开冰箱，拿出两盒牛奶走回炉灶前，随口问秦烈："头还晕吗？"

秦烈沉默看着陈汐的背影，过了一会儿，不知出于什么心理，淡淡"嗯"了一声。

陈汐转身走过来，用手背触了触秦烈的额头，这是她跟范明素学的习惯性动作，只要是不舒服，就先摸摸是不是发烧。

"倒是不烧。"她喃喃，"你再躺一会儿吧，饭好了叫你。"

秦烈垂眸看着陈汐，没说话，也没走开。陈汐转头一看锅里，粥已经快熬成糯糊了，她拿起一盒牛奶，却发现厨房里没剪刀。

"剪刀在哪儿？"她连忙问。

秦烈走出去，片刻后拿了把剪刀回来。陈汐接过秦烈递来的剪刀，剪开牛奶盒子的一角。

把两盒牛奶倒进小锅里，又倒了些白糖进去。秦烈在一旁看着，忽然开口问："这是什么？"

陈汐转头朝他笑笑："牛奶米糊，我们家祖传的病号饭。"

她眼睛下面有片小小的阴影，是睡眠不足生出的黑眼圈，笑容却像清晨的阳光，明媚得让人觉得恍惚。

秦烈抄在裤兜里的手动了动，忽然想摸摸她的脸，不动声色地忍住了。

陈汐不再说话，专心看着锅里咕嘟冒泡的奶糊，拿勺子一圈圈搅着，牛奶和米粥混合在一起，飘出了更浓郁的香甜，连空气里的味道都变得黏稠了起来。

秦烈沉默地站在一旁，看着锅里的粥越来越浓，最后变成雪白的米糊。

陈汐关了火，随口问秦烈："有碗吗？"

秦烈拉开抽屉，从里面拿出两只碗递给陈汐。

陈汐："好了，你拿上筷子和勺，去外面等着吧。"

秦烈"嗯"一声，慢慢走出去两步，回头看了陈汐一眼，厨房好像有种奇怪的魔力，让他一步都不想走开。

陈汐端了两碗牛奶米糊出来放到餐桌上，坐下来，笑着看向秦烈："尝尝吧，是不是很治愈。"

秦烈淡淡笑了笑："谢了。"

陈汐："是我要谢谢你，昨天那一下本来是该落到我头上的。"

秦烈没说什么，拿勺子搅了搅喷香扑鼻的奶糊，舀起一勺尝了一口。陈汐看着他，眼睛亮亮的，问道："怎么样？"

秦烈点点头："不错。"

他对甜食一般没什么兴趣，这是第一次觉得奶乎乎的东西好吃。

吃完早饭，陈汐准备回店里，临走前随口问了秦烈一句："你现在感觉怎么样，自己在家能行的话我就回店里了。"

她就是随口一问，五大三粗的汉子，能有什么不行。谁知道下一秒，同样云淡风轻的声音飘进她耳朵里："好像还不行。"

陈汐已经走到门厅怔在原地，呆呆地看向秦烈，她以为自己听错了，下意识地求证："不行吗？"

秦烈没说话，靠进沙发里，看向陈汐。

两个人一站一坐，大眼瞪小眼。好一会儿，陈汐无语地叹了口气，把抓在手里的包重新放回鞋柜上。

"中午想吃啥？"她问。

秦烈表情平淡，喉结动了动，说了句"随便"，眼底却浮起一丝莫测的笑意。

陈汐："要不去外面吃？"

秦烈"嗯"一声，兴趣缺缺。

陈汐："你想吃什么，炒菜行吗？"

秦烈："太油。"

陈汐："火锅呢？"

她自己刚说完就摇了摇头。

"牛羊肉上火，你这两天还是别吃了。"

陈汐："拉面？"

秦烈："一般。"

陈汐原本想着请他吃一顿饭，就当道谢了，谁知这家伙嘴上说着随便，实际还挺难伺候。

陈汐："那你想吃什么？我给你做。"

"好。"秦烈干脆利落地说。

陈汐无奈地笑了笑："你家油盐酱醋什么都没有，拿什么做？"

秦烈抬手一指窗外："附近有个超市。"

陈汐无奈地轻叹一句："行，你说了算。"

谁让他替自己挨了那一下呢？

两人开车去了超市，陈汐脸上仍带着一丝无语，请示道："你家什么都没，锅碗瓢盆，油盐酱醋，都买吗？"

秦烈"嗯"一声，推着购物车朝里走去。陈汐两步赶上他，忍不住说："你平时又不开火，买一堆回去不浪费吗？"

秦烈看了她一眼，不为所动，径直朝炊具的方向走去。

陈汐帮他挑了炒菜的锅铲、洗菜篮、案板和刀具。买完这些，两个人又逛到调料区，买了油盐酱醋和几包调料。

秦烈只买贵的不买对的，陈汐跟在他身后，把一件件华而不实的东西放回原位，换成便宜耐用的。

"这个不锈钢案板，根本切不了菜。"陈汐拿起一块木头案板朝他举了举，"这个好。还有刀具，你买这么全干吗？有个切生肉的，再有个切熟食的就够了。"

秦烈不冷不热地说："你懂得还挺多。"

陈汐忙着选刀，没说什么。她从前被范明素养得十指不沾阳春水，可自从范明素生病后，她就开始学着做家务活了。

"用这两把刀就够了，还有刀架，买简单的，好清洗。"

秦烈听着陈汐有一搭没一搭的唠叨，由着她挑挑拣拣，把自己拿的东西几乎换了个遍。他唇角微微动了动，目光不知不觉柔和了下来。

两个人又逛到生鲜区，陈汐一脸慷慨地问秦烈："中午想吃啥？"

秦烈看着她明媚的笑脸，心头忽然一晃，还没说话，就听陈汐大大咧咧地说道："想吃啥都没用，我就会做西红柿炒鸡蛋。"

他唇角那丝笑终于绷不住了，浅浅地荡漾开，余波染进目光里，像温暖的夕照下一层粼粼的波光。陈汐忽然察觉到两个人之间暧昧到爆炸，不知不觉有点上头，眉来眼去的感觉，比起两个人在车里激烈的碰撞，是另一种毫不逊色的享受，男欢女爱，方式不同，只要享受就好。

陈汐挺喜欢这种感觉的，只要他不像上次那样把话挑明，她愿意将暧昧进行下去。

秦烈淡淡看了陈汐一眼，发现她白皙的面颊微微透出一层薄红，不知这女人想到了什么，他随手抓起几样蔬菜扔进购物车。

陈汐看到青椒，连忙提醒他："这个我做不好。"

秦烈笑笑，没说话，继续往购物车里扔东西。两个人推着满满当当的购物车走到收银台，陈汐忽然想起什么，转身又冲回超市里，不一会儿，手里拿着个刮皮器跑了回来。

"我看你买土豆了。"她朝他跑过来，风风火火的，眼睛里闪着光芒。

秦烈看着她，不禁微微发怔。前面一个结账的大姨看到他们的购物车，笑着问："小两口刚开始过日子吧？"

秦烈笑笑，没解释。陈汐比他脸皮还厚，也笑着不说话，帮着秦烈把购物车里的东西一件件放到收银台上。

两个人结了账直奔秦烈那边，把几大兜东西拎进家。

陈汐换上昨天穿的那双一次性拖鞋，拎起两兜东西走进厨房，回头对秦烈说："你在沙发上躺会儿吧，饭好了叫你。"

秦烈没说话，弯腰拎起购物袋，跟着陈汐进了厨房。

两个人一个拆包装，一个归置东西，配合得很默契。所有的厨房用品都归位后，陈汐看了眼袋子里的菜。

"我做个西红柿炒鸡蛋、土豆丝，其他的做不好，你先放冰箱吧。"她说着弯腰从袋子里拿出土豆和西红柿，放到水槽里冲洗。

秦烈拿出青椒，也放进了水槽里。陈汐回头看向他，有点诧异地问："你会做吗？"

秦烈不屑地笑了笑："跟着视频做，有什么难的？"

两个人各忙各的，都没什么经验，厨房渐渐成了修罗场。秦烈刚把洗好的青椒放在案板上，陈汐却把刀拿走切西红柿，秦烈只好换了把不称手的熟食刀。陈汐刚从冰箱里抓了几个鸡蛋出来，转身撞到秦烈手里刚洗完的案板，鸡蛋从手里滚落，摔了一地。陈汐忍无可忍，朝门口一指："你先出去，我炒完你再炒。"

秦烈心情莫名轻快，像坐上了氢气球。他笑着收拾完一地狼藉，把场地让给了陈汐。

好不容易做出来三菜一汤，陈汐忽然一拍脑袋："忘蒸米饭了。"

秦烈靠在厨房门框上，不紧不慢地说："忘买电饭锅了。"

05

陈汐无语一瞬，看到餐桌上吃剩的小笼包："算了，我把这几个包子煎一下吧。"

凑上主食，总算开饭了。

一顿饭，陈汐吃得面红耳热。她和白宇宁同居了那么长时间，一起下过厨房，一起吃过无数顿饭。就算在最如胶似漆的日子里，他们之间也是温馨和平静的。不像现在，汹涌的暗潮让陈汐一顿饭几乎不怎么敢抬眼，因为两个人只要看向彼此，就掩藏不住目光里四射的火星。

吃完饭，陈汐让秦烈回房间休息，自己去厨房洗碗。

在哗哗的水流声里，陈汐忽然察觉到一丝沉沉的呼吸声，就在她耳边。

陈汐微微直起上身，后背贴上一个滚烫的胸膛，秦烈两手放在水槽边，将她整个人从后面环住。陈汐后背窜一股细小的电流，她沉默，听到秦烈低哑的声音："陈汐，别说你对我没感觉。"

他说完这句话，动手把陈汐转来，一把抱上流理台，欺身吻住了她。陈汐抬起湿淋淋的手，环住秦烈的脖子，轻轻亲着他的唇齿。

两个人亲着亲着，渐渐有些控制不住，失控的边缘，外面忽然传来敲门声。陈汐连忙推开秦烈，从流理台上下来，走到水槽前继续洗碗，胸前的喘息还未平息。

秦烈心里低低骂了一声敲门的人，平复了一下情绪，这才走过去开门。

秦展的脸出现在门口，此时此刻看在眼里格外欠揍。

秦烈往他身后一看，刘伯洋、杨珊和韩素素都来了，还拎着水果和奶。

他怔了怔。

直到秦展挤开门，大家鱼贯而入，秦烈这才后知后觉地说了句："进来吧。"

他站在门口，看着秦展把一次性拖鞋分给大家，心里忽然升起一丝淡淡的暖意，就好像一只独自飞了很久的倦鸟，有一天落在一个不起眼的枝头，本想歇歇脚就走，不知不觉间，却有了同伴，因为陈汐，他的生命和这个地方，这些人，渐渐有了羁绊。

"秦烈哥，你家的装修好酷啊！"韩素素走进客厅，一边四下环顾一边赞叹。

秦展把这话翻译过来："像神经病住的地方对吧？"

刘伯洋："这灰墙，不刷也行，毛坯房的墙面跟这挺像的。"

杨珊打断了前面三个人的话，说了句正事："秦烈哥，听说你受伤了，我们来看看。"

秦烈笑了笑，说："小伤。"

陈汐从厨房走出来，四个人看到了，都笑得一脸暧昧。

陈汐懒得解释，看他们拿来的葡萄还不错，拎起两串去厨房洗了，端出来放在茶几上。

一群人七嘴八舌地聊昨晚那场大风，陈汐坐在一旁吃葡萄，兴趣缺缺。秦烈原本以为秦展几个待会儿就走了，没想到秦展不知从哪儿摸出两副扑克牌，撺掇大家一起玩。

今天是周日，杨珊把孩子放在爸妈那儿了，其他几个人更是没什么事，大家一拍即合，当即打起了跑得快。

想到刚才被打断的事，陈汐悄悄看了秦烈一眼，见他百无聊赖地靠在沙发上，表情隐忍。她忍不住笑了笑，凑到杨珊跟前，认真观战。

秦展打了几把牌，回头问秦烈："哥，你玩吗？"

秦烈摇摇头，一身低气压，恨不得把这几个没眼力见的扫地出门。

又玩了两把，杨珊抬头看向秦烈："秦烈哥，你要不要休息会儿？"

秦烈表情微微一震，心想总算有个长眼睛的，他不动声色地坐直了身体，下一秒就准备起身送客。秦展突然贴心地连声附和："对对，哥你回屋睡会儿去，不用管我们。"

秦烈眼皮跳了跳，冷冷扫了秦展一眼。秦展捏起颗葡萄扔进嘴里，转头问陈汐："汐姐，有水吗？"

陈汐笑吟吟看了秦烈一眼，起身去冰箱里拿了几瓶水出来。秦烈又待了一会儿，起身走进书房打开了电脑。

秦展还不忘体贴地朝书房喊了一嗓子："哥，你还是睡会儿吧，睡醒再打游戏。"

秦烈什么游戏都不想打，只想打这臭小子。一群人轮流下场，不知不觉玩到晚饭时候。陈汐问他们饿不饿，秦展跳起来说："汐姐，你来玩会儿，我去买点吃的回来。"

书房里，秦烈敲键盘的手顿了顿，听到秦展的话，继续噼里啪啦敲起了键盘。秦展经过书房门口，好心提醒："哥，你跟键盘生气呢吗？敲这么大声干吗？"

秦烈朝秦展言简意赅地说了个"滚"，秦展麻溜儿地滚出去买吃的了。

陈汐在外面扔出一把好牌，笑着叫道："看我的大顺子，怎么样，服不服？"

秦烈上一秒还沉着脸，下一秒听到陈汐的话，唇角忽然淡淡牵了牵。

窗外的天色渐渐暗了下来，书房里空调开得很低，秦烈却不觉得冷，寒意大概是被外面热闹的说笑声驱散了吧。

明天都还有工作，几个人吃完饭，又玩了一会儿就散了。秦烈终于等到这群人离开，抄着兜站在门厅送客。秦展几个每人手上拎着一兜垃圾，鱼贯走了出来。韩素素等到人都出去了，小声问陈汐："你现在有空吗？"

陈汐怔了怔，点点头说："什么事？"

韩素素："跟我去趟杨关那儿。"

秦烈忽然轻咳一声，陈汐看了他一眼，笑而不语。

韩素素："怎么，你还有事？"

陈汐摇摇头："没事，我跟你去。"

她拿了包，走到门厅，抬头对上秦烈一言难尽的目光："我先回去了，你早点睡，有需要打电话给我。"

秦烈靠在鞋柜上，要笑不笑地看着陈汐，朝她点了点头。

一群人走后，秦烈慢吞吞晃悠回客厅，四仰八叉地倒在了沙发上。

秦展晚饭买的是楼下的胡杨焖饼，一大堆烧烤，还有专门给杨珊买的草莓蛋糕，房间里空荡荡的，方才喧闹的余波好像还在。

秦烈忽然好奇，陈汐这些年的生活，会不会都是这么过的，呼朋引伴，没个消停，但是，好像又很容易上瘾。

陈汐坐在韩素素的车上，从灯光璀璨的党河边驶过，河畔遛弯的人三三两两，在晚风里享受着一天最惬意的时刻。陈汐转头看向韩素素，笑着问："要我陪你去杨关哥那儿干吗？"

韩素素扶着方向盘，目光看着前面的路，淡声说："帮我问几个问题。"

陈汐："你自己不会问他？"

韩素素凉凉一笑："我问他，他不会说真话。"

陈汐意味深长地看了韩素素一眼，差点脱口而出"你不是跟他两清了吗"。话到嘴边，好险地及时刹住，她下意识地拍了拍胸口，惊魂未定。

韩素素瞥了她一眼："你怎么了？"

"没，没什么。"陈汐心虚地笑了笑，努力让自己不要去想那晚撞上的尴尬事。

韩素素："跟你说正经的，今晚你一定要跟他好好聊聊，我就是不死心，想知道他心里到底是怎么想的。"

陈汐："知道了，你会怎么样？"

韩素素默默看着前面的路，过了好一会儿，唇角牵起一丝苦涩的笑，她半是自嘲地说："是啊，知道了又能怎么样。"

诊所还没关门，杨大夫一般九点钟就回后院休息了，杨关会在店里待到十点钟。韩素素把车停在路边，跟在陈汐身后，轻手轻脚地走进店里。一股淡淡的中药味扑面而来，韩素素深深吸了一口，她从小就很喜欢杨大夫这个诊所里的味道。

外间没人，陈汐掀开推拿室的门帘朝里望了一眼，还是没看见人。忽然一阵穿堂风吹过，陈汐耳边的一缕发丝轻轻拂起，她闻到一丝淡淡的烟草味，便迈步穿过推拿室，朝后门走去。她看到一个背影，坐在门口的台阶上抽烟，一点猩红的火光在他指尖忽明忽暗。

"杨关哥。"陈汐在他身后轻轻叫了一声。

杨关听出了陈汐的声音，淡淡说了句："陈汐啊。"

韩素素就站在陈汐身后，听到杨关沙哑的声音，心像被什么轻轻刺了一下。幽暗的灯光下，他的背影看上去有点孤单，声音也有种说不出的落寞。韩素素戳在原地，冷冷看着他，不知不觉地红了眼圈。

陈汐回头看了韩素素一眼，然后一言不发地上前两步，坐在了杨关身旁。她把手里拎着的一兜啤酒放在台阶上，抬头看了眼挂满星星的夜空，淡声说："哥，今晚星星好多。"

杨关笑笑，也抬起头，望向看不见的夜空，这无边的黑暗，其实有时候也让他万念俱灰。他也渴望一缕光照进生命里，哪怕眼睛看不到，心看得到也好。可就在不久前，他亲手掐灭了那唯一的一缕光。杨关唇角带着笑，他好像除了笑，再也不能为自己做什么。

陈汐转头看向杨关，心头忽然一惊，她从没见过杨关这么颓废的样子，胡子拉碴，黑眼圈很重。哪怕诊断出视力再也不能恢复时，也没从他脸上看到过这种半死不活的状态。陈汐的心沉了一下，转瞬间又觉得踏实了，韩素素想问的事情，她好像已经知道答案了。

两个人沉默地坐在台阶上，好一会儿，杨关淡声问："这么晚了，来干吗？"

陈汐没说话，拿起一罐啤酒递给杨关，杨关接过啤酒，默不作声地吸了一口。陈汐打开一罐啤酒，轻声说："哥，陪我喝一杯。"

06

杨关的目光望向黑暗深处，半晌，掐灭了手里的烟，他打开啤酒，朝陈汐抬了抬。陈汐跟他轻轻碰了一下啤酒，仰头灌下一大口，杨关慢慢喝着，一言不发。

好一会儿，陈汐开口打破了沉默："哥，你跟韩素素怎么回事？"

杨关慢慢喝着酒，一句话都不说。

陈汐："她的心思，你是清楚的吧？"

杨关闷声喝酒，好一会儿，突然开口说："清楚。"说完便没有其他的话了。

陈汐轻轻叹了口气："你真的对她一点感觉都没有吗？"

杨关灌了口酒，黑暗里，唇角勾起一丝讥讽的弧度，有又怎么样？没有又怎么样？他和韩素素之间距离这个问题，还差着条孤注一掷的路。他怎么可能由着她一条路走到黑呢？

两个人之间又陷入沉默，墙角的小虫时不时发出一两声清脆的鸣叫，显得小院更加空寂。陈汐听着虫鸣，忽然笑了起来，她满怀回忆地问："你还记得吗？小时候一到夏天，我们几个就缠着你晚上带我们捉知了。"

杨关也轻轻笑了笑："记得。"

陈汐："我记得有一回我们跑到胡杨林里，回来的时候太晚了，韩素素困得睁不开眼，你背了她一路。"

杨关没说话，唇角那丝笑容渐渐凉了下来。

"杨关哥……"陈汐看着他，忽然轻声说，"韩素素说，她很小的时候就喜欢你。"

杨关不语，从裤兜里摸出烟和打火机，又点了根烟。陈汐看着他吐出口烟，继续说道："小学，初中，高中，直到现在。"

杨关："别说了。"

陈汐却不肯停下来："她说在她眼里，你从来都没有变过，一直都是她最喜欢的杨关哥，你笑一笑，就能要她的命。"

杨关忽然站起身，冷冰冰地打断了陈汐的话："陈汐，我叫你别说了。"

他扔下这句话，两步迈下台阶，朝自己那间屋子走去。

陈汐在他身后忽然冷冷开口问道："杨关哥，她是个健全人，所以双手捧给你的感情活该被你扔到地上，一脚踩碎吗？"

杨关的脚步突然顿住。

陈汐："还是说，你站在黑暗里，她站在阳光里，所以她没资格来你的世界吗？"

杨关背对着陈汐，依旧沉默。他忽然开口，声音平静地说："这是为她好。"

陈汐笑笑，毫不留情地问："你是火坑吗？"

杨关咬着牙，一言不发，陈汐追问："杨关哥，最了解你的人是你自己，你觉得你是火坑吗？"

杨关压抑着心头的百尺冰和千丈火，声音沙哑地低吼一声："你想让我怎么办？自私一把吗？疯狂一次吗？陈汐，这是过日子，不是过家家。"

陈汐迈下台阶，走到杨关面前，淡声说："哥，今晚不提过日子，韩素素那么想要你，我只想知道，你想不想要她？"

陈汐的话说完，院子里一片死寂，只剩杨关胸膛起伏，呼吸粗重。

过了好久，他忽然苦涩地笑了笑："想。"

他淡淡开口："想疯了。"

他爆了句粗口："我宁可下地狱，也想要她。"

陈汐怔怔看着杨关因为隐忍而略显狰狞的面孔，鼻子轻轻一酸，她看向站在台阶上的韩素素，却只看到她抽身离开的背影……

过了一会儿，陈汐从诊所出来，看到韩素素蹲在门口的一小片阴影里，她下巴搭在交叠的双臂上，露出头顶倔强的发旋儿。陈汐伸出一根手指在她头顶的发旋上点了点，笑着问："干吗呢？"

韩素素抬头看向陈汐，笑笑说："想事儿呢。"

陈汐："想什么？"

韩素素："想怎么搞定我爸妈呗。"

她说着，忽然咧开嘴笑了，那笑容灿烂无比，夜色遮不住，漫天的星光也比不了。

陈汐怔了怔，也不知不觉笑了："那你可要加把劲儿了。"

她和杨珊、韩素素三个人里，韩素素爸妈是对孩子最上心的。陈汐和杨珊还在巷子里疯跑的时候，韩素素已经被逼着学钢琴了，后来两口子发现韩素素实在不是学钢琴这块料，又给她报了舞蹈班。陈汐和杨珊小时候都不怎么爱去韩素素家玩，因为她妈规矩多，那会儿家家都是平房小院，只有韩素素家要求换拖鞋才能进屋，吃饭不能吧唧嘴，喝汤也不能出声，陈汐那会儿像个假小子，没少挨韩素素她妈的数落。他们把女儿捧在手心，养成豆蔻梢头最美的那一朵花，挑女婿的目光自然是眼高于顶，至今没有哪个小伙子能入他们的眼。

想到这里，陈汐不禁替韩素素捏了把汗："你准备怎么搞定你爸妈？"

韩素素苦笑一下，看着路上手牵手走过的一对小情侣，淡声说："好像搞不定。"

陈汐轻轻叹了口气，"你也知道啊……"

韩素素目光追着那对小情侣渐行渐远的背影，缓缓说道："其实刚刚这十几分钟，我把这一辈子要走的路想了一遍。爸妈，亲戚，同学，同事，以后看我的眼神大概就都变了，当面的，背地里的，也不会有什么好听话。"

陈汐轻轻"嗯"了一声："你管不住别人的嘴。"

韩素素笑了笑，轻声说："我知道，他们说我就好，不要说杨关哥，是我死缠烂打追的他，是我觉得不跟他好，这辈子就白活了。"她起身，轻轻呼出一口气来，"搞不定我爸妈也无所谓了，反正我就是要跟杨关哥过一辈子，只要他愿意，别人谁反对也没用。"

杨大夫的诊所离范明素的小院不算远，步行回去只需要十几分钟。陈汐没让韩素素送她回家，夜风清凉，她想溜达溜达。

一个人漫步在街头，夏天的夜里，街上的人还挺多的，擦肩而过的路人拉着家常渐渐走远，党河对岸就是万家灯火。小城却是静静的，所有喧嚣都融化进这片浓浓的人间烟火里。

陈汐抬头望向夜空，轻轻笑了笑，韩素素和杨关，虽然艰难，但她相信，父母和亲友的祝福迟早会有的。

这天刘伯洋借走了陈汐的摩托，说是给一个哥们儿用两天，也不知道他跟秦烈说了什么，陈汐晚上收工时，发现秦烈在车里等她。

陈汐拉开车门坐上副驾驶，要笑不笑地看他："你很闲吗？"

秦烈懒得理她，发动车子，一言不发地开了出去。空旷的国道上，路灯一盏盏向后飞驰，暖黄的光落在挡风玻璃上，车内一片安静。秦烈随手扔给陈汐一包止痛药："国外捎来的，强效止痛，给关爷爷吧。"

陈汐拿起一盒药看了看，全是外文，问道："这个怎么吃啊？"

秦烈："早中晚各一片，晚上疼得厉害可以再加一片。"

陈汐点点头，"多少钱？我转给你。"

秦烈没理她，只不冷不热地瞥了她一眼，陈汐便不再说话。车子驶入市区，秦烈问她："吃东西吗？"

陈汐摇摇头："我姑来了，晚上做了酿皮。"

秦烈笑笑，把车开进烟火气十足的街巷里。到了家门口，陈汐下了车，弯腰看进车里。

"谢啦。"她笑着说。

秦烈看着她，幽暗的夜色下，他的目光里似是藏着什么，内容却昭然若揭。陈汐耳根不知不觉微微一热，抬手在车上拍了拍："走吧，路上小心。"

秦烈"嗯"了一声，正要掉头，就听到院门口传来范明素一声夸张的惊呼："哎哟，是小秦吗？"

眨眼间，小老太跟阵风一样刮到了车前。秦烈朝范明素笑笑，嘴一张，叫了声："奶奶。"

低沉沙哑的声线配上这突如其来的乖觉，把陈汐都听傻了。范明素笑得见牙不见眼："哎，小秦啊，晚上吃了吗？"

秦烈摇摇头："还没。"

范明素："快来快来，陈汐姑姑做了酿皮子，新泼的辣椒油，好吃的。"

秦烈："好。"

陈汐戳在一边插不上话，眼睁睁看着秦烈下了车，被范明素热情似火地迎进了院子里。

陈梅正在收拾院子里的杂物，抬头一见是秦烈，脸上立刻露出惊喜的笑容。

"小秦来了。"她跟秦烈打了声招呼，然后意味深长地看了陈汐一眼。

在西安第一眼看到这小伙子的时候，她就眼前一亮，回来后听范明素说关老爷子生病住院，也是这小伙子跑前跑后地帮忙，瞧这情形，小伙子的心思是很明显了，只是不知道陈汐是怎么想的。

范明素才不管陈汐是怎么想的，她恨不得自家小院就是个盘丝洞，让这打着灯笼都难寻的好小伙插翅也难飞。

她这想法跟秦烈暗戳戳的心思不谋而合，一个殷勤，一个顺杆爬，把陈汐看得一愣一愣的。范明素拿出关老爷子过生日没喝完的白酒，笑着招呼秦烈："喝两盅？"

陈汐从厨房端了拌好的酿皮出来，见状连忙说："他开车了，不能喝酒。"

秦烈却已经接过白酒，帮范明素满上一盅，再不紧不慢地给自己满上：“没事，我打车回去。”

范明素笑着接过酒盅，朝厨房喊了一嗓子："梅啊，再炒两个菜。"

陈汐瞥了秦烈一眼，正撞上他淡淡含笑的目光，她扔下一句："我去帮忙。"

转身进了厨房。

07

陈汐端着陈梅炒好的葱爆羊肉出来，一眼就看见三黄正在跟秦烈套近乎。老狗两只爪子搭在秦烈腿上，朝他哈哧哈哧地吐着舌头，尾巴摇得那叫一个欢。

陈汐微微吃了一惊，家里这只老狗是有几分脾气的，陌生人第一次上门，它不上来凶两声已经是很给面子了，竟然还摇着尾巴套近乎，这待遇，白宇宁在这个家里进进出出两年时间也没享受到。

陈汐把菜搁桌上，不咸不淡地说："这狗跟你还挺自来熟的。"

秦烈正挠着三黄的下巴，闻言抬眉看向陈汐，淡淡笑了笑。范明素在一旁笑呵呵地说："动物有时候比人还要灵光。"

陈汐懒得理会她含沙射影的挖苦，转身又进了厨房。

陈梅从柳条筐里拿了几个她今天带来的柴鸡蛋出来，敲到一个大碗里，扔进一把葱花，动作娴熟地搅匀。

"陈汐，人家是不是追你呢？"陈梅小声问。

陈汐随手抄起抹布擦了擦灶台上的油渍，笑笑说："你们想多了。"

陈梅把蛋液倒进热锅，"刺啦"一声，油烟和香气一起进出，她一脸疑惑："我瞧着就是啊。"

陈汐："真没有，他在我们这边待不久。"

陈梅本想再炸个花生米，闻言忽然就泄劲儿了："哎，挺好的小伙子。"她觉得好可惜。

陈汐笑了笑，低声说："哪有那么稀罕。"

陈汐把摊好的鸡蛋饼端出来，抬眼一瞧，又吃了一惊。森森不知道什么时候过来了，还把自己做的飞机模型也搬来了，就搁在秦烈腿上。陈汐忍不住挑了挑眉，伸手在森森脑门上弹了一下："臭小子，你不是说这个模型不能碰吗？"

森森捂着脑门，不屑地看了陈汐一眼："你碰坏了会组装吗？秦烈哥还能帮我改进机翼呢。"

陈汐又在森森脑门上弹了一下，笑着说："小没良心的。"

范明素在一旁笑眯眯地说："小秦啊，没事常来，森森在家三天两头念叨你。"

秦烈抬头，笑着问："念叨我什么？"

范明素："念叨你那个什么馆啊，可了不得了。我们森森以后想考北航，去上他杨关没能上成的那个学校，毕业以后造火箭，造飞船，要把人送上你给他看的那个外太空。"

秦烈闻言，笑着在森森头上拍了拍，说声："加油。"

森森使劲点点头，一张小脸早已红成个大苹果。

陈汐想不通秦烈又冷又硬，对家里这群人怎么就这么有亲和力。她轻咳一声，提醒道："不早了，赶紧吃吧。"

范明素连忙招呼："来来，趁热吃。"

陈梅端着炸好的花生米，最后一个上桌。小院里凉风习习，一轮满月挂在梢头。陈汐默不作声地吃着东西，听着一桌人有一搭没一搭的闲聊。秦烈话依然不多，但是有问必答，那样子，简直能用一个"乖"字来形容，有意无意间，像极了第一次跟女朋友回家见家长的样子。

陈汐无语地灌下一口杏皮水，忽然猛地咳了一阵，这才发现自己抓错了杯子，把秦烈喝了一半的白酒一口闷了。

吃完饭，陈汐陪秦烈到巷子口打车。街口唯一的一盏路灯坏了，长长的巷子里只铺了一地稀薄的月光。两个人沉默地走几步，陈汐脚下踩到一颗石子，身子稍稍一歪，手背轻轻触到秦烈的手，下一秒，她的手忽然被抓住，牢牢攥进了掌心。陈汐一言不发地把手挣脱了出来，又沉默走了几步，忽然停下脚步。

"秦烈。"她低低唤了他一声。

秦烈停下脚步，轻轻"嗯"了一声，她抬头看向他，幽暗的夜幕里，他的目光不冷也不热，和刚刚在院子里陪范明素喝酒，对陈梅和森森有问必答的好像不是一个人。

陈汐："你不用刻意对我身边的人那么热情。"

秦烈垂眸看着陈汐，好一会儿才低低说："没有刻意。"

陈汐笑笑："那你就是刻意对我冷淡了？"

秦烈无语地看了眼夜空，淡淡地扯了扯唇角："也没有。"

他是个慢热的性子，有时候甚至根本热不起来，可不知为什么，一见陈汐的家人，总是不知不觉就变得随和很多。他沉默片刻，忽然问："你想让我怎么对你？"

陈汐抬腿继续往前走，她看着脚下坑坑注注的路，低头笑着说："普通朋友呗。"

秦烈沉默跟上来，忽然一把扯住陈汐的手腕。陈汐身子一个踉跄，还没反应过来怎么回事，已经被压在了路旁一堵灰扑扑的墙上，下一秒，秦烈欺身压上来，强势吻住了她。陈汐起初抗拒，却怎么也挣脱不开他不管不顾的吻，渐渐地，她放弃了抵抗，胳膊环住了秦烈坚实的脖颈，踮起脚尖，也不管不顾地回应起来。

两个年轻的身体，在黑暗的角落里火花四射，不知吻了多久，两个人气喘吁吁地分开，秦烈牢牢圈着怀里的人，在她耳边沉声问："这是普通朋友做的事吗？"

陈汐头抵在秦烈起伏的胸膛，身上像着了一团火，脑子里却冷静得要命，她笑笑："非要界定清楚吗？"

她感觉到秦烈粗重的呼吸微微一滞，环住她的手臂却丝毫没有松开。好一会儿，头顶才传来秦烈冷淡的声音："陈汐，你非要这么别扭吗？"

陈汐抬头看向秦烈："我没别扭，真的。"

两个人的面孔离得那么近，陈汐几乎能从他乌沉的眸子里看到自己小小的倒影，他不说话，只沉沉地看着她。陈汐忽然抬起手，鬼使神差地在他线条硬朗的面孔上摸了摸。

"秦烈，你会留在敦煌吗？"她仰头看着他，目光清澈，眼底的欲望也好，犹疑也好，决然也好。

她一丝一毫都不遮掩，就这样无遮无拦地晾在他眼前，秦烈喉结动了动，却没有说话。

陈汐笑笑："你也不知道，对吧？"

两个人目光胶着，久久凝望着彼此，眼底都写满坦诚。良久，秦烈低低地"嗯"了一声。

陈汐："你知道我上一段感情是怎么结束的，所以在这件事情有答案之前，别来招惹我了。"她说完，轻轻推开秦烈，转身走进幽暗的巷子里。

秦烈果然没再来招惹陈汐，他连 VR 馆几乎都不怎么来了，转眼半个多月过去，陈汐没看见秦烈一眼。她安之若素，每天忙着店里的生意，忙着照顾家人，忙着朋友间那些琐琐碎碎的事。只是早上骑着摩托从 VR 馆门口经过时，陈汐会习惯性地往里面望上一眼，虽然什么也看不到，摩托车飞快地从 VR 馆门前驶过，她轻轻扯一扯唇角，那些心动，她索性让它们自生自灭。

八月的敦煌，白天依旧烈日炎炎，夜里却悄悄有了一丝初秋的凉爽。森森放暑假了，范明素的三轮车一早一晚还是会出现在小城的老街巷里，骑车的人时不时会换成森森。少年蹬着三轮车，驮着爷爷和范奶奶，却一点都不觉得沉。他想起从前，爷爷驮着他的时候，总说他太轻了，要好好吃饭才行。

清晨的巷子，阳光牵出一缕缕金色的丝线，蓝天、树梢、屋檐似乎都染上了一丝生命最初的明亮和鲜活，森森的眼前却是一片灰蒙蒙的惶恐。关老爷子看着阳光在范明素头发上活泼地跳跃，忽然咧开嘴笑了。

"青青。"他苍老的声音里含着一丝羞涩的惊喜。

范明素怔了怔，忽然笑着在关老爷子肩头拍了一巴掌："你看好了，我是老范，不是你的青青。"

关老爷子懵懵懂懂地盯着范明素看了好一会儿，这才好似大梦初醒："是老范，不是青青……"他笑笑，嘴里喃喃地念着。

回到家，陈汐已经准备好了早饭，她给关老爷子蒸了鸡蛋羹，一勺一勺喂给他吃。

森森一边吃饭一边随口问道："姐，秦烈哥今天去 VR 馆吗？"

陈汐持着勺子的手顿了顿，云淡风轻地说："不知道啊。"

森森咬了一大口包子，嘟嘟哝哝地问："秦烈哥在忙什么啊，都不去 VR 馆了。"

陈汐扯了张纸巾，轻轻擦掉关老爷子下巴上的汤汁，随口说道："吃你的吧，管这么多。"

森森端起大碗，喝了口鸡蛋汤，眼角的余光却在陈汐脸上鸡贼地睃了一圈，他想，秦烈哥和陈汐姐八成是在闹别扭。

吃完早饭，陈汐骑上摩托正要出门，手机忽然响了一下，她掏出手机看了一眼，不觉微微一怔，这人还真是不禁念叨。

秦烈发了条视频过来，没有其他多余的话。陈汐一脚撑地，跨坐在摩托车上，点开秦烈发来的视频，竟然是"隧道 3.0"版本的一段高燃视频。陈汐看着她设计的角色在视频里逐个登场，不知不觉轻轻笑了。她觉得这些角色一个比一个精彩，精彩得简直不像是自己画出来的，甚至越看越有种陌生感，而那个人身上的气息，却只因为一条信息便卷土重来，熟悉得让她觉得有点恍惚。

陈汐看完视频，低头给秦烈发去一句话：3.0什么时候上线？

秦烈秒回：还得几个月。

陈汐低头打字"最近在忙这个？"，她指尖顿了顿，然后删掉了这行字，改成：加油。

08

陈汐盯着屏幕等了一会儿，不见秦烈的回复，于是收起手机，发动摩托，一路飙到了店里。

上午活不多，快中午时，陈汐见秦展还没来，便问刘伯洋："秦展呢？"

刘伯洋正弯腰检查一辆车的发动机，闻言转头看向陈汐："我也不知道，他上午不来没跟你说吗？"

陈汐摇摇头，掏出手机给秦展拨过去电话，信号通了却一直没人接。

陈汐忽然有点不放心，于是给林芳打过去电话。

"喂，陈汐。"电话里传来林芳的声音，带着浓重的鼻音，像是刚刚哭过。

陈汐连忙问道："怎么了芳芳？"

电话那边，林芳轻轻吸了吸鼻子："没什么。"

陈汐不放心，问道："秦展呢？"

林芳："在医院呢。"

陈汐心头一紧，连忙问："出什么事了？"

林芳轻轻叹了口气，说道："昨晚他跟家里起了冲突，把他妈气得高血压犯了。"

为什么事起冲突，陈汐不用问也知道。挂了电话，陈汐轻轻叹了口气，刘伯洋在一旁听了个七七八八，也是一脸无奈。

陈汐让刘伯洋看店，自己骑摩托去了市医院，一进心脑血管住院部，就看到靠在走廊墙上发呆的林芳。

陈汐拎着一兜水果，快步走到林芳面前，轻声问道："怎么样了？"

林芳抬头看向陈汐，两只眼睛红红的。她苦笑一下，朝一旁的病房抬了抬下巴："在里面呢。"

陈汐抬步往病房走，才走一步却又停了下来，转头看向林芳。林芳大概一夜没睡，脸色有点苍白，一个人站在病房门口，孤零零的。陈汐看着她，只觉得心头一阵酸涩。

林芳却好像明白陈汐心中的不忍，努力挤出一个云淡风轻的笑容，对陈汐摆摆手说:"没事,进去吧,不用管我。"

陈汐看着林芳,不知道该说什么好,迟疑片刻,轻声说了句:"你等等我。"

她也不知道让林芳等她做什么,只是觉得这样说了,林芳好像就没那么孤单了。林芳朝她笑笑,轻轻点了点头。

陈汐走进病房,看到秦展坐在病床前,蔫头耷脑的,像棵霜打的白菜。秦展妈闭着眼睛躺在病床上,一只手牢牢抓着秦展的胳膊,脸上带着赌气的表情,病床另一侧坐着一个中年男人,看样子应该是秦展爸。

陈汐的脚步声像一颗小石子,打破了病房里一潭死水般的窒息。秦展猛地抬头看向陈汐,眼睛亮了亮,然后又着急地往门口瞟了一眼。陈汐冲他轻轻点了点头,用眼神示意他林芳还在,秦展脸上的表情更糟心了。

秦展妈听到动静,睁开眼睛看到是陈汐,忙笑着打招呼:"陈汐是吧。"

陈汐把水果放在床边的地上,点点头说:"是啊。"

秦展妈松开了秦展,没好气地朝他说:"愣着干吗,搬把凳子过来。"说完又笑着看向陈汐,"你说你,这大热天的还专门跑一趟。"

陈汐走到床边,笑着说:"阿姨客气了。"

秦展妈一脸欢喜,抓着陈汐的手看向秦展爸:"老秦,这就是带着小展一块做生意的陈汐,上回我去人家店里闹了一气,还把人家当成那个女的了。"

两句话的工夫,秦展已经溜到了门边,秦展妈一眼瞧见,气不打一处来,忙朝他吼一嗓子:"给我回来。"吼完倒在了枕头上,夸张地哼哼了两声。

秦展见状,只好拐了个弯,给陈汐搬了把椅子过来。

陈汐坐下来,看了眼魂不守舍的秦展,转过头关切地问秦展妈:"阿姨这是怎么了?"

秦展妈巴不得向全世界倾诉自己心中的苦闷,冷笑着说:"还能是怎么了,被这浑小子气的呗。"

不等陈汐说话,秦展妈就问道:"他跟林芳的事你们都知道吧?"

陈汐点点头。

秦展妈:"你们年轻人爱冲动,我怎么拦都拦不住。那好,我不拦了,他想跟那个女的处对象,那就处吧,我眼不见为净。"

陈汐抿抿嘴,觉得这话没什么毛病,谁知秦展妈话锋一转,愤然朝门口大声喊道:"胡搞就胡搞,反正她一把年纪了,拖不起,我们小展还年轻，往后想找什么样的都行。"

秦展一听这话，急得直跳脚："妈，有你这么说话的吗？"

秦展妈立马反唇相讥："有你这么胡闹的吗？"

秦展："我说多少遍你们才明白，我没胡闹，我就是认准她了。"

秦展妈不看秦展，反而一脸淡定地看向陈汐："他们两个人的事，我已经让步了，他只要不往家里领这个人，在外面怎么胡闹都行，可他昨天想从家里把户口本偷走。"

秦展妈朝秦展吼道："你拿户口本干什么？"

秦展："还用问吗？当然是领证。"

秦展妈："那你先等我死了再说。"

秦展气得额角青筋直跳："算了算了，还是我去死吧。"

秦展爸忍不住呵斥："胡说什么呢？"

秦展烦躁地一摆手，大步走出了病房。

病房外，林芳靠在墙上，垂头看着自己的脚尖，已经泪眼模糊，秦展一把抓住她的手就往外面走，林芳跟跄着跟了两步，忽然停下脚步，甩开了秦展的手。

"秦展……"她垂着头，声音平静，"要不我们……"

秦展转回身朝林芳吼道："你给我闭嘴！"

林芳一双大眼睛里蓄着泪水，像只受惊的小动物，她嘴唇轻轻动了动，却没说出一个字来。从认识到现在，第一次，秦展用这种语气对她说话，她整个人都蒙了。

秦展看到林芳脸上的茫然和惊恐，心像被刀割了一般，连忙一把将林芳搂进怀里，在她额头上亲了又亲，温声说着："对不起，对不起，我不是凶你，你别哭。"

林芳脸埋在秦展起伏的胸膛，轻轻点了点头。

秦展低头在她耳边轻声说："分手的话，你要再敢说，我就……"

林芳抬头看他，红着眼睛问："你就怎么样？"

秦展："我就去当和尚。"

林芳"扑哧"一声笑了，把脸埋进他怀里，一边哭，一边笑。身后忽然传来一阵脚步声，林芳警觉地抬起头，看到一个熟悉的身影。她轻轻推了推秦展，秦展顺着她的目光转头看向身后，见秦烈带着他爸妈来了。

"大伯，大妈。"秦展牵着林芳的手，跟秦烈爸妈打招呼。

"哥……"他最后叫了秦烈一声，眼巴巴看着秦烈。

　　三个人都没吱声，径直朝病房走去，秦烈走在最后，朝林芳点了点头，林芳有点尴尬地朝秦烈笑了笑。面对秦展的家人，她总是有种无处可躲的局促感，可身后站着的这个男人像一堵厚实的墙，给她遮风挡雨，也挡住了她退缩的脚步，所以一次又一次，她别无选择，唯有和他并肩而立，白眼也好，冷言冷语也好，都抵不过他给她的，这一整个世界的温暖。

　　"你进去吧。"她推了秦展一把。

　　秦展摇摇头："不去。"

　　林芳："去吧，闹得越僵，我们的事就越难。"

　　秦展犹豫地看着林芳，林芳朝他笑笑："我没事，他们伤不到我。"

　　秦展迟疑片刻，终于还是点了点头，他嘱咐林芳："快中午了，你回去吃点东西，睡会儿。"

　　林芳笑着"嗯"了一声，看着秦展走进了病房。

　　陈汐听到脚步声，转头看向病房门口，猝然撞上一道沉静的目光，她的心也跟着猝不及防地狂跳了一下。她发现秦烈好像刚刚理过发，短硬的发茬衬得这人五官更加立体，一阵子不见，好像更顺眼了。

　　陈汐收回目光，朝秦展妈笑笑说："阿姨，我先回去了，您好好注意身体，别生气了。"说完又跟房间里其他人打了招呼，起身离开。

　　刚走到门口，就听到身后秦烈的声音："陈汐。"

　　陈汐停下脚步，转身看向秦烈："有事？"她笑着朝他扬了扬眉。

　　秦烈沉默看着陈汐，片刻后淡声说："没事。"

　　陈汐："那我先走了。"

　　秦烈"嗯"了一声，默不作声地看着陈汐走出病房。

　　陈汐出来时看到林芳还在病房门口站着，便拉着林芳去了医院外面的面馆。

　　正是饭点，店里吃饭的人还挺多，有一桌客人刚好吃完。陈汐坐下来之后才恍然想起，她和秦烈一起在这张桌上吃过拉面。那晚秦烈和她一起把高烧的关老爷子送到了医院，那晚秦烈还说，森森的事大家一起想办法。

　　"陈汐？陈汐？"陈汐回过神来，怔怔看向林芳。

　　"你吃什么？"林芳递来菜单。

　　陈汐"哦"了一声，接过菜单，点了一份牛肉拉面。

　　面条上来，陈汐吃了一口，笑着对林芳说："没你做的好吃。"

　　林芳不好意思地摇摇头："没有……其实是你们太照顾我了。"

陈汐忽然叫了一声："芳芳。"

林芳抬眼看向陈汐，一双温柔的大眼睛带着丝茫然。

陈汐："秦展很好，你也很好，你们两个很般配。"

林芳抓着筷子的手僵住，半晌才又挑起面条吃了一大口。她垂着眼睛，忍住喉头的哽咽，轻轻点了点头。

两个人又沉默吃了几口面，林芳忽然抬头说道："陈汐，你能不能帮我一个忙？"

陈汐："嗯，什么事？"

林芳："我想见一见秦展的家人……别让秦展知道。"

陈汐点点头："什么时候？"

林芳沉默一会儿，像是下定了什么决心一般，她朝陈汐笑笑，目光带着一丝难以形容的坚定："过一阵子再说，我先办一件事……"

09

吃完饭，陈汐把林芳送回家，自己回店里又忙活了一下午，晚上回到家，范明素正推着三轮车准备出门，一见陈汐回来了，就要去厨房给她煮面条。

陈汐没什么胃口，说句"不饿"，径直到卧室扔下包，拿了件干净T恤，然后去水房里冲澡。她心不在焉地打开花洒，被凉水激得起了一身鸡皮疙瘩，这才察觉到自己从医院出来以后好像一直在走神，吃饭时候走神，骑摩托时候走神，修车时候走神，回到家还是在走神。

太阳晒热的洗澡水从头顶浇下，陈汐站在花洒下，使劲甩了甩头，似是要把脑子里的水也甩出来。从她察觉到自己控制不住在想秦烈的那一刻起，她觉得自己脑子进水了。

从水房出来，陈汐看到堂屋的灯亮着，走过去一看，森森正伏在茶几上写作业。陈汐腿上没穿什么，她靠在门边，只探出上半身，隔着纱门一边擦头发一边问森森："爷爷今晚吃了多少？"

森森埋头写题，头也不抬地说："一小碗牛奶糊糊。"

陈汐："他俩兜风去了？"

森森点点头，继续在草稿纸上写写画画。陈汐转身往自己屋里走，森森见她脚步声远了，这才抬起头，神神秘秘地笑了。

陈汐回屋找不到自己的手机，走到窗户跟前朝堂屋喊道："森森，你是不是拿我手机了？"

堂屋里传来森森的喊声："嗯，我查道题。"

森森经常拿她和范明素的手机查东西，陈汐不疑有他，一屁股坐在了书桌前，随手打开了素描本，抓起搁在桌上的一个大苹果咬了一口。

正画着画，忽然听到老狗三黄在院子里哼哼唧唧，老狗看人下菜碟，听它哼唧的声音，不是范明素回来了，像是杨珊或是韩素素来了。

陈汐穿着松松垮垮的 T 恤，啃着苹果，光着一双大长腿从屋里晃悠了出来。刚走到门口，整个人忽然僵住，嘴里叼着一块咬下来的苹果。秦烈高大的身影站在小院里，正伸手摸着三黄毛茸茸的大脑门。他抬眼看向陈汐，目光在她白腻的大腿上扫了一眼，又低头去逗三黄。

陈汐怔了片刻，连忙转身走回屋里，套了条牛仔短裤出来："你怎么来了？"

想到自己一下午走神想的那些事，陈汐莫名觉得有点心虚，于是努力让自己的声音听起来格外平静。

秦烈脸上闪过一丝无语，淡声问："有事吗？"

陈汐茫然地摇摇头："没事啊。"

两个人戳在院子里，大眼瞪小眼。过了片刻，陈汐轻咳一声问道："你找我有事？"

秦烈脸上的表情更奇怪了："是你找的我。"

陈汐一头雾水，茫然地看着秦烈："没有啊。"

秦烈没说话，把手机递给陈汐。陈汐接过手机一看，自己半个小时前给秦烈发了条微信：忙吗？能不能来我家一趟？

句末还用了一个害羞的小表情。陈汐盯着秦烈的手机看了一会儿，忽然转头朝堂屋的方向吼了一嗓子："关森森，出来。"

片刻后，森森叼着笔，笑嘻嘻地跑了出来，没事儿人一样朝秦烈扑了上去："秦烈哥，我有道题不会，你给我讲讲吧。"

秦烈被森森拽得晃了晃，忽然牵了牵唇角："什么题？"

森森拽着秦烈就往堂屋走："有道奥数题，我想一整天了，就是算不出来。"

陈汐看着两个人的背影，心里五味杂陈。她忽然开口叫住了森森，没好气地说："你怎么拿我手机给别人发信息？"

森森一脸无辜地说："我没手机啊。"

陈汐无语片刻，继续没好气地问："那你刚才怎么不早说？"

森森挠挠头，笑嘻嘻地说："我专心做题，没听到秦烈哥来了。"

陈汐被噎得无话可说，呆呆地戳在院子里，看着森森和秦烈走进堂屋。纱帘忽然从里面推开，森森探出一颗小脑袋，对陈汐说："姐，上茶。"

陈汐："……"

小崽子，这是要上天吗？

陈汐端了两杯杏皮茶进堂屋，搁在茶几上。秦烈抬头看了陈汐一眼，然后继续给森森讲题，声音低低的，带着点磁性。陈汐不自觉地摸了摸自己的耳朵，转身走出堂屋。

她走到院子里，百无聊赖地逗起了三黄。不一会儿，秦烈也出来了，走到陈汐身旁，伸手摸了摸三黄，老狗立刻摇头摆尾地凑上来，要多亲昵有多亲昵。

陈汐忍不住点了点三黄的脑门，笑道："你个马屁精，怎么见谁都拍？"

耳边忽然传来秦烈的声音，低低的，勾得陈汐耳根一热："聊聊吗？"

陈汐看向秦烈，在暮色里打量他片刻，然后点了点头。

秦烈："在这儿？"

陈汐看了眼小院里那片残阳，指了指一旁的梯子说："上房吧。"

房顶上还留着白天烈日炙烤的温度，两个人并肩坐在房檐上，屁股下面暖洋洋的。陈汐仰头吐出口烟，晃了晃悬空的小腿，她眯起眼睛看向夕阳下那一片低矮的屋顶，胡杨树掩映，灰色的房顶和绿色的树梢都挂上一层浓稠的蜜色。

她笑笑，有点感慨地说："肉没有小时候香了，西瓜也没有小时候甜了，只有房顶上的这片夕阳还和从前一模一样。"

秦烈也眯起眼睛，迎着夕阳的余晖，看向陈汐目光所及的那片屋顶，晚风拂过，树梢轻轻摇摆，几处炊烟袅袅，那层浓稠的蜜色，温暖了整个视野。

秦烈抽了口烟，沉默看向陈汐，她唇角带着一丝浅浅的笑，侧颜利落的线条被夕阳暖着，氤氲出一层淡淡的温柔。秦烈忽然鬼使神差地抬起手，轻轻捏了捏陈汐小巧的耳垂。陈汐没有生气，她挑起一边眉毛，转过头要笑不笑地看他："哎，过分了啊。"

秦烈却不想收回手，在她耳垂上轻轻碾了碾。

"陈汐……"他忽然开口，"我不走了。"

四周的空气好像也被他低低的一句话惊到了，陈汐只觉得呼吸一滞，撩动发梢的晚风，蜜色的夕阳，屁股下面温热的屋檐。陈汐一瞬间全都感觉不到了，她的世界里只剩下眼前这张线条冷硬的面孔，可他刚刚说了一句温柔至极的话，温柔了这一整个夏天的话。

陈汐没说话，只专心看着秦烈的眼睛，她发现他长长的眼睑下面，其实有道很窄很窄的双眼皮，不认真看的话会以为他是单眼皮，他瞳孔的颜色很深，几乎容不下浅浅的温柔，所以他的温柔要很深很深，才能被人看到，她就这样看着秦烈，唇角含着一丝笑，一言不发。

耳边忽然传来秦烈的声音："所以我能当你男朋友了吗？"

陈汐转过头，朝秦烈凑上来，一言不发地吻他。熟悉的味道，瞬间解了陈汐心尖上那一丝萦绕多日的瘾，两个人在夕阳下不紧不慢地亲吻，悠然又舒服。分开时，陈汐开口说："你刚刚那句话，是忽然冒出来的吧？"

秦烈怔了一瞬，笑了笑，问道："为什么这么问？"

陈汐看着他深色的眸子，轻声说："我看到了，你眼里茫然了一瞬。"

她重新看向远处的屋顶，夕阳没入了地平线，带走了它慷慨的温暖。那句话一出口，她看到了他眼睛里那一瞬的茫然，继而是破釜沉舟的决心，可她不喜欢这样，爱情需要的是水到渠成，不是破釜沉舟。

陈汐："秦烈，还记得你相亲的那晚吗？"

秦烈"嗯"一声。

陈汐："我在隔壁听到那个女的中意你，说可以放弃自己在敦煌的一切，跟你去北京。"

秦烈想了想："好像有这么回事。"

陈汐："我搭你的车回家，在巷子里问你是怎么回复她的，你还记得你说过什么吗？"

秦烈摇摇头，他不记得了。

陈汐："你说，我不要她放弃，也不想为她的人生负责。男欢女爱，换谁不行？没必要谁为了谁就要搭上一辈子。"

她看向秦烈，抬手摸了摸他线条硬朗的面颊："秦烈，我承认我很喜欢你，你也要承认，我们还没到非彼此不可的地步。"

也许真有那一天，那时候，所有的妥协和牺牲，便会成为奔赴。可即使是白宇宁这样温柔又深情的人，都没和她走到那一天，何况是秦烈这种理智又淡漠的人。

立秋这天，秦展张罗大家收工后一起吃烧烤，一群人聚在了市里面大家常去的一家烧烤店，只少了秦烈和杨关。秦展喝得半醉，跑来陈汐这边套话："汐姐，我哥是不是失恋了？"

陈汐也喝得有点高，闻言饶有兴致地看着秦展，笑吟吟地说："我哪知道。"

秦展挤开韩素素，在陈汐身边坐了下来，死缠烂打地问："你俩到底怎么回事啊，我哥这阵子都不来店里了。"

陈汐喝了一大口啤酒，笑笑说："你还是先操心自己的事吧，户口本拿到了吗？"

秦展愁眉不展地说："不知道我妈把户口本藏哪儿了，芳芳又不让我跟他们折腾，只好僵着。"

陈汐："总会有办法的。"

秦展把话又绕了回来："所以你跟我哥到底怎么回事？"

陈汐只喝酒，不说话。

10

秦展："昨天我去我哥家，看到他一个人在喝闷酒。"

他晃着自己手里的酒瓶子，若有所思地说："我哥很少喝闷酒的。"

操心完他哥，他又开始操心刘伯洋："伯洋，你不是说你女朋友毕业就回来吗？这都八月了，她怎么还没回来啊？"

刘伯洋目光忽然变得有些闪烁，随口说道："快了。"他转头问杨珊，"李广鹏和宋雅要结婚了，杨关哥知道这事了吗？"

韩素素听到宋雅的名字，耳朵一下子支棱起来，伸长脖子问："你说哪个宋雅？"

刘伯洋："还能是哪个。"

他这么一打岔，没人再追问他女朋友的事了，大家齐刷刷开始为杨关愤愤不平，韩素素明丽的脸上闪过一丝复杂的表情。她想要表现得高冷些，忍了两分钟，还是忍不住问道："他俩真的要结婚了吗？"

刘伯洋点点头："我爸跟李广鹏他爸在一个单位，都吃上喜糖了。"

韩素素连忙看向杨珊，也问："杨关知道这事吗？"

杨珊好不容易过了孕吐的阶段，现在吃啥都没够，她停了筷子，平淡地说："知道了。"

陈汐的注意力也被这边的话题吸引了过来，她问杨珊："杨关哥什么时候知道的？"

杨珊："昨天李广鹏去诊所送请帖了。"

秦展愤愤地说："他还好意思给杨关哥送请帖？"

杨珊笑笑："也是没办法吧，街坊四邻的，抬头不见低头见，送也不是，不送也不是。"

陈汐理解杨珊的话，解释道："我们三家很早就是邻居了，杨珊家和李广鹏家只隔了一道院墙，我奶奶家离他们两家稍远点，杨关哥和李广鹏是发小，我和杨珊小时候没少缠着他们玩。"

三家人的院子，一家挨着一家，邻里邻居热闹的氛围装满了陈汐的记忆，后来，杨关家搬到了楼房住，李广鹏家没多久也搬到了大楼，只有陈汐一家守着这片平房。

韩素素在一旁凉凉地说："是发小还干那么缺德的事。"

杨珊苦笑一下，说道："感情的事没啥谁对谁错，再说我哥这情况，宋雅不愿意了也正常。"

刘伯洋："那他找谁不好，非要找杨关哥的铁哥们儿。"

秦展："谁说不是，以前杨关哥、我哥，还有李广鹏三个人关系多好啊，说他们是铁三角都不过分，宋雅跟了李广鹏之后，我哥也不跟他来往了。"

一桌子人都挺唏嘘的，只有韩素素，心情有点复杂。她小时候很羡慕宋雅，那时候杨关是妥妥的校草，学习成绩还好，不知道有多少女生偷偷喜欢他。宋雅从高一时候开始就和杨关是同桌，她学习成绩也很好，长得也很漂亮，两个人虽然没挑明，但是谁都知道他们互相喜欢，高中毕业后两个人就在一起了。杨关妈特别喜欢宋雅，恨不得把宋雅当闺女，这可把韩素素羡慕死了，暗戳戳地嫉妒了宋雅好多年。

后来杨关失明，宋雅在外省读大学期间，就渐渐不和杨关联系了。她大学毕业之后考上了本市的公务员，和李广鹏好了。韩素素恨她辜负了杨关哥，又谢她成全了自己，正出着神，听到秦展问："婚礼你们去吗？"

杨珊吃着蒜蓉粉丝，点点头说："我哥都答应去了，我也得去。"

刘伯洋啧啧赞叹："杨关哥这心胸也太宽广了。"

韩素素也忍不住说："干吗要给他们脸，干吗要为难自己。"

杨珊："我看我哥没啥反应，压根没当回事。"

陈汐看了韩素素一眼，意味深长地说："杨关哥在乎的又不是宋雅。"

一桌人都笑嘻嘻看向韩素素。她喜欢杨关的事，大家或早或晚都知道了。

韩素素也不扭怩，大大方方地说："那我也去，我去帮杨关把场子找回来。"

几天后便是李广鹏和宋雅的婚礼，虽然在敦煌市里，李家父母没有选择酒店的一条龙服务，他们觉得，结婚还是得在自己家里办才热闹，所以流水席支起来，大红"囍"字装满了整个院子的时候，街坊邻居也跟着热闹起来。

陈汐奶奶家离李广鹏家很近，她快中午时才带着森森过去。李广鹏的父母胸前戴着花，站在门口迎接宾客。身后院子里已经有很多人了，凑在一起嗑瓜子花生拉家常，等着看新娘子。一群小孩在桌子间飞跑打闹，森森一进院子就被睿睿和果果缠上了，三个小孩一转眼就跑不见了。

秦展带着芳芳来了，远远地朝陈汐招手，陈汐朝他们挥挥手，指了指隔壁杨珊家院子。

陈汐走到杨珊家小院，韩素素已经到了，和杨珊一起坐在院子里逗小狗，陈汐一看韩素素身上的衣服就知道这姑娘今天要搞事。

"穿成这样想干吗？"她蹲下来，伸手摸摸小狗毛茸茸的脑袋。

韩素素也俯下身摸小狗，一脸淡定地说："搞事情啊。"

她是舞蹈老师，身材像二次元熟女，今天穿了件很显身段的裹身裙，两条细细的胳膊在阳光下白得耀眼。高中时候韩素素的身材就已经极为惹眼，那时候陈汐还跟个假小子一样，整天帮韩素素挡着男生层出不穷的骚扰。

杨珊有点担心地问："你喜欢我哥的事，你爸妈知道了会不会打死你？"

韩素素朝杨珊扮了个鬼脸："他们都这把岁数了，打死我也来不及再生一个了，肯定下不去死手。"

杨珊一脸无语。正说着话，杨关推门出来。他穿一身简单的体恤长裤，却被肩宽腿长的身材衬得很好看，韩素素一看到杨关眼睛就亮了，却忍住没跟他说话。

那晚听杨关亲口承认喜欢自己之后，韩素素就没找过他，她其实还在生他的气，想再晾晾他。

四个人一块走出门，李广鹏的父母好像就在等杨关似的，连忙迎了上来，把他们带进院子里。韩素素忽然快走两步，跟杨关并肩而行，抓住了他的手。杨关一怔，本能要挣脱，却被韩素素牢牢牵住，他竟然感觉到四面八方投来的目光。

"干什么？"他声音低哑，透着一丝无奈。

韩素素化了全妆，明艳夺目，她今天就是要所有人都看到，是她死缠烂打追的杨关。她在杨关耳边小声说："当着这么多人，别下我面子。"

杨关只能由韩素素牵着，韩素素得寸进尺，手指钻过他的指缝，把两个人的手变成了十指交缠。

陈汐无语地跟在两个人身后，蹭了一波来自四面八方的注目礼。

秦展帮他们留了位置，陈汐坐下来时，蓦然看到坐在秦展一旁的秦烈，他今天穿了件黑体恤，两条胳膊肌肉结实，是个地地道道的西北糙汉，可身上的气场又和周围格格不入。

两个人目光相触，秦烈正和秦展说话，说到一半忽然顿了顿，陈汐收回目光，拿起林芳给她倒好的粒粒橙喝了一口。

一桌人正暗潮汹涌，门口鞭炮突然响了，噼里啪啦热闹喧天。随着一阵喧闹，李广鹏抱着身穿大红喜袍的新娘子进院子了，屋子里传来司仪的声音："新郎新娘一叩首。"

陈汐看看左右，不见森森几个的身影，她跟杨珊说了一声，起身去找人。

堂屋里挤满了看热闹的人，新郎正掀开新娘的红盖头，陈汐在地上一堆小孩里找森森的身影，找了一圈没找到，她又转到后院，临时搭起的帐篷下面煎炒烹炸热火朝天。

森森、睿睿和果果正站在一张大长桌子跟前看人揉黄面，李家请了正宗黄面传人，在亲朋好友前撑足了面子。陈汐也走过去，看到一团黄面在老师傅手里反复被揉搓，抻拉，最后见老师傅快跑几步，把手上的面条拉到四五米长，顺势往水沸了的大锅里一丢。

有人过来高喊一声："热菜上完了上黄面。"

陈汐拉着森森几个回前面吃席，刚绕到堂屋一侧，迎面撞上了一个熟人。两个人同时停下脚步，陈汐朝对方叫了声"阿姨"，然后低头拍拍森森的小肩膀，对他说："带妹妹去前面吃饭。"

森森点点头，带着两个小跟屁虫一溜烟跑到前面去了。白宇宁的妈妈笑着打量陈汐一会儿，这才开口问道："你那修车厂的生意好吗？"

陈汐点点头："挺好的。"

白宇宁妈妈笑了两声，说道："生意好就行，不然你说你工作不要，去北京那么好的机会不要，连我们宇宁也不要了，那是图个啥啊。"

陈汐笑笑，没说话。她知道白宇宁妈妈对他们分手的事很不满，觉得是她太轴了，辜负了白宇宁。相对无言片刻，陈汐指指前院，说道："阿姨，那我先过去了。"

白宇宁妈妈仍旧打量着陈汐，侧身让开一条路。陈汐刚走出去几步，身后传来白宇宁妈妈的声音："陈汐，宇宁跟你说了吗？"

陈汐停下脚步，转回身问道："说什么？"

白宇宁妈妈看着陈汐，淡淡地说："宇宁处对象了，是他们医院的医生，研究生毕业，北京人。"

陈汐怔在原地，唇角动了动，却没说出话来。白宇宁妈妈想把陈汐脸上的表情录下来，回家慢慢欣赏，她笑着转过身，不紧不慢地走了。

陈汐戳在原地，愣了好一会儿，掏出手机却蓦然停下，不知道自己这是要干什么。

陈汐垂着头，忽然感觉一道阴影笼罩下来。她抬眼一看，秦烈不知什么时候走到了她面前，双手抄兜，似笑非笑。

"吃醋了？"

陈汐哼笑一声，没说什么。她早就放下了，可乍一听到这个消息，一颗心还是做不到平静无波，那些相处时的点点滴滴一瞬间涌入脑海，他的怀抱，他的温暖，他的无微不至，以后是别人的了。

秦烈不再说话，陪着陈汐站在墙根下沉默。

"走吧。"

陈汐迈开腿，朝热热闹闹的前院走去，路是她自己选的，没有后悔这一说。

11

酒席吃到一半，新郎新娘过来敬酒，一桌人的目光都落在了杨关身上。

隔壁那桌不知道是谁看热闹不嫌事大，趁着周围人声嘈杂，起哄喊了一声："这桌杨关代表。"

秦展和刘伯洋同时低低骂了声，差点蹦起来，被林芳和陈汐一边一个拽住了。陈汐正要起身，却见杨关已经站了起来，他手里端着酒杯，说声："恭喜了。"笑容一如既往的阳光帅气。

宋雅勉强笑了笑，李广鹏正要说话，就见韩素素婷婷袅袅站了起来，手里也端着一杯酒："我也要恭喜你们。"

韩素素一开口，杨关唇角的笑容悄然僵住，他还没得及开口阻止，就听这姑娘继续说道："我和杨关一起祝你们白头偕老，百年好合。"

杨关转过头，低低叫声："韩素素。"声音里带着一丝警告的意味。

韩素素充耳不闻，仰头干了手里的酒，又给自己倒了一杯，她看向宋雅，抬手跟她碰了个杯，笑着说："我从前没想过自己能有机会追杨关哥，所以宋雅姐，这杯酒我敬你。"

宋雅和李广鹏举着酒杯，惊愕得忘了该说什么。

四周的嘈杂声不知什么时候悄然退去，一双双眼睛看过来，一道道目光像环伺的鲨鱼，闻到了让它们兴奋的血腥气。杨关看不到，却嗅到了一丝凶险的味道，他怎么也想不到，记忆里那个笑起来很甜很甜的小姑娘，在他背上睡得口水直流的小姑娘，忽然有一天长大了，哭着闹着向他要爱情。怕他退缩，怕他不信，他的小姑娘只好一腔孤勇地独自向全世界宣告，不管往后的人生，会不会被铺天盖地的嘲笑质疑，抑或是被流言蜚语啃得连骨头渣都不剩。

杨关轻轻动了动冰凉的手指，下一秒，一只软软的手牵住了他。杨关怔了怔，慢慢地将那只温暖的手轻轻握在了掌心，从今以后，他不会再让她哭着要爱情了。他有多少给多少，直到她腻了，或者，直到死。

院子里绿树成荫，正午的阳光透过浓密的枝丫，星星点点漏下来，落在一对新人和一对幸福的人身上。

陈汐笑着收回目光，默默干了杯子里的酒，又给自己倒上一杯，她觉得今天的酒入口很烈，正是她此刻需要的滋味。

一杯接一杯，她不怎么吃东西，只想喝酒。醉眼蒙眬间，她托着腮，肆无忌惮地看向秦烈。她酒量很好，其实没那么醉，可她就是想醉，醉了以后可以放浪形骸，做自己清醒时不能做的事。

秦烈冷眼回望，喝下一口闷酒。

今天店里歇工一天，散席之后，秦展和刘伯洋张罗大家伙一起去 KTV 唱歌。韩素素本想拉着杨关一起去，可一转脸，就被她小姨逮着了。小姨扯住她不由分说往院子外面拖，她一边跟跄着倒退，一边朝杨关喊："这是我小姨，没事儿，你们先玩。"

杨关朝声音传来的方向笑笑，淡声说了句"好"，家长这一关，迟早得面对，只是没想到来得这么快。

韩素素被小姨塞进车里。

杨关没心情唱歌，跟陈汐他们打了声招呼，走回自家院子。

陈汐几个呼朋引伴地去了一家 KTV 烧烤串吧，一到包厢，陈汐又要了好几打啤酒。杨珊和芳芳舒服地靠在沙发里，一边吃着水果，一边乐呵呵地看三个小孩抢麦克风，秦烈谁都不搭理，坐在角落喝着闷酒，剩下几个人掷骰子赌酒，玩得热火朝天。

一下午一晃就过去了，陈汐终于如愿以偿地喝高了。她拎着一瓶啤酒，摇摇晃晃起身，走到秦烈身旁一屁股坐了下来，侧身轻轻撞了他一下。秦烈转过头斜睨了陈汐一眼，一言不发。

陈汐笑眯眯地问他："秦烈，你怎么不跟我们玩？"

秦烈冷冷睨着她，好一会儿才开口，冷声说："有什么好玩的。"

陈汐偏过头，调笑着看他，眼神像带着小钩子："嫌不好玩啊……那要不要玩点别的？"

她忽然凑过来，在他耳边低低说了几个字，发丝间淡淡的香味和鼻息间的酒气萦绕上来，她的话直接烫到了他的耳朵。

秦烈忽然一把捏住陈汐的手腕，带着她大步朝包厢外面走，身后传来秦展一声流里流气的口哨。陈汐回头，醉醺醺地朝一屋子人挥手作别。

秦烈冷着脸，拉着陈汐径直走到街边，伸手拦车。陈汐轻轻晃着身子，笑着逗他："开房吗？怎么办？我没带身份证……"

一辆出租车靠边停下，秦烈一言不发地把陈汐塞进车里，跟着坐在了后排。他报出小区的名字，沉默着，不管陈汐一路怎么逗他都不搭理，牵着陈汐走进楼里，出了电梯，直奔家门。

房门在两人身后合上，门锁发出一声清脆的"咔哒"，像是一声开始的口令，秦烈一把将陈汐推到门上，低头吻住了她。

两个人都好似饿了很久的动物，又像快要干枯的植物，触到彼此的那一刻，同时深深地喟叹一声，肌肤上每个毛孔都在叫嚣着饥渴。陈汐在颠簸里闭上眼睛，忽然想到，或许爱情既不是水到渠成，也不是破釜沉舟，到底是什么，她也说不出来。她只知道，今天不想和他分开，明天还是不想和他分开。

秦烈扭过陈汐偏向一侧的脸，迫使她看着自己。

"看着我。

"跟我试试。

"别再厦了。"

陈汐目光迷离，看进他目光深处，那里有一片深不见底的海，那海到底有多深，藏着什么，她一无所知，她以为自己一直站在岸边，和起起落落的潮汐追逐躲闪。可就在他狠狠撞上来的某一个瞬间，她才发现自己早就已经迷失在这片深海里了。

陈汐忽然点点头，干渴的喉咙里发出一声沙哑的"嗯"，秦烈乌沉的瞳孔忽然缩了缩。

他环住陈汐，恨不得把她揉进自己身体里："你要什么承诺，我都给。"

陈汐："不用。"

　　不需要承诺，因为承诺没有意义，结婚证都保证不了的事情，承诺又怎么会做得到，她此刻只想要在一起，明天的事，就交给明天的自己去面对吧。

　　"你俩真在一起了？"电话那边，杨珊的声音笑嘻嘻的。

　　"是啊。"陈汐抓起干活的手套，声音含着笑，"我忙去了，没空听你啰唆。"

　　陈汐戴上手套，打开车前盖。

　　她朝 VR 馆那边看了一眼，秦烈在忙"隧道 3.0"上线的事，这些天很少过来。

　　忙到傍晚，忽然听到秦展的口哨声，她躺在一辆吉普的底盘下，脚一蹬，探出头来朝店门口看了一眼。秦烈不知什么时候来了，正大步往店里走，门口的夕阳给他健硕的身形勾了个边，瞧着像电影里的男主角登场。

　　两个人目光对上，陈汐朝他笑笑："今天不忙？"

　　秦烈"嗯"一声，走到车跟前。陈汐滑进车底，继续干活。秦烈蹲下来，听着车下面扳手磕碰金属底盘发出的声响。一只白皙的手从车底伸了出来，秦烈怔了怔，伸手牵住。他把玩着陈汐细长的手指，放在自己摊开的大手上，黝黑和白皙，对比强烈。车底传来一声轻轻的嗤笑："螺丝刀。"

　　秦烈笑笑，拾起工具箱里的螺丝刀递了进去，一支手电筒递了出来，陈汐的声音含着一丝笑意："帮我打着。"

　　秦烈接过手电筒，半跪在车侧，俯身看向车底，就像他第一次看陈汐躺在底盘下修车的光景，一束光笼着她，细小的尘埃在空气里轻舞飞扬，那是他第一次觉得尘埃也很美。

　　收工后，陈汐上了秦烈的车，她靠在椅背上，捏了捏累酸的肩膀，随口说："回家。"

　　秦烈看了陈汐一眼，唇角轻轻牵起："哪个家？"

　　陈汐挑眉，要笑不笑地睨他一眼："我家啊。"

　　秦烈："方便吗？"

　　陈汐笑着推他一把："想什么呢？送我回家。"

　　秦烈发动汽车，慢慢打着方向盘："今晚住我那儿。"

　　陈汐不屑地说："你那儿连个拖鞋都没有。"

　　秦烈笑笑，把车开了出去。

　　路上，秦烈忽然问："今晚有时间吗？"

陈汐点点头："干吗啊？"

秦烈扶着方向盘，淡声说："我想带你见见杨关。"

陈汐被他的话逗笑了："我见杨关哥还用你带吗？"

秦烈看着前面的路，冷淡的脸上浮起一丝不易察觉的温暖。默然片刻，他慢慢地说："不一样。"

陈汐忽然就明白了秦烈的意思，他要带她去见自己最重要的朋友，尽管对陈汐来说，杨关哥也是自己最重要的朋友和亲人。陈汐看着秦烈，轻轻点了点头："好啊。"

两个人开车去了杨大夫的诊所，一进门就看到老爷子正闭着眼睛，聚精会神地给人把脉。陈汐拉着秦烈，轻手轻脚地掀开帘子进了一边的推拿间。

杨关正坐在靠窗的桌前，摸着一本摊开的盲文书，听到声音，他修长的手指停下来，转过头看向门口："哪位啊？"

陈汐不说话，笑着看向秦烈。

秦烈反牵住陈汐的手，带她走到桌边："是我。"

杨关笑笑："今天有空？"

秦烈"嗯"一声："带一个人来见你。"

杨关半垂的眼睛睁了睁，好像预感到什么，唇角忽然浮起一丝暖心的笑容。下一秒，就听到一个熟悉的声音，笑吟吟的，还带着一丝调皮的轻快："杨关哥，是我。"

杨关唇角那丝笑容荡漾开来，直到眼底深处："陈汐啊。"

陈汐"嗯"一声，杨关忽然靠在椅背上，开怀地笑了。他抬起头，朝着秦烈的方向，边笑边说："果然便宜你小子了。"

12

三个人正说话间，杨关的手机忽然响了，他摸索着接起，听筒里传来韩素素咋咋呼呼的声音："杨关，我爸妈去找你了。"

杨关的表情紧了一瞬，旋即又平静下来，低低地"嗯"了一声。电话的收音效果不好，静悄悄的屋子里响起韩素素焦急的吼声："杨关我警告你，你要是敢反悔，我……我……"

陈汐在一旁听着，替杨关捏了把汗，韩素素说完下面的话："那我也舍不得打断你的腿。"

陈汐差点没笑出声，杨关一脸无语地挂了电话，说道："素素爸妈要来，我等等他们。"

陈汐和秦烈对视一眼，低头对杨关说："我们陪你。"

杨关知道，陈汐这是不放心他一个人应对韩素素的爸妈，他笑笑，云淡风轻地说："不用。"

不一会儿，韩素素的爸妈果然来了。杨大夫还在给病人看诊，头也不抬地指了指里屋，他眼睛虽然已经花了，耳朵也不怎么好使了，可杨关的事瞒不住他。

昨晚他把杨珊和杨关叫到跟前，拿出两张银行卡，一张给杨珊，一张给杨关。他把这辈子的所有积蓄，一分两半给两个孙辈，不偏不倚。至于房产，杨大夫跟杨珊商量着说："珊珊啊，你哥往后要经营这个诊所，前房后院他住着也方便，所以这个诊所和院子给你哥，咱们杨家桥那边的院子给你，你看行吗？"

看着爷爷冷不丁分家产，杨珊还以为爷爷得了什么不治之症，当场就吓哭了，她一头扎进杨大夫怀里，哭着问道："爷爷，你是不是病了？"

杨大夫哭笑不得，抬手在杨珊后脑勺上拍了一巴掌："胡说什么呢，我没病。"

杨珊："那你好好的，分什么财产？"

杨大夫看了杨关一眼，又转过头看向杨珊，虎着一张脸说："我钱多烧的。"

杨珊让杨大夫又是发誓又是保证，这才信了老头的话。她不哭了，摆摆手说："我不要，都给我哥。"

话一出口，后脑勺上又挨了一巴掌，这回是杨关拍的。两个人最后都不肯要老爷子的钱。杨大夫无奈地倒回躺椅里，把兄妹俩轰出了房间，他愁一阵，又笑一阵。他相信杨关会过得很好，却仍是忍不住揪心，忍不住想要倾尽所有，助孩子一臂之力。

"叔叔阿姨来了。"杨关起身，朝门口的方向淡淡地笑了笑。

看着眼前一表人才的小伙子，韩素素爸妈同时怔了怔，眼前高大俊朗的男人和他们遥远记忆中那个清秀的男孩子已经完全不是一个人了。

韩妈妈迟疑着开口问道："你就是杨关？"

杨关点点头，声音平静地说："去我房间谈吧。"

他目光沉静，定定看着前方，一瞬间让人产生了一种他在认真凝望着自己的错觉。韩素素的父母原本是来兴师问罪的，看到杨关，那些憋了一肚子的难听话忽然就不知道该怎么说出口了。

"阿姨。"陈汐见他们目光一直都在杨关身上，便主动打了声招呼。

韩素素的父母这才注意到屋子里还有别人，两口子心不在焉地跟陈汐打了声招呼，继续打量杨关。

"这边来。"杨关转身往后院走。

韩素素的父母看着他肩宽腿长的背影，愣了一会儿才跟了上去。

陈汐也想跟过去，被秦烈拽住了。

杨关轻车熟路地穿过狭长的房间，走到后门口，回头提醒身后的人："小心台阶。"

韩素素的父母心情复杂地对望一眼，依言小心下了台阶。穿过干净的小院，走进杨关的房间，两口子瞬间被那一整面墙的盲文书吓了一跳。

韩爸爸忍不住问道："这些都是你看的书吗？"

杨关点点头，指了指靠窗的一张小沙发说："你们坐。"

韩妈妈跟着老公走到沙发跟前坐下，目光仍然震惊地黏在书架上，她忍不住问："这都是些什么书啊？"

杨关站在两口子对面，随口说："大部分是医书，还有些小说。"

韩妈妈条件反射地羡慕起来："爱读书是好习惯啊。"

不像自己家闺女，只爱看漫画，《红楼梦》到现在还没读完第一章。她从前一门心思想把闺女培养成一个琴棋书画无所不精的才女，结果一样没成，让她抱憾终身。

韩爸爸在一旁忍不住插话："中医吗？"

杨关弯腰打开茶壶盖子，往里面倒了些陇南绿茶："一部分是中医典籍，一些西医基础理论书，还有考中医执业医师的规定教材。"

韩妈妈听得一愣一愣的。她听过一句俗话，劝人学医天打雷劈，可见学医这条路有多难。韩素素高中班上有个帅小伙考上了医学院，一个学期回来发际线向后移了一寸，说是背砖头厚的医学书给累的。她一脸不可置信地看着杨关，喃喃说道："学医这么难，你……你……"

杨关知道她想说什么，笑了笑，云淡风轻地说："还好，静下心来，不难背。"

两口子早听韩素素说过杨关是个学霸，没想到这孩子眼睛看不到了，依然是个学霸，气场简直让他俩这种养了个学渣的家长原地矮了三寸。

杨关从茶几上拿起保温瓶，往茶壶里倒上开水，盖上茶壶盖子，整套动作行云流水，眼睛好像能看到一样。茶几上的胡桃木托盘里放着几个小巧的茶盅，杨关拿起茶壶斟了两盅茶，放到韩素素的父母面前："夏天喝点绿茶，清热降火。"

韩爸爸接过茶，不尴不尬地说了声谢谢。韩妈妈怔怔看着杨关，忽然脱口而出："杨关，你眼睛是不是能看到点啊？没有全部失明吧。"

杨关忽然忍不住牵了牵唇角，有点无语地笑了。韩素素性子里那一丝天真的二百五原来是遗传，不是野路子。他开口，平静地说："阿姨，我看不到。"

周围的空气陡然凝滞下来，好一会儿，韩妈妈才不尴不尬地开了口："杨关，我们知道你很优秀，可是我那个闺女，她从小没吃过苦，她也没个常性，你俩的事我们不能同意。"

杨关静静听着，脸上的表情始终平静无波。他沉默一会儿，慢慢开口说道："我不会让她吃苦。"

他转身走到床边，从床头柜里拿出一个牛皮纸袋子，走回来递给韩妈妈。韩妈妈打开袋子，从里面拿出一个房本和几张银行卡。

望着桌上的银行卡和房本，老两口便懂了，这敦煌再热闹，也是西北的一座小城，比不得北京、上海、广州。腾飞的经济，遍地是机会，人只要努力，就可以活得更好，可身在这座小城的人，没那么多的机会，大家早晚奔波，不过就是讨个生活，所谓的生活，又离不开世俗的房子和钱，韩妈妈身为女人，知道杨关拿出这些东西的分量。

门外面，陈汐竖着耳朵认真听着，秦烈看她恨不得把自己嵌到门里，忍不住拽了拽她垂在肩头的一缕头发："不好吧？"

秦烈低声说，陈汐扫他一眼："咱俩看得还少吗？"

她趴回门上，继续偷听。

杨关的声音透过门板传到陈汐的耳朵里："房子是我去年买的，三室两厅，银行卡里还有五十万存款，我今年不出意外可以拿到医师执业资格，接手我爷爷这个诊所，每年的收入很可观，素素以后不会在经济上吃一点苦。我能做家务，打扫卫生，洗衣服，做饭都没任何问题，不需要她照顾，至于遗传基因，我失明是基因突变，不会影响下一代。"

房间里忽然安静下来，良久，陈汐才又听到杨关温和又坚定的声音："叔叔阿姨，年轻人谈恋爱，不爱谈现实，谈现实伤感情，还很俗气。可我只能用这种俗气的方式让你们放心，素素跟了我，不会受委屈。"

又是一阵久久的沉默，陈汐听到韩妈妈的声音，带着一丝惋惜和无奈："杨关啊，你很好，我们也看到你的诚意了，可我们只有这一个闺女，我们还是不能同意你们在一起。"

陈汐轻轻咬了咬嘴唇，心一下子凉了半截。良久之后，她听到杨关平静的声音："我理解，但是叔叔阿姨，只要素素不放弃，我也不会放弃。"

从诊所出来，陈汐和秦烈开车去沙洲夜市吃宵夜，路过一个生鲜超市，陈汐下车买了一袋子杞果。

秦烈随口问道："带这个干吗？"

陈汐："顺道去看看马叔，我奶奶出摊时候他很照应。"

秦烈看了眼手里的杞果："他爱吃这个？"

陈汐摇摇头："马叔的小孙女最爱吃杞果，那孩子……是脑瘫，所以他这些年一天都不敢歇，铆足了劲给那孩子多攒点钱。"

两个人溜达出停车场。

秦烈抬眼看到沙洲夜市高高的招牌，忽然想到什么，轻轻笑出声来。

陈汐扭脸看他一眼："笑什么？"

秦烈："你那天穿的……"

好像是件浅颜色的汉服长裙，还有红蓝两色的飘带，在滚滚黄沙里朝他飞驰过来，直接把他看傻了。

陈汐当然知道他指的是哪一天，她也笑出声来，解释说："那天下午，我和同事去鸣沙山拍宣传视频，刚拍完沙尘暴就刮起来了，顾不上换衣服就来找我奶奶了。"

13

夏天的夜市最是热闹，五湖四海的游客纷纷云集在这里，感受着沙漠小城里浓浓的烟火气。陈汐本想买几个沙葱牛肉饼回去，看了看长龙一样等待的队伍，果断放弃了。她拉着秦烈往主街里走，不一会儿就到了马老六的焖饼店，正是客人最多的时间，马老六忙得脚不沾地。

陈汐把芒果搁在柜台上，见马老六太忙了，便不准备打招呼了。谁知马老六一扭脸看到了她，忙笑着跑到门口来打招呼："陈汐来啦，想吃啥，叔给你做。"

陈汐笑着说："吃过了，来转转。"

马老六笑着问："你奶奶好着呢？"

陈汐点点头："好得很，每天骑车带关爷爷在大街上遛弯。"

马老六："我见过他们两回，关老头也好着呢吧？"

陈汐喉咙忽然升起一阵苦涩，却依然笑着说："好着呢。"

馬老六忽然想起什么，对陈汐说："你等着哈。"

他转身跑回厨房，不一会儿又跑了出来，手里拎着一袋打包好的牛乳酪："这个帮我捎给关老头，我自己做的，吃起来又软又香，记着搁冰箱里冷藏。"

陈汐点点头，接过牛乳酪。有食客要加菜，马老六忙应声跑了过去。

陈汐和秦烈回到街上，路过一家烧烤小店，浓郁的香气扑面而来，陈汐拉着秦烈坐在露天的餐桌前。他们点了些串，陈汐一会儿还要开车，给自己点了杯杏皮水，秦烈要了两瓶冰啤酒。

陈汐看向不远处一家卖炸糕的摊子，笑着说："这条街上有好几家店，我跟杨珊、韩素素从前常来吃，杨珊怀孕以后就不爱来了。"

不一会儿，烤串上来了，陈汐说声"谢谢"，一抬眼，整个人愣住了："韩超，你怎么在这儿？"

韩超也是一脸错愕，愣在原地好一会儿不知道要说什么。

陈汐看向秦烈："杨珊老公，韩超，咱们一起吃过一回饭，还记得吗？"

秦烈点点头，跟韩超打了声招呼。韩超这才从愣怔的状态中回过神来，他朝秦烈笑着点了点头，把烤串搁在桌上的不锈钢托盘里。

"趁热吃。"他说着，在陈汐旁边坐了下来，抓起挂在脖子上的毛巾擦了把脸上的汗。

陈汐本想问问韩超是怎么回事，沉默一瞬又觉得没什么好问的。韩超和杨珊两口子都是拿死工资的，日子过得不宽裕。

她倒了杯冰啤酒搁到韩超面前，问了句："一会儿开车吗？"

韩超摇摇头，一口气喝完杯子里的啤酒，顿时觉得凉快了些。他搁下杯子，没等陈汐问什么，自己笑着解释："单位最近事儿不多，我这哥们儿店里缺人手，我下班就过来帮帮忙。"

他语气轻松，把打零工说得跟玩一样，就好像他只是下班后过来吃个串喝杯啤酒，而不是站在烟熏火燎的烧烤炉跟前，汗流浃背地忙到深夜。

陈汐看着韩超汗津津的脸，淡淡笑了笑，没说什么。

韩超习惯性地掏出手机看了眼时间，这个点，杨珊应该在泡脚，睿睿也该洗洗睡了，等到他回家时，睿睿已经睡着了。他其实，很想此刻就在娘俩身边，可他还不能回去，每晚在夜市赚一百块钱，一个月就可以多赚三千块，都快赶上他半个月工资了。

这些钱对有些人来说可能只够买件衣服，可对他和杨珊来说，这些钱却是孩子的衣服和玩具，家里每天都不能缺的肉蛋奶和水果，孝敬老人的点点滴滴，孩子的兴趣班，二宝的奶粉。

说起衣服，自从有了睿睿，他都没见杨珊给自己买过贵衣服了，她不是不爱美了，她是把委屈嚼嚼咽进了肚子里。

"你们吃着，回头再聚。"韩超说着起身，回去干活。

他走出去两步，忽然停下来，回头看向陈汐："那个，我在这边帮忙的事，你别跟杨珊说，她还不知道。"

陈汐心里忽然泛起一阵复杂的滋味，酸甜苦辣，越是长大，越是入味。

"她知道。"陈汐忽然开口。

韩超表情一滞，有些茫然地问："什么？"

陈汐："她知道你在这里。"

其实陈汐也是在刚刚的一瞬才想明白的，杨珊这阵子为什么不肯来沙洲夜市了。

陈汐："杨珊都知道，所以她最近都不来这边了。你大概不知道，这边有她最喜欢吃的油炸糕，你也不知道，她以前跟我和韩素素经常吃牛肉拉面的地方就在前面。"

她看着韩超惊讶的面孔，轻声说："所以，杨珊知道。"

她知道韩超不想让她心疼，所以假装什么都不知道。韩超怔怔看着陈汐，忽然，他手机响了，一看是杨珊打来的电话，他连忙接起来，声音轻松地说："喂，媳妇，干啥呢？"

电话里传来《熊出没》的片尾曲，然后是杨珊的喊声："睿睿，说好看两集就关电视，现在马上把电视给我关了。"

韩超笑吟吟听着杨珊料理完睿睿，忽然"咦"了一声，好像这才想起正在跟韩超通着电话："喂，老韩，你还没忙完吗？"

韩超："嗯，最近单位事太多了，你先睡，别等我。"

杨珊："厨房锅里有绿豆汤，你回来要是渴了就喝一点，别太拼了，早点回家睡觉。"

韩超正要说话，就听杨珊忽然拔高了嗓门："韩一睿，反了你了，给我关电视，我数到三，不关的话……"

韩超看着手机屏幕，良久，笑着挂了电话。记得刚结婚那段日子，杨珊把钱挥霍在淘宝上，韩超自己爱往游戏里冲钱，两个人互不干涉，用杨珊的话来说，结婚给生活带来的幸福感，应该一加一大于二，如果结婚以后需要委屈自己，那还结什么婚。

日子一晃就到了上有老下有小的年纪，他们谁都舍不得委屈，只好委屈自己。

可为什么，还是觉得很幸福。

这晚陈汐住在秦烈家，早上醒来，看到床边的地上摆着一双大红色的拖鞋。这抹颜色出现在秦烈家里，反差感让陈汐觉得有点搞笑。

她趿上拖鞋，溜达到厨房，秦烈正在煎鸡蛋。

陈汐站在厨房门口，低头看着自己脚上的拖鞋，哭笑不得地问："这么丑的拖鞋，你在哪儿买的？"

秦烈回头看了眼陈汐脚上的拖鞋，随口说："楼下小超市。"

陈汐："今早？"

秦烈："嗯。"

陈汐："还有别的颜色吗？"

秦烈："亮粉。"

陈汐抿了抿嘴，表情有点无语。

秦烈把煎好的鸡蛋盛进盘子里，随口说："有拖鞋了，今晚还住我这儿吧。"

陈汐："……"

大概是因为画画养成的敏锐嗅觉，陈汐第一次来秦烈家的时候，就发现他虽然生活很糙，但在审美上绝对有强迫症。就看他那段 PV 的配色做得有多绝就知道了，还有他家被秦展和刘伯洋吐槽的毛坯同款灰色墙面，其实陈汐第一眼看到就觉得这颜色很高级，包括家里的家具和灯饰，每一件都不是凡品。

秦烈在审美上有多不凑合，陈汐比谁都清楚。可因为陈汐昨天随口说的一句话，这男人今早跑到楼下，买了一双拖鞋，好丑好丑的拖鞋啊。陈汐有点哭笑不得，低头看着脚上的拖鞋，看久了，竟然觉得这拖鞋丑得有点萌。

秦烈见陈汐一脸无语，随口说："凑合一天，晚上去大点的超市买一双。"

陈汐摇摇头，笑着说："不用，就这双吧。"

吃完早饭，两个人开车去店里，一整天都是各忙各的。下午秦烈溜达过来，见陈汐正在拆一个发动机，便过来帮忙。秦烈记性很好，之前看陈汐拆过两个发动机。这回不用陈汐提醒就知道递什么工具，零件怎么归类，拆到哪一步需要搭把手，甚至连陈汐要查看什么地方都能猜个七七八八。

两个人配合默契，搞完一台发动机，眼看天色渐渐暗了下来。

陈汐摘掉手套扔到工具箱，调侃道："再有一年，你就出师了。"

秦烈不屑地说："用不着一年。"

陈汐一挑眉："口气还不小。"

秦烈："不信等着看。"

陈汐："别开玩笑了，说真的，你以后有什么打算？"

秦烈垂眸看了陈汐一眼，没说话。可他知道，从今以后，大概不管什么打算，都跟眼前这个女人有关了。

陈汐感觉讨了个没趣，笑笑说："走吧，回家。"

正要去卫生间洗手，秦烈的手机忽然响了。秦烈看了眼来电显示，是个陌生的号码。他接起来，低低"喂"了一声，电话那边响起一个陌生的声音。

"秦总，冒昧打电话给你，我六月份来过一次敦煌，带着孩子在你的VR馆体验过，咱们两个还聊了一会儿，不知道你有没有印象。"

秦烈想起那一家三口："嗯，有印象。"

对方笑了笑，继续说："我来敦煌这边处理点事情，想顺道和你见一面，不知道你今晚有没有时间一起吃个饭？"

秦烈脸上闪过一丝诧异："你找我有事吗？"

对方笑笑："上次时间太仓促，来不及好好跟你聊聊，回去以后觉得很遗憾。"

秦烈笑笑："是吗？"

陈汐洗手回来，听到秦烈跟电话那边的人说了句："待会儿见。"

秦烈看向陈汐，说道："有个饭局，一起去吧。"

陈汐："和谁？"

秦烈："一个做互联网信息科技的，两个月前带老婆、孩子来过敦煌，还在你那儿修过车。"

陈汐："哦，是他啊。"

她对这人印象挺深的，一方面是这个人的车是她目前修过的车里最豪的，另一方面是这个人在VR馆和秦烈说过的那些话，让她挺震撼的。

"他又来敦煌了？"陈汐好奇地问。

秦烈点点头："只待一晚，明天就走了。去吗？"

陈汐："他找你做什么？"

秦烈："也没什么事，就是想聊聊。"

陈汐迟疑片刻，摇摇头，说："算了，你们聊的话题我也插不上嘴，你去吧，我今晚回家看看。"

14

两个人收拾好东西，一块出门，秦烈开车去约好的饭店，陈汐骑摩托回家。

凯莱国际的中餐厅灯火辉煌，秦烈报了房间号，跟着一个穿中式裙装的引领员走进一个装修考究的包间。上次见面的男人穿一身舒适的休闲装，脚上踩着双布鞋，热情地迎到门口。

"秦总，多谢拨冗相见啊。"他笑着把秦烈迎进房间。

秦烈笑笑，随口说："不忙，谈不上拨冗。"

两个人在一张根雕的茶桌前落座，秦烈问："该怎么称呼？"

对方连忙笑着赔罪："是我冒昧了，早该自我介绍一下，我叫陈逾凡。"

这名字一出口，秦烈的眉梢就微微扬了扬，用不着对方再自我介绍了。

"逾凡科技……"秦烈抬眼看向坐在对面的男人，表情些微诧异。

对方笑着点点头，带着一丝歉意温声说道："不瞒你说，上次从敦煌回去之后，我托人打听了一下，这才知道我在VR馆遇到的是'破晓'的总裁。"

秦烈纠正："已经不是了。"

陈逾凡摆摆手："王丹阳是块搞技术的料，带团队，还得是你。"

秦烈淡淡一垂眸，没说话。陈逾凡斟上沏好的功夫茶递给秦烈，笑着说："秦总别生气，我这人说话一向比较直。"

秦烈笑笑："有所耳闻，陈总叫我来，是想聊什么？"

陈逾凡："那我就开门见山了，不知道有没有意愿跟我合作？"

秦烈没有什么反应，只淡淡地问："合作什么？"

陈逾凡："我们一起，打造元宇宙。"

秦烈笑笑："元宇宙，到目前为止，还只是个噱头，没什么可搞的。"

陈逾凡忽然神秘一笑："你说得没错，可如果加上VR科技，就是另一番前景了。"

秦烈喝了口茶，抬眼看向陈逾凡，沉沉的目光里带上了一丝兴趣："哦，所以为什么找我？"

陈逾凡给自己斟上一杯茶，喝了一口，不紧不慢地说："我来给你讲一个故事。"

秦烈笑笑，洗耳恭听。

陈逾凡："有一个年轻人，985 高才生，学的是机械电子工程专业，毕业以后去了一家做虚拟现实科技的公司，他所入职的公司在北京是较早一批从事 VR 行业的公司，可由于决策人经营不善，这个年轻人入职不到三年，公司就倒了，可这个年轻人却看到了 VR 技术在未来科技领域里的地位，于是他孤注一掷，和公司另外两个志同道合的同事一起成立了自己的科技公司。"

秦烈静静听着，目光始终平静无波。陈逾凡喝口茶，继续不紧不慢地说道："三个年轻人立志做出世界一流的虚拟现实产品，引领未来生活方式，他们给公司起名叫'三视'，寓意公司旗下的 VR 软硬件平台、VR 视听内容服务平台，还有 VR 科技研发。"

他摇了摇头，感慨地笑了笑："年轻人想法很好，眼光很好，实力也很强，可是搞 VR 硬件研发是需要真金白银的，没有大笔资金投入进去，VR 硬件就不可能有质的飞跃。所以这个年轻人到处寻找融资的机会，可资本市场是要看短期收益的，他的项目没有几个人感兴趣。他的公司成立之后，只能在原地打转，苦苦坚持了五年，依然还是个挣扎在倒闭边缘的小公司。"

陈逾凡给秦烈再斟一杯茶，笑着感慨："其实这个年轻人当年也来找过我，可我当时更看好另外一个项目，于是错过了他们。没想到短短几年，他们从一个要死不活的小公司，发展成了今天的规模。"

秦烈笑笑："陈总瞧不上这种小项目，很正常。"

陈逾凡摇摇头："信息科技的时代，所有新东西都不容小觑，你做到了，不是吗？"

两人目光相接，陈逾凡朝秦烈心照不宣地笑了笑，秦烈依旧面无表情。

"我继续说。"陈逾凡搁下茶壶，娓娓道来，"四年前，这家公司拿到了一笔投资，我没记错的话，金主就是'破晓'。当年是秦总力排众议，给这个名不见经传的小公司输了一次血，帮他们保住了命。"

秦烈淡淡"嗯"了一声："有这回事。"

陈逾凡："他们很争气，当年就拿出一款 VR 头盔，引起了业内的关注。"

秦烈点点头，说道："三视太阳系。"

陈逾凡："对对，就是这款产品。按照他们的规划，后面还要做银河、星云等宇宙一系列产品，需要巨大的资金投入。"

秦烈沉默着点了点头。

陈逾凡："第二年，也就是三年前，秦总因为投资方向的分歧，卸任了'破晓'的总裁，也就是那一年，那家叫作三视的公司改名为Future World，简称FW。然后这家公司的VR技术研发就像坐上了火箭一样，产品迭代层出不穷，只用了三年，就跻身世界VR科技公司的第一梯队。"

他话音忽然收住，定定看向秦烈："秦总，这不是巧合吧。"

秦烈一言不发，看着陈逾凡。相持片刻，陈逾凡终于开口捅破了这层窗户纸："FW背后的大金主，是秦总你吧？"

秦烈沉默片刻，笑笑说："像吗？"

陈逾凡："这趟敦煌旅行，没想到会有这么一段奇遇，也算我们两个人之间有缘，怎么样秦总，要不要合作？"

陈汐回到家，范明素刚刚把晚饭做好，浆水面、沙葱拌豆腐，还有一盘酱牛肉。关老爷子坐在躺椅上，森森把椅背调直了，方便爷爷吃饭。

陈汐盛了一小碗面条，拎了把小凳子坐到关老爷子身边："关爷爷，吃饭了。"

陈汐挑起一小绺面条送到关老爷子嘴边，关老爷子张开嘴哑吧了一口，忽然把头摇成了拨浪鼓。

"怎么了？"陈汐以为是面条烫嘴，可奶奶夏天做的浆水面都是凉面。

关爷爷朝陈汐眨眨眼，颤悠悠地说："青青，你不是要给我煮醪糟吗？"

陈汐："青青？"

她端着碗，一脸茫然地看向身后。范明素吃口面条，见怪不怪地说："青青是你关爷爷的初恋，家里是卖醪糟的。"

她搁下碗，起身说："你等着啊，我给你煮醪糟。"

关老爷子混浊的眼睛泛起一丝明亮，他点点头，笑着说："老样子。"

范明素："飞一个蛋花，偷偷给你卧一个荷包蛋。"

关老爷子满意地靠回椅背上，等他的醪糟。陈汐跟着范明素进了厨房，忧心忡忡地问："关爷爷开始糊涂了吗？"

范明素点点头，熟练地在小奶锅里烧上水："有一阵子了，一犯糊涂就把我认成青青，一会儿要放风筝，一会儿要上树掏鸟蛋，可把我折腾死了。"

陈汐靠在墙上，难过得不知道该说什么。范明素轻轻叹了口气："森森说他爷爷每天晚上疼得偷偷哭。"

她往水里搁了两大勺醪糟，淡淡地说："糊涂了也好，受的这些罪就不知道了。"

醪糟搁得温凉，陈汐接着喂给关老爷子吃，他吃一口就笑一下，好似心花一点点怒放，陈汐的心却好似入冬的河水，一点点凉了下去。

晚上陈汐去了秦烈那边。一进门，陈汐就迫不及待地环住秦烈的脖子，整个人贴了上去。尽管夏天依旧还在，她却觉得有点冷，迫切想要做点什么让自己暖和起来。秦烈察觉到陈汐情绪有点不太对，他没像平时一样被陈汐轻轻一撩就失了控，他情不自禁地将人圈在怀里，在她头上摸了摸。

"心里不舒服？"秦烈轻声问。

陈汐脸埋在秦烈结实的胸膛，没说话，两条胳膊却紧紧环住了秦烈的腰。秦烈看不到陈汐的表情，也听不到她心里的声音，可自从认识陈汐，他还是第一次见她这样。在他眼里，陈汐这个人就从来没有软过，做事我行我素，说话冷静理智，分手干净利落，得罪了地头蛇也闷声不坑一个人扛着，即使在床上，也像一只难驯的小豹子，从未有过片刻的温驯。他从来没有见这样的陈汐，所以哪怕只是一点点的柔软，都够要他的命了。忽然，秦烈将人打横抱起，大步走进卧室。

15

第二天上午，秦烈忽然问陈汐想不想去莫高窟转转。

陈汐正窝在沙发里选电影，闻言惊讶地看向秦烈："怎么忽然想去莫高窟？"

秦烈叼着烟走到阳台上，随口说道："随便看看。"

陈汐想了想，说道："没预约，能看的洞窟不多。"

秦烈站在阳台上，回头说道："没事。"

阳光炽烈的午后，他们说走就走，开车去了莫高窟。

两个人把车搁在停车场，陈汐轻车熟路地带着秦烈到应急参观售票处买了门票，坐上景区大巴。车窗外湛蓝的天空下，静静矗立着延绵的土黄色岩山，陈汐指着山上那些时不时出现的洞窟对秦烈说："这是北窟，没开放，里面的壁画是我爸修的。"

她声音轻轻的，脸上带着一丝不经意的骄傲。秦烈笑笑，望向晴朗的窗外。下了大巴，穿过党河上的一座石桥，进入景区。

下午的游客不多，他们在树荫下等了一小会儿，就有导游小姐姐把他们带进园内，一边听着导游讲解，一边参观了几个洞窟。秦烈三个月前才陪王丹阳和周宁来过莫高窟。当时他跟在两个人身后，看得走马观花，也没心思好好听导游讲解，这次他却听得很用心，每进一个洞窟，他都看得很仔细，神情带着一丝淡淡的若有所思。

参观完，两个人牵着手走在洞窟外面的林荫路上。高高的胡杨树笔直地立在路边，风一吹，叶子飒飒作响。陈汐抬头看了秦烈一眼，笑着说："你刚才听得还挺认真，怎么忽然对莫高窟感兴趣了？"

秦烈正看着风化的岩壁微微出神，听到陈汐的声音，忽然没头没尾地说了句："可以复制下来。"

陈汐笑着说道："是啊，我们市博物馆就有莫高窟45号洞窟的等比例复制。"

秦烈没说话，牵着陈汐的手慢慢走着，两个人不知不觉走到九层塔前。

秦烈停下脚步，抬头看向依山而建的宏伟楼阁，朱红的飞檐斜插在湛蓝的天空，美得惊心动魄。陈汐也抬头看向九层塔，笑着感慨："小时候觉得这楼可真高。"

秦烈："现在呢？"

陈汐："还是好高。"

她闭上一只眼睛，伸出拇指和食指，远远地丈量塔身，像小时候一样。

秦烈垂眸看她弯着唇角，碎发被风吹到脸颊上，表情开心得像个小朋友。他心头像是被撕开一个小口子。陈汐弯弯的唇角，眯起的眼睛，面前朱红的九层塔，身后湛蓝的天空，连同那一望无边的戈壁滩汩汩地涌进心里，又化作滚滚乡愁奔向他的四肢百骸。他从来没有像这一刻，如此喜欢敦煌，喜欢这个他从小长大的地方。

"陈汐……"秦烈忽然开口。

"嗯？"陈汐收回望向九层塔的目光，笑着看向秦烈。

秦烈："我说的是用VR技术复制这些洞窟。"

陈汐并不惊讶，笑着说："已经有了呀，网上就能找到。"

秦烈摇摇头："是用我的VR技术，等比复制，把莫高窟做成独一无二的数字瑰宝。"

他仰头看向九层塔，眸子里流光闪动。或许有一天，敦煌在地图上会变成一片沙漠，莫高窟会变成风里的沙子，他和陈汐的魂魄再也寻不到当年埋骨的地方。可他们爱的这片戈壁，这戈壁上一代代敦煌人守护的奇迹，会以另外一种方式，永远常在。

陈汐仰头看着秦烈，心头忽然轻轻一跳，她看到了他眼睛里的光。从未有过的光。

3.0公测在即，秦烈虽然不在北京，却仍是忙得不分昼夜。陈汐偶尔住在秦烈这边，发现他这阵子几乎每天只能睡四个小时的觉，醒了就一头扎进书房，不是电话就是视频会议。秦烈晚上熬夜时，陈汐喜欢坐在他旁边画画，秦烈为此还专门网购了一款可以调节椅背的转椅。陈汐画累了，仰在躺椅上打游戏，身上穿一件秦烈的T恤，交叠着两只白嫩嫩的长腿，脚搁在秦烈腿上，秦烈忙得腾不开手，只好色即是空，忍到极限，视频会议戛然而止。两个人在书房里闹一通过后，秦烈神色如常地坐回电脑前，陈汐懒洋洋地蜷在椅子里，看他继续忙碌。

陈汐发现除了"破晓"那边，秦烈最近跟那个叫FW的VR公司联系也很多。从他们的沟通中，陈汐隐隐觉得让秦烈整个人渐渐兴奋起来的，其实并不是"隧道3.0"的公测，而是他和VR公司这边正在讨论的事。这件事，秦烈那天站在湛蓝的晴空下，在莫高窟九层塔的默默注视下，亲口向她提起过。

陈汐乍一听到他的话时，血液沸腾了一瞬，可一瞬过后，她便冷静了下来。先不说采用VR手段一比一复刻莫高窟，在技术上能不能做到至臻至美，单是想想需要的资金投入，陈汐就不敢继续想下去了。

她以为秦烈在九层塔下说的那句话，只是那一刻，在蓝天白云下，在悠远的天地间，在千年的古塔前，他一瞬间心潮澎湃脱口而出的话。只是梦想而已，梦想可以天马行空，但是不能当真，可秦烈却真的在和VR公司讨论这件事，一天又一天，从未停止过。她听不懂那些深奥的技术术语，可她却听得懂，他是认真的。

这晚秦烈开完视频会，坐在转椅上活动发僵的肩颈，陈汐端着盘洗好的葡萄走进书房："吃点水果。"

陈汐把葡萄搁在书桌上，拽过自己的转椅坐了下来。秦烈吃了颗葡萄，随手点开电脑上的一个软件。他眉头轻轻皱着，全神贯注对着一幅莫高窟壁画的3D模型，不知道在琢磨什么。陈汐看了他一会儿，开口问道："看什么呢？"

秦烈："没什么，看一下分辨率。"

陈汐凑上前，看了看屏幕上的3D模型："很清楚啊，连墙上的裂纹都看得一清二楚。"

秦烈没说什么，又打开另一个模型，一样的画面，冷不丁撞进陈汐眼睛里，她目光跟着亮了亮。

"不比不知道啊。"她笑着说，"这个简直是身临其境。"

秦烈笑笑："这也只是简单做了个模型，成品出来会更好。"

陈汐靠在椅背上看着秦烈，她沉默了一会儿，开口问道："做这个很烧钱吧？"

秦烈"嗯"了一声，继续盯着屏幕。

陈汐："秦烈……"

秦烈："嗯？"

陈汐："投入这么大，没有盈利，你图什么呢？"

秦烈的目光终于从屏幕上挪开，他靠上椅背，一开口，声音淡然："我是个商人，不赚钱的事不会去做。"

陈汐："可是我看不到你做这件事，从哪儿能赚到钱。"

秦烈笑笑，问陈汐："你觉得什么生意最赚钱？"

陈汐想想，说："房地产。"

秦烈又问："那什么样的楼盘卖得好？"

陈汐想都没想就说："当然是地段好、周边好的楼盘。"

秦烈："在虚拟世界里，什么算是好地段、好周边？"

陈汐诧异地看着秦烈，一头雾水地问："虚拟世界还有地段？"

秦烈："有啊，社会的本质是资源分布，元宇宙的本质是虚拟社会，只要是社会，就存在资源分布，虚拟社会的资源分布……"

秦烈若有所思地看向陈汐："是什么呢？"

陈汐努力跟着秦烈的思路，似懂非懂地回答："就那些独一无二的东西呗。"

秦烈笑了笑："聪明，文化遗产、山川大河、公共设施、地标建筑，还有很多很多，你可以把它们理解为NFT。"

陈汐："NFT？"

秦烈点点头，解释道："简单说是数字版权藏品，在虚拟世界里每一件NFT都是独一无二的东西。"

陈汐："我知道这个东西，我们博物馆也出过数字藏品，但是没什么销量。"

秦烈笑笑："真正独一无二的NFT，在现实世界里也必须是独一无二的，就比如……"

陈汐看着秦烈，若有所思地说道："莫高窟。"

秦烈点点头："莫高窟、兵马俑、故宫，你现在真金白银投入进去做出来的每一个 NFT，在未来的元宇宙里，都是独一无二的存在，这才是真正的虚拟现实。"

秦烈探身向前，两只胳膊搭在陈汐椅子的扶手上，像把她圈在了怀里。

"陈汐……"他看着她，目光炯炯，似是盛着整个星辰大海。

"这是创造世界。"

八月的最后一个周末，陈汐把森森带到了店里。秦烈空出时间，专门来了趟店里，给森森讲了一上午奥数题。

中午时，林芳拎着热气腾腾的包子来了店里："牛肉大葱馅儿的包子，你们几个歇歇手，吃完饭再干活。"

林芳把包子搁在茶几上，笑着招呼大家过来吃。秦展走过来，趁人不注意，在林芳脸蛋上亲了一口，林芳笑着推他一把，秦展夸张地跟跄一步，转身去卫生间洗手。

林芳看着秦展吊儿郎当的背影，唇角的笑容渐渐变得有些苦涩。他这阵子住在林芳这边，已经半个多月没回自己家了。虽然每天依然笑笑闹闹，看起来没心没肺的，但林芳知道，他心里其实并不好受。

陈汐走过来，深吸一口气，笑道："好香。"

林芳笑着说："快去洗手吃饭。"

陈汐点点头，摘了手套就要往卫生间走，林芳忽然从身后叫住了她："陈汐……"

陈汐回头看向林芳："嗯，怎么了芳芳？"

林芳看了眼卫生间的方向，小声对陈汐说："还记得上次拜托你的事吗？"

16

陈汐怔了一下，回忆起两个人在医院附近的拉面馆说过的话，她点点头："你要见秦展爸妈？"

林芳点点头："嗯，我想见他们一面，麻烦你帮我安排一下吧。"

陈汐点点头："好，什么时候？"

林芳看到秦展从卫生间走了出来，连忙低声嘱咐陈汐："什么时候都行，别让秦展知道。"

晚上陈汐回了秦烈那边，把林芳拜托的事讲给秦烈听，让他想办法把秦展的爸妈约出来。两个人刚说几句话，秦烈的手机就响了，陈汐无意间看到来电显示，是陈逾凡。秦烈忽然看了陈汐一眼，目光莫名迟疑了一瞬。

陈汐朝他笑笑："我去冲个澡。"说完转身走进浴室。

"陈逾凡……"陈汐关上浴室房门，不知不觉念出这个名字。这个人就是上次在她店里修车的互联网科技大佬，最近时不时会跟秦烈通话，两个人似乎谈得越来越投缘，陈汐听到过他问秦烈什么时候回北京。

陈汐打开花洒，热水兜头浇下，脑海里浮现出秦烈刚刚那一瞬间迟疑的眼神，她笑笑，心想他大概已经动摇了吧。她觉得自己内心似乎没什么波澜，或许在她的潜意识里，秦烈回北京毫无悬念，只是时间早晚的问题。他终于找到自己想做的事，不再混吃等死，她知道，自己应该替他高兴。

陈汐站在花洒下，任热水哗哗地从头顶浇下，怔怔地，不知道自己心里在想什么。直到外面隐约传来一个女人说话的声音，听上去好像是长辈惯有的大嗓门，陈汐回过神来，在氤氲的水汽里走到浴室房门跟前。女人的声音清晰了很多，八成是秦烈的妈妈来了。陈汐尴尬了一瞬，走回花洒下面。

她和秦烈在一起之后，还没正式见过对方的家长，如果这个时候出来见面，实在太尴尬了，她决定装聋作哑，继续洗澡。

好不容易听到玄关的门响了一下，外面的说话声没有了，陈汐又冲了一会儿澡，直到确认秦烈妈走了之后，才裹着浴巾从浴室出来。

秦烈站在客厅，表情有点无奈，他妈总算是走了，条件是明晚带着陈汐跟家里吃个饭，正式见一面。

第二天，陈汐提早收工，和秦烈一起到了饭店。一进包间，陈汐整个人都傻了。她以为今晚只是跟秦烈的父母吃个饭，没想到包间里的大圆桌满满当当围坐了一圈。包间的门一推开，所有人都笑眯眯地望向了她，饶是陈汐这样处乱不惊的性子，也都短暂地手足无措了片刻，旋即恢复了脸上的表情。热情高涨的人群里，她认出了坐在主位的秦烈爸妈，还有秦展爸妈，其他七大姑八大姨，陈汐就不认得了。

秦烈妈一见陈汐，两只眼睛恨不得冒出星星来，一下子从椅子上弹起来，快步迎到陈汐面前，一把拉住了陈汐的手，她笑得见牙不见眼，连声感慨："可算让我见到了，看见你，哪家的姑娘我都不想了。"

亲朋好友哄堂大笑，七嘴八舌地说："知道的是咱家秦烈找对象，不知道的还以为是你找对象。"

陈汐笑着看了秦烈一眼，见他一脸无语的表情，陈汐笑得更开心了，秦烈妈牵着陈汐绕过大半张桌子，让陈汐挨着自己坐了。

陈汐坐下来，对上秦展妈羡慕的目光，她朝秦展的父母笑了笑，打了声招呼。秦展的父母连忙点点头，眼巴巴地看着陈汐，只恨自己家秦展不争气，找对象这事儿上，又输给他哥。

秦烈坐下，随口问了句："秦展没来吗？"

秦展的父母脸上更挂不住了，秦展妈讪讪地说："提他干什么，我们没这个儿子了。"

秦烈妈连忙打圆场，笑着说："秦展还年轻，你们想开点，以后日子还长着呢。"

其他人连忙跟着一起劝秦展妈别跟孩子怄气。秦烈妈转头看向陈汐，越看越是喜欢，忍不住眉开眼笑。

"陈汐啊，你爸妈在敦煌吗？"她笑着问。

陈汐摇摇头："我爸在西安，我妈在北京，他们说是月底前能回来。"

秦烈妈连忙兴奋地说："回来咱们聚一下。早就听说你爸妈的大名了，守护咱们敦煌的莫高窟，他们功劳大大的。"

陈汐笑笑，点头"嗯"了一声。

秦烈妈带着陈汐跟一桌子亲朋挨个打了招呼。秦烈爸这边是两兄弟，秦烈妈这边是三姐妹，看得出几大家子平时相处很融洽，来往也很密切。不知道他们为秦烈的个人问题揪心多久了，陈汐觉得他们对自己的热情程度，就像好不容易终于逮着个冤大头，生怕她跑了。

秦烈被晾在一边，看着热情高涨的家人，有点担心他们吓着陈汐，谁知陈汐跟他们还挺聊得来，一顿饭只顾说话了。

吃到一半，陈汐想起昨天林芳拜托的事，她看了眼秦展父母，拿起手机，起身走到包间外面，给林芳拨过去一个电话："喂芳芳，在忙吗？"

电话那边传来林芳的声音："不忙，陈汐。"

陈汐："我现在正在跟秦展爸妈吃饭，你要不要来？"

林芳："秦展在吗？"

陈汐："他不在，但是他们家亲戚都在这边，人有点多，你考虑一下。"

林芳在电话那边沉默一瞬，忽然笑了笑说："人多，也行，正好帮忙见证一下。"

陈汐回到包厢，在桌子底下轻轻拽了拽秦烈。秦烈向她倾了倾，脸靠过来，陈汐在他耳边三言两语把林芳要来的事说了。

秦烈微微有点惊讶，向陈汐确认："她自己来？"

陈汐点点头，秦烈掏出手机要给秦展发信息，被陈汐挡住了。林芳背着秦展来见他的家人，自然有她自己的道理，陈汐觉得旁人还是不要干涉的好。

不一会儿，包间门被人轻轻敲了敲，陈汐一抬头，看到林芳推开门，慢慢走了进来。

陈汐起身，叫了声："芳芳。"

她推开椅子，正要朝林芳走过去，被林芳抬手阻止了，这是她一个人的战场，不需要依靠谁。

房间里骤然安静下来，所有人的目光都望向了包间门口，秦展的父母看清楚了站在门口的人时，双双惊呆了。

秦展妈愣了好一会儿，忽然摔了筷子，朝林芳冷声道："你来干什么？"

林芳看了圈包间里的人，最后望向气不打一处来的秦展妈，她轻轻开了口，声音一如既往的温柔："阿姨，我来是有话要说。"

秦展妈冷哼一声："我们跟你没什么好说的。"

林芳抿了抿嘴，脸颊微微红了。她是个很腼腆的人，每次跟陌生人说话都要鼓起勇气，面对这么多并不友善的目光，她本能地瑟缩了一下，垂下了长长的睫毛。

秦展妈怨气十足："你把我们一家搅和成这样，还不满意吗？你还想怎么搅和？"她忽然捂住脸，崩溃地哭了，"我养了二十多年的儿子，为了你，跟我说翻脸就翻脸。"她哭得悲痛，再也顾不得亲友的目光，"为了你，我儿子跑了。"

秦烈妈连忙安慰秦展妈。秦展爸忽然起身，椅子腿儿在地上发出刺耳的摩擦声。他指了指门口，忍着怒意说："你走吧，秦展他妈心脏不好，别折腾了。"

林芳长长的睫毛轻轻抖动，嘴唇也几不可察地在抖着，她也不想站在这里，忍受着无尽的恶意和羞辱。可是她没办法，她不能只让秦展一个人面对，一个人付出，她不能再让他为难下去了。

"叔叔、阿姨……"林芳慢慢抬起头，看向秦展的父母，"我也不想这样的。"她咬了咬牙，努力挺起自己的胸膛，"我也不想结婚没几年就当了寡妇，带着刚出生不到一岁的孩子讨生活。我也不想遇见秦展，一脚陷进去，往前走不动，往后退不了。我也不想被你们指指点点，脸皮被戳破，还得假装若无其事。"

她长长叹了口气，淡声说："我比秦展大十岁，带着孩子，这事从一开始我就没瞒过秦展，是他自己不在意的。我没勾引他，也没蛊惑他，我没你们说的这么有心计，我也不欠你们什么。"

秦展妈擦了把眼泪，摆了摆手说："你走吧，我不想听你说话。"

林芳笑了笑："其实我也不想跟您说话。年龄大、带着孩子，这不是我的错，我没必要低声下气求别人谅解。可我今天还是来了，因为秦展，我不想看着你们再逼他了。"

她从包里掏出一份装订好的东西，走几步，小心翼翼地放到了饭桌上。

东西递到秦展父母手里，两个人一看，是份购房合同。林芳在一旁声音平静地说："我用秦展的名字买了套房，九十平方米，全款。"

看到秦展父母惊愕的眼神，林芳凉凉笑了笑，淡声说："别担心，买房的钱是我省吃俭用攒下来的，还有娘家的贴补，没用秦展一分钱。"

见秦展父母还是一脸不可置信，林芳继续说："你们一直觉得我靠近秦展是别有所图，图房子，图钱。现在房子我自己买，钱我自己挣，秦展现在没几个钱，你们都知道的。"

一桌人面面相觑，陈汐看着林芳，心里五味杂陈。

林芳平静地说："我把房子写成秦展的名字，是想跟你们说。我不是图他钱，图他以后给我买房，我图的就是他这个人。你们怎么说我都行，可秦展看到的不是这些，他知道我没有骗他。"

林芳说完这些话，像是忽然泄了气。她害羞地低下头，又看了眼陈汐和秦烈，低低说了声抱歉，转身逃出了包间。

房间里陡然间鸦雀无声。

过了好一会儿，秦烈妈清了清嗓子，欲言又止地看向秦展父母，犹豫片刻还是开了口："展展的事，不能再硬管了……"

17

转眼九月初，到了葡萄收获的季节，每年这个时候，陈汐都会去陈梅的果园帮忙摘葡萄，去年是白宇宁和她一起回去的，今年身边的人变成了秦烈。

陈梅家有十亩果园，种的都是无核白葡萄。阳光下，一串串碧绿的葡萄挂满藤蔓，像晶莹剔透的绿宝石垂吊在头顶。

陈汐站在葡萄架下，朝秦烈笑了笑，说声："看好了。"

她一手托着一串沉甸甸的葡萄，一手用小剪刀剪开藤蔓，"咔嚓"一声，一串完完整整的葡萄便落在了手里。她蹲下来，小心地把葡萄搁进塑料筐里。秦烈学着陈汐的样子，剪下一串葡萄。

"好玩吗？"陈汐笑着问他。

秦烈看了眼不远处陈梅的背影，低头飞快地在陈汐唇上亲了一下。他这几天忙得几乎连轴转，好几天没见到陈汐了。

陈汐笑着拿胳膊肘捅了他一下："干活。"说着继续仰头摘葡萄。

秦烈笑笑，继续干活。阳光从头顶浓密的叶子间星星点点漏下来，落在两个人脸上，带着秋日的明媚，秦烈转头，看到陈汐脸上细小的绒毛，在阳光下有点可爱。

他忽然清了清嗓子，淡声说："这果园，不错。"

陈汐"嗯"了一声，一边干活一边笑着说："我小时候最喜欢的就是这个时节，大人们忙忙碌碌摘葡萄，我们一群小孩就在果园里疯跑。晚上我们不肯睡屋里，非要跟我姑父一块睡在棚子里看果园，一个灯泡挂在棚檐上，小虫子、小蛾子围着灯泡乱飞，我们就趴在席子上讲鬼故事。每回都说要熬一晚上，每回都不知道是怎么睡着的，我姑父就整晚上给我们打着扇赶蚊子。"

正说着，篱笆外传来小孩的嬉闹声。陈汐停下手里的活，微微出神，一瞬间以为听到了她小时候留在这片院子里的欢声笑语。

秦烈看着陈汐，忽然情不自禁地开口叫她的名字："陈汐……"

"嗯？"陈汐转过头，笑盈盈地看向他。

秦烈忽然想说等我们以后有了小崽子，也让他们有这样的童年，可话到嘴边，手机却忽然响了，掏出手机一看，是王丹阳打来的。

秦烈接起电话，这一讲就是将近一个小时。陈汐一边摘葡萄，一边有一搭没一搭地听秦烈讲电话。什么广告、宣发、渠道，陈汐好像在听另一个世界的事，一个脱离敦煌以外的另外一个世界。她不知不觉摘了两箱葡萄，秦烈那边却依然聊着。

其实刚刚秦烈叫她名字时，陈汐一瞬间差点鬼使神差地说："如果有将来，我们也种一片葡萄园好不好？"

此刻秦烈的声音就在耳边，陈汐忽然间却觉得他离自己好远，远得跟她不在一个世界。陈汐微微出神地想，还好刚才那句话没有说出口。跟他的"破晓"，跟他的数字瑰宝比起来，陈汐觉得自己脑海中的未来简单到有些寒酸。

秦烈终于挂了电话，转头看到陈汐微微出神的面孔。

"想什么呢？"他弯腰拾起地上的剪刀，抬手托住一串葡萄。

陈汐回过神来，继续忙自己的，过了一会儿，她淡声说道："其实你没必要过来帮忙的，你自己的事每天都忙不过来。"

秦烈把剪下来的葡萄放进塑料筐里，走到陈汐跟前，低头看着她。

"生气了？"他声音含着一丝淡淡的笑意。

陈汐停下手里的活，转头看向秦烈，她笑了笑："好好的，我生气干吗？"

沉默一瞬，陈汐又说道："不过有句话还是要跟你说。"

秦烈眉头轻轻扬起："什么？"

陈汐看着他，目光沉静："秦烈，你不要因为我，变得犹犹豫豫。"

秦烈微微一怔，看向陈汐的目光一瞬间变得有些复杂。

陈汐："回北京的事，别拖泥带水的，什么时候要走了，告诉我一声，咱们清清楚楚地断。"

秦烈低头看着陈汐，好半晌沉默无言。他昨晚其实梦到回北京了，一下飞机就忙得脚不沾地，心里却总觉得好像忘了什么，梦里有王丹阳，有陈逾凡，有周宁，一张张熟悉的面孔围在他四周，他忙得很踏实，只是偶尔会停下来看看左右，不知不觉在找什么人，直到闹铃响的那一瞬间，他才恍然察觉到，陈汐不在他身边。这些日子，他竭尽全力维持着眼前的平衡，从没在陈汐面前表露过回北京的想法，可自己真的不想回去吗？

"破晓"在等他，FW 在等他，陈逾凡在等他，星河灿烂的虚拟未来在等他。他扪心自问，真的不想回去吗？

陈汐收回目光，继续摘葡萄，答案已经写在他脸上了，陈汐看得很清楚。

秦烈忽然从身后抱住陈汐，低头在她耳边声音沙哑地问："陈汐，你天天都在想着跟我断吗？"

陈汐摇摇头，碎发在他脸颊上轻轻扫过，带着一丝她身上特有的气息，让人沉醉："没有，可这是现实，你不会一辈子留在这里。"

秦烈把陈汐转过来，低头认真看着她的眼睛："可陈汐，我们之间不是道选择题。"

他把她抱进怀里，轻轻晃了晃："总会有解的。"

阳光正好，风也正好，头顶垂下一串串晶莹剔透的葡萄，像无数双天真的眼睛看着他们，陈汐点点头，轻轻"嗯"了一声。她心里有个声音，一直在告诉她，男欢女爱换谁不行？可她知道，眼前这个人，错过了，余生大概遇到谁都会是凑合，她会认真地珍惜，也会洒脱地面对。

"陈汐……"耳边传来秦烈低沉的声音，一字一句，"别想和我断。"

从葡萄园摘完葡萄，没几天，就到农历八月十五了。西北人，除了过年，就是中秋节，团圆的节日，大家都看得很重。

杨珊带睿睿回了父母这边，老两口每逢过节，都要回这边的平房院子里过。睿睿心里惦记着事情，午觉只睡了半个小时就醒了，杨珊给她梳好小辫子，带她溜达到了陈汐家的小院。

每年中秋这一天，睿睿最惦记的事情就是去干妈家里做月饼，刚拐进陈汐家巷子，就看到陈汐父母正站在院墙外摘沙枣。中秋时节，家家户户院里院外沙枣树上的果实都成熟了，小巧玲珑的沙枣缀满枝头，瞧着让人心里欢喜。

杨珊远远地就笑着跟陈鹤声和刘晴打招呼："叔叔阿姨，你们回来啦。"

刘晴一见睿睿，惊讶地睁了睁眼睛，蹲下身子，朝睿睿张开手臂。

"干姥姥。"睿睿一头扎进刘晴怀里。

刘晴把睿睿抱起来，笑着说："才几个月不见，姥姥都快认不出来了。"她转头看向杨珊，感慨道："孩子长得可真快。"

杨珊点点头："可不是嘛。"

刘晴看着杨珊微微隆起的肚子，笑着问："几个月了？"

杨珊："四个月了。"

刘晴又是感慨："我还记得你跟陈汐小时候在巷子里疯跑的样子呢，转眼你都当妈了。"

陈鹤声把一把沙枣扔进柳条筐里，笑着叹一声："他们长大了，我们就老喽。"

刘晴瞥他一眼："老了好，看你还往外跑得动吗？"

陈鹤声看向两鬓已经花白的妻子，目光带着一丝愧疚："跑得动，我还得陪你游山玩水去呢。"

刘晴笑着瞥了他一眼："谁稀罕你。"

院子里，范明素喊道："沙枣摘好了吗？等着用呢。"

"好了好了。"陈鹤声争分夺秒地又摘了一把沙枣，拎着柳条筐走进院子。

陈汐和陈梅正在厨房里揉面，杨珊走进厨房，闻到浓浓的面香，还有一点点花椒水特殊的香味。她靠在灶台上，随手抱起一盆洗好的葡萄，边吃边对陈梅说："姑，你这个月饼皮味道绝了，就是因为加了花椒水吗？"

陈梅一边使劲揉着面团一边说："还要加上酥油和鸡蛋，面要揉得有劲才行。"

杨珊："我干点啥啊？"

陈汐笑着看她一眼："等着吃吧。"

杨珊看了看院子里，问道："秦烈呢？"

陈汐揉着面，笑笑说："中秋节，他们几家亲戚要聚餐。"

杨珊想起什么，关心地问道："秦展父母肯让芳芳进门了吗？"

陈汐摇摇头："还僵着呢，但他们也不怎么管秦展了，慢慢来吧，只要他们两个过得好，家里人迟早会接受的。"

杨珊点点头："是啊，日子总要往前走。"

院子里，范明素把洗干净的沙枣用笼布擦得半干，然后倒在一块钢丝网上，一下下揉搓，沙枣肉跟枣核分开，果肉漏到网子下面的盆里。范明素端着盆子起身，对院子里的陈鹤声说："去外面把土窑烧热。"

陈鹤声应声去了，刘晴也去帮忙，睿睿站在院子里看着大人们忙碌，难得没去缠森森。她小小的脑瓜里说不出什么道理，只知道这个小院此刻很好很好，她很喜欢，哪儿都不想去。

陈梅和陈汐和好面，搬出半个桌子那么大的一块钢板搁在餐桌上。到了睿睿最喜欢的环节，她颠儿颠儿地跑过来，爬上一张凳子，伸手就要揪下一块面团。

杨珊连忙提醒她："洗手去。"

睿睿听话地跑到水龙头下洗干净了手，急急忙忙跑回来，大人们已经揪下一块块面团，擀成圆圆的面饼。范明素端着调好的沙枣馅儿出来，嗓门洪亮地说："开工。"

睿睿兴奋得眼睛放光，学着大人们的样子，舀一勺沙枣馅儿搁在面饼上，包成小包子，然后再轻轻压扁。睿睿独揽了最后一个步骤，她抓起压花的模具，在一排排包好馅儿的面饼上一个个压过去，月饼上的图案就做出来了。敦煌壁画上的三兔图案，宝相花纹图案，都是干妈教她画过的，她边压边笑，开心得把森森哥哥抛在了脑后。

月饼做好了，陈汐和陈鹤声一人一边抬着，把钢板连同上面的月饼一起搁进烧好的土窑，关上灶门，再用浸水的麻袋片封住灶口。巷子里很快弥漫起浓厚的面香，睿睿蹲在土窑边，眼巴巴地等着，直到香喷喷的月饼出炉。

她端着一盘热气腾腾的月饼，跑进了隔壁关爷爷家小院："森森哥哥，吃月饼啦。"

18

天渐渐黑了下来，一轮圆月挂在夜空，袅袅炊烟散入寻常人家，融进这一年的酸甜苦辣里。陈汐家的团圆饭摆在了院子里，陈汐姑父擦黑赶来了，和陈梅一起捣鼓出满满一桌美味。陈鹤声和刘晴一辈子十指不沾阳春水，但他俩也没闲着，剥石榴，剥核桃，剥栗子，剥完盛在白瓷盘子里，摆给月亮先吃。院子里的墙根下搁着两箱烟花，等杨珊他们各自和家人吃完团圆饭，就会跑来陈汐这边一起放烟花。陈鹤声和刘晴去隔壁院子里接关老爷子，刚走到门口，就看到胡子张骑着三轮经过。

"张大哥，来家里喝一杯。"陈鹤声热情地邀请。

胡子张压下车闸，三轮车"嘎吱"一声停在陈汐家院门口，他转头看向陈鹤声两口子，笑着说："喝一杯？"

陈鹤声连忙往院子里招呼他："来吧，好酒管够。"

胡子张笑逐颜开地跳下三轮，掀开保温箱，把里面卖剩下的酸奶甜醪子一股脑抱了出来："给陈汐，今天的醪子最甜。"

刘晴笑着道谢，把胡子张让进院子。月光皎洁，小院里灯火依稀，陈汐把酸甜松软的月饼掰成小块，喂给关老爷子吃，他哆嗦着嘴唇，慢慢咀嚼着，这人世间所剩无几的滋味，可他已经不记得眼前人了，只觉得他们好像在哪里见过。

饭吃到一半，秦烈就来了，陈汐起身给他拿了个凳子。

"这么快就吃完了？"陈汐惊讶地问。

秦烈朝陈汐笑笑，拎着凳子坐到了热情招呼他的陈鹤声身边："给您带了茅台。"

秦烈把酒搁在桌上，笑着看向刘晴："但是喝多少，要听阿姨的。"

两口子被他哄得开怀大笑。刘晴回来这几天，已经见过秦烈两次了，每次看到这孩子，心里都由衷地欢喜。

月上中天时，杨珊他们陆陆续续都来了，最后只差伯洋一个，三个孩子都等不及了，闹着要看烟花。

秦展指间夹着根烟，在小孩们的强烈要求下，点燃了一枚烟花。睿睿捂着耳朵钻进杨珊怀里，杨珊搂着睿睿，缩进韩超怀里，一双大手覆上她的耳朵，两个人在骤然亮起的火光里相视而笑。韩素素在杨关耳边细细描述："炸开了炸开了，一朵红的，一朵蓝的，还有金色的，漫天撒花。"

从此以后，她要当他的眼。

秦烈在漫天绚烂的花火里，牵住了陈汐的手。等到流光散尽，他忽然问她："陈汐，你想不想试试做动画？"

陈汐"哦"了一声，目光带着一丝询问。

秦烈："西安那个游戏展上，有个视频平台注意到我带过去的那段PV，他们想做一部类似《九色鹿》的国风动画，一直在寻找适合的风格，那段PV里的背景和人物，是他们想要的感觉。"

秦烈看着陈汐，按捺着内心的期待，淡声问她："你有兴趣帮他们做美术设计吗？"

陈汐看着秦烈，从他乌沉沉的眸子里，看到了他内心深处那一点点清浅的期望。他希望她能试着迈出去一步，和他一起尝试不同的人生，接受更多的可能。陈汐一瞬间不知道该怎么回答才好，她也想要跟上他的步伐，可如果两个人想要走的路压根就不是同一个方向，同行越久，烦恼就越多。

正迟疑间，秦展朝她喊道："汐姐，伯洋呢？"

陈汐忙看向秦展："他说在家吃完饭就过来，我打电话问问。"

她掏手机，拨通刘伯洋的电话，转身走出去两步，无视了秦烈追随着她的眼神，信号是通的，但是没人接。

陈汐又打好几遍，刘伯洋终于接了电话，"喂，姐。"

陈汐听到刘伯洋的声音，这才放下心来，松了口气："你怎么还没来？"

电话那边传来呼呼的风声，听上去像是在旷野里。

陈汐惊讶地问："你在哪儿啊？"

一阵沉默过后，电话那边传来刘伯洋平静的声音："我这就过来。"

陈汐挂了电话，有些怅然地叹了口气，看向头顶的月亮。有件事她其实已经看出来了，不只是她，秦展他们大概也看出来了，从今年开春，大家就在问刘伯洋，问他女朋友什么时候回来，刘伯洋从一开始笑吟吟地说快了，到现在沉默不语。夏天的尾巴要过完了，大家也心照不宣地不再问这个问题，刘伯洋心心念念的那个女孩，大概不会回来了。

夜空晴朗，一轮圆月高高挂着，月光洒在空旷的沙漠里，风从四面八方吹来，又呼号着四散而去。刘伯洋靠在车头，抽完最后一口烟，默默删完和她的最后一条聊天记录。他抬起头，朝风里，轻轻说了一句："再见。"

到了陈汐家小院，刘伯洋找了个角落坐了下来。人到齐了，秦展开始放烟花，夜空中一片五彩斑斓。刘伯洋默默看着头顶的烟花，唇角带着一丝淡然的笑，陈汐走过来，递给刘伯洋一瓶啤酒，在他一旁坐了下来。

她这个弟弟，性格老成，除了学习不好，其他事情上都没让家里操过什么心。只有一次是在他读高三那年，他和一群校外的流氓打架了，打得对方进了医院，他自己也受了挺重的伤，差点被学校开除，家里人不论怎么问，都从他嘴里问不出打架的原因。直到有一年，陈汐寒假回家，刘伯洋带着一个相貌清秀的女孩来家里拜年，陈汐才从女生嘴里听到那年的事。

刘伯洋和那女生是同班同学，他不爱学习，成绩一直在班里吊车尾，他硬着头皮刷题背单词，好能排座位时离那个女生近一点。女生家里条件不好，她爸在外面欠了钱，常有人到她家里追债。女生出落得亭亭玉立，渐渐被流氓盯上了，刘伯洋每天下了晚自习，都不远不近跟着她，送她回家。每次都要看到她卧室的灯亮了，他才会吹着口哨，蹬着自行车晃悠回家。直到那天跟流氓打了一架，从那以后，女生回家时，他的尾随变成了陪伴。

虽然后来刘伯洋没有考上大学，两个人却在一起了，他送她上大学，给她买衣服，去她的城市看她，听她讲学校里好玩的事，听她讲对他的思念，等她放假回家，从大学等到她读研，从她读研，等到她再也不会回来。

"伯洋……"陈汐忽然心疼得要命，轻声叫他的名字，"你们……"

刘伯洋转过头，朝陈汐笑笑。

"分了。"他云淡风轻地说。

陈汐还想说什么，院子里忽然响起悠悠的歌，沙哑粗犷，还有一丝淡淡的悲凉，像大漠里刮过的风。

"堤边柳，到秋天，叶乱飘，叶落尽，只剩得，细枝条。想当日，绿荫荫，春光好，今日里，冷清清，秋色老。风凄凄，雨凄凄，君不见，眼前景，已全非。一思量，一回首，不胜悲……"

胡子张喝得半醉，眯着眼睛，旁若无人地唱着这首一百年前的古老歌谣《秋柳》。有人说这首歌谣是李叔同写的，有人说是陈啸空写的。时间太久了，一些真相便消失了。胡子张孑然一身，这辈子的酸甜苦辣，都在歌声里了。

刘伯洋在歌声里，默默跟陈汐碰了个杯，他朝陈汐笑笑，一切尽在不言中。

人生的所有舍得，都是先从不舍开始的，那些少年时赤诚的付出，是他昨天的快乐，也是他今天的无怨无悔，他不觉得有谁被亏欠了。

烟花燃尽，小院里灯火阑珊，一院子人陆陆续续地各回各家。陈汐走到关老爷子的躺椅跟前，弯腰对他说："关爷爷，该睡觉了。"

关老爷子身上盖着毯子，眼睛闭着，头歪在一侧，脸上带着平静的笑。

"关爷爷，回房间睡吧。"陈汐又叫了关老爷子一声，老爷子依然没有反应，陈汐心头忽然重重地一跳，背后窜起一阵凉意。

"关爷爷。"她轻轻推了推关老爷子的肩膀，对方仍是没有反应。

"关爷爷。"陈汐的声音带着惊恐，穿透了浓浓的夜色。

团圆夜，几家欢喜几家愁，折腾了大半夜，关老爷子终于住进了病房，陈汐留下来陪夜，让其他人回去休息了。

秦烈把森森带到了自己那边，小孩大概是吓坏了，不哭也不闹，一句话也没有，像个迟钝的提线木偶。直到他躺在陌生的床上，四周一片黑暗，他抱着被子，开始低低地啜泣，越哭越控制不住自己。恐惧像滔天的巨浪朝他席卷而来，他像一片单薄的叶子，哭得瑟瑟发抖。

卧室房门被轻轻推开，森森在泪眼滂沱里，看到一个高大的身影走进房间，在他床边停了下来。

一阵窸窸窣窣过后，秦烈席地而坐，伸手摸了摸森森满是泪水的脸。

"睡不着？"秦烈的声音低沉沙哑，带着一丝抚慰人心的沉静。

森森抽噎着，"嗯"了一声。秦烈把一瓶啤酒和一杯牛奶搁在床头，淡声说："睡不着就看个电影吧。"

他摆弄了一会儿投影仪，在床对面的墙上投出一部电影。森森擦干眼泪，坐起来，靠着床头。

"什么电影啊？"森森接过秦烈递来的牛奶。

"《星际穿越》。"秦烈靠着床头柜，打开自己的啤酒，跟森森碰了个杯。

森森喝了一口温热的牛奶，冰冷的指尖渐渐有了一丝热度。黑暗的房间里，播放着冗长的电影。森森脸上的眼泪干了，他看得专注，秦烈坐在地上陪着小小的少年，和他一样看得专注。当男主约瑟夫·库珀即将离开地球，远赴未知的宇宙星空，去探寻地球最后一丝生机时，他来到女儿墨菲的房间跟她做最后的道别，小女孩裹在被子里，给他一个愤然的背影。约瑟夫在墨菲耳边轻声说："你妈妈告诉我，现在，我们就是孩子们以后的回忆了。有了孩子，你就是你孩子未来的幽灵。"

光影斑驳的黑暗里，忽然传来森森稚嫩的声音："秦烈哥，你相信人死了会有灵魂吗？"

秦烈看向森森，少年苍白的小脸一半埋在被子里，眼睛像闪烁的星辰，他点点头，轻轻"嗯"了一声。

森森："你真的相信吗？"

秦烈："嗯。"

19

森森幽幽地说："我也想相信，可是我信不起来。如果有灵魂，为什么我奶奶从没回来看过我？"

投影的光打在两个人脸上，不断变幻。电影里，男主带着遗憾离开了地球，他的女儿还是不肯原谅他。秦烈忽然开了口，声音低低的："森森，人死是永恒的，几亿年，几十亿年，几百亿年，我们都将是死的。相对于死，人活着的时间比一眨眼还要短。"

森森看着秦烈，眼睛里闪烁着一丝恳切的光。此时此刻，他多希望有人能斩钉截铁地告诉他，人死了会去另外一个世界，怀着生的记忆，继续幸福的生活，等待着和亲人再次重逢，他在将来的某一天，还会见到爷爷。

秦烈看向森森，目光沉静："人的生命太短，可这么短的生命，探索了多少未知，创造了多少奇迹，所以我相信，在永恒的死亡里，一定还有比黑洞更庞大的未知，等着人们去发现。"

他摸摸森森的头，淡淡笑了笑："人死并不是结束。"

森森急切地追问："那人死究竟是什么呢？"

秦烈："我在找，你也可以找。"

森森："去哪儿找呢？"

秦烈看向墙上的投影，一艘星舰穿过星河，驶往浩渺的宇宙深处，他笑笑，淡声说："或许就在宇宙里吧。"

森森似懂非懂地点点头，他的心还是像浸在冰冷的深海里，凉凉的，可某个小小的角落里，燃起了一丝期望的火苗，有些融融的暖意。他觉得，或许爷爷真的会去一个地方，他虽然并不知道是哪里，可那个地方或许真的存在，在无边无际的时间和空间里，只要想念，他就能感觉得到。

病房里，陈汐坐在床边，帮关老爷子披了披被角，关老爷子似乎感觉到了什么，一阵艰难的喘息过后，他慢慢睁开了眼睛。

"关爷爷……"陈汐趴在床边，努力忍住眼睛里的泪水，"你感觉怎么样？"

关老爷子侧过脸，盯着陈汐看了好一会儿，混浊的目光渐渐透出一丝清明："陈汐啊……"他一开口，就是一阵撕心裂肺的咳嗽。

陈汐连忙起身去找护士，被关老爷子一把拽住了。他好像做了一个悠长无比的梦，此刻终于从梦里醒了过来，在一瞬的清醒里，他害怕一个人待着，害怕意识再次陷入混沌的深渊。

"你别走……"他声音沙哑，虚弱地闭上眼睛，喉咙里的喘息，像只破风箱发出的声音。

陈汐坐回床边，小心地探了探关老爷子的额头："关爷爷，你现在感觉怎么样？"

关老爷子扯着风箱般的嗓子，慢慢地说："好着呢。"

陈汐轻声问："关爷爷，你认得我了？"

关老爷子点点头，问道："森森呢？"

陈汐："回去睡觉了，明天一早就来陪你。"

关老爷子慢慢摇摇头："上学要紧。"

陈汐鼻子一酸，黄土埋到了脖子，老爷子仍记挂着这些琐事，这让陈汐几乎心碎。她平复了一下心情，努力让自己的声音听上去是轻松的："树平叔在火车上，明天就到。"

听到儿子树平的名字，关老爷子眼皮轻轻动了动，可他心里却没了再见树平一眼的执念，不知道为什么，那份牵挂就是没那么强烈了，他此刻更想跟范老太再唠几句嗑。

关老爷子讲两句话就累了，眼窝深深陷了下去，他迷瞪了一小会儿，忽然又睁开了眼。

"我梦到森森奶奶了。"他喃喃着，"她来接我了。"

陈汐眼眶红了，轻声说："关爷爷，森森奶奶小名是叫青青吗？"

关老爷子唇角浮起一丝淡淡的笑意："你怎么知道的？"

陈汐笑笑："你叫的。"

关老爷子闭了闭眼睛，唇角的笑容带上一丝淡淡的温暖。沉默片刻，他平静地说："让森森跟他爸走吧，再给树平一次机会。"

陈汐怔怔看着关老爷子，心里五味杂陈。她知道森森是有爸爸的，可把森森交给谁，她都不放心，也不情愿。关老爷子却定定看着陈汐，目光毫不退让。无声的凝望间，陈汐仿佛看到了老爷子这一生的沧桑和遗憾，他终是放不下树平啊！

陈汐终于轻轻点了点头。沉默片刻，她淡淡说道："如果森森受委屈，我还是会接他回来。"

关老爷子点点头，欣慰地笑了。

森森觉得才刚刚睡着，就被秦烈叫醒了，他没慌，也没哭，一声不响地穿好衣服，跟着秦烈出了门。

清晨的小城，安静得像本没打开的故事书。所有细水长流的欢喜与悲伤，都隐在一扇扇暗着的门窗里，他的悲伤，散落在了从前每个孤独又惶恐的睡前，蜿蜒成一条长大的路。

汽车驶过静悄悄的长街，森森怔怔看着窗外，天边挂着淡得发白的月亮，他的孤单，似乎融进了茫茫的宇宙，变成了心底一丝不灭的求索。

森森不知道自己是怎么走进病房里的，范奶奶一家人都在，他们红着眼眶看向他，默默给他让开了床头的位置。

森森趴在床头，看着一夜间变得有些陌生的爷爷。他的眼眶深深陷了下去，目光却那么矍铄。有那么一瞬间，森森心头燃起一丝不切实际的希望，爷爷还能闯过一次鬼门关，过几天就能出院回家了。爷爷还会坐在树荫下，摇着蒲扇，听收音机里的《七侠五义》，听《隋唐英雄传》。下午放学回家，小院里总是弥漫着饭菜的香味，有时候是面条，有时候是稀饭，爷爷腌的咸菜带甜口，吃一口就停不下来，夏天的晚上，爷爷洗完澡，水房里飘出药皂浓郁的气味。

爷爷从被子里伸出手，森森连忙抓住他枯瘦的手。爷爷看着他，目光带着不舍，仿佛想把他的样子记在灵魂里，带到另一个世界。

眼泪忽然无声地滚落下来，恐惧再次席卷而来，森森哭着，叫着爷爷。

关老爷子艰难地抬起手，摸了摸森森的小脑袋，他胸口呼哧呼哧地响着，从喉咙里艰难地挤出几个字："你爸爸……"

一老一少，隔着泡沫般脆弱的生死界限，想要将彼此永远留在脑海里。关老爷子目光恳切地看着森森，拼尽最后一口气，想要向森森说些什么："树平……"

可他重复的，只有这个名字。森森忽然懂了什么，哭着说："爷爷，我不怨我爸。"

他忽然把头埋在关老爷子胸前，闷声说："你放心。"

爷爷放心，森森知道爸爸有他的难处，森森不怨他，也不恨他，等他老了，会照顾他。

关老爷子摸了摸森森的头，终于轻轻笑了，他看了眼空荡荡的病房门口，终是等不到了，见不到也好，怀念里，都是树平小时候的样子。那时候，他带着树平下河捞鱼，树平的鞋掉在了河里，他跳进水里把鞋捞了出来。树平穿着跨栏背心，站在河边朝他笑出两颗豁牙子，全身晒得像条黑泥鳅，小时候的树平，怎么就那么招人喜欢呢。

他直直地看着病房门口，目光像渐渐熄灭的篝火，这漫长的一生，也将燃尽。耳边忽然响起陈汐压抑着悲伤的一声轻唤："关爷爷。"

关老爷子慢慢地看向陈汐，目光混混沌沌，将灭未灭，陈汐忽然眼泪决堤，模糊了视线。关老爷子强打精神，想要安慰陈汐点什么，却说不出话来了，他的目光，依依不舍地扫过在场所有人。

森森，他的宝贝森森。

陈汐，他艰难的一生里，晚来幸运的守护。

秦烈，多好的人，非亲非故，却温暖地陪他最后一程。

陈鹤声，刘晴，一晃也大半辈子了。

范明素，范明素，老范啊！

他喉头艰难地滚动了下，拼尽生命挣扎出一丝声音："老范……明素啊……"

范明素龇着牙，笑得一脸平静，她探身对关老爷子说："关队长，回家了啊，你家青青做了油泼面，咱陕西人的最爱，可香呢。"

关老爷子蜡黄干瘪的脸上浮起一丝淡淡的笑，他的目光像灰烬里忽然重新亮起的火星，一瞬忽明，又渐渐暗了下去，直到彻底熄灭，他最后看了眼病房门口，慢慢闭上了眼睛。

关爷爷走了，树平叔回来了，带着森森和关爷爷的骨灰回了陕西咸阳。走之前，树平叔让陈汐帮忙办一下森森转学的事。陈汐想着关爷爷走之前那个凌晨跟她说过的话，忍住了将森森留下来的念头。

陈汐给森森办完转学，树平叔带着森森回来了，树平叔在兰州那边事情太多，在敦煌不能多待，一回来就忙着收拾东西，第二天就要带森森去兰州了。范明素和陈汐过来帮忙收拾东西，三个人里里外外忙活了一整天。午饭陈汐点了外卖，范明素和树平叔在屋里吃，陈汐和森森坐在院子里吃。

陈汐吃了两口鱼香肉丝盖饭，从兜里掏出一部手机递给森森，这是她昨天给森森买的手机："这个拿着。"

森森迟疑着接过手机，低头看了看崭新的手机屏幕，抬头有点惊讶地看向陈汐。

陈汐："你这个手机号是我的副号，不用管电话费，通讯录里存了奶奶、我，还有秦烈的手机号，微信也给你申请了，名字你自己改吧，微信通讯录里面也加了我们三个。"

森森愣了一会儿，忽然把手机塞给陈汐："我不要。"

陈汐捏住森森的耳朵，把他的小脸转向自己："手机拿着，方便我检查你有没有好好学习。"

森森浓密的眼睫垂下一瞬，忽又抬起来，一脸不屑地看向陈汐："怎么检查？你数学现在还不一定有我厉害。"

陈汐："嘿，你个熊孩子。"

她作势要掐森森的脸蛋，森森捧着盒饭跳开，跑到别处吃去了。陈汐看着森森活蹦乱跳的背影，轻轻笑了笑，她一直害怕森森接受不了离开这里，还好，小孩子伤心来得快，去得也快。

/ 第四章 /
雪花、奔赴、冬天

01

傍晚时分，森森坐在爷爷的躺椅上，看着天边火烧般的晚霞，隔壁院子里，爸爸正在跟范奶奶说着些感谢的话，他若无其事地过了一天，该吃吃，该笑笑，直到此刻院子里没人了，他的表情才麻木下来。

等了五年时间，爸爸终于要带他走了，森森心里却平静得出奇。

五年前，他有阵子每天晚上都会坐在院门口等爸爸，因为爸爸在电话里说过阵子就接他和爷爷去兰州。兰州，他们会住进高楼里，冬天有暖气，夏天有空调，半夜上厕所不用跑到院子里，兰州还有个可爱的小妹妹，会叫他哥哥。

他望眼欲穿地等啊等，从幼儿园等到上小学，从小学一年级等到三年级，等到他终于不再等了，爸爸才来，可他却不想走了。

他不想离开敦煌，不想离开爷爷的小院，澡房里还有药皂长年累月积攒下来的气味，小桌上摆着爷爷的旧收音机，这里到处都是爷爷的气息，他觉得爷爷仿佛还没有走。

还有隔壁的范奶奶和陈汐姐姐，她们才是他的亲人，打断骨头连着筋的亲人，在他最孤单最无助的时候，是她们给了他数也数不清的温暖。

可想到爷爷临终前看着他的目光，森森默默把不舍藏进了心里。爷爷虽然从没说过什么，可森森知道，爷爷这辈子最想看到的，就是骨肉团聚。

9月3号，清晨的兰州火车站人来人往，秦烈和陈汐买了站台票，把森森和树平叔送到了火车上。陈汐怕森森受委屈，买了整整一个皮箱的衣服和球鞋。火车快要开动了，陈汐捧起森森的脸蛋，她想说点什么，看了眼森森身后的树平叔，最后只是笑了笑，轻声说："我有空就去看你。"

森森点点头，忍住眼泪，看向陈汐一旁的秦烈。秦烈伸手在他肩膀上拍了拍，低低地说了句："走了。"

森森看着两个人穿过长长的车厢，背影消失在视线里。

"秦烈哥……"森森忽然朝车门口喊了一声。

陈汐已经下车了，秦烈闻声停下脚步，回身望过来。下一秒，少年已经飞奔至跟前，一把抱住了他的腰。秦烈身子晃了晃，他低下头，微微有些动容，抬手在森森头上摸了摸。陈汐站在车下，看着车上的两个人，眼泪终于止不住，扑簌簌地滚落下来。

森森抬起头，红着眼睛小声问："秦烈哥，你是不是要回北京了？"

秦烈闻言怔了怔，他没想到一个小孩子的观察力竟然这样敏锐。他看着森森，一时无言以答。森森仰着脸，小心翼翼地问："你是不是和宇宁哥一样，也要和陈汐姐分手了？"

秦烈垂眸，和森森两两相望。良久，他俯下身，在少年耳边低低说了句话。森森眼睛里忽然涌上泪花，唇角却绽开一个大大的笑容。他把脸埋进秦烈腰间，再次闻了闻秦烈身上的气息。在他幼小的生命里，爸爸的气息带给他的是陌生和失望，爷爷的气息带给他的是温暖和绝望。只有秦烈，只有这一个人，带给他的气息是充满希望的，是让人踏实和心安的。

火车缓缓开动，陈汐和秦烈并肩站在月台，看着森森小小的身躯趴在车窗上，渐行渐远，直到消失在视线里。陈汐带着一丝鼻音，问身旁的秦烈："你们刚才说什么了？"

秦烈牵起陈汐的手，慢慢往出站口走去，站台上空荡荡的，脚下是一地金黄的阳光。

秦烈正想跟陈汐说什么，手机忽然响了，他看了眼来电显示，是王丹阳打来的。秦烈迟疑一瞬，没有接。

两个人沉默着走了一段路，陈汐忽然看向秦烈，笑着问他："你什么时候走？"

秦烈怔然，他停下脚步，低头看着陈汐，半晌沉默不语，风在耳边呼呼地刮过。陈汐轻轻笑了笑，抬手摸了摸秦烈棱角分明的脸庞："是要走的吧？你要做的事情在北京，不在这里。"

两人相顾无言，秦烈乌沉的眸子渐渐染上一层淡淡的难色，他活到这个岁数，各种大风大浪、起起伏伏也经历过不少，面对抉择，从来没有像现在这般两难过。他从没想过，自己有一天，也会变成一个拿不起放不下的人。

"不走。"他终于淡淡开了口，牵起陈汐就要往前走。

陈汐站在原地，将秦烈拽住。

"你知道吗？"她看着秦烈，目光清澈，"那天在九层塔前，你跟我说，要把莫高窟做成独一无二的数字瑰宝。"

秦烈停下脚步，转回身看向陈汐。

陈汐："你知道我当时的感受吗？"

秦烈："什么感受？"

陈汐："我觉得你整个人在发光，认识你这么久，我只在那一瞬间，看到你真正开心的样子。"

陈汐看着秦烈微微动容的面孔，笑了笑，继续说："你知道吗？那一瞬间，我整个人其实也在发光，因为你让我看到了希望。"

秦烈："希望？"

陈汐点点头："嗯，希望。"

金色的阳光下，陈汐纤长的睫毛轻轻动了动，清浅的眸子盛满了对他坦坦荡荡的喜欢、直言不讳的心悦："普通人不是没有梦想，可生活太难了，要吃饱，要穿暖，要养家，要治病，有一口喘息的工夫，摸鱼消磨一会儿时间，就是难得的享受。"

陈汐望向站台上不远处一个拽着蛇皮袋子捡垃圾的保洁大叔，一晃神，她仿佛看到了大叔少年时的样子。他在阳光下奔跑，痛快淋漓，汗流浃背，少年的心气直冲云霄，陈汐又想到了马科长、胡子张、马老六，他们也都曾年少过，还有杨珊、韩素素、陈汐自己……少年人，梦想飞上天，梦想去远航，梦想自己的名字响彻整个世界。可生活会渐渐让这些梦想恍如隔世，多数人最后都会沦为千篇一律的普通人，梦想变成了挣多点，工作不累，孩子听话点，老人别生病，可谁又真的甘心呢？那些超级英雄的电影，那些虚拟世界里大杀四方的战神，那些黄昏下铿锵有力的曲子戏，不就是少年时期未曾实现的梦想吗？

她笑笑："可你不一样，你可以创造一个世界。"

秦烈眸光闪动，情不自禁地摸了摸陈汐的脸颊。

陈汐："在你周围的人，生活也会充满希望，就像参演了一部史诗级别的电影，就算只是个路人甲，这个角色也够照亮平淡无奇的生活了，所以秦烈……"

陈汐看着他，目光真切："我想看到你，把莫高窟变成数字瑰宝。"

森森到兰州三天了，陈汐每天都跟他聊会儿微信，问问他这一天过得怎么样。小家伙跟她似乎有说不完的话，这让陈汐稍稍松了口气，感觉森森并不排斥在兰州的生活。

森森告诉她，爸爸和阿姨在一个老小区租了两套房子，一套两室的房子自己住，一套三室的房子开小饭桌。小区对面有个小学，一到中午，街上堵得过不去车，爸爸在家里做饭，阿姨去学校门口接小孩。

森森说他昨天去学校报到了，中午自己回的家，跟小饭桌的孩子们一起吃午饭。

陈汐问森森饭好吃吗，森森说很香。

陈汐看着森森的回复，笑着吃完了碗里的炒饭。

这天晚上，范明素做了羊蝎子火锅，端出来搁在葡萄架下，对院子里的陈汐说："你给小秦打电话，叫他来吃羊蝎子。"

陈汐："他忙着呢，咱们自己吃吧。"

陈汐却不说话，蹲在狗窝前逗三黄。范明素看着陈汐的背影，沉吟片刻，试探着问："有几天没见着小秦了，他忙什么呢？"

陈汐摸了摸三黄的大脑门，语气平淡地说："工作上的事。"

范明素走过来，见三黄吃得挺香，于是手欠地挠了挠三黄，磨叨了一会儿，又把话题引到秦烈身上："听你们说小秦在北京开公司？"

陈汐点点头。

范明素："做什么的？"

陈汐："做游戏，还有科技。"

范明素笑着说："那厉害嘞！"

陈汐笑着"嗯"一声："是啊。"

范明素还想问什么，陈汐起身走开了，老太婆看着陈汐的背影，表情若有所思。这丫头最近好像心里有事，八成是跟小秦闹别扭了。

范明素不知不觉想到了白宇宁，那么好的一个小伙子，跟陈汐也挺合适的，可惜因为两地的问题黄了。秦烈也好，可惜又是个工作在北京的，她可真怕陈汐再走一遍老路。

她追上陈汐，不依不饶地说："我做这么多羊蝎子，他不来谁吃啊，你不打电话我打了啊。"

正嚷嚷着，就见秦烈从院门口走了进来，手里拎着两包范明素爱吃的核桃酥，他笑着问："奶奶，叫谁来吃羊蝎子？"

范明素看见秦烈，眼睛亮了亮："当然是叫你。"

秦烈："我今晚有口福了。"

范明素笑着说："你天天来，天天都有口福。"

月亮升上来，小院里秋风习习，范明素做的羊蝎子是酱香锅底，下锅前先呛一碗干辣椒，香气直冲天灵盖。汤底除了羊蝎子，还有两斤肥嫩的小羊排，再煮上魔芋、豆腐、卷心菜，味道绝了。

范明素吃得高兴，从屋里拿出中秋节喝剩下的小半瓶茅台酒："来小秦，陪我喝两盅。"

秦烈接过酒，给范明素倒上，又给自己倒了一盅。三黄闻到香味，蹭到陈汐脚边卧了下来，陈汐摸了摸三黄："辣，不能给你吃。"

范明素起身去厨房拿出两块白水煮的羊蝎子搁到三黄面前："还能少了你的吗？"

三黄摇了摇尾巴，抱着羊蝎子慢慢啃了起来。范明素接过酒盅，跟秦烈碰了个杯。一口酒下肚，辣得挤了挤眼睛，她笑着问秦烈："你北京的公司开得挺好？"

秦烈有些诧异，因为范明素从来没问过他工作上的事，他点点头，回答说："挺好的。"

范明素沉吟一会儿，又问："你老在敦煌待着，不管公司能行吗？"

没等秦烈回答，陈汐捞一块软嫩的豆腐搁在范明素碗里，说句："入味了，吃吧。"

范明素瞥了陈汐一眼："你别打岔。"说着笑眯眯看向秦烈。

秦烈直言："不太方便，但是目前还能运转。"

陈汐无语地给自己捞了块羊排，不管这两人了。

范明素担心地皱起眉头："那你是要回去上班的吧？"

秦烈点点头："嗯，明天准备去趟北京。"

他说完，静静看向陈汐。

陈汐迎着他的目光，朝他笑了笑，她没觉得意外，只是有一点点突然，陈汐给自己也倒了盅酒，笑着举向他："回去之后，一切顺利。"

秦烈跟陈汐干了一杯，只笑了笑，没说话。范明素在一旁已经惊呆了，她看看秦烈，又看看陈汐，半晌才挤出句话来："那你俩，这……你俩这才刚刚处上啊。"

陈汐酒喝得有点猛，辛辣从食管一直烧到胃里。她搁下酒盅，目光沉沉地看向范明素。

"奶奶。"陈汐想说，"不打紧的。"

是啊，不打紧，有缘则聚，无缘则散，人和人的关系大抵如此，只有亲情无法割舍。她和秦烈还没在一起时，对爱情就有共识，男欢女爱换谁不行，所以他洒脱，她也绝对不会拖泥带水。

可她一开口，却被喉头的辛辣呛得一阵猛咳，秦烈连忙轻轻给她拍着背，把一杯饮料递给她。

待陈汐终于止住咳，喝了口秦烈递来的水，却听到秦烈轻描淡写的一句话："明天走，周末回。"

02

陈汐差点又呛一口水："回去这么几天，你能干什么？"

秦烈笑笑，没说话，用汤勺捞起一块软嫩的小羊排放进范明素碗里："奶奶，趁热吃。"

范明素才没心情吃东西，她迟疑着问秦烈："你以后还在敦煌？"

秦烈点点头。

范明素："你不调走？"

秦烈笑笑："我的工作不用调动，什么时候走，什么时候回，我自己说了算。"

范明素终于松了口气："你这工作好，不拴人。"

秦烈"嗯"了一声，看了眼默默喝水的陈汐，淡淡笑了笑。

吃完晚饭，秦烈和陈汐两个人在厨房里收拾碗筷，秦烈洗碗，陈汐收拾灶台。陈汐听着哗哗的水声，忽然问："秦烈，你到底怎么想的？"

秦烈甩了甩洗干净的盘子，随手搁在一边。他回头看了陈汐一眼，唇角牵了牵："我准备工作日在北京，周末回敦煌。"

陈汐抓着抹布，忘了手上的活，呆呆看着秦烈，一脸震惊："你开什么玩笑，每周两趟飞机？"

秦烈若无其事地"嗯"一声："这很正常，我认识一个律所的朋友，专门给公司做上市的，每个项目在外地一待就是几个月，他不管去哪儿做项目，每周雷打不动回北京陪老婆、孩子。"

陈汐："这也太夸张了。"

秦烈淡淡笑了笑，继续洗盘子："我从前也觉得夸张……"

他洗好一个盘子搁在一边，云淡风轻地说："现在看，不夸张。"

陈汐心里五味杂陈："我不用，真的，没必要搞这么累。"

秦烈没再说话，他洗完碗，关掉水龙头，厨房里忽然变得很安静，他转身看着陈汐，低低叫了她一声："陈汐……"

陈汐停下手里的忙碌，转过身，神色复杂地看向秦烈。

秦烈："我跟你说的那个美术设计的工作，你能不能考虑一下。"

陈汐抓着抹布，一时无言。她知道，这个机会对她来说这辈子可能仅此一次，她也狠狠地心动了，可现实摆在这里，她不能丢下奶奶，也不能扔下修理厂不管。

疲惫感忽然袭来，陈汐朝秦烈笑了笑，目光里带着一丝怅然："你知道吗？我从小到大，最喜欢的一部动画片就是《九色鹿》。"

小时候第一次在电视上看到《九色鹿》，那种感觉太奇妙了，就好像那个故事是她自己画出来的。因为她是敦煌人，九色鹿就是敦煌人的，是她的，那种骄傲，至今都是她生命里一层自信的底色。

"所以你那天跟我说，有个视频平台想做类似《九色鹿》的国风动画片，我是真的心动了。"她说到这里，轻轻笑了笑，"这是我想做的事。"

秦烈："既然心动，为什么不去试一试？"

陈汐没有回答秦烈这个问题，而是反问道："这个机会是你帮我找的吧？"

秦烈沉默片刻，还是点了点头："有我的作用，也有你的才华。"

陈汐："你是不是想用这个没办法拒绝的机会，让我和你一起去北京？"

秦烈笑笑，目光坦荡："起初有这么想过。"

陈汐神情了然，笑了笑，温声说："可是秦烈，留在敦煌是我的底线，我奶奶在这里，我的修理厂在这里，这些都是我没办法放下的。"

秦烈点点头："我知道，但美术设计这件事，对我来说已经没那么复杂了。"

陈汐微微抬起眉头，有些不解地问："为什么？"

秦烈笑笑："因为我想通了，你去不去北京，我们两个人的关系都不会变。"

陈汐怔怔看着秦烈，她心里有一块地方，被他的话暖成了阳春三月，草长莺飞，明媚得耀人眼，可剩下的地方，却仍是经年不变的理智，好似坚冰。

"有这么简单吗？"她低低说道。

秦烈走过来，习惯性地抬手捏了捏陈汐小巧的耳垂："你不走，我就回，就这么简单。"

陈汐摇摇头。她此刻很想搁下这个话题，只为他这句暖心的话，好好抱抱他，可理智却让她继续平静地说："很累。"

她停了停，又补充两个字："很贵。"

秦烈笑了，他低下头，认真问道："我赚钱是为什么？"

陈汐揶揄地看了他一眼："别说是为了我。"

秦烈也揶揄地看着陈汐："你想多了。"

陈汐白他一眼，目光却是笑的。

秦烈："为了不被甩。"

他说完，一本正经地看着陈汐，两个人忽然都绷不住了，扑哧笑出声来。

陈汐抬脚在秦烈腿上轻轻踢了一下，笑着说："滚。"

秋意透过纱窗，带来墙根下几声蟋蟀的鸣叫。这个本该有些意难平的秋夜，被秦烈三言两语，搅和成了一个再寻常不过的夜晚，笑够了，秦烈后退一步，目光重新认真下来。

"所以陈汐……"他看着她，淡声说，"你能不能什么都不想，只为自己考虑一下这个动画设计的机会。"

陈汐目光微微闪烁，有些动容地看着秦烈。

秦烈："到外面看一看，试一下，你的人生还能不能更精彩。"

门外的墙根下，三黄摇着尾巴哼哼了两声，范明素连忙捏住它的嘴巴。她扶着膝盖慢慢起身，背着手朝堂屋走去，三黄亦步亦趋地跟在她身后。

月亮不知不觉又变成弯弯的一钩，挂在如洗的夜空，一人一狗两个影子，在地上拖得长长的。

第二天，陈汐送秦烈去的机场，分别前，她又跟秦烈强调了好几遍，没必要跑这么勤。秦烈笑笑，在陈汐额头上飞快地亲了一下。陈汐看着秦烈过了安检，转过身朝她挥了挥手。陈汐也朝秦烈挥挥手，等到他的背影消失在人群里，她转身朝停车场走去，步履轻快，发丝飞扬。

周六这天，陈汐忙了一上午，中午的时候正坐在沙发上埋头吃盒饭，一个身影悄然从头顶笼罩下来，陈汐扭头一看，竟然是秦烈。她嘴里一大口米饭忘了嚼，怔怔看着秦烈，鼻尖上还粘着一块不小心蹭上的机油。

秦烈被陈汐的样子逗笑了，伸手在她鼻尖上刮了一下。他把电脑包扔在沙发上，笑着问："有我的饭吗？"

陈汐咽下嘴里的米饭，说声："没有。"

秦烈无语地看着她，陈汐把盒饭递给秦烈："不过我的可以给你吃。"

秦烈接过盒饭，一屁股坐在沙发上，大口吃了起来。陈汐去柜子里找泡面，转过头笑着问秦烈："早上打电话的时候，你怎么没说要回来？"

秦烈刨了一大口米饭，边吃边说："那会儿有个着急的电话要接，没顾上跟你说。"

陈汐端着泡面回来，坐在秦烈身旁，忽然转身抱住了他："累不累？"

秦烈笑了笑："累，走到哪儿都有躲不掉的电话。"

陈汐掐他一把。秦烈忽然搁下手里的盒饭，翻身把陈汐压在了沙发上："想我没？"

陈汐："还没来得及想，你就回来了。"

秦烈低头亲她，陈汐笑着躲："所以啊，你下次待久点再回。"

两个人正在沙发上打闹，秦展和刘伯洋聊着刚刚看过的二手车，有说有笑地从门外进来，秦展看见秦烈，吓得一个趔趄："哥，你不是在北京吗？"

陈汐一把将秦烈推到了沙发上，抓了抓弄乱的头发，起身问秦展和刘伯洋："你俩吃了吗？"

刘伯洋点点头："吃了。"

秦展吹着口哨从沙发旁边绕过，朝卫生间走去，边走边吊儿郎当地唱："有缘千里过周末，无缘对面手难牵。"

刘伯洋抄着兜，朝自己那辆修了一半的车走去，学着秦展的语气吊儿郎当地唱："十年修得同船渡，百年修得共枕眠。"

秦展走进卫生间，还跟刘伯洋一唱一和："若是千呀年呀有造化。"

刘伯洋："白首同心再在眼前。"

陈汐："……"

她可真想，把这两人的嘴给缝上。

吃完午饭，秦烈从包里拿出电脑，在陈汐店里的沙发上直接办起了公。陈汐依旧修车，秦烈坐得久了，会起身到陈汐这边给她搭把手。陈汐干活累了，从冰箱拿两个小豆冰糕，坐在沙发上跟秦烈一人一根，吃完继续各自忙碌，他们一起过了一个寻常无比的周末。

周一一早，陈汐把秦烈送到机场，两个人在车里亲了亲彼此，在清晨的霞光里挥手作别，各自去过忙碌的一周。

第二个周末，秦烈依旧出现在陈汐的修车店里，陈汐恍然间产生了一种错觉，仿佛北京和敦煌，只隔了一个上下班的距离，可又一个恍然间，陈汐的心会狠狠地疼一下，因为她知道，北京和敦煌之间，隔的是千山万水。陈汐有时候会觉得，自己有什么？值得人家这样掏心掏肺地付出。在两个人的关系里，真的没有那盏衡量轻重得失的天平存在吗？

转眼又到了周五，陈汐跟秦展和刘伯洋说了一声明天上午不来店里，她想在家给秦烈做顿午饭。谁知下午的时候，秦烈打来电话说明天有两个排不开的会必须参加，周末回不来了，陈汐接了电话反倒挺高兴，她本来就不想让秦烈每周都往回折腾。

晚上回家时，陈汐看到姑父的车停在院门口，小院里飘着油泼辣子浓郁的香气，陈汐骑着摩托冲进院子里，笑着叫："姑姑，姑父。"

陈梅两口子从厨房出来，笑着让陈汐洗手吃饭。陈汐去房间里搁下包，出来时看到堂屋的沙发上放着一堆衣服，范明素正弯腰收收捡捡。她走进堂屋，随口问道："奶奶，还没到穿羽绒服的时候，你这么早把它们拿出来干吗？"

范明素把一件叠好的羽绒服放进一个大号收纳袋里，抬头看了眼陈汐："我去阳关镇，跟你姑他们住一阵子。"

03

陈汐愕然，喃喃问道："为什么啊？你怎么忽然想起跟我姑住了？"

范明素叠好一套珊瑚绒的睡衣塞进收纳袋，声音自然地说："我一个人在这儿住得冷清，你姑那儿人多还热闹点，天天都能凑一桌麻将。"

陈汐："不是还有我吗？你去我姑那儿住，我怎么办？"

范明素笑着看她一眼："我把你养这么大，也该让我喘口气了吧？你哪儿热闹搁哪儿待着去，我找我自己的乐子去了。"

陈汐无语地看着范明素，范明素拿胳膊肘把她顶开："不帮忙就闪一边去，别在这儿碍事。"

陈汐只好帮她叠衣服，问："那你住多久？"

范明素："怎么也得把这个冬天过了吧，你姑那边暖气烧得热。"

陈汐："有吗？"

她不觉得啊，范明素斩钉截铁地说："反正比这边暖和。"

收拾完衣服，一家人在院子里吃手擀面，范明素坐下来，不着急吃饭，把陈梅做好的油泼辣子装进一个密封罐里，对陈汐说："小秦最爱吃这一口，明天他回来了，你拿给他吃。"

陈汐给自己碗里放了一大勺辣椒，随口说："他这周太忙，回不来了。"

范明素点点头："回不来好，再结实的人，也经不住这么跑啊。"

陈梅一边剥蒜，一边睁大了眼睛问陈汐："小秦真的每周都从北京回来？"

陈汐点点头："差不多吧，忙的时候就隔一周回来。"

陈梅随手把剥好的蒜瓣搁在陈汐姑父手边，一脸震惊的表情："年轻人处对象，连命都不要啊。"

陈汐笑了："姑，怎么就要命了？"

陈梅："坐飞机多害怕啊，我这辈子都不敢坐。"

陈汐忽然觉得吃进嘴里的面条有点苦涩。

陈汐姑父一边听着她们说话，一边把陈梅碗里的葱花挑到了自己碗里。陈梅每回来这边做手擀面，都按范明素的口味做卤子，生葱熟蒜，陈梅自己却不吃生葱，她爱吃炝锅的熟葱。

范明素看着陈梅男人手边的蒜和碗里的葱，忽然说道："我其实不爱吃面。"

陈汐和陈梅同时抬起头，一脸惊讶地看向范明素。在陈汐的记忆里，家里的主食几乎都是面食，奶奶现在却忽然说她不爱吃面。

范明素看向陈梅："我爱吃大米饭，你跟你哥，西北娃，打小爱吃面，我就不怎么做米饭了。"

陈梅不知道今晚是什么状况，喃喃问道："妈，你怎么不早说啊？"

范明素笑了笑："你爸知道我爱吃米饭，每次你们要吃面条的时候，你爸就非要吃米饭，其实我知道，他根本就不爱吃米饭，他是心疼我。"

陈梅忽然红了眼眶。

范明素看着陈梅男人碗里的葱花，淡淡说道："后来你爸走了，没人知道我爱吃米饭了，我也就不爱吃了。"

她看向陈汐，淡声说："有个人疼你，你也得疼他，别等疼不着的时候，自己心里疼。"

中秋过后，北京的天气便是一层秋雨一层凉了，傍晚时下起了淅淅沥沥的小雨，天色比往常暗得早了些，迷迷蒙蒙的雨丝下，东三环车水马龙的晚高峰似乎也开始得早了些。

秦烈正在办公室看助理送来的员工履历，他要挑选一组人，成立数字莫高窟项目组。王丹阳从他办公室门口路过时停下脚步，笑着提醒："明晚'隧道3.0'的庆功宴，你记得来。"

秦烈忽然怔了怔："我来不了，明天的飞机。"

　　王丹阳："又要回敦煌？"

　　秦烈"嗯"一声，继续翻履历。

　　王丹阳无奈地摇了摇头："你说你，跑上通勤了，把她弄来北京不好吗？"

　　秦烈笑笑："她也忙。"

　　王丹阳："她的事儿能有你的重要？"

　　秦烈"嗯"一声："一样的。"

　　他脑海里忽然浮现出陈汐弯腰拆发动机的画面，那是她的生活，是她醉心的事业，和他的别无二致。

　　王丹阳："你啊……"

　　他摇摇头，笑着溜达走了。

　　秦烈在办公室看了一会儿人员资料，见外面雨越下越大，索性带着资料回家接着看。他的房子买在双井，离公司不远，走路二十几分钟就能到。

　　秦烈撑着伞，走在落叶稀疏的街头。晚高峰已经结束了，北京的街头只要安静下来，就是美的。一辆出租车从路旁经过，秦烈的目光被后座上长发披肩的女孩吸引了一瞬，女孩的侧脸和陈汐很像。

　　秦烈忽然有点想她，他掏出手机，给陈汐拨去电话。

　　手机响了几声，电话接通，传来陈汐熟悉的声音："喂？下班了？"

　　听到陈汐的声音，秦烈的唇角不知不觉微微扬起："嗯，下班了。"

　　陈汐："到家了吗？"

　　秦烈："快了。"

　　陈汐"哦"了一声，沉默两秒，又问："吃晚饭了吗？"

　　秦烈："还没有。"

　　陈汐笑笑："我也没有呢。"

　　秦烈："快十点了，怎么还没吃饭？"

　　陈汐："没顾上呢。"

　　雨点打在头顶的伞上，声音悦耳，秦烈笑着问："一会儿吃什么？"

　　陈汐的声音带着一丝促狭："看你喽，你想吃什么？"

　　秦烈想了想，好像也没什么特别想吃的："面条吧。"

　　陈汐："你们小区门口那家？"

　　两个人闲了的时候经常聊电话，鸡毛蒜皮的事情什么都讲，陈汐已经对秦烈住的小区有几个门、几家便利店、几家快餐店如数家珍，包括秦烈最爱去的鸡西大冷面馆，她都知道。

秦烈笑着"嗯"一声。

陈汐："你吃刀削面还是拉面？"

秦烈："刀削面。"

陈汐："那我尝尝拉面吧。"

秦烈忍俊不禁，笑着说："明天回来，晚上一起去夜市吃拉面。"

陈汐只笑不说话。

挂了电话，没几分钟就走到小区门口的面馆。秦烈合上伞，搁在店门口的塑料箱里。屋外冷雨飘飞，屋里的热气在明净的玻璃门上氤氲出一层淡淡的白雾，秦烈推开门，一眼就看到一个瘦瘦高高的身影，长发披肩，正站在取餐口，背影和陈汐几乎一模一样，他微微一怔，忍不住多看了那女孩一眼。

待她端着托盘转过身，秦烈整个人都呆住了。

陈汐抬眼看到戳在门口的秦烈，朝他笑笑："饿死我了，快来吃饭。"

两个人走到窗边的一张空桌坐下。惊喜来得太突然，秦烈还是有点缓不过劲，陈汐把炒面搁在他面前，笑着递给他一双筷子。秦烈轻咳一声，这才找回自己的声音："你怎么来了？"

陈汐掀起眼皮，要笑不笑地看向他："谁说每趟都得是你跑？"

秦烈接过筷子，屋子里的温度袭来，暖融融的。陈汐挑起一筷子热气腾腾的刀削面，笑着说："听你说过那么多遍，早就想尝尝这家的面了。"

外面风雨敲窗，他们吃得又饱又暖，两个人挤在一把伞下回家时，秦烈还是觉得有点不太真实，直到滚完床单，怀里抱着热乎乎的人时，他才感觉到陈汐是真的来了。

他们在床上腻到深夜，好像有说不完的话。陈汐越熬越精神，起身去冲澡，秦烈靠在床头，继续看"破晓"的员工履历。陈汐洗完澡，穿着秦烈的T恤出来，满是好奇地在房子里转悠了一圈，最后走到和主卧相连的露台上。

"那是央视大楼吗？"陈汐指着远处一处灯火辉煌的建筑，惊喜地回头朝秦烈叫道。

秦烈"嗯"一声，起身从衣柜里拿出件羊绒外套，走到阳台递给陈汐，"穿上，外面风大。"

陈汐披上外套，两手扶着栏杆，潮湿的空气带着陌生又新奇的味道，扑上她的脸颊，隔着细细密密的雨丝，看着远处望也望不到边的万家灯火。

她由衷感慨："北京的夜好亮啊！"

秦烈笑笑："嗯，好多夜猫子。"

陈汐看着城市辉煌的夜景，转头对秦烈说："你忙你的，我再看会儿。"

秦烈"嗯"一声，却没走开，雨声让夜晚显得格外安静，陈汐缩在温暖的羊绒外套里，忽然对身旁的秦烈说："我奶奶去我姑姑那儿住了。"

那天清晨，陈汐把三黄抱上姑父的车，姑父和姑姑把范明素那辆旧三轮抬进了车斗里，范明素头发梳得油光水滑，穿一身簇新的小夹袄，她坐上车，一把搂过三黄，笑着说："老家伙，咱俩快活去。"

陈汐站在车下，叮嘱范明素："你在我姑那儿别乱跑，入冬前就回来吧，她那暖气没咱们家烧得热。"

范明素搂着三黄的脖子，笑眯眯地看向陈汐。晴空下，她的目光像月牙泉，风沙埋不住，越老越清澈。良久，她说："你还年轻，去北京试试吧，万一喜欢那儿呢？"

陈汐蓦然怔住，她站在清晨的万道阳光里，看着姑父的车缓缓开出巷子，这才明白过来，奶奶为什么突然要去跟姑姑住。

此时此刻，雨丝打在脸上，凉凉的，空气里是陈汐从来没感受过的湿润，她觉得还不错。

"秦烈……"陈汐忽然看向身旁的秦烈，一双眸子在夜色里亮晶晶的，"那个美术设计的机会，我现在想试试还来得及吗？"

两天后，陈汐坐在糖豆影业的小会议间里，接受面试。她把自己从敦煌带来的一本手稿递给面试官："这是我近三年的手稿，里面没有临摹的作品，全是原创。"

陈汐平静的声音里些微透出些紧张。这段时间，她几乎每天都在被这个机会引诱着，折磨着。等她真正肯直面自己内心的向往时，对这个机会，忽然变得有些患得患失起来。

面试官打开陈汐递来的手稿，一页一页，从头看到尾。

房间里安静得落针可闻，陈汐几乎能听到自己的心跳声。

面试官终于看到最后一页，她合上画册，抬头看向陈汐："陈小姐，能跟我谈谈设计'隧道3.0'那个盲眼角色的灵感吗？"

陈汐点点头，她组织了一下语言，慢慢说道："这是3.0版本十个角色里唯一的男性角色，也是我遇到的最大的一个瓶颈。我最开始没有想过盲眼这个人设，只是在脑海里有个想法，要把西北男人被风沙打磨出来的粗糙和坚韧，把无可匹敌的强大刻进他的灵魂里。"

面试官目光沉静，淡声问："那这个灵感是从哪儿来的呢？"

陈汐想了想，脱口而出："生活。"

04

坐在台阶上读盲文的杨关哥，走了十万里路，临终前还在给学生们讲理想的王老师，在戈壁的狂沙里种了一辈子树的关爷爷，漂泊半生，跟青灯古佛一样寂寞的爸爸，点点滴滴，一人一个不屈的世界。

"生活。"陈汐笑着看向面试官，"那片沙漠里，尘土飞扬的生活。"

面试官静静看着陈汐，好一会儿，忽然朝她展颜一笑："说实话，你来晚了，我们的故事已经成型，美术设计也已经到了定稿阶段。"

陈汐心头忽地一凉，她还没来得及说什么，对方继续说道："但冷总在西安游戏展上看到过盲眼这个角色，她很喜欢你的画风，也喜欢你的创意，所以……"

面试官看着陈汐，淡声说："冷总说如果你三天之内，能拿出足以推翻一切的设计，那就欢迎你加入我们的团队。"

陈汐忽然热血上涌，顾不得思考，开口答应下来："我试试。"

面试官笑着点点头，写了串电话号码递给陈汐："加下微信，我把故事梗概发给你。"

从写字楼出来时，陈汐看了眼湛蓝的天空，忽然体会到北京的秋高气爽。

秦烈的车停在路边，陈汐脚步轻快地朝他走去。这座城市，或许真的像奶奶所说，她会喜欢，更何况，这座繁华之城里有秦烈。

陈汐上了车，不等秦烈开口问，就绘声绘色地跟他讲起了面试的经过，秦烈一边开车一边听着，唇角带着一丝淡淡的笑意。

陈汐在车上加了面试官的微信，然后眼巴巴盯着手机屏幕等对方通过好友验证。秦烈看了陈汐一眼，笑着问："这么紧张？"

陈汐点点头："只有三天时间，我现在连要画什么都不知道，还真有点紧张。"

她忽然想起什么，好奇地问："面试一直在提冷总，那个冷总是谁啊？"

秦烈："她叫冷燃，是高我好几届的校友，很厉害的一个人。"

陈汐看着秦烈，好奇地念出这个名字："冷然？"

秦烈语气认真："冷热的冷，燃烧的燃。"

陈汐发现秦烈提起这个人的时候，语气不知不觉透出几分敬意。认识这么久，她还从没见秦烈用这种语气说起过什么人。

她心中不禁十分好奇，问道："这个冷燃，很厉害吗？"

秦烈点点头："她是糖豆影业的老板。"

陈汐"哦"一声，其实还是不知道这人有什么厉害的。秦烈随口问道："最近几年，你有什么印象深刻的动画电影吗？"

陈汐想了想，说道："去年暑期档有一部，名字叫《蝉鸣的暑假》，讲五个小孩回到乡下老家跟独居的爷爷一起生活的故事，很日常，但是好看得让人想哭。"

秦烈笑笑，又问："还有吗？"

陈汐："前年也有一部，是个悬疑动画，名叫《连翘迎春》，看到最后我全身鸡皮疙瘩都起来了，剧情太精彩了，画风也很独特。"

秦烈："还有吗？"

陈汐想了想，忽然眼睛一亮："前几年，有部古风热血动画，叫《魔王归来》，那是国产动画电影第一次靠口碑逆袭，票房好几亿。"

陈汐靠在椅背上，看着三环上龟速挪动的车流，感慨道："是真好看，我好像是从那部电影以后，慢慢对国产动画电影有了期待。"

秦烈扶着方向盘，笑着看了陈汐一眼，淡声说道："你可能没留意过，这三部电影都是糖豆出品。"

陈汐惊讶地看向秦烈："真的吗？我真没注意到，因为这几部电影的风格太迥异了。"

秦烈点点头，沉吟一瞬，纠正道："不是糖豆出品，应该是冷燃出品。"

他在职场这些年佩服的人不多，冷燃就是其中一个。

陈汐："真是想不到，这三部电影是出自一人之手。"

秦烈笑笑，打了把方向盘，说道："她这个人，不做别人意料之中的事，就好比这次，她一个电影圈的人，忽然跟短视频平台联合出品动画片。"

陈汐一脸震惊看向秦烈："这部动画片是她的？"

秦烈点点头："她是出品方和总导演。"

陈汐眼睛亮亮的，一脸不可思议地问："你的意思是，我有可能做冷燃的动画片？"

秦烈笑着看她一眼："看你这三天的成果吧。"

陈汐忽然像个霜打的茄子瘫在座椅上，深深叹了口气："只有三天，要命啊！"

她看着晴空下鳞次栉比的高楼，从没有哪一刻像现在这样，如此渴望一个机会，一张闪闪发光的入场券。

快到中午，秦烈直接带陈汐去了双井的一家日料店。幽静的包间里，似有若无的音乐缓缓流淌，秦烈剥好一只鳌虾搁到陈汐面前的山葵酱里。

"尝尝，这家的刺身很新鲜。"

陈汐点点头，眼睛却在手机屏幕上，几分钟前，面试官通过了陈汐的好友申请，把这部动画的故事梗概发了过来。陈汐迫不及待，一头扎进故事里，吃饭的心都没了，她夹起鳌虾吃进嘴里，眼睛忽然亮了亮："好吃，甜的。"

她抬头朝秦烈笑笑，目光满是惊喜，旋即低下头，继续看故事："这个故事还不错。"

秦烈笑着"嗯"一声，把几只剥好的鳌虾搁进陈汐碟子里，陈汐抓起筷子一扫而空，好吃得直晃。

"你猜故事讲的是什么？"陈汐笑着问秦烈。

她看到三文鱼腩，夹了一块沾上山葵酱尝了尝，好吃得眉飞色舞。秦烈看着眼前的人，仿佛能感觉到无风而动的爽然和快乐，他一边剥虾，一边配合地说："跟莫高窟有关？"

陈汐睁大眼睛："你怎么知道？"

秦烈："冷燃跟我提过《九色鹿》。"

陈汐点点头："莫高窟壁画算是这个故事的灵感来源吧。"

秦烈："讲什么的？"

陈汐："你知道藻井吗？其实就是头顶的天花板，莫高窟的藻井特别漂亮，有很多种图案，其中有一个图案叫三兔共耳，不知道你有没有印象。"

秦烈摇摇头："没关注过。"

陈汐笑着瞪他一眼："亏你还是个敦煌人。"

她在手机上搜出三兔共耳的图片递给秦烈看，解释道："隋代的洞窟里开始有三兔共耳的藻井，寓意是'多子多福，生生不息'。"

秦烈低头看着手机里的画面，双层八瓣莲花中，三只兔子竖着耳朵，活泼追逐，没有翅膀，却好似在欢快地飞翔。

"不错。"他把手机还给陈汐。

陈汐接过手机，兴奋地说："故事的名字叫《月牙镇》，主角是一只小兔子，她被一个穷苦的年轻画师捡回家，后来变成一个小学徒，跟着画师一起在洞窟里画画，帮他赡养年迈的母亲，供他弟弟读书，给他妹妹找到如意郎君。当时的洞窟都是供养人捐的，画师会把供养人画进壁画里，那个画师偷偷喜欢一个当了小寡妇的供养人，小兔子还帮他们在一起了。"

秦烈听完，说道："故事是不是有点平？"

陈汐点点头，却开心地说："就是要平，没有故弄玄虚、虎头蛇尾的悬疑，没有阴谋诡计，没有国恨家仇。这个故事是小老百姓的日常，是鸡毛蒜皮的生活，是古代小人物的悲欢离合。"

陈汐凑近秦烈，满眼欢喜地说："你见过给古代小人物写故事的吗？日出日落，早霞炊烟，一分钱的困窘，一斗米的踏实，还有月牙泉边不为人知的私定终身。时间的长河里，那么多动人的平凡故事，我只在小时候的动画片里看到过，这些年为什么看不到了呢？"

秦烈忽然也探身过来，在陈汐额头上亲了一下："那你就去做，让人们再看到这样的故事。"

陈汐点点头，继续看起了故事梗概。

午后的阳光铺了一地，暖洋洋的。陈汐的心头也好像被这个意料之外的故事照亮了一小片，那种平凡的温暖，细水长流的深情，让她心向往之。这一刻，她清清楚楚地意识到，自己无论如何也想得到一张入场券，和这些优秀的人共事。因为他们做的事情，正是她发自灵魂喜爱的事，是可以拿到下辈子去炫耀的壮举。

回到家，陈汐从包里翻出自己的素描本，跑到了露台上。远处的央视大楼在阳光下闪着光，那个地方，曾经和现在，造就了，也正在造就着无数个梦。陈汐坐下来，翻开素描本，她要画自己的梦了。

陈汐没日没夜画了两天，改了十几版，终于定稿了，却总觉得自己还可以画得更好，明天上午就是交稿时间了，她除了面对现实，也没什么其他能做的了。

秦烈下班回家，见陈汐正坐在露台上，嘴里叼着根吸管，望着央视大楼的方向，呆呆地喝着酸奶。

他笑着问："画完了？"

陈汐点点头。

秦烈走过来，低头翻看素描本上定稿的角色。

陈汐的配色向来都很有辨识度，有莫高窟壁画的底蕴，又有很强烈的个人风格，让人眼前一亮。秦烈在敦煌夜市上，第一眼看见帆布袋子上画的图案时，他就被一种力量拽住了，那是一种明媚张扬的狂和野，没有规矩，没有束缚，没有技巧，有的只是一种对生活强盛的热烈。

秦烈："很好啊。"

陈汐抬头看他："够惊艳吗？能让你欲罢不能吗？"

她记得秦烈曾经说过，所有角色，都得征服一群人，甚至更多的受众。

秦烈沉默了片刻："不能。"

05

陈汐点点头："那这个呢？你看了什么感觉。"

秦烈又看第一个定稿的角色，是个穿罗纱裙袄的小姑娘。圆脸蛋，梳着可爱的花苞头，从五官到表情都很讨喜。秦烈目光淡淡，抬眼时，裹进了一种温柔："还不错。"

现在的他，没办法像初识时那样，公事公办，好就是好，不会就是直接否决。陈汐这些天的追逐里，从敦煌到北京，她放下了她全部的世界和坚持，在艰难地、拼命地朝他奔跑。他知道野马一样放纵不羁的陈汐，能突然出现在北京的街头，能突然燃起并不是很狂烈的梦想。不是她想要什么、成为什么，而是，她也在试图一点点靠近他。

秦烈眼睛里的温情，陈汐看得懂。

她问："秦烈，你说实话，像以前我们合作那样。这幅画能让你神魂颠倒吗？"

秦烈迟疑了，眼前的小女孩就是个十分可爱的二次元角色，用她来击碎一切绊脚石，统一所有人的审美，似乎悬了点。

陈汐定了定目光，神色凝了一瞬，最后坚定地看向窗外灿烂的阳光："这个设计，我接了，我就一定要做到最好、最极致、最无可替代。"

末了，她将目光一点点落向秦烈，笑了笑："秦烈，我来了，就不是为了征服你一个人的。"

秦烈看着素描本上无敌可爱的小女孩，沉吟良久，恢复了往日的言简意赅："能独树一帜的是求新和突破，不是被拘束在一种模式。陈汐，你是野路子，你不需要迎合任何市场，你只需要画你心里的感觉就好。"

也只有这样的东西，才能让冷燃侧目。他伸手在陈汐的素描本上轻轻点了点："无论你把她画成什么样，只要还能归入市场上现有的动漫风格里，就不可能封神。"

陈汐盯着画纸上灵动的小女孩，表情放空。良久以后，她神色凝肃起来，蹙眉想了片刻，然后飒然起身。

陈汐随手将头发扎起来，拎起衬衫往身上套，先前的低落，像一道阴霾，转瞬被她拂去。

是啊，陈汐就是陈汐，西北的风沙淹没不了她，北京的繁华，压不住她身上的璀璨。秦烈感觉自己心里刮起了一场狂风，在劲风的呼啸里，他能感受到陈汐狂野而又飞扬的爱。

看着秦烈发呆的样子，陈汐笑着问："走吗？"

秦烈伸手在陈汐头上揉了一下："去哪里？"

陈汐想了想，说道："咱们去超市买锅吧，你厨房里什么都没有，今晚我想自己做饭吃。"

秦烈笑着说好，两个人开车去超市，采购了一大堆过日子的家当回来。待到要动手做饭时，才发现米面油也忘了买，两个人站在厨房里，无奈地冲着对方笑了，最后还是点的外卖。

吃完饭，陈汐不再跟素描本纠结，早早洗漱上床。她熬了两个大夜，累得一沾枕头就睡着了，秦烈在书房忙到凌晨一点钟，才蹑手蹑脚走进卧室。他刚走到床边，就见陈汐忽地坐了起来。

秦烈吓了一跳，轻声问："怎么了？"

黑暗里传来陈汐略显激动的声音："秦烈，我能拿到那张入场券了。"

那张离开敦煌，进入北京，朝你狂奔而来，像你一样成为光明四射的人，的入场券了。

"我梦到小时候了，我妈送给我一套连环画，好像是叫《小二黑结婚》。"

秦烈"嗯"一声："然后呢？"

陈汐："那时候的连环画，一点日漫元素也没有，我现在觉得太好看了。"

陈汐抓起手机，搜索《小二黑结婚》的连环画。秦烈打开灯，在她身边坐了下来。两个人一块看着手机上的连环画，陈汐轻轻点着头，若有所思地说："我做不到开宗立派，至少能做到返璞归真。"

她探身拿过搁在床头桌上的素描本，趴在床上刷刷地画了起来。

这一刻，她低头画画，头发无意识地滑落在肩头，秦烈想起她修车时的样子，修车是因为她热爱，现在她把全部的"热爱"投入到了画画，投入到了他秦烈的世界。这种微妙的感觉，像一股电流，瞬间穿透秦烈的四肢百骸，他有一种汹涌到痉挛的爱意在装满他的身体。

不一会儿，一个胡杨掩映的小村落便跃然纸上，秦烈看到这张草图的第一眼，感觉只有三个字：就是它。

画里的小村落是很写实的风格，让秦烈不知不觉想到了《桃花源记》里那句"阡陌交通，鸡犬相闻"。

是纯粹的田园风，跟主流的二次元画风大相径庭。

陈汐抬眼看向秦烈："这就是我想画的。"

秦烈笑着揉揉她的发顶，然后起身去外面给陈汐煮咖啡，清晨的阳光一点点灌满安静的书房。秦烈只听得到彩铅在纸上沙沙划过的声音，偶尔夹杂着几下敲击键盘的声响。

陈汐看了眼手机，还差两个小时就到和面试官约好的时间了，她还差三个人设两个场景没有完成，时间肯定是来不及了。她下意识地回头翻看一遍这一晚上的成果，简直心潮澎湃，这是她根本没想过的画风，可就那么自然而然地从笔尖流淌了出来。

古朴，写实，摒除了一切二次元主流的审美，她的画笔描绘了一个被风沙肆虐的西北小村落。在漫天的黄沙里，月牙泉永远保持着一湾明净，守护着这片黄沙里唯一的绿洲。村民，不论男人女人，脸上都带着两抹被风沙打磨过的粗糙，他们长得不美，穿得也不体面，日子有苦也有甜。再穷的地方，也总有那么几处深宅大院，住在里面的女孩脸上没有粗糙的红晕，却不见得比外面赤脚奔跑的女孩快乐。陈汐的画笔，把一群被时光和风沙掩埋的生命，重新复活在了纸上，每一个角色都是一种幻想又写实的风格。只有作为主角的那只小兔子，写实之余，又有一种超越现实的灵动和俏皮，因为她本身就是凡人幻想出来的、超脱现实的存在。她虽然已经可以变成人形，圆圆的尾巴却收不起来，只能靠裙子遮住，一激动，不是冒出毛茸茸的耳朵，就是变成三瓣嘴。

陈汐越画，灵感就越好似泉涌，每一笔，都让她感觉到了自己那如火如荼的生命。她忽然抬眼看向秦烈，他身后整整一面明净的落地窗，被晨光照得辉煌夺目。

"秦烈……"陈汐目光平静，"时间不够了，你只要让我见到负责人就够了。"

她不管什么规则，也不要什么风骨，偌大的北京，遍地都是机会，可是她的机会只有一个，也只能是这一个。否则不远万里而来，为的是什么？她要机会，她要笔下每一个可爱的人都能来这精彩纷呈的世上走一遭。

"我来想办法。"秦烈拿起手机，走出了书房。

他给冷燃的助理打过去电话，问她能不能再给陈汐些时间。对方难地说："秦总，冷总上午刚回北京，下午就要开定稿会，陈汐的稿子怕是来不及看了。"

秦烈："没关系，你告诉我冷总开会的地方就可以。"

聊完电话，秦烈走到露台上，看着远处红彤彤的天际。直觉告诉他，陈汐的设计足够牛，这一点就够了。以冷燃的性格，就算前面的已经定了稿，她也能说弃就弃。秦烈压下心中翻涌的情绪，他能为陈汐做的不多，保证冷燃能看到她的画就够了。

下午三点多，陈汐终于画完最后一笔，来不及喘口气，她换上衣服，坐上秦烈的车，直奔糖豆影业。一路上不停地堵车，陈汐看着时间马上要到四点钟了："还来得及吗？"

陈汐的声音带着一丝熬夜的疲倦和沙哑，眼睛里一层淡淡的红血丝，看上去憔悴又狼狈，但整个人身上透着一股坚定。

秦烈淡声说了句："能。"

他把陈汐送到糖豆影业的写字楼外，靠路边停下了车。

"自己可以吗？"他笑着问陈汐。

陈汐点点头，笑着朝他说："秦烈，我可是陈汐啊！"

她说完，拎着帆布包下了车，站在路边，一身飒爽地朝秦烈摆了摆手："回头见。"

秦烈点点头："完事给我打电话，带你吃好的。"

陈汐朝秦烈笑着点点头，她站在路边，看着秦烈的车开走，然后转身大步朝糖豆影业的写字楼走去。她走到前台，报了自己的姓名，冷燃的助理果然已经打过招呼了，前台一听她的名字，就微笑着带她去了一间小会客厅。

"您在这里稍等，冷总在对面的房间开会，等散会了您就可以去见她。"

陈汐向前台说了句谢谢，目送对方走出会客厅之后才坐了下来。

她长长舒了口气，从帆布包里拿出素描本搁在腿上，小心翼翼地翻开，再次欣赏自己的作品，简直不敢相信这是自己一天一夜时间画出来的东西。

对面的会议室里有一面磨砂玻璃墙，陈汐好奇地看着里面模糊的人影，紧张地等待着会议结束。前台小姐姐端来一杯咖啡，陈汐喝了两口，无聊地玩了会儿手机。

一个小时过去了，对面会议室的大门仍然紧紧闭着，陈汐靠在沙发上打了个哈欠，眼皮渐渐变得越来越沉。

她强撑着精神，又看了会儿自己的画，连着熬了三天，这会儿忽然闲了下来，疲倦裹挟着困意朝她席卷而来，势不可当，她慢慢闭上眼睛，心想，就迷瞪两分钟。搁在腿上的素描本大剌剌摊着，她几乎是一秒钟就睡死了过去。

陈汐做了个光怪陆离的梦，梦里有关爷爷在党河抓泥鳅，有她小时候跟爸爸一起在西千佛洞里修壁画。小小的她坐在洞窟中央，一抬头看到无数漂亮的藻井，万花筒似的变换着样式。

耳边传来纸页轻轻翻动的声音，在安静的房间里，那声音听起来很舒服，陈汐扭了扭脖子，找了个更加舒服的睡姿。

忽然，手机铃声突兀地响起，陈汐一个机灵醒了过来，手忙脚乱地摸到沙发上的手机。

06

"喂？"她声音还带一丝找不着北的茫然，沉沉的睡眠被吵醒，头钝钝作痛。

手机里传来秦烈的声音："怎么样？"

陈汐揉揉眼睛，坐直了身子："还在等。"

秦烈："等这么久？"

"久吗？"陈汐茫然看了眼窗外，猝然发现天色不知什么时候已经暗了下来。她心里打了个突，这才发现自己不知不觉竟然睡了一下午。她慌忙看向对面的会议室，大门不知什么时候已经打开，透过磨砂玻璃，看到会议室里空无一人。

"先不跟你说了，我得去忙了。"她挂了电话，起身朝门外走去。

"这是你画的吗？"一旁突然传来一个不紧不慢的声音，淡淡的，却有种形容不出来的存在感。

那种感觉，就好像万人的会场里忽然走进一个倾国倾城的美女，所有人不禁屏声敛气看着她，落针可闻的空气里只剩她一个人的脚步声。又或是，黑暗的舞台中央，忽然落下的一道光束，只照亮了台上那位精灵一般的舞者。

陈汐蓦地停下了脚步，回头看过来，这才发现房间里还有另外一个人，她就坐在一旁的单人沙发上，跷着二郎腿，低头翻看陈汐的素描本。

陈汐没来得及惊讶这人从哪儿冒出来的，就被她头顶的三个发旋震惊到了。陈汐自己头顶上有两个发旋，从小就听奶奶念叨："一旋拧，二旋犟，三旋不要命。"

陈汐长这么大，还是第一次见到三个发旋的活人。她下意识地想，这人性格得有多炸裂，才能顶得起头上这三个发旋。

沙发上的女人等不到陈汐的回答，抬头看向陈汐："你画的？"

她虽然是仰视，目光里却有种自然流露的锋芒，并不刻意，也不咄咄逼人，但那锋芒却是遮都遮不住的，让她整个人，连同周围的空气都有种让人不容小觑的分量。

陈汐回过神来，忙点点头："嗯，是我画的。"

女人锐利的目光在她脸上多停留了两秒钟，然后低下头，继续饶有兴致地翻着陈汐的素描本。

陈汐好奇地打量这人，她长发微卷披散在肩头，蛮有女人味的，可栗色的发丝间挑染着一缕缕深深浅浅的绿色。陈汐想想自己十七八岁，在最中二的年龄，也没勇气把这么大面积的绿色顶在头上。

仿佛被她一头的绿震到了，陈汐将目光一点点聚在她身上。她穿了身正红色西装，脚上蹬一双匡威的低帮帆布鞋，显得率性随意，露出脚踝上一只橘红色的小狐狸文身。

陈汐眼睛瞬间亮了亮，觉得那只小狐狸好漂亮。

陈汐呆呆打量这人，觉得她的年龄和气质都是个谜，脑子里忽然蹦出"狐狸姐"三个字，莫名觉得跟这女人很搭。

正想着，对方忽然开口说："坐啊。"

陈汐这才想起自己还有重要的事情没办，她忙指了指对面的会议室，小声问沙发上的"狐狸姐"："你知道对面什么时候散会的吗？"

"狐狸姐"随口说："刚刚。"

陈汐稍稍松了口气，又问："那你知道冷总的办公室在哪儿吗？"

"狐狸姐"抬头看向陈汐，目光里带着一丝淡淡的笑意："找她做什么？"

陈汐："给她看一下我的画。"

她说完，沉默片刻，又补充："约好了的。"

"狐狸姐"翻了两页搁在腿上的素描本，目光落在陈汐昨天定稿的小兔子精身上，抬眼看向陈汐："你来应聘《月牙镇》的美术设计？"

陈汐点点头。

"狐狸姐"笑笑："这部动画的角色已经到了定稿阶段，你怎么现在才来？"

陈汐不想解释太多，只笑笑说："个人问题，希望现在还来得及。"

"狐狸姐"放松地靠在沙发里，饶有兴致地打量陈汐，半晌，才慢慢说道："一整个团队，两个月的不眠不休，五版设计稿，画了改，改了画，直到今天这一版。"她看着陈汐，目光锐利，声音却淡淡的，很好听，"你凭什么觉得自己能推翻所有人之前的一切努力？"

陈汐原本急着去找冷燃，可对方这个问题让她不由得驻足思考，她想了片刻，淡声说道："有些事情，努力不一定做得到。"

寂静的会客室里，两个人一坐一站，目光有种奇妙的对峙，陈汐看着对方，说道："不然，也不至于改到第五版。"

"狐狸姐"笑着晃了晃跷着的二郎腿："你还挺狂。"

陈汐不知道自己刚刚那句不知天高地厚的话是怎么从嘴里秃噜出来的，大概是这次的灵感爆发，让她整个人都兴奋到张狂了。她尴尬地笑笑，小声说："不好意思，那个，我去找冷总。"她说着伸出手，想要回自己的素描本。

沙发上的"狐狸姐"一言不发看着陈汐。良久，她忽然起身，手里依然拿着陈汐的素描本："走吧。"她朝陈汐笑笑，径直朝门外走去。

陈汐怔了怔，连忙快步跟上。

"谢谢啊。"她一边说，一边掏出手机当镜子，整理自己的仪表。

两个人穿过走廊，来到电梯口。前台看到她们两个，连忙站起身，正要说什么，被"狐狸姐"随手一挥，前台连忙闭了嘴，好奇地看着她们走进电梯。陈汐跟着"狐狸姐"坐电梯直接到了一楼。

陈汐有点蒙，一脸茫然地问："冷总在一楼办公吗？"

"狐狸姐"笑笑，忽然问陈汐："你饿吗？"

陈汐登时就蒙了，一脸惊讶地看着对方。"狐狸姐"大步朝写字楼外面走，摸着咕咕叫的肚子说："开一下午会，饿死我了。"她用陈汐听不到的声音小声嘟哝一句，"给我看了些什么玩意。"

陈汐快步跟着她："可是，我要去见……"

两人一个大步流星走在前面，一个一头雾水跟在后面，出了写字楼，外面凉爽的秋风迎面吹来。暮色里，是北京灯火璀璨的街头，"狐狸姐"抬手一指街对面的一家煎饼果子小店，笑着对陈汐说："走，我请你吃煎饼果子。"

陈汐停下脚步，这才发现自己莫名其妙跟着"狐狸姐"出了写字楼，她摇摇头："不了，我还要面试。"

"狐狸姐"笑着看陈汐："这么着急见冷燃？"

"嗯。"

眼看天要黑了，她还没见到冷燃，心里开始有点焦虑。

"狐狸姐"转过身面朝陈汐，脸上带着笑意："我就是冷燃。"

看着陈汐因为震惊而睁圆的眼睛，冷燃笑着问："现在可以去吃煎饼果子了吗？"说完迈着轻快的步子一路小跑过了天桥，冲进了那家煎饼果子铺。

陈汐只好不明所以地跟着。

"好香啊。"冷燃蹦进店里，回头问陈汐，"夹油条还是薄脆？"

陈汐本能地犹豫是加油条还是薄脆，片刻后猛地反应过来，有点崩溃地说："冷总……面试。"

冷燃笑着说："吃饱了再说。"

陈汐："……"

冷燃："听我的，油条还是薄脆？"

陈汐："那油条吧。"

"葱花香菜辣酱要吗？"

陈汐点点头，肚子忽然不争气地响了。冷燃朝柜台后面的老爷子喊："老爷子，两套煎饼，一个夹油条，一个加薄脆。"

"哦对了……"她回头问陈汐，"辣条要吗？"

陈汐仍是一脸找不着北："要吧。"

冷燃朝老爷子喊："多加点辣条。"

两个人拿着煎饼和甜豆浆走出店里，冷燃带着陈汐径直走到马路牙子边，一屁股坐了下来："来，尝尝。"

陈汐在她旁边坐了，打开煎饼袋子，低头咬了一口。

冷燃笑着问她："怎么样，好吃吧？"

煎饼是小米面的，油条炸得酥香，浓郁的酱汁浸着辣条，配上鸡蛋煎饼，对两个饥肠辘辘的人来说，简直是人间美味。

陈汐点点头："太好吃了。"说着又咬了一大口。

冷燃一边大口吃着煎饼，一边饶有趣味看着陈汐："你哪儿人啊？"

陈汐边吃边说："敦煌人。"

冷燃若有所思地点点头："难怪你的配色让人一眼就想到莫高窟壁画。"

陈汐笑笑，有些自豪地说："这是我们敦煌人血液里的东西。"

冷燃："我看你素描本上的那几个场景和角色，画得有点糙。"

陈汐点点头："昨晚一点开始画的，时间太赶了。"

冷燃正在喝豆浆，闻言差点把满口豆浆喷出来。她咽了豆浆，呛得咳了两声："昨晚开始画的？"

陈汐："嗯，前两天画了一版，不好，本来已经放弃了，昨晚睡着了忽然梦到小时候我妈送给我的一套连环画，灵感忽然就来了。"

冷燃不说话了，叼着吸管嘬豆浆。陈汐吃得心不在焉，想知道冷燃对她的设计到底什么看法。路灯下，回家的人骑着共享单车，从她们面前一辆辆驶过，耳边忽然传来冷燃淡淡的声音："你说中国动画的未来在哪里？"

陈汐看了她一眼，只见她直直看着路灯下一辆辆驶过的单车，表情放空。

陈汐："我也不知道。"

沉默一瞬，她忍不住又说："其实我觉得动画的故事虽然难，但是不分风格和国界，终归是有条明路可以走的，中国动画的未来，还是风格的探索。"

冷燃转头看向陈汐，一双锐利的眸子浮起一丝淡淡的欣赏："所以你的设计思路，就是摒弃现有的二次元风格？"

陈汐点点头："不破不立，再不加把劲儿，以后我们的孩子，大概就只有日漫这一种审美了。"

她看向冷燃，认真地说："我就不服，我们明明有那么好的底子。"

冷燃："你就不怕市场不买账吗？"

陈汐摇摇头："其实现在的年轻人对国潮国漫的期待很大，只要是好故事，好制作，不怕中国人不买账。"

冷燃忽然看向陈汐，路灯下，她浅色的眸子闪着细碎的光芒："好故事我有，好制作，我有钱砸。"

她看着陈汐，一字一句地说："剩下的，你给我拼了命也要搞出来。"

陈汐怔怔看着冷燃，渐渐地，好像明白了什么："你喜欢我的设计？"

冷燃笑着朝她伸出手。

"陈汐，我一直在找一个像你这样的人。"

07

陈汐怎么也想不到，她的入职时间就在跟冷燃坐在街边吃完煎饼果子的一个小时后，她原本已经打车到了和秦烈约好的一家创意菜，准备好好庆祝一下。结果还没来得及点菜，冷燃助理的电话就打来了，叫她去工作室开会。

陈汐挂了电话，一脸震惊地看向坐在对面的秦烈，难以置信地说："冷燃让我现在去开会。"

秦烈笑笑，向陈汐伸出手："欢迎来到疯狂的职场。"

陈汐正儿八经地跟秦烈握了握手，笑着说："谁怕谁啊！"

秦烈开车送陈汐到了糖豆影业的写字楼外，陈汐背着自己的帆布包跳下车，兴奋地朝秦烈摆摆手："你先回家吧，晚了我自己打车回去就行。"

秦烈笑着点点头，看着陈汐步履轻快地走远，背后好像张开了一双隐形的翅膀，明烈、招摇、带着一种外人看不穿的狂。哪怕是在北京，这样繁华陌生的城市，陈汐永远是那个明媚又疯的敦煌女人。

他笑着升上车窗，心里暖暖的，他拿起手机，拨通助理的电话："喂，小唐，叫上下午那些人，半小时后接着开会。"

头顶寥寥几颗星星，两个人各自奔向心中那团锦绣的梦想。

时间无声无息，流逝了将近两个月，以前秋色明媚的北京，叶子落尽了，有一种和敦煌一样颓然的冷涩。

偶尔闲暇，陈汐会忍不住想家，想奶奶，想杨珊和韩素素，想秦展他们，想她的修车场。

杨珊在电话里跟陈汐说，韩素素自从跟杨关好上以后，就跟变了个人一样，每天下了班就去诊所帮忙，还要考中医职业资格，把她爸妈给震惊到了，他们的态度终于软了下来，有天包了饺子，叫杨关到家里吃。

杨珊还说，秦展父母对林芳的态度依旧不冷不热，但好在不折腾了，秦展也开始回家了。

大家的生活都在悄无声息发生着改变，陈汐偶尔觉得怅然，因为她的缺席。可大部分时间，陈汐根本无暇怅然，她忙成了一个陀螺。

尽管从未宣之于口，对冷燃，陈汐心里始终怀着一丝知遇之恩的感动。所以她一改平日里随缘的性子，对这部动画，几乎是倾注了自己全部的心血。

短短几周下来，陈汐肉眼可见地瘦了。

这天晚上，陈汐照例很晚回家，她裹在被子里，累得一动都不想动，秦烈洗完澡出来，把死狗一样的陈汐扒拉进自己怀里。

"我明天要回趟敦煌。"他在她耳边低低地说。

陈汐半睡半醒间听到秦烈的话，一个激灵睁开了眼睛。

"你要回敦煌？"她一脸惊喜地看着秦烈。

秦烈点点头，解释说："数字莫高窟这个项目，之前一直是陈逾凡那边在跟敦煌这边沟通商洽，现在到了签合作协议的阶段，我和陈逾凡要亲自过去。"

陈汐想都没想就脱口而出:"我和你一起回去。"

秦烈笑着点点头:"好啊。"

陈汐一骨碌坐起来,抓起手机就要把这个好消息告诉杨珊他们,可她一打开微信,工作群里上百条消息劈头盖脸地砸了下来,她怔怔看着手机,不说话了。

秦烈:"身份证说一下,我让小唐给你订机票。"

陈汐一条条看完工作群里的聊天记录,认命地叹了口气:"这周太忙了,我回不去。"

秦烈看她失望得很,搂着她滚进了被子里:"别难受,等忙完这阵子,咱们再一起回去。"

陈汐"嗯"了一声,忽然好想家:"不知道奶奶在姑姑那儿过得怎么样,每回给她打电话,她都说好得很。"

秦烈摸着陈汐的头发,低低地说:"姑姑心细,奶奶不会受委屈的。"

陈汐点点头,沉默一会儿,淡淡说道:"也不知道森森最近怎么样,这阵子忙得都顾不上森森了。小没良心的,发信息给他也不怎么回。"

秦烈抱着陈汐,声音低沉地说:"上周数学单元小测,他拿了满分,语文成绩差了点,英语最头疼,他跟我小时候一样,不喜欢文科。"

陈汐诧异地抬眼看向秦烈:"你怎么知道的?"

秦烈把手机递给陈汐,脸埋进陈汐颈窝间,闻着她身上淡淡的香味,两只手不老实起来。陈汐顾不得搭理秦烈,抱着他的手机看得专注。

她没想到,秦烈到北京以后,一直和森森保持着联系,他时不时会问森森功课学得怎么样,有没有不懂的问题。他问森森兰州的天气怎么样,随后就给森森寄去新款的球鞋和羽绒服。网上的搞笑段子,他也时不时发给森森。难解的奥数题,他发给森森挑战,小孩做不出来生闷气,他跟森森语音通话,一点点给森森讲明白解题思路。

而森森,从未跟陈汐说过的心里话,在微信里毫无保留地说给了秦烈听。他说爸爸和阿姨开小饭桌,每天都很辛苦,几乎没时间跟他说话。他说他其实也不想跟阿姨说话,因为她有点凶。他说他来之后只见过妹妹一次,因为妹妹一直在县城,跟着她姥姥住。他说他在班上交到了新的朋友,可还是挂念从前的班级,挂念从前的老师和同学。他说很想念陈汐和奶奶,可是他知道陈汐姐姐最近太忙了,不想让她费心。

陈汐一条条看下去,泪水不知不觉模糊了视线。兰州初雪的那天,森森给秦烈发了一张照片。皑皑的白雪里，有三个小小的雪人，那是森森清早起来偷偷在楼下的小花园堆的，他没给雪人起名字，但陈汐知道，三个小雪人，一定是他们仨。

秦烈、陈汐，还有森森。

陈汐忽然翻了个身，把头埋进秦烈怀里，无声地哭了起来。她想起自己跟奶奶相依为命的童年，虽然温暖，孤独和委屈却也是有的。她的小森森，不知道有多委屈。秦烈抚摸着陈汐后脑勺上柔柔的乱发，轻声说："等忙过这一阵，去兰州看森森。"

陈汐点点头，整个人忽然扑在了秦烈身上。她惦念的人，他比她还要细心牵挂。她没做到的事，他替她默默做着，他把她的心，一点点，填得满满当当。

秦烈去了敦煌，陈汐一头扎进工作室，忙得太晚干脆就不回家了。周五下午，冷燃看完陈汐和整个设计组一连三个星期没日没夜鏖战做出来的最终版人设，干脆利落地定了稿。

"走，今晚我请客，大家不醉不归。"冷燃心情不错地对大家说。

陈汐为难一瞬，还是点了点头。秦烈今天回北京，两个人约好晚上一起吃饭的。

陈汐看了时间，离秦烈的飞机降落还有二十分钟，她发微信给秦烈，说动画的人设终于定稿了，今晚冷燃请大家吃饭，自己不好意思扫大家的兴。

不一会儿，收到秦烈的微信：好好玩，我在家等你。

陈汐回了他一个"抱抱"。

她收起手机，看着车窗外行色匆匆的路人，就好像此刻的她无论做什么，都有种秒针悬在头顶的紧迫感，她忽然有点想不起来，她和秦烈上一次牵着手在路边漫无目的地溜达是什么时候了，好像是她刚到北京那两天吧。那时候真好啊，北京雨后的小街巷，有种时光沉淀的色调，空气里的味道陌生却温厚，他们牵着手，聊些有的没的，看长街尽头的夕阳一寸寸被暮色吞没，后来两个人就开始各忙各的了。

冷燃在一家日料铁板烧订了个二十人台的大包间，窗外就是国贸火树银花的夜景，这座城市的灯火好像不要钱似的。陈汐听到冷燃叫自己的名字，她收回看向窗外的目光，看向一旁的冷燃。冷燃已经喝得半醉了，在嘈杂的说笑声里，朝陈汐举起一杯清酒。

"陈汐……"她顿了顿，忽然说，"很棒。"

陈汐跟冷燃碰了个杯，笑笑说："谢谢你给我这个机会。"

冷燃摇摇头："机会是你自己争取来的，在职场上，我只帮对自己有用的人。"

陈汐笑笑，她喜欢冷燃这种直来直去的性格，就像对方外表给人的感觉，鲜明、火辣、热烈。

冷燃想起什么，忽然对陈汐说："我这边员工的试用期是三个月，你就不必了，明天直接签合同吧。"

陈汐怔了怔，一瞬间不知道该怎么回答。冷燃托着腮，笑着打量陈汐："怎么，瞧不上我这里？"

陈汐连忙摇摇头，解释说："是我不确定以后是否留在北京。"

冷燃微微有些惊讶，难得八卦一次，问道："秦烈是你男朋友吧？"

陈汐点点头。

冷燃："你指望他跟你回敦煌？"

陈汐怔住，唇角不知不觉牵起一丝苦笑。她没来北京的时候，秦烈两头跑，看上去从从容容的，陈汐根本就看不出他在北京有多忙，他的公司有多需要他。等她来了北京，亲眼看到秦烈忙成什么样，才知道那段时间他北京、敦煌两边跑有多辛苦，才知道他默默为这段关系付出了多少。

陈汐摇摇头，笑笑说："不知道。"

冷燃看着陈汐，目光渐渐变得有些耐人寻味。陈汐灌了一杯清酒，笑着问她："你也觉得我该留在北京吗？"

冷燃一双锐利的眸子定定看着陈汐。良久，她笑了笑，云淡风轻地说："我的话没什么参考价值，因为……"她喝了口酒，长眉轻轻一挑看向陈汐，"我只为自己活。"

陈汐看着冷燃，忽然轻轻笑了，她的笑，有些百感交集。遇到秦烈之前，她和冷燃一样，也是一口酒下肚，便能云淡风轻地说："我只为自己活。"

可遇到秦烈之后，洒脱似乎变成了一件不那么容易的事，大概是因为她懂得珍惜了，懂得这个人有多珍贵，不是因为他有钱，也不是因为他的事业有多辉煌，而是他们之间难能可贵的一分契合。她和他在一起，从未感觉到一丝一毫的束缚，她灵魂不羁，唯独在他这里，从未遭遇过爱情和自由的两难，这不是简简单单一个爱字可以做到的，这是人品，是心胸，是从骨子里对女性的温柔和尊重。

08

思及此，陈汐的心忽然有些微微的刺痛，她从没想过自己能遇到这样好的一个人。好到她终究还是两难了，她既割舍不下亲朋和故土，又没办法想象生命里从此以后没有他会是什么样子。

清酒度数不高，陈汐一杯接一杯，不知不觉喝得有点飘。从饭店出来时，陈汐一眼就看到一个熟悉的身影，高大健硕。

她顾不得周围同事的目光，朝他飞奔过去。

秦烈下意识抬起夹着烟的手，小心不烫到她，张开另一条手臂，一把接住扑进他怀里的陈汐。

从敦煌回来以后，数字莫高窟项目正式启动，秦烈比以前更忙了。《月牙镇》的美术设计定稿以后，陈汐没来得及放松两天，就开始分集剧情的美术创作，也比从前忙了很多，两个人住在同一屋檐下，在一起的时间却少得可怜。

陈汐所在的设计组没有工作日和周末的概念，冷燃偶尔会在一集美术创作结束后，给大家一天的休息时间。陈汐好不容易休息一天，秦烈那边却不一定抽得开身，等秦烈偶尔不忙时，陈汐却和同事熬夜改设计。

杨珊和韩素素开始发一些养生的帖子给陈汐，每天提醒陈汐别熬夜。

这天中午，陈汐在楼下餐厅吃完饭回来，被前台叫住了："陈汐，有你一个快递。"

陈汐走过去，前台把一个胶带缠得结结实实的保温箱推过来："喏，顺丰寄来的，还挺沉。"

回到工位上，陈汐找了把裁纸刀拆开保温箱，竟然是满满一箱酸奶甜醅子。陈汐看了眼邮寄单上留的电话，是刘伯洋的。

陈汐给刘伯洋拨了个电话过去。

"喂，怎么寄这么多。"她靠在椅背上，笑着说。

刘伯洋："姐，你收到了呀。昨天正好碰到胡子张了，剩多少我都包圆了，你搁冰箱里慢慢吃。"

陈汐笑着"嗯"了一声，她听到刘伯洋那边的背景音乐，是许巍的歌。

"你在店里？"

他喜欢听着歌干活，刘伯洋"嗯"了一声。

陈汐："生意顾得过来吗？"

刘伯洋："放心吧，店里好着呢。"

忽然，陈汐听到一个女孩甜甜的声音："伯洋哥，快点啊。"

陈汐觉得那声音有点熟，随口问了句："是小敏吗？"

电话那边，刘伯洋的反应忽然有点不自然，他低低"嗯"了一声，没说什么，陈汐刹那间察觉到什么，笑着问："小敏找你干什么？"

刘伯洋："那什么，陪她去看猫。"

陈汐："看猫？"

刘伯洋轻咳一声："她好朋友养的猫生崽儿了，她想抱一只回来养。"

陈汐意味深长地"哦"了一声，忍不住问道："你俩咋回事？小敏可是有男朋友啊。"

刘伯洋："分了，老早前的事了。"

陈汐"哦"了一声："你俩是不是好了？"

刘伯洋的声音带一丝腼腆解释道："嗯，前阵子她男朋友来 VR 馆这边闹，被我撞见了，那啥，揍了他一顿……"

陈汐笑了，明白过来是怎么回事。这世上，大概没几个姑娘能抗拒英雄救美。小敏是个很好的姑娘，陈汐替伯洋高兴。

刘伯洋："那我去开车了。"

陈汐："嗯，替我跟小敏带声好。"

陈汐听到刘伯洋一声低低的笑，温暖的，发自心底的笑。刘伯洋沉默了一瞬，忽然说："姐，听杨珊说你在北京每天都很累。"

陈汐微微怔了怔，旋即笑着说："还行吧，忙过这阵子就好了。"

又是片刻沉默，电话那边传来刘伯洋略显犹豫的声音："姐，要是不开心，就回来吧。"

陈汐忽然间忘了说什么，片刻后，她轻轻"嗯"了一声，挂了电话。

陈汐靠在椅背上，表情放空。她心里有点怅然，在她离开的这段日子里，杨关被韩素素父母接受，秦展也开始回家了，伯洋身边也有了新的女孩，陈汐不知道自己还错过了什么。

刘伯洋的话好似还在耳边，陈汐默默发着呆，她最近忙得连开不开心都顾不上想了，每天一睁眼就跟时间赛跑，晚上筋疲力尽倒头就睡，还真不知道自己开心还是不开心。

隔壁工位的同事吃完午饭回来，看到陈汐桌上的箱子，好奇地问："什么呀？"

陈汐："哦，酸奶。"

她拿一个出来递给对方，然后把箱子搁到了桌子底下。她不是个小气的人，可剩下的酸奶甜醅子，一个都舍不得送给别人了，她要放在冰箱里，省着点吃。

《月牙镇》的分集剧情创作到第三集，北京街头赶公交车和地铁的上班族不知不觉已经换上了冬装，冷风吹过，卷起一地的黄叶。

这天陈汐破天荒地提前下班，因为今天是秦烈的生日，她请了假，准备早早回家做顿好吃的。秦烈也空出了时间，跟陈汐说好了，晚上八点肯定能回家。

陈汐迈着轻快的步子从写字楼出来，忽然觉得鼻尖一凉。她抬头一看，漫天细细的雪花，不知什么时候开始的，静静飘落凡间。

陈汐满眼惊喜，仰着脸站在漫天雪花里，呼出一口白白的雾气，她掏出手机，对着灰蒙蒙的天空拍了张照片发在群里：今年冬天，北京的第一场雪。

微信发完，韩素素立刻回复她：敦煌也阴着天呢，我们晚上一起吃火锅。

陈汐回复韩素素：我们晚上也吃火锅。

下雪天，在家吃火锅，过生日，陈汐好久都没这么开心了。她把车停在小区附近超市的地下停车场，推着购物车兴致勃勃地走进超市。

陈汐这是第二次逛这家生鲜超市，她第一次来时被震惊到了，这里的东西太多太多了，好像只有想不到的，没有买不到的。

陈汐推着购物车，从肉类逛到海鲜类，买了羊肉卷、鲜切牛肉、基围虾、扇贝，和上次一样逛得眼花缭乱，看到什么都想买，购物车不一会儿就满了。

陈汐分了两趟才把采购的东西从地下车库拎到家里，她换了拖鞋，走进暖气充足的客厅。今早她扔在沙发上的衣服已经洗干净挂在了阳台，家里打扫得一尘不染。

秦烈家每隔两天就有一个保洁阿姨过来打扫，陈汐只见过她两次，觉得她就像个田螺姑娘。陈汐其实并不喜欢这种感觉，自己的日常起居，被一个并不熟悉的人打理得一丝不苟，这让她总有种被窥视的感觉。

秦烈在北京的家，始终像个酒店的豪华套房，少了点鸡毛蒜皮，家长里短的琐碎。可她没有办法，她和秦烈实在太忙了，谁都没空干家务活。

陈汐正愣神间，门铃响了，是她今天中午抽空跑出去给秦烈订的蛋糕送来了。陈汐把蛋糕搁在餐桌上，走进厨房准备晚餐。

她和秦烈两个月前去超市买的锅碗瓢盆一次都没用过，搁在柜子里连标签都没撕。陈汐找出电火锅，洗干净摆在餐桌上，哼着歌把买回来的牛羊肉、海鲜和蔬菜一样样收拾干净摆上桌。

快到八点时，秦烈忽然打来电话，陈汐正在搅芝麻酱，随手点开免提："喂，我正要给你打电话呢，你回来的时候从门口超市捎瓶醋吧。"

电话那边沉默片刻，传来秦烈的声音："陈汐，我这边临时有点事，得晚点回来。"

陈汐无奈地笑了笑："你忙你的，不着急。"

秦烈沉默一瞬，忽然说："对不起。"

陈汐笑笑："又不是我过生日，你说什么对不起啊。"

她挂了电话，扭头看到宽大的落地窗外。

雪不知什么时候下大了，纷纷扬扬的，把暮色装点得像童话世界一般。如果是在敦煌，这个时候，她跟杨珊和韩素素不管正在做什么，一定会放下手里的事，跑到一起吃一顿火锅，窗外冰天雪地，寒风刺骨，家里暖得让人想打哈欠。杨珊用两块桥头牛油辣块炒一锅蹿香蹿香的汤底，饭桌上一定有陈汐爱吃的厚切土豆，还有韩素素爱吃的蟹子鱼丸，还有这世界上最鲜的牛羊肉。火锅烧得咕嘟冒泡，热气在窗户上结了一层朦胧的水雾，她们喝醉了就不走了，杨珊打电话把韩超轰到公婆那边去住一晚……

陈汐默默搅好芝麻酱，用保鲜膜盖住碗口，她走到客厅，关上电火锅，煮沸的红油辣汤安静了下来。她裹了件长及脚踝的羽绒服，穿着毛绒拖鞋走到露台上，趴在栏杆上静静看雪，不知不觉从日暮看到天黑，直到秦烈的电话忽然响起。

陈汐接起电话，笑得有点无奈："还没忙完吧？"

秦烈"嗯"了一声，抱歉地说："你先吃，别饿着肚子等我。"

陈汐"嗯"了一声，秦烈沉默片刻，有点不放心地问："生气了吗？"

陈汐："没有啊，你好好忙吧。"

挂了电话，陈汐唇边的笑容变得有点苦涩。这个月她也放了秦烈两次鸽子，两个人半斤八两，谁也没资格埋怨谁。

刚挂了电话，杨珊就发来了视频邀请。陈汐接通视频，屏幕上出现杨珊明显丰腴了很多的脸庞，接着冒出韩素素，然后是秦展，都争先恐后地跟陈汐打招呼，他们身后，还有杨关、刘伯洋、韩超、芳芳、小敏。

陈汐笑着跟他们打招呼："你们这是在哪儿吃呢？"

韩素素挤进视频里，笑嘻嘻地说："杨珊家。今天敦煌也下雪了，说啥也得一起吃顿火锅啊。"

秦展抢进话来："汐姐，我哥呢？大家要给他拜寿呢。"

陈汐笑笑："他公司有点突发情况，还没回来呢。"

秦展一脸不解地说："过生日呢，什么事不能等明天解决啊？"

陈汐只是笑，没说话。她从前也不明白有什么事不能先搁下，等到明天再说。可她现在明白了，这个城市里有太多太多人，或许正在疲于奔命，或许正在改变世界，他们做的事情，真的不能说搁下就搁下。

09

挂了视频之后，陈汐在平板电脑上找到冷燃的那部《蝉鸣的暑假》，裹着毯子陷在沙发里，一边重温这部动画片，一边等秦烈。

她其实每天都在透支精力，难得百无聊赖一会儿，不知不觉就沉沉地睡过去了，直到被人轻轻抱了起来，她睁开眼睛，迷迷糊糊说："回来了。"

秦烈表情有点懊悔："弄醒你了。"

陈汐摇摇头："没事。"

她从秦烈怀里挣脱出来，抓起沙发上的手机看了眼时间，高兴地叫了一声："还没过十二点。"

她跑到餐桌跟前，打开盒子取出蛋糕，插了一根蜡烛在上面，她点上蜡烛，回头朝秦烈说："快来许个愿。"

秦烈下巴上一层短短的胡楂，脸上掩不住疲倦，他朝餐桌走来，每走一步，白天的糟心事就在心头四散开来，等他走到桌边，心里就只剩高兴了。

陈汐把生日帽扣在秦烈头上，催他："快点快点，马上就过十二点了。"

秦烈从善如流地闭上眼，默默在心底许了个愿。他笑着睁开眼睛，一口气吹灭了蜡烛，然后一把将陈汐抱在了怀里。陈汐嗅到了他衣服上风雪的味道，带着丝凛冽的清寒。

她问他："你会一直这么忙吗？"

秦烈把脸埋在陈汐发丝间，他想了想，坦诚地说："数字国宝是个周期很长的项目，莫高窟是第一个，接着还会有其他项目，每个项目启动时是最忙的，各方面协调理顺就会好一些。"

他顿了顿，轻声问陈汐："是不是烦了？"

陈汐在他怀里笑了笑，同样坦诚地说："还好，我也有自己的事要忙。"

她沉默一瞬，淡声说："我只是有点想家了。"

秦烈喉结动了动，抬手摸了摸陈汐的发顶，终究还是没说什么。他要忙的事还看不到头，开弓没有回头箭，他现在没办法对陈汐说，过阵子咱们一起回去。

他们在午夜吃了一顿等候已久的火锅，"家"的字眼，忽然在两个人之间变得有些敏感，所以他们聊VR，聊动画，聊陈逾凡的神通，聊冷燃的疯劲，只是不提敦煌今天也下雪了。

进入农历腊月，北京的空气里渐渐有了年味，超市里卖起了中国结，小区门口也挂上了喜气洋洋的红灯笼，写字楼里的人开始计划回家的行程。陈汐所在的设计组终于赶在年前完成了《月牙镇》全部六集的动画设计，几个月来不分昼夜的忙碌终于告一段落了。

秦烈那边，数字莫高窟项目也终于度过了人仰马翻的启动阶段，两个人终于可以回家过年了。

陈汐火速订了机票，恨不得明天就飞回敦煌，秦烈那边还有点事情要收尾，机票订在了三天后。

周六这天，两个人睡到自然醒，起床后惊喜地发现昨晚又下了一场大雪。雪后初霁的天空下，北京一夜之间成了北平。陈汐裹着睡袍跑上露台，回头朝卧室里惊喜地叫喊："又下雪了啊。"

秦烈从卫生间探出半个身子，嘴里还塞着牙刷，含混不清的声音里带着一丝笑意："今天想去哪儿玩？"

陈汐想了想："去牛街吧，买点年货。"

秦烈笑着说"好"。

两个人吃了早饭，正要出门，秦烈的手机忽然响了。他接起电话，没说两句就挂了，转过头面色凝重地看向陈汐："我得去趟FW那边。"

陈汐担心地问："出什么事了？"

秦烈沉声说："FW这个月底要发布'星云9'VR头盔，这是我们星云系列的重磅产品，可就在刚刚，'奇幻'发布了一款VR头盔，从外形到参数和我们的'星云9'一模一样，里面最核心的一项技术只有FW有，我们怀疑FW这边有人泄露商业机密了。"

陈汐："那怎么办啊？"

秦烈："我去看看再说。核心技术的事报警打官司，这是后话，眼下最主要的是'星云9'，我们可能要改设计了。"

陈汐一听，心里轻轻"咯噔"了一下，这可不是小动作，不知道又要耗掉秦烈多少时间和精力，可眼下说什么也无济于事、她轻轻叹了口气："你去忙吧，我自己去买年货。"

秦烈抱歉地搂了搂陈汐，嘱咐她注意安全，然后带着一丝少有的匆忙走了。

陈汐自己打车去了牛街。

白记年糕店的窗口前排了一条长龙，陈汐心不在焉地站到了队尾，排了大概二十分钟，终于到她了。

陈汐看着窗口里眼花缭乱的甜品，恨不得每样都买一堆寄回去，她买了山楂江米年糕、黑芝麻芸豆糕、红豆馅儿炸糕、麻酱花卷、椰蓉卷、甑糕，拎着满满当当的几个大袋子离开了售卖窗口。

她转身朝路边走了两步，一抬眼，整个人愣在了原地，长长的队伍里，一个熟悉的身影忽然撞进眼帘。还是那样颀长挺拔，温文尔雅，站在北京天寒地冻的街头，朝她温柔地笑着，雪后清冷的空气里，忽然绽开阳春般的温暖。

"宇宁。"陈汐惊讶地叫出他的名字，迈步朝他走了过去。

白宇宁从队伍里出来，迎着陈汐走了两步，在她面前忽然刹住了脚，他手臂不受控制地张了张，仿佛发自身体和记忆深处的惯性。可就在快到触到陈汐的刹那，他猛地顿住，转了个弯，朝陈汐手里沉甸甸的兜子伸了过来。

"买这么多，拎得动吗？"他笑着从陈汐手里拿过袋子，帮她拎着。

陈汐笑笑说："还行，我手劲儿大。"

白宇宁低头看着陈汐，目光五味杂陈："半年多没见了吧。"

最初的惊喜过后，他的笑容多了一丝唏嘘，却仍是温暖的，陈汐的鼻子不知不觉轻轻酸了一下。

她点点头，笑着说："真巧，北京这么大，竟然能遇到你。"

白宇宁也笑，轻声说："是啊，真巧。"

陈汐朝他身后的队伍看了一眼，问道："你也是给家里买年货？"

白宇宁点点头，他看着陈汐，忽然说："陈汐，我上周领证了。"说完歉然地低下头，略显尴尬地推了推眼镜。

他给她的那些海誓山盟还在耳边，现在却已经是别人的丈夫了。陈汐微微睁大眼睛，虽然惊讶，却仍是真诚地说："恭喜了。"

要说她心里一点怅然也没有，那是骗人的，可时至今日她早已明白，她对白宇宁，始于喜欢，也终于喜欢，这份感情终究和生死，和一辈子扯不上边。而今站在他面前，她眼睛里那一丝湿润，更像是因为见到了久别的亲人，她永远依恋他身上的那份温暖。

见白宇宁面色惨淡，陈汐忙语气自然地加上一句："李广鹏结婚那天我听阿姨说你处对象了，是你们医院的对吧？"

白宇宁点点头。

陈汐笑着说："真好。"

白宇宁看着陈汐，没有说话。

其实，真的挺好的，他遇到现在的妻子之后，才明白陈汐和他有多不合适。陈汐是匹不羁的野马，他爱到心力交瘁，却始终找不着北。而现在的妻子，依赖他，仰慕他，追随他，让他真正尝到了在爱情里意气风发的滋味。

可尽管如此，和陈汐在一起的点点滴滴，却已刻在他心上，成了他生命的一部分。

两个人在寒风萧索的街头相顾无言一阵，陈汐指了指越排越长的队伍，提醒道："快去排队吧，晚了得排更久了。"

白宇宁看向十字路口的另一端，说："我的车停在不远处，送你回去吧。"

陈汐摇摇头："不用了，我刚才叫了出租。"

她看一眼手机，说道："马上到了。"

她从白宇宁手里接过袋子，最后朝他笑了笑，轻声说："那我走了。"

她转过身，一步步朝街边走去。

"陈汐。"身后突然传来白宇宁的声音。

陈汐停下脚步，回头看向白宇宁。白宇宁站在不远处，忽然说："有空叫上秦烈，一起吃个饭吧。"

他迎着陈汐沉静的目光，终于放弃了那丝粉饰的释然。

陈汐微微怔然一瞬，从白宇宁五味杂陈的目光里，读到了许多言之未尽。比如你的修车厂不要了吗？比如你的底线不是留在敦煌吗？比如当时为什么就不肯为我妥协一次呢？

她却不知该从何说起，她对他好像始终是这样，不知道该从何说起。

陈汐只点头，说声："嗯，有空约。"

她刚准备要走，就听白宇宁忽然问道："你在这边开心吗？"

他记忆深处的那个陈汐，喜欢骑着摩托在敦煌的老街里飞驰而过，她美得不出众，却飒然得让人神魂颠倒。他灵魂深处的那个陈汐，长发飞扬，我行我素。尽管他用尽全力也没能走进她的世界半步，可他依然为这个世上独一无二的她心驰神往。她就该是她啊，他曾经的姑娘，眼睛里有光，谁都困不住她。

华

陈汐怔怔看着白宇宁，冷风吹过冬日的街头，吹进她心头一道莫名裂开的缝隙里。透过那道缝隙，她看到一小片寸草不生的戈壁，那曾经是她的绿洲，她离开敦煌的每一天，都有一棵胡杨树从那片绿洲悄然消失。她的修理厂每天是个什么光景？杨珊的肚子多大了？韩素素父母是怎么松动的？秦展回家没闹别扭吧？伯洋跟小敏又是怎么看对眼了呢？奶奶入冬以后身体怎么样？三黄那么老了，是不是真出什么事了？

那些错过的点点滴滴，从她的绿洲一点点消失，只剩下一片空旷的戈壁。

陈汐看着白宇宁，目光闪烁，他从前未曾有过一句话戳中她的心窝，此刻却在陌路街头，轻轻戳中了她。

陈汐幡然醒悟，她其实一点都不开心。

回到家，陈坐在露台上，呆呆看着外面银装素裹的世界，看了一会儿，然后低头给范明素拨了个视频邀请。

10

视频接通，范明素戴着毛线帽子，正坐在火炉边剥烤花生。看到陈汐红扑扑的脸蛋，范明素笑呵呵地问："在哪儿疯呢？"

"在家，北京下雪了。"陈汐反转摄像头，给范明素看楼下被雪覆盖的世界。

范明素吃颗花生，笑着说："不忙了啊。"

陈汐点点头："我的工作差不多干完了，等秦烈把手头上的事安排完，我们就回家过年。"

她这样说着，心里却没什么把握，不知道秦烈那边需要多久才能把事情处理完。

"三黄呢？"陈汐忽然问。这段时间她每次跟范明素视频的时候都见不着三黄，心里隐隐觉得不好。

范明素看看四周，语气自然地说："三黄啊，在院子里吧。"

陈汐："大冷天的在院子里干吗，它不是可喜欢卧在你脚边烤火吗？"

范明素："刚才还在呢，这会儿不知道跑哪儿去了。"

陈汐："你帮我找，我都好长时间没看见它了。"

范明素把手里的花生扔到炉圈上，扶着膝盖慢慢起身，嘴里嘟囔着："就你事儿多。"

她掀开厚厚的门帘走进院子里，嘴里叫着三黄的名字，犄角旮旯找了个遍，仍是没找到三黄的身影。

陈汐怕范明素冻着，有点失落地说："算了，你快进屋吧。"

范明素嘟囔着："这狗子，整天就知道跑出去玩。"她一边夸张地数落着三黄，一边蹒跚着走进屋里。

陈汐结束视频，继续发呆，心里有个声音确凿无比地对她说，三黄出事了。

陈汐忽然起身走到衣帽间拿出自己的行李箱，收拾起回家的东西。

夜里，她梦到三黄死了，埋在一个土黄色的小沙包里，她站在三黄的坟前，哭得泪眼模糊。耳边渐渐响起一个声音，低沉地唤着她的名字："陈汐，陈汐。"

陈汐忽然睁开眼睛，看到秦烈的面孔，床头一盏小灯开着，笼出一小片温暖。

"做噩梦了？"秦烈抚着她的头发，轻声问。

陈汐擦了把眼角的眼泪，迷迷糊糊地问："你回来了，几点了？"

秦烈："凌晨两点。"

陈汐："公司的事怎么样了？"

秦烈："泄密的事正在查，'星云9'要推迟上线了，我们准备把'星云10'的参数直接用在'星云9'上。"

陈汐"哦"了一声，忽然说："我想先回敦煌，你忙完了再回去就行。"

秦烈点点头："我回来时看到衣帽间里的箱子，已经给你订票了。"

他把陈汐抱进怀里，低低说了句："对不起。"

第二天早上，陈汐醒来后发现秦烈正在厨房里做早餐。

"你不去公司吗？"陈汐穿着睡衣靠在厨房门口，有点惊讶地看着秦烈在炉灶前忙碌。

秦烈正在跟着视频学做火腿滑蛋，随口说："送完你再去公司。"

陈汐"哦"了一声，陷入沉默。秦烈回头看了陈汐一眼，淡声问："昨晚梦到什么了？"

陈汐没精打采地说："三黄，我梦到它死了。"

正有一搭没一搭说着话，陈汐的手机忽然响了，电话竟然是冷燃打来的。

陈汐下意识地站直了身子，接起电话："喂，冷总。"

秦烈看着陈汐认真接电话的样子，忽然有点想笑。在冷燃面前，陈汐就会不知不觉变成个迷妹，这份待遇，连他都没有。

秦烈关了油烟机，房间里忽然变得很安静，冷燃的声音从手机里传出来："陈汐，晚上有空吗？一起吃个饭。"

陈汐靠在厨房门框上，为难地踮了踮脚："抱歉冷总，我今天的飞机，要回敦煌了。"

冷燃"哦"了一声，沉默一瞬，说："那我就在电话里先跟你说吧。"

陈汐连忙"嗯"了一声，洗耳恭听。

冷燃："《月牙镇》的主角小兔子，我要做成虚拟偶像，设计交给你可以吗？"

陈汐却没有想象中的兴奋，她谨慎地问："设计的内容都是什么？"

冷燃："小兔子的所有周边、衍生，你要赶在动画播出前，就把市场上所有可以想得到的周边全部设计出来，包括这只兔子的家族、生活场所、日常故事。"

陈汐粗略估算了一下这个工作量，不比这部剧的动画设计少，而且时间还很赶。她迟疑了，一时不知道该怎么回答。沉默了几秒钟，电话那边传来冷燃略显疑惑的声音："怎么，有问题？"

陈汐忽然看向秦烈，却见他正不紧不慢把平底锅里的火腿滑蛋分盛进两个盘子里。

仿佛感觉到陈汐的目光，秦烈突然回过头，朝陈汐笑了笑，他的目光，让陈汐恍然间想起半年前，他们第一次在敦煌机场挥手道别时，两个人脸上洒脱的笑容。那时的他们没有哀伤，没有茫然，阳光透过巨幅的玻璃墙，把他们两个照得熠熠生辉。那是他们最好的样子，星月辉映，哪一个暗淡了，都不是彼此想要看到的。

陈汐忽然开口，对冷燃说："冷总，我可能接不了这个工作了。"

冷燃的声音从惊讶转成了好奇，她笑着问："为什么？"

陈汐再次看了秦烈一眼，却只看到他线条硬朗的背影，她的话已到嘴边，迟疑也好，后悔也罢，此时此刻，她只想痛快地说出口："我在老家那边有主业，谢谢你给我这个机会参与《月牙镇》的制作，但是这个项目结束后，我要回老家忙自己的事了。"

她一边说，一边看着秦烈，目光从起初的迟疑，变作笃定。秦烈始终背对着她，不紧不慢地做着早餐。

冷燃的声音变得更加好奇："什么主业？"

陈汐："修车。"

一阵沉默过后，电话那边突然传来冷燃"哈哈哈哈哈"的笑声。陈汐无语地把手机拿远了些，心里默默吐槽，这个疯女人，哪像个身家过亿的富婆。

冷燃笑够了，忽然说："虽然很可惜，但你如果不是这样一个人，大概也画不出让我心动的东西。"她顿了顿，声音忽然变得认真起来，"去吧陈汐，过你想过的生活。"

陈汐轻轻"嗯"了一声，说道："虽然不在北京了，有什么可以为你做的事，请不要客气，跟我说就可以。"

冷燃笑着说："一言为定。"

陈汐挂了电话，沉默看着秦烈的背影。

家里忽然安静得要命，只有秦烈在案板上切橙子的声音。陈汐就这样等着，直到秦烈把切好的橙子摆进两个盘子里，秦烈端起盘子转过身，撞上陈汐五味杂陈的目光。

他朝陈汐笑笑，说声："吃饭了。"

陈汐靠在门框上没动，她看着秦烈，压下内心的怅然和难过，声音平静地说："你不想跟我谈谈吗？"

秦烈端着盘子，忽然俯身，在陈汐额头上亲了一下，径直走到餐厅。

陈汐下意识摸了摸忽然间发烫的额头，跟着秦烈走进餐厅。

"秦烈……"陈汐心里不是滋味，非要听他说些什么，哪怕不是什么贴心的话。

秦烈把早饭搁在餐桌上，转头问陈汐："聊什么？"

陈汐忽然语塞，明明是自己坚持不下去了，她的心里却莫名涌上一股怨气："你说呢？"

她冷冷看着秦烈，在一起这么久，她还是第一次想跟秦烈发脾气。秦烈一言不发地走过来，想要抱她，她却后退一步躲开。

"我坚持不下去了。"陈汐忽然开口，"对不起，我还是喜欢从前的生活。"

如果不是冷燃这个电话，或许这道隔阂仍会被她稀里糊涂地遮掩过去，拖到以后某个时刻，再也遮掩不下去。她会拖着行李箱，和他在机场轻松地说句再见，等他回来一起过年，然后继续和他一起往前走，走一步算一步，直到无路可走。对这段关系，她其实自始至终都没有乐观过，只是他的笃定和付出让她暂时忘了前面的路有多难。

"陈汐。"秦烈看着她，声音低沉，"给我点时间。"

他话音未落，手机却响了，是个不能不接的电话。

陈汐静静看着秦烈接完电话，知道他得走了。她拿起扔在沙发上的羽绒服递给他，淡声说："你忙吧，我自己去机场就行。"

秦烈还想说什么，陈汐却抢先开了口："我是个自私的人，付出不了多少，也承担不了别人的付出。"

她垂下眼睛，帮秦烈拉上羽绒服的拉链："所以还是回到从前吧，顺其自然，别让我这么累。"

秦烈低头看着陈汐，良久，他忽然转身，一言不发地出了门。

飞机冲上晴朗的天空，陈汐看着窗外越来越模糊的北京城，眼睛也被泪水模糊了。她终究还是留下了什么，在这个怎么也亲近不起来的城市，她的心，再也不完整了。

11

陈汐小时候，每到过了腊八，家里家外的年味就一天比一天浓了。

小城这些年变了很多，党河修成了风情线，沙洲夜市成了莫高窟和鸣沙山月牙泉之外的另一个打卡点，老城区一片片被扒倒，在上面建起了崭新的商品房。

陈汐的生活也在悄然发生着改变，范明素的脸老成了一枚皱巴巴的核桃，陈鹤生也爬不动西千佛洞的岩壁了，杨珊生完一个又怀了一个，昔日的大哥哥，成了韩素素的男朋友，蓦然回首时偶尔会怅然，他们再也找不回从前的样子，可在那些杨柳依依的旧街巷里，时光的脚步依旧不疾不徐。街边的小卖部里还有陈汐小时候吃过的甘草杏，胡子张从大叔变成了大爷，可棉被下的酸奶甜醅子却还是从前的味道。

腊月二十九这天，陈汐的修车店正式打烊，秦展在外面喊："汐姐，走吗？"

陈汐应一声："稍等，就来。"

她把手里最后一个"福"字贴在通往VR馆那边的小角门上，最后看了眼打扫一新的店面，笑着朝门外跑去。

秦展的车横在店门口，后窗玻璃上贴了个出入平安的对联，一看就是林芳让贴的。陈汐刚上车，小敏也兴冲冲地从VR馆那边跑出来，钻进了前面刘伯洋的车，她笑了笑，心里升起了一股暖意。

坐在车里，陈汐只觉得时间太快了，在北京的时间快到一眨眼，从秋天到冬天了。

秦展忽然变戏法似的拿出一串糖葫芦递给陈汐："姐，你先垫补一口，今晚不醉不归啊。"

陈汐无语地接过糖葫芦，今晚喝大酒，这货让人拿胃酸垫底儿吗？

两辆车一前一后呼啸而去，留下飞扬的尘土，还有两家店门口的大红灯笼，在风里摇荡。

今天是秦展和芳芳乔迁的日子，大家跑去给他们温居，顺道一起过个年，明天是大年三十，他们再各回各家，各找各妈。

林芳买的房子在杨家桥，附近有个小学，方便果果以后上学。房子是两室一厅的布局，两个卧室都朝阳，布置得简单温馨。

陈汐几个一进家门，就看到睿睿和果果正趴在茶几上玩拼图，杨珊挺着大肚子从厨房走出来，指挥陈汐给两个孩子喝点水，秦展换了鞋走进厨房，卖乖地问："媳妇，我干点啥？"

杨珊笑着打趣秦展："领证了吗？就在这儿瞎叫。"

秦展嘿嘿直乐，低头在林芳耳边轻声问："啥时候给我个名分啊？"

林芳红着脸把他推出厨房，陈汐靠在厨房门口，笑着看他们打闹。

窗外最后一缕阳光没入夜色，温暖的客厅里，秦展举起酒杯，平时能并排跑两趟火车的碎嘴子忽然就笨拙了起来。他想说，芳芳背着他不声不响把房给买了，让他很不爽，不过无所谓了，反正他整个人都是她的，这辈子是，下辈子也是，现在的每天都是好日子，以后他要给她们娘俩更好的日子。

刘伯洋见秦展半天憋不出一句话来，不耐烦地说："你行不行啊，不行我来说。"

秦展连忙开口说："这是我跟芳芳第一个年，那什么，太高兴了。"

一桌人都笑起来，林芳面红耳赤，偷偷瞪了秦展一眼，秦展却厚脸皮地看着林芳，大大咧咧地笑了。他举起酒杯，忽然说："你们听好了，咱们就这样，每年都喝，一直喝到老。"

刘伯洋一拍桌子："开喝。"

窗外忽然绽开一朵巨大的烟花，大家举杯互道节日快乐，睿睿和果果也举着橙汁，有模有样地学着大人干杯。

饭吃到一半，韩超才风尘仆仆地赶了过来，手里拎着一大袋锡纸包好的烤串，杨珊怀孕不能多吃烧烤，可还是津津有味地吃了两串，因为这是韩超自己烤的，味道就是不一样。

杨关坐在陈汐旁边，酒喝到一半，忽然问陈汐："秦烈过年不回来吗？"

陈汐笑笑，无奈地说："我看够呛了。"

"星云9"的设计被对家提前发布，秦烈要在最短的时间推出"星云10"，扭转乾坤。秦展搁下杯子，有点遗憾地说："就差我哥了。"

陈汐举杯，笑着说："来日方长，我替他跟你们喝一个。"

她一口喝完杯子里的酒，辛辣顺着食管一路烧进胃里，喝出了一口苦辣甘甜的滋味。可内心深处，却依然笃定，说来也奇怪，她发现自己好像不是从前那个陈汐了。从北京回来，她原本以为自己和秦烈的关系会冷下来，就算不立刻分手，也会退回到最初暧昧的阶段。她的字典里没有拖泥带水，更没有妥协，她也知道秦烈的性格，如果她冷下来，秦烈也绝对不会上赶着哄。两个人大概会渐渐淡了，也许偶尔会发个短信打个电话，聊些有的没的。慢慢地，他们会面对现实，面对自己的选择，看着命运的线交错又分开，从此洒脱地各奔东西。

可情况却截然相反，她飞机落地，就不由自主地给秦烈发信息报了个平安。秦烈电话旋即打来，问她累不累。陈汐发现自己好像根本就没和他生气，也没闹别扭。她远远地看到来接机的秦展和伯洋，忽然笑着对秦烈说："敦煌真好，你快回来吧。"

她说得那样自然而然，连自己都没察觉到这曾经是多么敏感的一句话，电话那边，秦烈忽然轻声笑了："好，你等我。"

陈汐忽然回过神来，看着四周叽叽喳喳的朋友，忍不住给秦烈拍了几张照片发过去馋他，秦烈秒回了一个苦兮兮的表情包。

陈汐发信息问他：还在忙？

秦烈回了个"嗯"。

几秒后他又发来两个字：想你。

是啊，想你，没有一刻不想你。

陈汐笑着回他：我过得太美，都顾不得想你了。

秦烈回过来一个愤怒的表情包，附言：你等着。

陈汐放下手机，笑着拿起筷子，继续干饭。她在等，笃定地等，等着和他领证，和他踏踏实实过一辈子。

杨珊问起秦展和林芳到底准备什么时候领证，林芳看了秦展一眼，垂下眼睛，没说什么。到今天，秦展爸妈那边还是没有松口，可秦展不想再等了，天天磨着她，要跟她领证。林芳却仍觉得有些遗憾，人生大事，得不到父母的祝福，秦展真的不会后悔吗？

正沉默间，手忽然被秦展抓住，她抬眼看向秦展，就见他深深看着自己，笑得一脸灿烂："春节假期过了，咱们就去领证。"

林芳愕然一瞬，连忙摇头说："不行不行，太突然了。"

秦展看着林芳，目光坚定："你还要我等到什么时候？"

林芳鼻子一酸，忽然没了话。

秦展开了口，慢慢说道："我这个人，遇到你之前，毛毛糙糙的。我爸妈，我哥，没人觉得我靠谱。"

他轻轻攥了攥林芳的手，看着她，认真说道："是你让我知道了，我是多靠谱的一个人。"

他看了眼坐在小板凳上，跟睿睿一起啃牛尾的果果，目光忽然变得温情脉脉："我现在也是有孩子的人了，果果是我闺女，我现在就是想给她吃好的、穿好的，盼她有出息，盼她长大以后过得好。我现在终于也理解父母的心了，他们没别的，就是希望孩子过得好。"

秦展收回目光，重新望向林芳："我知道你是想等他们点头，可是我不想等了，芳芳，他们不会不要我，他们只是不放心我，只要我们过得好，他们总有一天会接受我们的。"

林芳看着秦展，眼眶渐渐变得湿润："领了证，咱们不办酒席，旅行结婚好不好？"

林芳眼泪夺眶而出，却笑得灿烂。

秦展猛地点点头："嗯，你说怎么办就怎么办。"

四周欢呼声起，刘伯洋举起啤酒，正色道："你们不办婚宴可以，不能少了我们这顿喜酒。"

秦展跟刘伯洋碰了个杯："废话，还能少得了你的酒吗？"

杨珊看了眼果果，笑眯眯地说："孩子搁我这儿，你们俩出去度蜜月，想玩多久玩多久。"

睿睿一听果果能来自己家里住，兴奋得快要原地打滚。

陈汐在一片说笑声里，默默给自己倒了杯酒，浅笑着一饮而尽，看着他们幸福，自己也觉得幸福。

韩素素一边起哄，一边眼馋，她也想结婚了，她偷偷拿眼瞟一下坐在身旁的杨关。杨关好像察觉到了韩素素的目光，在桌子下面轻轻捏了捏她的手。

两个孩子玩到十点就困了，芳芳让她俩洗漱了，睡在了果果的高低床上，剩下的人喝到凌晨才散。几个人带着一身热乎乎的酒意走出单元楼，惊喜地发现外面不知什么时候下雪了，稀稀落落的小雪花，在路灯暖黄的光晕里轻舞飞扬，清冷的空气里，弥漫着浓浓的年味。

杨珊呼出一口白气，笑着说："瑞雪兆丰年啊。"

陈汐抬头看向深远的夜空，想知道此刻的北京是不是也下雪了。刘伯洋随手帮小敏把羽绒服的帽兜扣在头上，拉起她的手，跑向夜色深处，一路洒下轻快的嬉笑。

大家笑着看他俩跑远，杨珊指了指停在楼下的车说："走吧，送你们回家。"

韩素素正要迈步跟上杨珊，却被杨关牵住了手，他说："不远，走着回去吧。"

韩素素抬头看向杨关，雪花纷飞，他站在楼前的灯光下，一双眼睛清澈见底，里面只有一个仰着脸，笑盈盈看着他的韩素素。

韩素素故作为难地说："我穿高跟鞋了，走不动，怎么办？"

杨关低低说："背你。"

他说着，真的蹲了下来。韩素素却舍不得了，在他肩头捏了一把："逗你玩的，我能走。"

路灯落在杨关清俊的面孔上，他笑笑，淡声说："不远，上来吧。"

韩素素开心极了，笑嘻嘻地蹿到杨关背上，就像小时候，她死皮赖脸挤走杨珊，猴在杨关坚实的背上，一个人独霸他。

12

杨关背着韩素素走出去一段路，杨珊的车从后面追了上来，陈汐降下车窗，朝路边这对恋人挥挥手，韩素素圈着杨关的脖子，笑着朝陈汐摆手。车飞驰而过，在空旷的马路上渐行渐远，天地间，除了纷纷扬扬的雪花，好像就只剩下了他们两个。

韩素素把脸埋在杨关暖呼呼的颈窝，忽然轻轻叫了声："杨关哥。"

杨关"嗯"了一声。

韩素素："你从前也这么背过我。"

"嗯。"清冽的空气里，传来杨关微微含笑的声音。

韩素素忍不住捧住他线条分明的脸，探身上前，在他脸颊亲了一口："我那时候，好像就想这么亲你一下。"

杨关背着韩素素，步履轻松地走在洒满街灯的路边，他还是"嗯"一声，没说什么。她枕在他颈窝，脸朝着他，细细的气息扑在他脖子上："以后你就是我的人了。"

她笑嘻嘻地说："我是你的眼。"

正说着，前面的小路口亮起了红灯，韩素素提醒说："红灯，停。"

杨关依言停下脚步，他转过头，唇角带着一丝淡淡的笑意，想要看她一眼，他看不到，却又像看到了，雪花落在颈子上，凉凉的。韩素素忽然问："你冷吗？"

杨关摇摇头："不冷。"

韩素素却仍是搓了搓手，帮他焐住冻红的耳朵。

"绿灯了。"她声音轻快。

杨关迈开步子，穿过小路口，在韩素素的提醒下迈上马路牙子。他记得这个地方，是一座有年头的小石桥，桥下面在他小时候就已干涸了。一个夏天的晚上，他带着杨珊、陈汐和韩素素在这里抓蟋蟀。韩素素调皮，翻过栏杆走在桥沿子上，一个不留神就掉进了河沟里。杨关连滚带爬地下到河沟里把人抱了上来，好在河沟不深，韩素素只是受了点皮外伤。他背着她快步往诊所跑，小姑娘在他背上一颠一颠的，手里还抓着一把野花。等到了诊所，韩素素已经把野花编成了花环，戴在了他头上。

"哥，你真好看。"她小脸上挂了彩，笑得没心没肺，看着杨关的目光，是天真无邪的喜欢。

杨关在桥头停下脚步，把韩素素放在了地上。雪花不知什么时候变大了，纷纷扬扬的，把两个人包裹在一片白茫茫的世界里。

他垂下头，目光落在韩素素红扑扑的脸上，尽管看不到，他脑海里却清晰无比地勾勒出了她此刻的样子。这世界上最美的女孩，就站在他面前，仰着脸，笑盈盈地望着他，她身后有一束光，照亮了他整个世界。

他嘴唇动了动，忽然低低地说："素素，跟我结婚吧。"

韩素素忽然怔住，呆呆地看着杨关，杨关静静等着，时间忽然变得无比漫长。雪花簌簌落在肩头，和他的心跳声交织在一起，惊心动魄。杨关轻咳一声，他声音有点发紧，却笃定无比："做我老婆，一辈子跟我在一起，你想过什么样的日子都好，想宅咱们就宅在家里，想五湖四海地疯，咱们就疯，我不要你付出什么，我只要你往后的每一天，过得像现在这么开心就好。"

不知过了多久，韩素素忽然带着丝鼻音，使劲"嗯"了一声，她扑进杨关怀里，结结实实地抱住了他。透过蒙眬的泪眼，她看到小桥下干涸的大坑里已经攒了一层薄薄的积雪。她想起有个夏天，她摔到桥下，顺手薅了一把五颜六色的野花，那花太漂亮了，谁都配不上，只有背着她的杨关哥才配，她把花编成花环，戴在他头上，在他生命里，偷偷盖了个章。

小时候总觉得时间漫长，漫长的一节课，漫长的午后，漫长的暑假，漫长的童年。不知从什么时候起，时间好像跟人们玩起了心眼儿，一个不留神，它就缺斤少两了。

陈汐骑着摩托从院子里出来，抬眼看到巷子口的那棵老柳树不知什么时候悄悄抽芽了，远远的一片蓄势待发的绿意，她这才惊觉，春天这就来了。

陈汐踩了脚油门，摩托车刚到巷子口，就见范明素骑着她的旧三轮慢慢悠悠转了进来，陈汐停下摩托，叫声："奶奶。"

范明素这几天瞧见陈汐就心花怒放，瞧不见陈汐还是心花怒放，她乐呵呵地刹住车闸，问陈汐："桌上的炸糕吃了吗？"

陈汐点点头："吃了两个。"

范明素："锅里有鸡蛋醪糟糟呢。"

陈汐："看见了，我喝了一大碗。"

她看了眼三轮车斗里，范明素一大早捡回来的矿泉水瓶子，忍不住又叨叨："你捡这玩意儿能卖几个钱啊。"

范明素摇头晃脑，连牙花子都笑出来了："挣不了几个钱。"

陈汐简直无语："那你还费这劲干吗？"

范明素转身从车斗里抓起一个矿泉水瓶子朝陈汐晃了晃，美滋滋地说："我显摆啊，这瓶子上的小人儿是我孙女画的，你都不知道，我现在可是咱们这片儿的明星老太太了，想找我套近乎的人从党河边排到沙洲夜市，可把我给烦死了。"

陈汐简直哭笑不得，一点都看不出她哪儿烦了："我去店里了，你中午吃饭别凑合。"

陈汐在拂面不寒的春风里，穿过小城熟悉的街巷，一辆小电驴飙着《月牙镇》的片尾曲和她擦肩而过，路边一家快餐店玻璃上贴着小兔女举着灯笼翻墙的海报。陈汐的钥匙坠换成了穿红襦裙的小兔女，白胖的脚腕上系着一串金色的小铃铛，在风里叮咚作响，这个钥匙坠是陈汐在沙洲夜市上买的，很可爱。

《月牙镇》这部动画火了，让这个沙漠里的小城再次进入公众的视野。短视频网站上也刮起一阵二创的风，各种周边铺天盖地出现在街边小店和网络平台，甚至连游客都比往年多了很多。范明素最近热衷于收集矿泉水瓶子上那层印着《月牙镇》动画图案的包装纸，已经攒了厚厚一沓，像极了陈汐小时候收集糖纸的样子。

动画刚播出的那几天，陈汐整个人也有点上头，每天在网上刷《月牙镇》有关的帖子。看到这部动画反响越来越好，热度越来越高，陈汐有阵子兴奋得连生物钟都改了，不管多晚睡觉，早上五点钟准时就醒了，抱着手机看网上的评论。不久之后，陈汐那股兴奋劲儿终于过了，每天照常骑着摩托去店里修车。看到月牙镇的周边在小城里越来越多，她也只是开心地笑笑，继续该干吗干吗。

可她身边的人却还没"嗨"够，范明素又跑到沙洲夜市摆摊了，除了卖葡萄干，还卖《月牙镇》的周边，跟游客唠得那叫一个欢实。连马老六都在柜台上摆了一排《月牙镇》的手办，逢人便要喝瑟一下，这些小人儿都是他大侄女画的。秦展更是干脆在店里装了个二手电视，每天只播《月牙镇》这部动画片，遇到爱聊两句的客人，肯定跟人家显摆一通。

韩素素最近的微信朋友圈没发过《月牙镇》这个话题之外的帖子，至于杨珊，那就更癫狂了。她给二宝起名叫"宽宽"，就是《月牙镇》里那个小兔女的名字。也不考虑一下二宝长成窈窕淑女以后，听到别人叫自己的名字时会是什么感受。

陈汐的银行卡上多了一笔可观的收入，大概比她修两年车挣得都要多。冷燃有一天问她还想不想再搞一部动画片，陈汐想了想银行卡上忽然多出好几个零的余额，结结实实地心动了一下，可想到在北京那小半年暗无天日加班的生活，她还是笑着拒绝了。

钱是挣不完的，可开心的日子却是过一天少一天，陈汐这样想着，便不再贪心了，她现在拥有的，已经是最好的了。

晚上收工之后，陈汐没有立刻回家，她从小角门走到了隔壁的VR馆，站在巨幅的隔墙下，抬头看了看自己这两个月来的作品。她在隔墙的这一端，画了一个"月牙镇"，在胡杨和垂柳的掩映下，沙漠里的小镇街巷纵横，茅檐飞瓦，家家户户鸡犬相闻，岁月静好。

陈汐把梯子推到隔墙上最后一块空白的地方，继续涂抹颜色。白宇宁去北京之后，她用三个月时间画满了一整个隔墙，画完时，那段感情她已经放下了，那时的她，拿得起放得下。

从北京回来，她开始画VR馆这边的墙绘。现在的她，懂得了珍惜，学会了坚守。她认定了一个人，认定要和他一辈子。正画着，秦烈的电话打来了，陈汐搁下刷子，接起电话。

"喂，不忙吗？"陈汐笑着问。

电话那边传来秦烈低沉的声音："今天'星云9'发布了。"

陈汐略略有些惊喜，她知道这些日子，秦烈为了"星云9"付出了多少。

"怎么样，顺利吗？"

秦烈的声音带着丝笑意，还有淡淡的疲倦："嗯，超炫。"

陈汐笑了："恭喜啊。"

两个人聊了几句，秦烈那边渐渐没了声音，电话却还没挂断，陈汐"喂"了几声，忽然听到电话那边传来均匀的鼻息。

陈汐轻轻叫了一声："秦烈。"

电话那边没人回应，只有越来越绵长的呼吸，秦烈竟然讲着电话就睡着了，也不知道这阵子熬成什么样了。

陈汐坐在梯子上，低着头，听着秦烈均匀的呼吸声，迟迟没有挂断电话。这世上，有些人来了又走，注定是过客，有些人来了又走，却依然无处不在。良久之后，陈汐有些无奈地笑了笑，默默挂断了电话。

13

杨珊家二宝的满月酒订在天河大酒店，这个酒店也是杨珊和韩超当年办喜宴的地方，这酒从傍晚喝到夜深，大家都喝高了。

同样喝高了的，还有千里之外的秦烈。

北京彻夜不眠的街头，秦烈和王丹阳喝得醉醺醺，勾肩搭背，跟跟跄跄从饭店出来，又被一群人簇拥着奔向 KTV，继续下一场狂欢。

"星云9"赢麻了，秦烈把庆功宴定在了三里屯一家高档的会所制饭店。来参加的除了 FW 的人之外，还有"破晓"的数字国宝项目组，下一个十年，是他们的时代。

到了 KTV，秦烈躺在沙发上直接睡着了，耳边是震耳欲聋的歌声，紧闭的眼皮，遮不住头顶炫目的光影。秦烈在一群人歇斯底里的狂欢中，忽然感觉到一阵莫名强烈的孤单。他忽然坐起身，按了呼叫键，叫来 KTV 的服务生，不要钱似的点了一堆店里最贵的酒。

大家欢呼老板够意思，秦烈重新躺下，依然觉得孤单，千金散尽都打发不走的孤单，他此刻，只想抱着陈汐温温软软的身体，窝在被子里，和她一起酣睡。她的呼吸声，偶尔的磨牙和梦话，翻身蹬被子的动作，都变成他此刻血管里煎熬的渴望。

吵闹的歌声和笑闹声充斥在耳边，秦烈觉得好烦，但又希望这吵闹从深夜持续到黎明，永远不要停，因为他不想回家。

那个黄金地段的大平层，被钟点工收拾得一尘不染，像极了楼盘的样板间。空气里只有清冷和无趣，陈汐来了又走，把这个家里活人的气息也带走了，只剩他一个行尸走肉。

他忽然不知道自己为什么要过这样的日子，千里之外，滚滚红尘里，那些浓烈的温暖和快乐与他无关，他唯一想抱在怀里的人，却遥不可及，和他一起忍受着孤单和思念，他为什么要过这样的日子？

凌晨三点，秦烈和王丹阳跟跟跄跄走在三里屯灯火璀璨的街头，周宁也喝高了，晃晃悠悠走在他们两个前面。

"你俩快点。"周宁回头吆喝。

王丹阳醉眼蒙眬地问："老婆，这是去哪儿啊？"

周宁："带你俩看个好东西。"

三个人穿过凌晨依旧繁华的街头，走到一处小广场，四周高楼林立，科技感和设计感十足的玻璃墙体被滔天的灯光勾勒着、渲染着。这是帝都的不夜天，是他们三个曾经向往、曾经为之热血沸腾，赴汤蹈火也在所不惜的梦。周宁在广场中央站定，抬手指向正前方一座商场大楼上的巨幅LED广告牌。

"还有十秒钟。"她回头朝秦烈和王丹阳展颜一笑，大声念起了倒计时，"十，九，八，七，六，五，四，三，二，一。"

广告牌忽然暗了一瞬，紧接着，绚烂的灯光骤然炸裂，浓烈的色彩和倏忽的光影瞬间将小广场渲染成一座奇幻的孤岛。几乎占据大楼玻璃墙体三分之一的巨幅广告牌上，出现了莫高窟壁画红绿碰撞的浓烈色彩，异域风格的音乐响起，空灵神秘，3D效果的飞天，反弹琵琶，轻盈起舞。曼妙的舞姿，起伏的飘带，逼真的效果，像是从莫高窟神秘绚烂的壁画里，直接走进了帝都灯火绚烂的夜空。

秦烈仰着头，怔怔看着眼前震撼无比的画面，脑海里瞬间一片空白，忘了一切。

耳边传来周宁激动的声音："怎么样，这裸眼3D效果不错吧。"

秦烈喉结滚动，轻轻点了点头。王丹阳简直看傻了，酒醒了一半，一脸震惊地问周宁："老婆，这得花多少钱啊！"

周宁手一挥，意气风发地说："这是VR技术的理念推广，也是给数字国宝项目造势，花多少钱都值。"

三个人站在广场上，抬头看着裸眼3D的飞天裙裾翩翩，一个飞天朝屏幕外伸出莹白纤长的手臂，像要伸手去摘天上的星星。冬日的街道，寒风萧索，他们却热血沸腾。

王丹阳看着光影变幻的屏幕，忽然开口："老秦，你是对的。"

秦烈没说话，目光仿佛定格在了奇幻无边的屏幕上。

王丹阳抓着秦烈的肩膀摇了摇，继续说道："以前的我，觉得做游戏已经是这世界上最酷的职业，财富日进斗金，玩家遍布世界，我根本不能理解把成吨的真金白银投入到VR行业，能给我们带来什么。"

他的目光染上一层绚烂的色彩，像是绽放了生命里的花海："我现在才明白，互联网领域里，科技就是生命，科技就是我们的未来，也是全人类的未来。"

他看向秦烈，语气忽然变得恳切："老秦，谢谢你带我走到今天，我们的事业才刚刚开始。"

周宁激动地说："对，我们的事业才刚开始。"

她眼睛亮亮的，像是已经看到了"破晓"的船只，驶进了未来无比浩瀚的星辰大海："裸眼3D游戏，数字国宝，互联网云生活……我们要打造互联网上的新世界，我们会是数字宇宙的开拓者。"

秦烈默默听着王丹阳和周宁对未来慷慨激昂的憧憬，整个人却异常沉默。看到裸眼3D飞天的那一刻，他的心情同样激动了一瞬。可那一瞬过后，他的心又变成了一潭死水，甚至还有些怅然，因为这样震撼的画面，这样无限的憧憬，他却没能和陈汐一起分享。

原来这世上最终极的快乐，是要分享给什么人，才能体会到。他站在了快乐的面前，却发现想要分享给的那个人不在身边，快乐也好，梦想也罢，瞬间没了滋味。

"老秦，你呢？"周宁拍了拍秦烈的肩膀，一脸期待地看着他。

秦烈唇角动了动，却不知道该说句什么。他在风里拢着打火机一簇微弱的火苗，给自己点了根烟。

"再去喝一杯。"

他淡淡开了口，转身背对着酷炸天的广告牌，迈步走开。

周宁和王丹阳意犹未尽地又看了一小会儿舞动的飞天，这才跟了上去。

秦烈走着走着，忽然听到前面的路灯下，传来吉他的若有若无的声音，被飞天舞神秘的音乐掩盖住了，只听到断断续续的旋律。

秦烈却觉得那旋律有点耳熟，等他经过那个自弹自唱的年轻男人时，听到对方忧郁苍凉的声音，唱的竟是李叔同的那首《秋柳》。

"堤边柳，到秋天，叶乱飘。叶落尽，只剩得，细枝条。想当日，绿荫荫，春光好。今日里，冷清清，秋色老。风凄凄，雨凄凄，君不见，眼前景，已全非。一思量，一回首，不胜悲。"

歌手的声音带着一丝西北人特有的鼻音，沙哑粗粝。秦烈脚步微微放慢，听着那歌声，和唱歌的人擦肩而过。

王丹阳和周宁从身后追了过来，王丹阳勾住秦烈的脖子，笑着问："老秦，去哪儿接着喝？"

秦烈带着两个人，朝广场一侧亮灯的小酒吧走去。

歌声在他身后渐渐飘远："君不见，眼前景，已全非。一思量，一回首，不胜悲。"

秦烈忽然停下脚步，转身朝那唱歌的人跑了回去。王丹阳和周宁吃了一惊，怔怔看着秦烈高大的背影，跑得有点踉跄，像是迫不及待地奔赴向什么，他们呆了片刻，也拔腿追了上去。

秦烈跑到唱歌的人不远处，站在小广场边缘的路灯下，静静听着那首歌。

王丹阳刚要开口跟秦烈说话，却被周宁一把拉住了。时间寂静，歌声在耳边飘过，三个人坐在马路牙子上，吹着冬夜里凛冽的寒风，身后传来苍凉的歌声："一思量，一回首，不胜悲。"

"我想家了。"他忽然开口。

身后的歌声不知道什么时候停止了，广场上只剩飞天舞空灵的音乐。

不知过了多久，秦烈忽然低声说："我就一俗人，我的梦想，就是老婆孩子热炕头。"

不知为什么，说起这句话时，他想起沙漠音乐节的时候，他怀里抱着森森，余光淡淡描着陈汐的轮廓。

时代好像变了，人们只顾着往前跑了，人情味也变淡了，淡得都在现实里忙碌而狼狈地活着。可他留在敦煌的那些朋友，还有他的爱人，却在狼狈的生活里，永远保持着那份浓浓的情谊。杨关是，秦展是，伯洋是，他的陈汐，更是。

他们在生活的无奈和无常里，活得狼狈，可是他们有生活最真实的底色，虽然狼狈，但是不乏幸福。有事了聚在一起，想着一起解决，没事了也聚在一起，吃着烧烤，看着孩子们在院子里追逐。

挺好的。

14

农历三月十八，宜嫁娶，韩素素和杨关的婚礼就定在了这一天，大家从五一前就开始筹备婚礼，忙得脚不沾地。

婚礼前夕，陈汐的店门口燃起了明亮的炭火。男人们烤肉，女人们坐在台阶上喝酒聊天，几个孩子在院子里疯跑。

陈汐笑着喝了口啤酒，抬头望向缀满星星的夜空，依稀想起去年修车店开张那晚，一样晴朗的夜空，一样明亮的炭火，一样欢乐的孩子，只是少了烟花，少了和她并肩坐在车顶上吹风的那个人。

陈汐默默喝了口啤酒，恍然间觉得这一年好漫长。

风从沙漠吹来，轻轻拂起她耳边的发丝，一束明亮的车灯拐下国道，朝他们这边开来。

陈汐一口接一口地喝着啤酒，带着微醺的醉意看那束车灯越来越近，最后停在了秦展的车旁。

陈汐的目光渐渐凝滞，看着那辆熟悉的越野，整个人怔怔的，不知道发生了什么。

耳边传来惊喜的大呼小叫，她看到秦展扔了手里的刷子，朝那车上下来的人狂奔过去。

她听到韩素素叫了个名字，杨关一脸惊喜地站了起来，她感觉到杨珊轻轻推了她一下，她踉跄一下，站起身稳住了平衡。秦烈被秦展摇得直晃，隔着浓浓的夜色，隔着温暖的晚风，朝她淡淡笑着。

陈汐迈步走下台阶，朝秦烈走去。她脸上沉静，心跳好像也没有多快，她走到秦烈面前，朝他露出久违的笑容，淡声问："怎么突然回来了？"

秦烈黑沉的眸子深深看着她，笑了笑说："回来当伴郎。"

陈汐"哦"了一声，一时不知道该说什么，两个人沉默相视。

忽然，秦烈伸手牵住陈汐的手，拉着她走向自己的车，陈汐踉跄一步跟上，听到身后传来秦展和韩素素起哄的笑声。

陈汐跟着秦烈上了车，看他一声不吭地发动车子，朝着沙漠的方向开去。两个人谁都不说话，车灯打在挡风玻璃上，在他们脸上投下或明或暗的影子。秦烈的车驶过空旷的过道，驶过一盏盏静谧的街灯，驶进漆黑的夜色里。渐渐地，视野里出现了起伏连绵的沙丘，那是他们沙漠音乐节那晚飙车的地方。

空旷的沙漠里，长风呼啸，星星好似伸手就能摘下，秦烈停下车，一言不发地吻住了陈汐，他像饿了很久的野兽，恨不得将猎物拆骨入腹。陈汐被他紧紧箍着，气息急促地辗转厮磨，她心头忽然涌上一股说不清道不明的怒火，想要狠狠打他一顿，可是下一秒，她疯狂地吻了回去。

他们像快要渴死的行路者，捧着救命的泉水，身上的每个细胞都在挣扎着，想要活下去。身体里某些东西，好像经冬的寒冰，在如火的骄阳下开始融化，变成温暖的细流，淌遍全身的血管。

陈汐在剧烈的眩晕里，忽然哑着嗓子呢喃："秦烈。"

秦烈低哑地"嗯"了一声。

"你回来了。"

秦烈沙哑地回应着她："嗯，回来了……不走了。"

月光皎洁，照着沙漠里紧紧相拥的两个人。

秦烈忽然对怀里的陈汐说："陈汐，我们去接森森回来吧。"

陈汐忽然抬头，目光里带着一丝惊喜看着秦烈。

秦烈："我们把他接回来吧，在我们家。森森不用懂事，不用那么早熟，不用帮大人忙着生计，他自己也是一个小孩，还得给别的小孩端菜、洗碗……"

秦烈说不下去了。

陈汐忽然捧住秦烈的脸，认真看着他："你去兰州了？"

秦烈点点头："今天上午，我从兰州回的敦煌。"

他没有告诉陈汐自己在兰州都看到了什么。他没有告诉陈汐，森森放学后是怎么站在寒风里，接那些小饭桌的孩子。他没告诉陈汐，森森带着那些孩子回到小饭桌之后，要一直忙到那些孩子都吃完饭，自己才有时间匆匆忙忙吃上一口。他没有告诉陈汐，森森过的是什么样的日子。

他只说："我们去接森森回来吧。"

陈汐把头抵在秦烈胸口，半晌，忽然轻声说："秦烈，我们结婚吧。"

晚上，陈汐把秦烈带回了家。

范明素见到秦烈，倒没有多惊喜，只是笑着问他："吃饭了没？"

就像从前，每一个寻常的夜晚，就好像，他从来都没有离开过。

陈汐和秦烈把要接森森回来的决定告诉了范明素。

范明素坐在小院里，仰头看着满天的星光，半晌沉默不言。陈汐轻轻晃了晃范明素："奶奶，你不想森森吗？"

范明素看了陈汐一眼，淡淡说道："你们想好了，这几年我还能给你们搭把手，等我老得动不了了，这孩子你们是要负责一辈子的。孩子不是小猫小狗，不是给他吃饱穿暖就够了，你们要把他培养成才，要给他完整的家，你们做得到吗？"

秦烈在夜色里，淡声开了口："奶奶，这孩子，我要管一辈子。"

范明素抬眼看着秦烈，两人在月光下无声地对望，他们的目光，像是定下了一张坚固的契约。良久，范明素拍了拍大腿，慢慢站起身来："要接就快点去接，别磨磨蹭蹭的。"

她一边蹒跚着往屋里走，一边说："你树平叔那儿，我来说。"

第二天，陈汐和秦烈就坐上了去兰州的飞机，他们赶到午托时，森森已经忙上了。陈汐走进午托，径直来到厨房，看到森森小小的背影，身上围着一个油腻腻的围裙，正站在水池边洗碗。

"森森。"陈汐忍着喉头的哽咽，轻轻唤一声他的名字。

森森猛地停下手里的活，慢慢转过身，看到门口站着的陈汐，他怔怔的，以为自己是在做梦。

陈汐朝森森张开双臂，轻声说："跟姐回家吧。"

…………

敦煌的春天总是很短，不知不觉便入了盛夏。今天是小学放假前的最后一天，森森和班里的几个同学约好了放学一起去 VR 馆玩。放学铃响，他们背着书包，笑闹着来到学校门口。森森在人群里看到一个高大的身影，连忙挥舞着胳膊朝那人跑去。

"秦烈哥，怎么是你啊？"森森抱住秦烈的腰晃了晃，仰着小脸问他，"陈汐姐呢？"

秦烈垂头看着挂在他身上的小孩，笑着说："她有个急活，我接你们走。"

越野车迎着夕阳行驶在笔直的国道上，不一会儿就到了目的地。几个小孩连蹦带跳地进了 VR 馆，森森站在场馆门口，看了眼一侧正在建着的厂房，满脸新奇："秦烈哥，这个厂子是干什么用的啊？"

秦烈看着一脸好奇的少年，回答说："这是 VR 设备生产基地。"

他看了眼空旷的戈壁滩，淡声说："是未来。"

陈汐终于赶在入夜前帮一对自驾的游客修好了车，她疲倦地洗干净手，溜达到隔壁的 VR 馆。

秦烈已经把森森和同学送回家了，偌大的场馆里，只剩他一个人对着电脑敲键盘，陈汐走过去，趴在秦烈后背上，下巴搭在他肩膀，像只树懒，累得一动都不想动。

秦烈笑着回头看她一眼："忙完了？"

陈汐点点头，看着电脑屏幕上天书一样的图形和代码，问道："放着总裁不当，从北京跑到敦煌建厂，靠谱吗？"

秦烈笑笑，淡声说："FW 目前做的都是概念产品，有一天普及应用，生产线的规模迟早是问题，在敦煌建基地比在北京预算要划算太多。"

陈汐"嗯"了一声，却是不怎么信服的样子。

秦烈顿了顿，补充一句："当然，也有老板的任性。"

陈汐："是够任性的。"

秦烈反手摸了摸老板娘柔软的头发，笑着说："努力不就是为了任性地活吗？"

⋯⋯⋯⋯⋯⋯

暑假里，杨珊几乎每天都把睿睿送到陈汐店里跟森森一起写作业。陈汐发现人的性格真是天生各异，从小就能看出来。睿睿是个"小磨叽"，还是个拖延症患者，而且一点跟人攀比的心都没有，所以她的暑假作业写得很"佛系"，半个暑假过去了，她的作业才刚刚开个头。

森森似乎有点强迫症，好胜心也强，还是个完美主义者，暑假一开始就埋头写作业，没用一个星期就把作业写完了，然后买奥数题来做。陈汐每次看到他俩，都忍不住想乐。

这天睿睿好不容易写完一篇小作文，如蒙大赦一般扔掉笔，甩开作业沉重的枷锁，跑到冰箱跟前拿出两个冰激凌，死缠烂打地求森森陪她玩。森森被她缠得无奈，只好放下手里的题，起身和睿睿一起跑了出去。陈汐随手拾起睿睿扔在作业堆上的冰激凌包装袋，目光忽然停留在她的语文作业本上。

小家伙刚写的这篇作文，题目是"我的梦想"。睿睿用东倒西歪的笔迹惜字如金地写道：我的梦想是当一个 ci xiang 的老师。

"慈祥"两个字不会写，也懒得查《新华字典》，觍着脸还像一年级那样，用拼音代替。

我的梦想是当一个 ci xiang 的老师，在讲台上大声讲课，嗓子哑了也不喊疼，就像我们 ci xiang 的语文老师。

敷衍和谄媚的小心思溢于言表，捎带着还暗戳戳地点了一下她的语文老师，希望她能够慈祥。

陈汐被逗得哈哈大笑，忍不住从森森那沓整整齐齐的作业本里翻出语文作业。

才翻第一页，她就赫然看到同一个题目"我的梦想"。

森森的字整洁漂亮，简直不像个小孩写的。

很小的时候，我的梦想是妈妈能回来，后来我知道了，她去了另一个世界。后来我的梦想是爸爸能回来，可是兰州很远，要坐一整晚的火车。爸爸在兰州开"小饭桌"，实在走不开。再后来我的梦想是爷爷不要走，可是范奶奶说，人老了总有一天要走。直到我遇见秦烈哥，他告诉我，梦想可以在宇宙里找。我以为我的梦想会变成当一个宇航员，去宇宙里探索无限的未知，可我又舍不得去宇宙，宇宙那么远，会很久见不到陈汐姐和秦烈哥。所以我还准备了一个平凡的梦想，那就是和他们永远在一起。

PS，陈汐姐和秦烈哥领证了，我知道，领证之后他们就是一家人了。其实我也想领个证，这样，我就和他们是一家人了，可民政局的人说，小孩不能领证。还好陈汐姐说，我这个年龄不领证，也能和他们成为一家人。

陈汐轻轻合上作业本，放回茶几上那一沓作业里，她唇角含着一丝笑，看向洒满阳光的门廊。

她的梦想和森森一样平凡，宇宙太大，时间无边，给我们每个人的却太少。

一万年太长，一辈子太短。

不如只争朝夕。

在敦煌，在故乡，做平凡又温暖的一家人。

"真的没问题？"

视频里，陈汐微卷的长发在风里张扬地乱舞，她笑着挑眉，促狭里带着一丝酷辣，就像她身后的越野车队飞驰而过，扬起看不见的疾风。

秦烈看着视频里陈汐张扬明烈的脸庞，两颊那一点点几不可察的丰腴依稀尚有迹可循，他觉得可爱，手指触到屏幕上她的脸颊，不由自主勾起了唇角。

"小看我。"他嗤笑一声。

陈汐："给我看看她。"

秦烈调转摄像头，朝向床上睡熟的小肉团子——一岁不到的光景，伸在棉纱薄被外面肉乎乎的小胖胳膊像两段白白胖胖的藕节，肉嘟嘟的小嘴不知不觉吐出几个泡泡，可爱得要把人的心脏收割走。

"秦瞪儿。"

陈汐两只眼睛瞬间冒出桃心，笑着叫女儿的名字。

秦烈："嘘，好不容易睡着了。"

陈汐连忙住口，压着嗓门问："她想不想我？"

秦烈调转摄像头对着自己，要笑不笑地问："先说你想不想我。"

陈汐笑而不答，利落地跳下越野车头。黑红相间的赛手服在旷野上划出一抹亮色，马丁靴落地，她弯腰拈朵脚边的野花递到摄像头前。

不远处传来秦展咋咋呼呼的叫声："汐姐，走啦。"

陈汐把摄像头对准身后，秦展从刘伯洋的越野车里探出半个身子，在蓝天白云下朝陈汐这边挥手。

陈汐对秦烈挥挥手："还有五天。"

还有五天，这趟青藏高原拉力赛就结束了，这一趟陈汐玩得很痛快，却挡不住她归心似箭。

秦烈笑着结束视频，垂眸看向床上酣睡的宝贝闺女，一颗心瞬间软成了棉花糖。

"秦瞪儿。"

不让陈汐喊，他自己却管不住嘴，忍不住叫她的小名儿。

小家伙在睡梦里似乎听到有人叫她，吧唧了一下肉嘟嘟的小嘴巴。

秦烈盯着这张吹弹可破的小脸蛋，怎么看都看不够，无声地忍俊不禁。

要说给闺女起这个小名，秦烈最开始是有点不乐意的。他的女儿是天底下最漂亮、最可爱、最貌美无双的小公主，取这个名字，太不符合她金贵的气质了。可架不住陈汐喜欢，还有杨珊、韩素素、刘晴、范明素，还有自己那个永远和陈汐站一边的亲妈，她们都喜欢，秦烈只好面对现实了。

他看着女儿闭着的狭长眼睑、浓而长的睫毛，找不到词汇来形容有多美好，眼睛睁开时，是两颗纯净剔透的宝石。只不过在产房睁开眼睛的那一瞬间，她不哭也不闹，淡定地把围在她头顶的那一圈面孔瞪了一遍，莫名有种大姐头的气场。于是她尚在产后虚弱中的娘亲，脑子里电灯一亮，很不厚道地给她起了个小名，叫秦瞪儿。

秦瞪儿大名叫秦登登，秦烈闭门想了三天三夜起出来的名字，取"登高远眺"之意，也暗戳戳呼应上了陈汐头脑一热，丝毫没有责任心起的那个小名。

秦瞪儿眼睛是真大，不像陈汐，也不像秦烈，倒像她的姥姥刘晴，一双冷傲的大眼睛，一不小心就出尘了，好在红尘一层层太厚实，把秦瞪儿围了个水泄不通，钻出去怕是难度太大了。

她出生第一晚，秦烈都没机会多抱几分钟，范明素像个恶霸，抱着孩子就不肯转手了，后面排队等着抱孩子的还有她的姑奶奶陈梅、姥姥姥爷、爷爷奶奶、哥哥森森，外加一群摩肩接踵的姨姨叔叔舅舅舅妈，秦烈在闺女面前找不到自己的存在感了。不过他那时的注意力只分给了闺女一点点，他坐在床边陪陈汐，陈汐疲惫得要命，却亢奋得睡不着觉，他便陪她说话，周围叽叽喳喳闹闹哄哄，好像都和他们两个无关。他们两个人的世界里，始终有一隅，谁都插足不进来，即使是秦瞪儿。

秦瞪儿在众星捧月似的氛围里渐渐长大，可她最喜欢的人依然是陈汐和秦烈，她虽然还太小，脑子里没有家的概念，可直觉是明白的，她在这世上最亲的人，是爸爸妈妈。她的第一片尿不湿，是秦烈小心翼翼换的；她吃第一口母乳，疼得陈汐五官变了形；她发出第一声夜啼，被秦烈抱进厚实的怀抱里；她的第一个奶嗝，是陈汐轻轻拍出来的。

秦瞪儿不知道，她的爸爸妈妈在她来到这个世界，来这个世界找到他们之前，对小孩这个物种并没有什么特殊的兴趣。他们两个更喜欢在野沙地里飙车，在满天繁星下吹着夜风。他们一个野一个烈，像驻足不了的风，只有自由一种诉求，只有洒脱一种归宿。

秦瞪儿只知道，她的爸爸妈妈身上永远萦绕着好闻的味道，是那种只在他们身上才能闻到的，让她可以一秒入陷入安眠的体香，渗透进衣服里，是这世上最安全、最温暖的味道。她只知道，爸爸的那双粗糙大手，给她穿衣服、洗澡、喂饭时温柔极了，妈妈的温暖无处不在，在她每一段醒着或是睡着，安静或是吵闹的时光里。

尽管有奶奶姑姑还有秦烈爸妈的帮助，可一个小生命的出现，还是把陈汐以往的生活搅了个稀巴烂。她本可以接受长辈更多的帮助，让秦瞪儿的时间更多地消磨在长辈那里，以此换来原本属于自己的时间，可陈汐并没有这样做，她坚持自己照顾秦瞪儿。困倦、疲惫、无聊、迷茫，她和秦烈分毫不落地经历着，这是陈汐和秦烈的默契，他们从前酣畅淋漓地洒脱，现在也要酣畅淋漓地奉献，这就是他们，做什么都要做到极致。

可在陈汐和秦烈那片任何人都插足不了的小世界里，他们依然为彼此守护着一分洒脱和不羁。秦烈需要到北京处理业务时，陈汐抱着秦瞪儿在机场跟他道别，她笑吟吟的，眉目如飞，那缕落在肩头的阳光和许多年前一样明媚鲜活。

陈汐心无旁骛把秦瞪儿带到快一岁，有一天听到秦展和伯洋要参加越野车的青藏高原拉力赛，她的心一瞬间仿佛被春风吹醒了，酥酥麻麻的，蠢蠢欲动。

秦烈看到她突然亮了一瞬的眼神，他一边给秦瞪儿喂辅食，一边对陈汐说："你那生锈的车技是不是也该拉出去练练了。"

于是，此刻的陈汐开着越野车在草原上飞驰，一轮夕阳染红天际，她的心兴奋到要乘着风飞起，却被一条细细的线牵着，任她飞到哪儿去，都有一条确定不移的归路，那是她的家，那里有她在这个世界上最爱的两个人。

秦瞪儿睡到下午两点半，被秦烈轻声叫醒了："秦瞪儿，起床了，去给你杨树哥加油。"

　　小家伙听到杨树的名字，依旧困兮兮的，迷迷瞪瞪的眼睛却睁圆了。秦瞪儿喜欢黏杨树，就像睿睿喜欢黏森森。

　　杨树是杨关和韩素素的儿子，上幼儿园大班了，今天下午幼儿园有场亲子运动会，地点在鸣沙山，秦烈抱着秦瞪儿去当啦啦队。

　　幼儿园大班的比赛场地在一个线条舒缓的沙丘下，秦烈赶时，杨关一家正在两百米的沙漠赛道前做热身，三个人穿着学校统一发的亲子装，在一片红裤子白上衣的海洋里依旧显眼得要命。韩素素把长发高高绾起，天鹅颈在阳光下白得耀眼。杨关长身玉立，肩宽腿长，一边活动脚腕，一边微微弯腰。听韩素素踮起脚尖在他耳边说了句什么，杨关轻轻笑了，韩素素也笑，天空一片万里无云。

　　一旁的杨树牵了牵杨关的衣角，仰头问："你们笑什么呢？"

　　杨关大手扣住儿子毛茸茸的小脑袋，垂头对他说："妈妈让我们两个加油。"

　　杨树那双颇似韩素素的俏眼睛尾稍一挑，自信满满地说："小菜一碟。"

　　杨关的视线又回到韩素素的方向，两个人隔着明亮和黑暗，却毫无隔阂，相视而笑。其实刚才韩素素在杨关耳边说了句荤话，当然不能讲给小孩子听。

　　"嗷嗷。"

　　秦瞪儿还不会叫哥哥，在秦烈怀里扭啊扭，朝杨树伸出胖乎乎的小胳膊。秦烈弯腰把小家伙放在沙地上，张开一双肌肉结实的胳膊，小心护着她。

　　秦瞪儿这两天刚有点要学会走路的样子，迈开小胖腿便朝杨树这边跑，摇摇晃晃迈了两步，眼看要摔，被秦烈一把抱进怀里。不知为什么，他忽然想到陈汐，不禁笑了。如果是陈汐，这会儿一定抱着肩，撇着一条长腿点着地，一脸帅气地说："沙地又摔不疼，让她摔，学走路哪有不摔的。"

　　可他就是舍不得。

　　杨关一家听到秦瞪儿的嗷嗷声，齐齐朝秦烈挥了挥手。

　　"加油。"

　　秦烈朝他们抬了抬手。

　　"哼哼。"

　　秦瞪儿也在给她的树树哥加油。

　　信号枪响，秦烈站在晴朗的天空下，看着金色的沙地上，杨关和杨树各自一条腿被红布条绑在一起，朝着前方迈开步子冲了出去，韩素素在他们身后又喊又跳。

他们身后人群沸腾，各自为自己的家人卖力加油，赛道上，杨关和杨树步调协调，节奏一致，远远将其他几组参赛者落在了身后。

杨树抓着杨关的手，他看着越来越近的终点，头顶有一只鸟儿展翅翱翔。他想，我的爸爸是世界上最棒的爸爸。

秦烈低头，看到秦瞪儿的目光追逐着天上的那只大雁，他抬头，目光也追随上去。

他想，愿你此生幸福，愿你此生无憾。

华胥引 下